Karl Olsberg

Infernia

Bisher von **Karl Olsberg** im Loewe-Jugendbuch erschienen:

Boy in a White Room
Girl in as Strange Land
Boy in a Dead End
Infernia

Für Carolin, Konstantin, Nik und Leopold,
die mir die Inspiration zu dieser Geschichte
geschenkt haben.

»Gedenk' an deines Weisen Lehren:
Je mehr ein Ding vollkommen ist, je mehr
Wird sich's im Glücke freun, im Schmerz verzehren.«
Dante Alighieri, Inferno

1

Niemals werde ich den Moment vergessen, als ich zum ersten Mal die Hölle betrat.

Ich stand in einer großen Halle. Gewaltige Feuerschalen beleuchteten die düstere Szenerie in flackerndem Rot. Die Wände schienen aus Knochen zu bestehen, die wie die Rippen eines gewaltigen Lebewesens emporragten. Dazwischen spannten sich graue Häute, an denen noch Fleischreste zu haften schienen. Hin und wieder klebten darauf halb durchsichtige, mit Flüssigkeit gefüllte Blasen, in denen sich dunkle Schemen bewegten.

Auf einem Podest in der Mitte der Halle erhob sich eine Art Thron aus schwarzem Material, dessen Sitzfläche und Rückenlehne mit Stacheln bedeckt waren, als handele es sich um ein Folterwerkzeug. Darauf saß eine muskulöse Gestalt mit rot leuchtenden Augen und riesigen Hörnern. Um den Thron herum standen mehrere Dämonen mit pelzbedeckten Körpern und ziegenartigen Köpfen, die lange Lanzen trugen. Ihre gelben Augen schienen mich böse anzublicken, und sie streckten ihre Waffen in meine Richtung, griffen mich jedoch nicht an.

»Da bist du ja!«, donnerte der Dämonenlord.

War das wirklich Bens Stimme? Verwirrt und eingeschüchtert sah ich mich um, dann machte ich vorsichtig ein, zwei Schritte auf den Thron zu. Ein Schauer lief mir dabei über den Rücken. Es fühlte sich so an, als sei ich wirklich hier! Beinahe glaubte ich, den Gestank von Schwefel und Verwesung zu riechen, der in der Luft zu liegen schien.

»Das … das ist unglaublich!«, brachte ich heraus.

Der Dämon erhob sich von seinem Stachelthron und kam auf mich zu.

»Na, wie gefällt dir mein Palast?«, fragte er.

»Er ist … eindrucksvoll«, erwiderte ich. »Aber auch ein bisschen düster.«

Er lachte dröhnend. »Na, das soll er ja auch sein. Schließlich bin ich ein Dämonenlord!«

Ich versuchte, in ihm den Jungen zu sehen, dem ich noch vor einer halben Stunde den Unterschied zwischen Sinus und Cosinus erklärt hatte, doch es fiel mir schwer. Dabei hatten wir den ganzen Nachmittag zusammen an seinem Schreibtisch gesessen.

Ben war sechzehn, ein Jahr älter als ich, und sein Vater machte irgendwas mit Geldanlagen oder so. Jedenfalls war er schwerreich. Ben sah gut aus, mit kurzen schwarzen Haaren, einem kantigen Kinn und buschigen Augenbrauen. Er wohnte in einer Luxusvilla in Blankenese mit einer von Säulen gesäumten übergroßen Eingangstür, die ich erst an diesem Nachmittag zum ersten Mal durchschritten hatte. Bens Stiefmutter Alegra hatte mir geöffnet. In ihrem Gucci-Hosenanzug sah sie aus wie Chrissy Teigen und vermutlich glaubte sie, dass ich mich nur in der Tür geirrt hatte.

Tatsächlich ging ich normalerweise nicht in Millionärsvillen ein und aus. Ich wohnte mit meiner Mutter in einer engen Dreizimmerwohnung in Rissen und kannte Ben aus der

Schule. Als er mich am Morgen gebeten hatte, ihm bei der Vorbereitung für die Matheklausur zu helfen, war ich überrascht gewesen. Bisher hatten wir kaum ein Wort miteinander gesprochen. Ich war nicht schlecht in Mathe, aber Karl oder Efram hätten ihm das sicher viel besser erklären können.

Nach der Paukerei hatte Ben mich hierher in den Keller der Villa geführt, wo in einem Raum voller Trainingsgeräte zwei große kugelförmige Gestelle aus weiß lackiertem Metall sowie ein kleiner Tisch mit einem Computer und zwei Monitoren standen.

Ich hatte schon von diesen neuen Simrigs gehört, die so viel kosteten wie ein Auto und mit denen man virtuelle Welten auf ganz neue Art erleben konnte, doch ich hatte noch nie eins aus der Nähe gesehen, geschweige denn es benutzt.

Sicher spielst du auch manchmal Computerspiele. Aber hast du eine Vorstellung, wie es wäre, in einem Computerspiel *zu sein*? Ich jedenfalls hätte mir das niemals träumen lassen, bis ich es selbst erleben durfte.

Mit einem Simrig fühlt es sich so an, als wärst du wirklich in einer ganz anderen Welt. Man schnallt die Füße an zwei bewegliche Trittplatten und legt einen Anschnallgurt um den Bauch. Die Hände führt man in Handschuhe aus weichem Stoff. Alles ist an beweglichen Stangen montiert, sodass das Simrig deinen Bewegungen Widerstand entgegensetzen kann. Auf diese Weise kannst du in der virtuellen Welt herumlaufen, es in den Fingerspitzen fühlen, wenn du dort etwas berührst, und das Gewicht von Gegenständen in deinen Händen spüren. Auf den Befehl »Simrig, Start!« senkt sich eine Art Motorradhelm über deinen Kopf, in dessen Innerem ein 3-D-Display, Lautsprecher und eine Kamera angebracht sind. Die Kamera überträgt deine Gesichtsausdrücke auf deine Spielfigur.

In einem Simrig kannst du alles sein, was du willst – eine Prinzessin, ein Astronaut, ein Superheld oder auch, so wie ich, eine Eterim-Zauberin. Es ist einfach unglaublich!

Ich stand also hier in der unfassbar realen virtuellen Welt von Infernia, einem gerade total angesagten Computerspiel, und war hin- und hergerissen zwischen Horror und Begeisterung.

»Komm mit, ich will dir was zeigen!«

Ben alias Zardor, der Dämonenlord, führte mich durch einen Seitenausgang in einen gewundenen Treppenaufgang im Inneren einer der knochenartigen Säulen. Auf den Stufen spürte ich bei jedem Schritt das Gewicht meines Körpers, so als stiege ich wirklich etliche Meter hinauf. Als wir das Obergeschoss erreichten, war ich etwas außer Atem. Wir traten hinaus auf eine Art Balkon, von dem aus man die Landschaft überblicken konnte.

Der Himmel war von pechschwarzen Wolken bedeckt. Der rote Lichtschein, der die bizarre Landschaft erhellte, stammte von mehreren Lavaströmen, die am Hang gewaltiger Vulkane herabflossen und vereinzelte Seen bildeten. Dazwischen erstreckte sich eine graue Wüste, immer wieder durchbrochen von spitzen schwarzen Felsen, die wie die Zähne eines gigantischen Ungeheuers aus dem Boden ragten, sowie Ansammlungen von riesigen Pilzen. Dutzende der ziegenartigen, aufrecht gehenden Geschöpfe liefen überall herum, außerdem zerlumpte menschliche Gestalten, die aussahen wie Zombies aus einem Horrorfilm, und elefantengroße Hyänen. Während wir dort standen, sah ich, wie sich eines der riesigen Raubtiere auf einen Zombie stürzte und ihn mit seinen Klauen und Zähnen zerfetzte. Angeekelt wandte ich mich ab und war froh über meine Entscheidung, als Spielfigur eine Eterim-Zauberin gewählt zu haben.

Die Entwicklung von Infernia war durch die Firma von Bens Vater finanziert worden, wie Ben mir stolz erzählte. Das Spiel bestand aus drei Welten, die durch magische Portale miteinander verknüpft waren – die höllenartige Unterwelt Infernia, die Erde und die paradiesische Welt Eternia, die nur Eterim wie ich betreten konnten.

»Wie man sieht, ist es hier nicht gerade gemütlich«, erklärte Ben. »Deshalb versuchen wir Inferim, die Erde zu erobern. Die Menschen waren dumm genug, bei einem fehlgeschlagenen Experiment am CERN in Genf ein großes Portal nach Infernia zu erzeugen, durch das unsere Armee in ihre Welt eindringt. Komm, ich zeig es dir.«

Er machte eine Handbewegung und murmelte etwas. Eine runde, violett leuchtende Öffnung erschien vor ihm in der Luft, umgeben von zuckenden Blitzen. Als wir hindurchtraten, fand ich mich auf dem flachen Dach eines Hochhauses in einer verfallenen Stadt wieder. Die Fenster der Gebäude waren größtenteils geborsten, von einigen waren nur noch rußgeschwärzte Ruinen übrig. In der Ferne sah man Berge und einen großen See. In der anderen Richtung, einen oder zwei Kilometer von meinem Standort entfernt, ragte eine gewaltige Säule aus violettem Licht wie der Strahl eines gigantischen Scheinwerfers in den Himmel. Das musste das große Portal sein, von dem Ben gesprochen hatte. Schreie waren zu hören, hin und wieder Schüsse und Explosionen. Als ich an der Mauer des Gebäudes hinabblickte, sah ich tief unten Gestalten, die mit Schwertern kämpften. Einige sahen aus wie die aufrecht gehenden Ziegenböcke aus Zardors Palast, andere waren Menschen in Tarnkleidung. Am Himmel darüber kreisten Wesen, die wie Flugsaurier oder gigantische Fledermäuse aussahen.

»In Infernia und hier in der Nähe des Portals funktioniert menschliche Technik nicht«, erklärte Ben. »Die Typen da unten haben keine Chance.«

Er beugte sich über das Dach, streckte den Arm aus und sagte ein paar Worte in einer fremden Sprache. Ein violetter Blitz zuckte und drei der menschlichen Gestalten brachen getroffen zusammen. Die anderen ergriffen die Flucht, während die Gehörnten sie verfolgten.

Ich musste schlucken und hatte auf einmal ein flaues Gefühl im Magen. »Das … ist wirklich sehr eindrucksvoll«, sagte ich. »Aber ich glaube, ich würde jetzt gern in die Realität zurückkehren.«

Er sah mich mit seinem Dämonengesicht an. Ich konnte darin nichts erkennen, doch in seiner verzerrten Stimme glaubte ich Enttäuschung zu hören.

»Okay. Schon klar. Sag einfach ›Simrig, exit‹.«

Im selben Moment verschwand er.

Ich wiederholte den Befehl. Es wurde dunkel um mich und der Helm fuhr langsam hoch. Verwirrt blinzelte ich. Wie eng und farblos dieser Kellerraum plötzlich aussah. Es war, als wäre ich aus einem intensiven Traum erwacht. Ein leichtes Schwindelgefühl befiel mich, als ich die Hände aus den Handschuhen zog und mich bückte, um die Riemen von meinen Füßen zu lösen. Als ich mich endlich aus dem Simrig befreit hatte, grinste Ben mich an.

»Na, hab ich zu viel versprochen?«

Ich lächelte schief. »Nein. Das war wirklich … unglaublich.«

»Wenn du willst, kannst du ja morgen nach der Schule wieder herkommen«, schlug er vor.

Ging es ihm jetzt nur um das Spiel oder um mehr? Es lag etwas in seinem Blick, das … Oder bildete ich mir das bloß ein?

»Ja, mal sehen«, wich ich aus. »Ich muss jetzt los.«

»Okay.«

Als wir die Eingangshalle betraten, kam Bens Stiefmutter aus dem elegant eingerichteten Wohnzimmer mit seinen riesigen weißen Sofas und bodentiefen Fenstern, die den Blick auf einen großen, gepflegten Garten freigaben.

»Ich dachte, ihr wolltet lernen!«, sagte sie.

»Haben wir doch!«, blaffte Ben zurück.

»Ich glaube, Ben ist jetzt fit für die Matheklausur«, sprang ich ihm bei. »Auf Wiedersehen!«

Sie zog eine Augenbraue hoch.

»Tschüss«, erwiderte sie kühl, wandte sich um und verschwand wieder im Wohnzimmer.

»Danke noch mal«, sagte Ben zu mir. »Du hast mir wirklich sehr geholfen. Bis morgen!«

»Bis morgen«, erwiderte ich, ohne genau zu wissen, ob damit das Wiedersehen in der Schule gemeint war oder ob ich nun seine Einladung, nachmittags wieder herzukommen, angenommen hatte.

2

Ich klingelte an Bens Haustür. Ein melodischer Glockenton erklang, nicht so ein elektronisches Gedudel wie bei uns zu Hause.

Obwohl ich seit meinem ersten Besuch vor gut zwei Monaten fast täglich hier gewesen war, fühlte ich mich immer noch, als gehörte ich nicht hierher. Bens Vater hatte ich bisher kaum gesehen, nur einmal hatte er uns zum Essen in ein teures Restaurant eingeladen, in dem ich vor lauter Atmosphäre kaum hatte atmen können. Und mit Bens Stiefmutter war ich erst recht nicht warm geworden. Zum Glück ignorierte sie mich die meiste Zeit.

Heute war es Ben selbst, der mir öffnete.

»Dad ist für ein paar Tage nach Dubai geflogen«, erklärte er mit einem Grinsen. »Irgendeine Investorenkonferenz. Und Alegra begleitet ihn. Unsere Haushaltshilfe ist nur halbtags da. Wir sind also ungestört.«

Mit einem leicht mulmigen Gefühl begleitete ich ihn in sein Zimmer. Statt sich an den Schreibtisch zu setzen, wo wir normalerweise gemeinsam unsere Hausaufgaben erledigten, machte er es sich auf dem Bett gemütlich.

»Komm her!«, rief er.

Ich setzte mich zögernd zu ihm.

Ungefähr drei Wochen nach meinem ersten Ausflug in die Hölle hatte mich Ben zum ersten Mal geküsst. Es war einfach so passiert, ohne Vorwarnung, als ich mich gerade wieder mit einem Gefühl des Bedauerns aus dem Simrig geschnallt hatte. Bis dahin war ich gar nicht auf die Idee gekommen, dass er sich vielleicht noch etwas anderes von mir wünschte, als nur seine Gegnerin in einem Computerspiel zu sein. Oder vielleicht hatte ich den Gedanken auch einfach verdrängt.

Jedenfalls war ich perplex gewesen, doch irgendwie hatte es sich auch gut angefühlt. Also hatte ich seinen Kuss erwidert.

Seitdem waren wir offiziell ein Paar. Meine Schulkameradinnen waren schon längst davon überzeugt gewesen, dass Ben und ich zusammen gingen, obwohl wir in der Schule nicht viel miteinander redeten und er in den Pausen die meiste Zeit mit anderen Jungs abhing. Ich hatte mehrmals mitbekommen, wie die Mädchen tuschelten, wenn ich an ihnen vorbeiging. Aber ich war schon immer eine Einzelgängerin gewesen, die sich für Klatsch und Tratsch nie interessiert hatte, und ignorierte es einfach.

Ben war echt süß. Ich mochte ihn wirklich, auch wenn es nicht die große Liebe war. Bisher war nie mehr passiert als ein paar leidenschaftliche Küsse. Doch ich hatte immer geahnt, dass ihm das auf Dauer nicht reichen würde.

Jetzt zog er mich zu sich, küsste mich leidenschaftlich, begann, mich zu streicheln und meine Bluse aufzuknöpfen.

Ich verkrampfte innerlich.

Ich hatte noch nie richtigen Sex gehabt. Und das war jetzt auch echt das Letzte, was ich mir vorstellen konnte. Andererseits wollte ich ihn doch glücklich machen. Hatte ich nur Angst, nicht gut genug zu sein?

Nein. Es fühlte sich einfach nicht richtig an.

»Bitte nicht!«, sagte ich atemlos zwischen zwei Küssen und hielt seine Hand fest.

Er wich erschrocken zurück.

»Wieso … wieso denn nicht?«, fragte er.

In seinen Augen sah ich Enttäuschung und Verunsicherung.

»Es tut mir leid«, antwortete ich. »Ich … bin noch nicht so weit.«

Er nickte. »Okay, verstehe.«

Auf einmal tat er mir unendlich leid. Ich umarmte und küsste ihn.

»Sei mir nicht böse«, flüsterte ich in sein Ohr. »Ich brauche einfach noch ein bisschen Zeit.«

»Schon okay«, erwiderte er.

Doch ich spürte, dass es nicht okay war. Ich hatte ihn verletzt. Er fühlte sich von mir zurückgewiesen.

»Lass uns ein bisschen spielen, ja?«, sagte ich, um die Situation zu entkrampfen.

Er warf mir einen merkwürdigen Blick zu. »Also gut.«

Wir gingen schweigend in den Keller und stiegen in die Simrigs.

Wie immer, wenn in der Spielwelt eine neue Mission begann, fand ich mich in meinem kleinen Schloss in Eternia wieder. Meinen letzten Einsatz – die Begleitung eines Militärkonvois durch Inferim-verseuchtes Gebiet – hatte ich erfolgreich abgeschlossen und dafür drei Kristalle mit insgesamt knapp hundert Ätherium-Einheiten erhalten, der magischen Energie, die ich für meine Zauber brauchte. Ich hatte bei dem Einsatz fast ebenso viel Ätherium verbraucht, daher hatte es unter dem Strich kaum etwas gebracht außer ein paar Erfahrungspunkten. Aber auf die kam es letztlich an, denn die mächtigsten Zauber konnte ich nur auf der höchsten Spielstufe wirken, und bis dahin war es noch ein weiter Weg.

Ich ging zu der Tafel mit den aktuellen Missionen – einer Art magischer Pinnwand, an der ständig Zettel mit neuen Aufgaben erschienen, während andere verschwanden. Um einen Einsatz anzunehmen, musste man nur den Zettel von der Pinnwand reißen. Bei den besonders lukrativen Aufträgen musste man allerdings schnell sein, bevor sie einem ein anderer Spieler abjagte. Deshalb zögerte ich nicht lange, als ich den neuesten Zettel las: *Bergung eines hochreinen Kristalls (Lvl 30+/1.024 ÄE).* Zwar war meine Spielfigur Rialis erst auf Level 28, sodass die Aufgabe eigentlich etwas über meinem Niveau lag, aber das bedeutete nicht, dass ich sie nicht bewältigen konnte, und der enorm hohe Gewinn von mehr als tausend Ätherium-Einheiten schien mir das Risiko wert. Also nahm ich das Blatt in die Hand.

Erst danach las ich die Missionsbeschreibung: *Eine kleine Einheit der Vereinigten Europäischen Streitkräfte ist in Inferim-verseuchtem Gebiet in einen Hinterhalt geraten, als sie versuchte, einen hochreinen Kristall zu bergen. Rette möglichst viele Soldaten und berge den Kristall. Alternative Missionsziele: Übergib den Kristall an das Kommando der irdischen Streitkräfte, um dein Ansehen zu verbessern und eine Belohnung zu erhalten, oder behalte ihn für dich.*

Ich entschied mich, nicht direkt an den Ort des Geschehens zu teleportieren, sondern mir zunächst einen Überblick über die Lage zu verschaffen. Wenn ich mich mit Gegnern anlegte, die stärker waren als ich selbst, wie es bei diesem hohen Missionslevel unvermeidlich war, dann ging ich besser vorsichtig vor. Also teleportierte ich mich in eine Höhe von hundert Metern über dem Zielgebiet, führte einen Levitationszauber aus, der mich in der Luft schweben ließ, und machte mich mit einem weiteren Zauber unsichtbar. Es war ein atemberaubendes Gefühl, zu fliegen wie ein Adler – auch wenn ich das schon oft erlebt hatte, faszinierte es mich jedes Mal wieder. Insgesamt kosteten mich diese Manöver knapp dreißig Ätherium-Einheiten, nicht wenig für eine Einsatzvorbereitung, aber nur 0,3 Prozent der potenziellen Beute.

Der Einsatzort lag etwa fünfzehn Kilometer nördlich von Genf, etwas südlich der Kleinstadt Nyon am Ufer des Genfer Sees. Der Kommandotrupp saß in einem Bauernhof fest. Von allen Seiten näherten sich Inferim. Ich sah mehrere Horden von Untoten, die langsam, aber unaufhaltsam auf die Scheune zuwankten, in der sich die Menschen verschanzt hatten. Von Süden her näherte sich ein Trupp mit Speeren bewaffneter Gehörnter über die seit Langem nicht mehr befahrene Autobahn. Außerdem kreiste ein Schwarm Lederschwingen unter mir in der Luft – fledermausartige Wesen mit einer Spannweite von bis zu zehn Metern, die im Sturzflug über ihre Opfer herfielen und sie mit einem Nackenbiss töteten oder sie mit in die Luft rissen, um sie dann zu Tode stürzen zu lassen. Gewehrfeuer war zu hören und eine der Lederschwingen trudelte mit einem entsetzlichen Kreischen herab.

In ihrer schieren Anzahl waren die Inferim für den menschlichen Trupp ein großes Problem, außerdem lockten Kampfgeräusche meist noch mehr Feinde an. Doch die Monster, die ich sah, waren alle höchstens auf Stufe 10. Trotz der Übermacht schien mir die Einstufung der Mission auf

Level 30 zu hoch gegriffen. Was vermutlich bedeutete, dass ich noch nicht alles gesehen hatte.

Die ersten Untoten erreichten die Scheune. Die Soldaten schossen, doch die Monster waren nicht so leicht durch Gewehrkugeln aufzuhalten. Ihre bereits toten Körper wurden durch ätherische Energie zusammengehalten und waren nur schwer zu zerstören. Sie hämmerten mit ihren verfaulten Fäusten gegen das Scheunentor und versuchten, durch die zersplitterten Fenster ins Innere zu kriechen. Es war höchste Zeit einzugreifen, wenn ich die Soldaten vor einem grausamen Schicksal retten wollte. Doch ich zögerte noch. Mein Gefühl sagte mir, dass Vorsicht angebracht war, wenn ich nicht selbst in eine Falle tappen wollte.

Im nächsten Moment hörte ich ein hohes Sirren, das sich rasch näherte. Ich drehte mich um und sah etwas Helles durch die Luft auf mich zuschießen. Im ersten Moment glaubte ich, angegriffen zu werden, und bereitete rasch einen Schutzzauber vor. Doch dann erkannte ich einen Superior, der dicht unter mir vorbeiflog und im Innenhof des Gehöfts landete.

Superiors waren eine Art Superhelden, die aufgrund gentechnischer Modifizierungen und einer überlegenen technischen Ausstattung normalen Menschen weit überlegen waren. Sie konnten mit ihren Hightech-Rüstungen fliegen und waren exzellente Nah- und Fernkämpfer. Allerdings half ihnen das nur auf der Erde, denn in Infernia funktionierte Elektronik nicht. Im Unterschied zu den regulären Soldaten der Vereinigten Europäischen Streitkräfte waren Superiors keine NPCs, also computergesteuerte Figuren, sondern wurden von menschlichen Spielern gesteuert.

Wollte mir dieser Typ etwa die Beute wegschnappen? Zwar

hatte ich die Mission ergattert, aber das bedeutete nicht, dass ein anderer Spieler nicht eingreifen konnte, wenn er mich heimlich beobachtete oder auf andere Weise mitbekam, dass es etwas Wertvolles zu holen gab. Ebenso war es möglich, dass der Superior bloß die Konzentration der Monster um dieses Gehöft bemerkt und beschlossen hatte nachzusehen, was der Grund dafür war.

Aus meiner sicheren Position beobachtete ich, wie er mit seinem Schwert um sich schlug und die Untoten, die sich auf ihn stürzten, in kurzer Zeit niedermachte. Als eine weitere Horde der Monster in den Innenhof drängte, löste er ein kurzes Rohr von seiner Hüfte, das über einen Schlauch mit einem Kanister auf seinem Rücken verbunden war. Eine Stichflamme schoss daraus hervor und setzte die Monster in Flammen, die daraufhin mit stöhnenden Lauten zu Boden sackten. Die Lederschwingen, die immer noch in der Luft kreisten, schienen zu spüren, dass sie diesem Gegner nicht gewachsen waren, und hielten Distanz.

Jetzt ärgerte ich mich, dass ich so lange gezögert hatte. Dadurch, dass der Superior zuerst gelandet war, hatte er die meisten Erfahrungspunkte eingeheimst, die man durch das Vernichten der Inferim bekommen konnte. Außerdem war ich es, die nun wie eine Trittbrettfahrerin aussah, die die Beute an sich reißen wollte, nachdem er die ganze Drecksarbeit gemacht hatte. Dabei war es ja eigentlich meine Mission.

Ein Kristall mit 1.024 Ätherium-Einheiten war auf jeden Fall zu wertvoll, um ihn einfach so einem anderen Spieler zu überlassen. Immer noch unsichtbar, ließ ich mich herabsinken. Eine der Lederschwingen stieß beinahe mit mir zusammen, doch die Monster konnten mich nicht wahrnehmen, und so blieb ich unbehelligt.

Zögernd, mit den Waffen im Anschlag, kamen die Soldaten aus der Scheune. Es war ein armseliger Haufen. Die meisten von ihnen waren verletzt, ihre Arme, Beine oder Köpfe notdürftig verbunden. Manche konnten sich kaum auf den Beinen halten. Einer von ihnen umklammerte eine olivgrüne Metallkiste wie einen kostbaren Schatz. Darin musste sich der Kristall befinden.

»Danke, dass Sie uns geholfen haben, Sir!«, sagte der Mann mit der Kiste, wahrscheinlich der Anführer des kleinen Trupps. »Ich bin Leutnant Jero Kramer, 2. Aufklärungsdivision der Vereinigten Europäischen Streitkräfte.«

»Kein Problem«, erwiderte der Superior. »Was macht ihr hier draußen mitten im Inferim-Gebiet?«

»Wir haben den Auftrag, einen hochreinen Ätherium-Kristall zu bergen und ins Hauptquartier nach Lausanne zu bringen, Sir.«

»Wie rein ist dieser Kristall genau?«, fragte der Superior.

Ich erwartete die typische ausweichende Antwort, die die NPCs gaben, wenn sie etwas nicht verstanden, doch der Leutnant antwortete: »Ich weiß es nicht, Sir. Ich kenne mich mit Ätherium-Kristallen nicht aus.«

»Gib mir diesen Kristall!«

»Es tut mir leid, Sir. Meine Anweisung lautet, den Kristall ins Hauptquartier zu bringen. Ich wäre Ihnen dankbar, wenn Sie uns dorthin begleiten würden – wir könnten Ihre Unterstützung gut gebrauchen. Aber ich darf Ihnen den Kristall nicht aushändigen.«

Der Superior hob drohend seinen Flammenwerfer.

»Ich sagte, gib mir diesen Kristall, du Wurm, oder ich grille euch alle!«

Die Soldaten schreckten zurück und hoben ihre Waffen.

Es waren sieben Männer, doch gegen den Superior mit seiner kugelsicheren Nanokomposit-Rüstung hatten sie keine Chance.

»Es tut mir leid, Sir«, erwiderte der Leutnant. »Es ist von höchster strategischer Bedeutung, dass dieser Kristall ins Hauptquartier nach Lausanne gebracht wird. Im Namen der Vereinigten Europäischen Streitkräfte bitte ich Sie, uns bei unserer Mission zu unterstützen. Schließlich stehen wir doch in diesem Krieg alle auf derselben Seite.«

Irgendwie tat er mir leid, obwohl ich wusste, dass er nur eine Computerspielfigur war. Aber er war nicht wie die anderen NPCs – er war eindeutig eloquenter und wirkte wesentlich intelligenter. Kurz überlegte ich, ob es sich vielleicht um einen menschlichen Spieler handeln könnte. Aber dann hätte er sich wohl kaum so unterwürfig verhalten.

»Zum letzten Mal, her mit dem Kristall, oder …«

Violette Blitze zuckten plötzlich im Innenhof und das glühende Oval eines Portals nach Infernia erschien. Eine drei Meter hohe, gehörnte Gestalt trat daraus hervor.

Die Männer eröffneten sofort das Feuer. Der Superior ließ eine gewaltige Stichflamme aus seinem Flammenwerfer schießen. Doch der Dämon wehrte die Kugeln und das Feuer mühelos mit einem Schutzschild ab. Dann schossen violette Blitze aus seiner ausgestreckten rechten Hand. Der Superior wurde durch die Luft geschleudert, prallte gegen die Scheunenwand und blieb reglos liegen.

Ein Dämonenlord! Nun war klar, warum die Mission mit mindestens Level 30 ausgeschrieben worden war.

Ich erwartete, dass die Soldaten die Flucht ergriffen, doch stattdessen feuerten sie weiter ihre nutzlosen Kugeln auf die gehörnte Gestalt. Der Dämon lachte nur, ließ weitere Blitze aus seinen Händen hervorschießen und traf damit zwei der Soldaten, die schreiend und mit rudernden Armen durch die Luft getragen wurden und dann in dem Portal verschwanden.

»Nein!«, schrie der Leutnant.

Er versuchte, eine weitere Salve abzufeuern, doch sein Gewehr streikte, wie es oft in der Nähe eines Portals geschah – Ätherium-Strahlung ließ komplizierte Technik häufig versagen, sodass ihre technische Überlegenheit den Menschen beim Kampf gegen die Inferim meist wenig nützte. Also warf der Truppführer die Waffe weg, zog ein Katana, ein schmales japanisches Schwert, aus der Scheide an seinem Gürtel und rannte damit auf den Dämon zu. Es war offensichtlich, dass er damit kaum etwas würde ausrichten können. Die Verzweiflungstat rührte mich, und so entschloss ich mich einzugreifen, auch wenn der Dämon dem Anschein nach mindestens fünf Level über meiner Zauberin lag.

Ich sprach einen Schutzzauber aus, der den Leutnant mit einem sanften goldenen Glühen umhüllte. Die violetten Blitze, die im selben Moment aus der Hand des Dämons zuckten, konnten ihm nichts anhaben. Doch die Aktion bewirkte, dass mein Unsichtbarkeitszauber gebrochen wurde.

Als die übrigen Soldaten mich sahen, jubelten sie, während der Leutnant mit seinem Katana nach dem Bein des Dämons hackte. Doch dieser wich ihm geschickt aus und streckte mit einem Blitz einen der anderen Soldaten nieder.

In diesem Moment stürzten sich wie auf Kommando die Lederschwingen herab, während der Trupp Gehörnter, den ich aus der Luft gesehen hatte, mit erhobenen Speeren in den Innenhof gerannt kam. Die Soldaten wehrten sich, so gut sie konnten, doch sie hatten gegen die Übermacht keine Chance. Ich konnte sie nicht alle beschützen und gleichzeitig den Dämonenlord in Schach halten. Ehe ich reagieren konnte, wurde der Leutnant von einem Speer durchbohrt, den einer der Gehörnten auf ihn geschleudert hatte. Ich tat das Einzige, was mir übrig blieb: Ich rannte zu ihm, öffnete ein Portal, packte ihn und zerrte ihn mit mir hindurch.

»He, du Feigling, bleib gefälligst hier und kämpfe!«, brüllte der Dämonenlord mir nach.

Erst in diesem Moment begriff ich, wer mein Gegner war.

3

Mit einem elektrischen Summen fuhr der klobige Helm des Simrigs langsam nach oben. Ich blinzelte ein paar Mal, um mich wieder an das Neonlicht des Kellerraums zu gewöhnen, und schnallte mich ab.

Ben kletterte im selben Moment aus dem zweiten Rig und grinste schief.

»Das kriegst du wieder!«, sagte er.

Seine Brauen waren zusammengezogen, die Stirn kraus, der Mund schmal. Er schien ernsthaft sauer zu sein, auch wenn er das mit seinem Grinsen zu überspielen versuchte.

»Tut mir leid«, erwiderte ich. »Ich konnte ja nicht wissen, dass du das warst. Ihr Dämonen seht für mich alle gleich aus.«

»Und wenn du es gewusst hättest, hättest du mir den Kristall dann etwa kampflos überlassen?«, fragte er.

Ich schüttelte den Kopf. »Nein. Aber ich hätte mir eine andere Mission ausgesucht.«

»Ich bin dir wohl nicht mal als Spielgegner gut genug«, grummelte er.

»Quatsch!«, erwiderte ich. »Aber ich will keinen Streit mit dir. Und außerdem ist dein Zardor zehn Level über meiner Rialis.«

Das schien ihn etwas zu besänftigen.

»Das war ziemlich feige von dir, einfach abzuhauen«, meinte er.

»Besser fünf Minuten feige als ein ganzes Leben lang tot«, erwiderte ich.

»Du bist doch eine Eterim«, entgegnete er. »Du kannst gar nicht sterben. Du hast dich bloß verdrückt, weil du den Kristall für dich haben wolltest.«

»Das auch«, gab ich zu.

Er runzelte die Stirn. »Was denn noch?«

»Dieser Soldat, der Truppführer«, erwiderte ich. »Er war irgendwie anders.«

»Anders? Was meinst du damit?«

»Ich weiß auch nicht genau. Er schien mir intelligenter zu sein als die anderen NPCs. Fast, als wäre er ein richtiger Mensch.«

»Blödsinn. Menschliche Spieler sind entweder Dämonen, Eterim oder Superiors, aber niemals einfache Soldaten.«

»Ich weiß. Trotzdem kam es mir so vor.«

»Du bist bloß auf die Tricks reingefallen, mit denen die Spielentwickler ihre Computerfiguren menschlicher wirken lassen. Was hast du eigentlich mit ihm gemacht?«

»Ich habe ihn ins Krankenhaus gebracht.«

»Ich meinte den Kristall.«

Ich schmunzelte. »Der ist in Sicherheit.«

»Wirklich schade, dass ich als Dämon nicht nach Eternia kann«, meinte er. »Ich würde dein kleines Schloss dem Erdboden gleichmachen.«

Schwang da etwa echter Zorn in seinen Worten mit?

»Hey, es ist bloß ein blöder Ätherium-Kristall«, versuchte ich ihn zu beschwichtigen.

»Ach ja? Dir schien er aber ziemlich wichtig zu sein. Statt fair mit mir darum zu kämpfen, bist du einfach abgehauen.«

»Seit wann interessiert sich ein Dämonenlord für Fairness?«, konterte ich.

Er blickte mich zornig an, schwieg jedoch.

»Es tut mir leid«, sagte ich. »Ich wollte dich nicht ärgern. Ich hab einfach nur versucht, meine Mission zu erfüllen.«

»In der Missionsbeschreibung stand, dass du möglichst viele Soldaten retten sollst?« Er lachte höhnisch. »Na, das hast du ja super hingekriegt!«

Das saß.

»Ich gehe jetzt wohl besser«, sagte ich.

»Ja, geh ruhig!«, erwiderte er.

Es wäre wahrscheinlich geschickter gewesen, noch zu bleiben und zu versuchen, den Streit irgendwie beizulegen. Doch Bens gehässige Bemerkung hatte mich zu sehr geärgert, um jetzt klein beizugeben. Also stapfte ich wütend aus dem Keller, holte meine Sachen aus seinem Zimmer und ging zur Haustür.

»Bis morgen!«, rief ich.

Ben, der immer noch im Keller war, antwortete nicht.

Auf dem Weg nach Hause beruhigte ich mich allmählich. Ben hatte sich den Nachmittag offensichtlich anders vorgestellt. Und dann hatte ich ihm auch noch den Ätherium-Kristall vor der Nase weggeschnappt. Kein Wunder, dass er sauer war. Na, er würde sich schon wieder einkriegen.

Doch etwas ging mir nicht mehr aus dem Kopf: die Art, wie der Truppführer verzweifelt geschrien und sich mit nichts als einem Schwert bewaffnet auf einen Dämonenlord gestürzt hatte. Ich hatte noch nie erlebt, dass sich ein NPC so verhielt.

Ben hatte wahrscheinlich recht: Das war sicher bloß ein Trick der Spielentwickler. Infernia wurde ständig weiterentwickelt und auch die künstliche Intelligenz, die die NPCs steuerte, lernte mit der Zeit dazu. Es war also ganz normal, dass sich das Verhalten der Spielfiguren mit der Zeit änderte. Ich verstand nicht viel von Computern, aber mir war klar, dass die NPCs keine echten Gefühle und keinen eigenen Willen haben konnten. Sie waren bloß Statisten in einem Film, die im Hintergrund agierten, während die menschlichen Spieler die Hauptrollen übernahmen.

Trotzdem war meine Neugier geweckt. Ich beschloss, mehr darüber herauszufinden.

Als ich eine halbe Stunde später die Tür unserer Wohnung aufschloss, kam mir der kleine Flur mit der schmalen Kommode unter dem Sicherungskasten und der Pinnwand voller alter Postkarten, Zetteln mit Telefonnummern und Visitenkarten noch enger vor als früher, aber der vertraute Geruch gab mir ein Gefühl der Sicherheit und Geborgenheit.

Meine Mutter hatte Spätschicht und würde nicht vor zehn nach Hause kommen. Ich hatte also genug Zeit. Sobald ich in unserer Wohnung war, setzte ich mich an den Computer und startete Infernia.

Mein Avatar befand sich in meinem Schloss in Eternia. Die olivgrüne Kiste stand auf einer altmodischen Kommode. Ich öffnete sie, betrachtete den Kristall darin, der ungewöhnlich groß und klar war. In seinem Inneren glomm ein violettes Feuer so hell, dass es mir im Simrig wahrscheinlich in den Augen wehgetan hätte. Doch auf dem Computermonitor war es nur ein grellvioletter Fleck. Ich nahm den Kristall heraus, wobei ich meine Hand mit der Computermaus steuerte. Im Rig hätte das enorme Gewicht meinen Arm nach unten gezogen – Ätherium-Kristalle waren schwerer als Blei. Eine Anzeige am unteren Rand des Displays zeigte an, dass er tatsächlich 1.024 Ätherium-Einheiten enthielt. Damit würde ich etliche Einsätze bestreiten können. Andererseits war er viel zu wertvoll, um ihn für gewöhnliche Zauber zu verbrauchen.

Warum hatte die Armee einen Trupp in feindliches Gebiet geschickt, um diesen Kristall zu bergen? Nur die Superiors besaßen Technik, mit der sie die Ätherium-Energie nutzen konnten, für gewöhnliche Soldaten war er also nutzlos. Andererseits musste es ja gar keinen echten Grund geben – für das Missionsziel reichte es aus, dass ich die Wahl hatte, den Kristall ins Hauptquartier der Armee zu bringen und so mein Ansehen zu verbessern oder ihn für mich zu behalten.

Ich überlegte, was ich damit machen sollte. Mir kam der Gedanke, dass ich den Kristall Ben schenken könnte, um mich wieder mit ihm zu vertragen. Doch das erschien mir zu unterwürfig. Schließlich hatte ich ja nichts falsch gemacht, auch wenn ich ihn enttäuscht hatte. Den Kristall den menschlichen Streitkräften auszuliefern, erschien mir ebenfalls nicht besonders attraktiv. Zwar würde ich dafür einige Erfahrungspunkte einheimsen und bei zukünftigen Missionen mehr Unterstützung durch menschliche Soldaten erhalten, doch der Kristall erschien mir zu wertvoll, um ihn einfach so den NPCs zu geben.

Also beschloss ich, ihn bis auf Weiteres zu behalten, und legte ihn in die Kiste zurück. Dann benutzte ich die Energie eines gewöhnlichen Kristalls, um einen Zauber zu wirken, mit dem ich beliebige Orte beobachten konnte, an denen ich schon gewesen war.

Ich hatte den Soldaten in ein Militärkrankenhaus in Lausanne gebracht. Es dauerte eine Weile, bis ich ihn in dem Chaos fand, das dort herrschte. Blutüberströmte, stöhnende Verwundete auf den Gängen und dazwischen herumeilende Pfleger und Ärzte vermittelten ein erschreckend realistisches Bild der Gräuel des Krieges. Mir kam der Gedanke, die Szenerie meiner Mutter zu zeigen. Sie ist Krankenpflegerin, aber sie würde mir wahrscheinlich bloß erklären, was alles daran in einem realen Krankenhaus so nie passieren würde, und mir einen Vortrag darüber halten, warum ich mich lieber mit der Realität beschäftigen sollte statt mit einem Spiel.

Leutnant Jero Kramer lag in einem überfüllten Krankenzimmer. Man hatte ihm den Speer entfernt, der noch in seiner Brust steckte, als ich ihn hergebracht hatte, und die Wunde verbunden, doch er war kreidebleich – auch das war fast ein wenig zu viel Realismus für meinen Geschmack. Ein Mann und eine Frau in Militäruniform standen an seinem Bett.

»… öffnete sich plötzlich ein Portal und ein Dämonenlord trat heraus«, berichtete er gerade mit keuchender Stimme.

»Ein Dämonenlord?«, schaltete sich der Offizier ein. »Dann muss dieser Kristall so mächtig sein, wie wir vermutet haben.«

»Wo … sind die anderen?«, fragte der Leutnant.

»Wie es aussieht, sind Sie der einzige Überlebende.«

»Der … einzige?« Der Mann auf dem Krankenbett schien in sich zusammenzusinken. Ich konnte nicht anders, als Mitleid mit ihm zu empfinden.

»Wie … bin ich hierhergekommen?«, fragte der Leutnant.

»Sagen Sie's mir«, erwiderte die Frau. In ihrer Stimme schien Misstrauen zu liegen. »Sie wären nicht der Erste, der angesichts der Inferim die Nerven verliert und die Flucht ergreift, Leutnant Kramer. Glauben Sie mir, ich hätte volles Verständnis dafür. Die Inferim sind nicht wie menschliche Gegner. Sie sind grausam, unersättlich und furchtlos, von ihrer schrecklichen Erscheinung ganz abgesehen. Ich versichere Ihnen, Sie haben keine disziplinarischen Maßnahmen zu befürchten. Aber Sie müssen uns die Wahrheit sagen!«

Der Leutnant schloss die Augen und sein Gesicht verzog sich. Ob vor Schmerz oder vor Zorn, ließ sich nicht feststellen.

»Ich bin nicht geflohen!«, stieß er hervor. »Ich habe meinen Trupp durch meine Überheblichkeit in den Tod geführt, das stimmt. Aber ich hätte die Kameraden niemals im Stich gelassen! Ich hätte mein Leben für jeden von ihnen gegeben, das müssen Sie mir glauben! Ich habe versucht, den Dämon anzugreifen, doch gegen seine Zaubermacht hatte ich keine Chance. Er hätte mich mit Leichtigkeit getötet, wenn nicht plötzlich eine Eterim erschienen wäre. Sie hat mich beschützt, doch dann wurde ich von einem Speer getroffen und bin ohnmächtig geworden. Mehr weiß ich wirklich nicht.«

»Ich kenne Leutnant Kramer gut genug und kann für seine Loyalität und Tapferkeit bürgen«, schaltete sich der Offizier ein.

»Dieser verdammte Krieg kann auch den loyalsten und tapfersten Soldaten brechen, Oberst Cantley«, widersprach die Frau. »Wir wissen beide nicht, was genau passiert ist, aber Leutnant Kramers Geschichte klingt mir doch ein bisschen unwahrscheinlich. Erst dieser Superior, der unseren Leuten angeblich den Kristall stehlen wollte, dann noch ein Dämonenlord und eine Eterim …«

»Wenn dieser Kristall wirklich so mächtig ist, dann ist das doch kein Wunder«, wandte der Offizier ein. »Ich werde den Orden der Superiors offiziell um eine Stellungnahme bitten. Vielleicht bestätigen sie uns den Vorfall.«

»Was soll das bringen?«, entgegnete die Offizierin. »Der Kristall ist verloren. Entweder hat ihn der Dämonenlord, dann stehe Gott uns bei. Oder, wenn wirklich eine Eterim in die Auseinandersetzung verwickelt war, dann hat sie ihn vielleicht. Das wäre immerhin etwas, aber freiwillig herausgeben wird sie ihn vermutlich nicht und wir haben keine Möglichkeit, ihn ihr wegzunehmen. So oder so können wir nichts mehr tun. Es war ein Fehler, nur einen schlecht bewaffneten Aufklärungstrupp in das Kriegsgebiet zu schicken, um den Kristall zu bergen.«

»Was hätte ich denn tun sollen?«, verteidigte sich der Oberst. »Wir hatten nun mal keine Zeit, einen größeren Kampfeinsatz vorzubereiten, und wie Sie sehr wohl wissen, sind die meisten unserer Truppen am Tor gebunden, um die Inferim-Horden zurückzuschlagen.«

»Das diskutieren wir besser im Hauptquartier«, erwiderte die Frau. »Danke für Ihren Bericht, Leutnant. Ich wünsche Ihnen gute Genesung.«

»Es tut mir leid, dass ich Sie und Ihre Männer in diesen Einsatz geschickt habe, Jero«, sagte der Oberst. »Glauben Sie mir, wenn ich eine Wahl gehabt hätte, dann hätte ich es nicht getan. Aber dieser Kristall ist einfach zu wichtig. Vielleicht haben wir ja Glück und die Eterim hat ihn wirklich in Sicherheit gebracht.«

»Mir tut es leid, Sir«, erwiderte der Leutnant. »Ich … ich habe schon wieder versagt.«

»Unsinn! Sie haben getan, was Sie konnten«, widersprach

der Oberst. »Gegen einen Dämonenlord hatten Sie keine Chance.« Er seufzte. »Oberst Heckel hat recht, ich hätte Sie und Ihre Männer dieser Gefahr nicht aussetzen dürfen. Die Verluste gehen auf meine Kappe, nicht auf Ihre.«

Die Szene war anrührend, aber ich fragte mich, warum ich sie überhaupt sah. Sie musste Teil der Mission sein, die ich angenommen hatte, doch die war eigentlich längst erfüllt und es war Zufall, dass ich überhaupt den Fernsicht-Zauber gewirkt und etwas davon mitbekommen hatte.

Ich beschloss, der Sache weiter auf den Grund zu gehen. Nachdem die beiden Offiziere gegangen waren, öffnete ich ein Portal und trat an das Krankenbett des Soldaten. Er sah mich mit geweiteten Augen an, als könne er nicht glauben, was er sah.

4

Ich öffnete das Magiemenü, wählte einen Heilzauber aus und bestätigte die dafür erforderliche Ätherium-Energie. Auf dem Bildschirm sah ich, wie sich mein Avatar dem Soldaten näherte und die Hände auf dessen Kopf und Brust legte. Die künstliche Intelligenz des Spiels sorgte dafür, dass sich die Eterim-Zauberin Rialis im Spiel ganz natürlich verhielt, auch wenn ich nicht jede einzelne Bewegung kontrollierte. Über die Kamera meines Monitors wurde sogar meine Mimik auf den Avatar übertragen.

Meine virtuellen Hände verbreiteten ein Leuchten, das den ganzen Körper des Leutnants einhüllte. Er riss die Augen auf.

»Was …«, stieß er hervor. Dann setzte er sich auf, betastete verwundert seine Brust.

»Ist das hier ein Traum?«, fragte er.

»Nein«, gab ich über mein Headset zurück. »Ich habe dich tatsächlich geheilt.«

Ich blickte mich in dem Raum um, doch die anderen Verwundeten lagen nur apathisch da. Keine neidvollen Blicke oder verzweifelten Hilferufe kamen von ihnen. Sie reagierten überhaupt nicht auf mich.

Statt sich über seine wundersame Heilung zu freuen oder

wenigstens Danke zu sagen, sackte der Leutnant in sich zusammen.

»Ich … ich habe das nicht verdient, Eterim«, stöhnte er. »Meine Kameraden sind gefallen oder wurden nach Infernia verschleppt, was noch schlimmer ist als der Tod. Ich wünschte, ich wäre an ihrer Stelle.«

Am liebsten hätte ich ihn in den Arm genommen und getröstet, so real wirkte seine Verzweiflung.

»Es tut mir leid, dass ich nicht mehr tun konnte«, sagte ich.

Der Leutnant barg das Gesicht in den Händen. »Oh mein Gott!«, schluchzte er. »Oh mein Gott! Das ist alles meine Schuld!«

»Nein, das ist es nicht«, widersprach ich. »Ich kenne diesen Dämonenlord. Er heißt Zardor und ist sehr mächtig. Ihr hattet keine Chance gegen ihn. Wenigstens konnte ich ihm den Kristall vor der Nase wegschnappen.«

Auf dem Gesicht des Leutnants zeigte sich Hoffnung.

»Das … das heißt, Sie haben den Kristall?«

»Ja. Ich habe ihn nach Eternia in Sicherheit gebracht.«

»Dann war unser Opfer wenigstens nicht ganz umsonst. Ich danke Ihnen, Eterim. Natürlich auch dafür, dass Sie mich geheilt haben. Ich werde sofort wieder in den Kampf ziehen und versuchen, meinen Fehler gutzumachen.«

Na, das war jetzt doch übertrieben. Dass er nach allem, was er erlebt haben musste, sofort wieder kämpfen wollte, erschien mir unrealistisch. Ganz perfekt war die Simulation menschlichen Verhaltens also nicht.

»Ich heiße Rialis«, sagte ich.

»Leutnant Jero Kramer.«

Er streckte die Hand aus und mit einem Mausklick sorgte ich dafür, dass mein Avatar sie ergriff.

»Ich danke Ihnen nochmals im Namen der Vereinten Europäischen Streitkräfte für Ihr Eingreifen«, sagte er. »Ich mag mir gar nicht vorstellen, was geschehen wäre, wenn der Kristall in die Hände der Inferim gefallen wäre.«

Wahrscheinlich gar nichts, lag es mir auf der Zunge. Ob Ben oder ich den Kristall erbeutet hatten, spielte in dem niemals endenden Krieg zwischen Menschen und Eterim auf der einen und Inferim auf der anderen Seite keine große Rolle. Die Spielentwickler würden dafür sorgen, dass keine Partei jemals einen entscheidenden Vorteil erzielen konnte, denn sonst wäre das Spiel zu Ende. Aber das einer Spielfigur zu erklären, war natürlich sinnlos.

»Verliere nicht die Hoffnung, Jero«, sagte ich und ärgerte mich im selben Moment über diese hohle Floskel. Als ob ein NPC Hoffnung haben konnte!

Doch er blickte meinen Avatar an, als berührten ihn die Worte tatsächlich.

»Bitte halten Sie mich nicht für undankbar, Eterim«, sagte er zögernd. »Aber Sie können doch ein Portal nach Infernia öffnen, oder?«

Ich runzelte die Stirn. »Warum fragst du das?«

»Ich weiß, es ist viel verlangt, aber wenn Sie mich dorthin bringen könnten … vielleicht könnte ich etwas tun, um Falk Hartmann … um meinen Kameraden zu helfen, die dorthin verschleppt wurden.«

Entgeistert starrte ich auf den Monitor. Echt jetzt?

»Du würdest in Infernia keine zehn Minuten überleben«, stellte ich fest.

Er nickte. »Ich weiß. Aber wenn ich die Wahl hätte, würde ich lieber bei dem Versuch sterben, meine Kameraden zu befreien, als mit dem Wissen zu leben, dass sie dort ewige

Qualen erleiden und ich daran schuld bin.« In seinen Augen lag ein Flehen. »Bitte, Rialis! Bitte, geben Sie mir diese Chance! Ich weiß, ich habe kein Recht, das zu verlangen, aber …«

Wieder wurde es eng in meiner Brust, auch wenn ich wusste, dass der NPC die Verzweiflung, die in seiner Stimme zu liegen schien, nicht wirklich empfinden konnte.

Plötzlich wurde mir klar, dass meine Mission noch nicht zu Ende war. *Rette möglichst viele Soldaten und berge den Kristall*, hatte das Missionsziel gelautet. Ich hatte den Kristall in Sicherheit gebracht, doch zwei Soldaten waren noch am Leben und in der Hand des Feindes.

Bens gehässiges Lachen erklang in meiner Erinnerung. Er hatte versucht, mir das Gefühl zu geben, versagt zu haben. Dabei hatte er genau gewusst, dass die Mission noch nicht abgeschlossen war.

In Zardors Palast einzudringen und zwei Gefangene zu befreien, war keine Kleinigkeit. Andererseits war die Gelegenheit gerade günstig. In der Statusanzeige konnte ich sehen, dass Ben nicht im Spiel eingeloggt war, und mit den gewöhnlichen Inferim würde ich schon fertigwerden, wenn ich vorsichtig war.

»Na schön«, sagte ich. »Ich helfe dir. Aber ich kann nicht versprechen, dass es uns gelingt, deine beiden Kameraden zu finden. Zardors Palast ist riesig.«

Er starrte mich, wie es schien, ungläubig an. »Ich … ich kann nicht verlangen, dass Sie mich begleiten, Eterim.«

»Wenn wir schon gemeinsam in die Schlacht ziehen, solltest du mich einfach Rialis nennen.«

»Ich kann nicht von … von dir verlangen, dass … du mich begleitest«, stotterte er. »Setz mich einfach nur dort ab, ich finde schon einen Weg.«

Ich schüttelte den Kopf. »Ohne mich hast du keine Chance. Außerdem, wie willst du deine Kameraden allein wieder zurück auf die Erde bringen?«

Er starrte mich einen Moment lang sprachlos an. Tränen glitzerten in seinen Augen.

»Danke!«, brachte er schließlich heraus.

5

Mit ein paar Mausklicks öffnete ich ein Portal nach Infernia. Ich entschied mich, nicht direkt in Zardors Palast zu teleportieren. Die Gefahr war zu groß, dort von schwer bewaffneten Inferim überrascht zu werden. Stattdessen wählte ich als Ziel eine Höhle in einer Bergflanke unweit des Palasts. Jero zog sich rasch Jacke und Stiefel an und griff sich ein Katana, das neben dem Nachbarbett an der Wand lehnte. Sein Besitzer lag nur apathisch da und starrte an die Decke.

Nachdem wir durch das Portal getreten waren, ließ ich eine leuchtende Kugel über der ausgestreckten Hand meines Avatars erscheinen. Ein schmaler Spalt führte zu einem finsteren Gang.

»Sind wir … wirklich in Infernia?«, fragte Jero. Er klang verunsichert und ein wenig misstrauisch.

»Ja«, antwortete ich nur.

»Sie … ich meine, du weißt nicht, wie viel mir das bedeutet. Ich könnte meines Lebens nicht mehr froh werden, wenn ich nicht wenigstens versuchen würde, Falk Hartmann zu retten.«

Ich ersparte mir den Hinweis, dass dieses Leben womöglich nicht mehr besonders lang andauerte, wenn wir uns in Zardors Festung wagten. Davon abgesehen hatte ein NPC natürlich kein Leben außerhalb des Spiels. Doch er hatte den Namen Falk Hartmann bereits zweimal erwähnt – dieser Soldat schien ihm besonders wichtig zu sein. Vielleicht verbarg sich in der Hintergrundgeschichte irgendein Hinweis, der noch wichtig für die Mission werden konnte.

Also fragte ich nach: »Wer ist dieser Falk Hartmann?«

»Feldwebel Falk Hartmann hat mir das Leben gerettet«, erzählte er. »Wir waren auf einer Routinepatrouille. Da war diese alte Lagerhalle in der Nähe des Flughafens von Lausanne, weit außerhalb des Feindgebiets. Ich hätte nicht damit rechnen können, dass die Inferim uns dort eine Falle stellen würden, hat man mir hinterher gesagt. Aber das stimmt nicht. Im Krieg gegen die Höllenbrut muss man mit allem rechnen, jederzeit, das haben sie mir in der Grundausbildung immer wieder eingebläut. Ich habe es nur nicht ernst genug genommen, war unaufmerksam, habe den feinen Verwesungsgeruch, der aus der Lagerhalle drang, erst zu spät bemerkt.«

Er stockte, als fiele es ihm schwer, sich daran zu erinnern.

»Die Untoten hatten sich auf den leeren Hochregalen versteckt und stürzten sich aus vier Metern Höhe auf uns«, fuhr er fort. »Ich konnte mich gerade noch zur Seite werfen, doch eines der Monster hat mein linkes Bein erwischt und sich darin verbissen. Vier Schüsse in seinen verfaulten Schädel habe ich gebraucht, um ihn endgültig zu töten. Währenddessen wurden zwei der Soldaten, die ich in den Einsatz geführt hatte, von den Inferim in Stücke gerissen. Tapfere Männer, die meine Befehle befolgt, die mir vertraut haben. Ihre Schreie klingen immer noch in meinen Ohren.«

Wieder machte er eine kurze Pause.

»Falk Hartmann war es, der mich damals aufgehoben und

aus der Lagerhalle geschleppt hat«, erzählte er weiter. »Manchmal wünschte ich, er hätte mich dort zurückgelassen. Dann wäre dieser Scheißkrieg für mich wenigstens vorbei. Aber ich weiß, das sind die Gedanken eines Feiglings. Auf jeden Fall würde ich es mir niemals verzeihen, wenn ich nicht alles tun würde, um ihn zu retten. Wenn ich dabei sterbe oder ebenfalls in Gefangenschaft gerate, ist das allemal besser, als ihn im Stich zu lassen und diese Schuld für den Rest meines Lebens mit mir herumzutragen.«

Ich zwängte mich durch den Spalt. Jero folgte mir den gewundenen, finsteren Gang entlang. Als der Lichtzauber erlosch, ersparte ich es mir, einen neuen zu beschwören, denn in der Ferne war bereits ein schwacher blutroter Schein zu erkennen.

Bald erreichten wir das Ende des Gangs an einer steilen Bergflanke. Etwa hundert Meter tiefer erstreckte sich eine Ebene, über der sich ein von schwarzen Wolken verhüllter Himmel wölbte. Das rote Licht rührte von Lavaströmen her, die links und rechts von uns den Berghang hinabströmten und in glühenden Flüssen die Ebene durchzogen. Man konnte beinahe die Hitze spüren und den Gestank von Schwefel riechen, so realistisch erschien die Szenerie selbst auf meinem Monitor.

Einen Augenblick blieb ich im Ausgang stehen und betrachtete die düstere Landschaft vor uns. Bens oder besser gesagt Zardors Festung sah von hier aus wirklich eindrucksvoll aus, wie eine Ansammlung von oben spitz zulaufenden Knochen, die Dutzende Meter hoch aus dem Boden ragten – der Brustkorb eines gigantischen Ungeheuers. Nur die regelmäßig angeordneten dunklen Öffnungen verrieten, dass es sich in Wahrheit um ein Bauwerk handelte.

In der Umgebung der monströsen Festung irrten zwischen Riesenpilzen und felsigen Erhebungen die üblichen Untoten, Gehörnten und Hyänen herum, während Lederschwingen am Himmel ihre lang gezogenen, klagenden Rufe ausstießen. Es würde nicht leicht sein, unbehelligt bis zur Festung zu kommen.

»Bereit, Jero?«, fragte ich.

Er hob sein Katana und nickte. »Bereit.«

Wir eilten den Abhang hinab, bis wir den Sichtschutz einer Pilzwucherung erreichten. Handtellergroße Maden krochen über die fauligen Stämme. Der Boden war mit einem violetten schwammartigen Gewächs überwuchert.

Jero blieb plötzlich stehen, stieß einen erschrockenen Laut aus und riss sein Katana hoch. Im selben Moment sprang eine Spinne mit Beinen so lang wie meine Unterarme aus einer Pilzkuppe auf ihn herab. Die rasiermesserscharfe Klinge durchtrennte den Körper der Spinne in der Luft. Gleichzeitig sah ich, wie ein weiteres dieser Monster auf den Rücken meines Avatars sprang. Jetzt war ich froh, dass ich die Szene nur auf einem Flachbildmonitor sah statt im Simrig, denn ich ekelte mich schon vor sehr viel kleineren Spinnen.

»Du hast da was«, sagte Jero, packte die Spinne auf meinem Rücken mit bloßen Händen, warf sie zu Boden und zertrat sie mit seinem Stiefel.

Ich musste schmunzeln. »Danke.«

»Hab ich auch so ein Ding auf meinem Rücken sitzen?«, fragte er und drehte sich um.

»Nein.«

»Echt eklig, diese Viecher«, stellte er fest.

»Stimmt«, gab ich zurück. »Aber verglichen mit dem, was uns noch erwartet, sind sie harmlos.«

»Ich weiß.«

Wir schlichen weiter, wobei Jero sich immer wieder umdrehte und die Pilzkuppen über uns nach verräterischen Bewegungen absuchte. Zwar wurden wir nicht von weiteren Spinnen behelligt, doch an einem der Riesenpilze entdeckte ich eine andere Scheußlichkeit: Eine riesige Schlange hatte sich um den Stamm gewickelt. Ihr Körper war so dick wie ein Oberschenkel und mit grün-grau gefärbten Schuppen bedeckt, die ein an Totenköpfe erinnerndes Muster aufwiesen. Das Erschreckendste an diesem Monster war jedoch sein Kopf, der das Gesicht einer wunderschönen Frau mit sehr großen Augen hatte.

»Sieh nicht hin!«, warnte ich Jero.

Doch es war bereits zu spät. Er erstarrte und ging langsam, wie in Trance, auf das Monster zu.

»Komm zu mir!«, zischte die Schlange. »Küss mich und lass mich dich ins Paradies führen!«

Eine gespaltene Zunge leckte über ihre vollen Lippen.

Ich zog meinen Dolch und rammte ihn dicht unterhalb des Kopfes in den Körper der Schlange. Sie zuckte und zischte einen Moment lang wütend, bevor sie starb und Jero von ihrem hypnotischen Einfluss befreit war.

»Danke«, sagte er. »War das … etwa die Schlange, die Eva im Paradies verführt hat?«

»Das bezweifle ich«, antwortete ich.

Wir erreichten das Ende des kleinen Pilzwalds. Vor uns lag nun ein steiniger Abhang ohne jeden Blickschutz. Erst in hundert Metern Entfernung erhoben sich ein paar unregelmäßige Felszacken, hinter denen wir uns verstecken konnten.

»Lauf!«, sagte ich und rannte los.

Jero folgte mir. Ein paar Mal stolperte er, konnte sich jedoch wieder fangen. Ich bewunderte die außerordentlich realistischen Bewegungen seines Körpers. Mein Avatar dagegen lief leichtfüßig über den steinigen Untergrund, als sei es eine Blumenwiese.

Als wir den Schutz der Felsen fast erreicht hatten, erklangen ein schriller Schrei und das Geräusch ledriger Schwingen. Jero schrie auf, als eine Lederschwinge sich auf ihn stürzte, ihn packte und mit einem gewaltigen Schlag ihrer riesigen Flügel in die Luft riss.

Ich bereitete einen Zauber vor, doch bevor ich ihn aussprechen konnte, rammte Jero das Katana über seine Schulter nach hinten. Ein grässliches Kreischen ertönte und das Monster ließ ihn los. Er stürzte mehrere Meter in die Tiefe und schlug hart auf dem Geröll auf. Vergeblich versuchte er, sich aufzurichten. Offenbar hatte er sich das Bein gebrochen.

Ich eilte zu ihm und sprach einen Heilzauber, sodass er aufstehen konnte.

»Danke!«, sagte er.

Ich lächelte. »Kein Problem.«

Wir eilten in den Schutz der schwarzen Felsen.

»Du hattest recht«, meinte er. »Wir sind erst ein paar Minuten hier und ich wäre schon zweimal fast gestorben. Ohne deine Hilfe wäre ich nicht mal in die Nähe der Festung gekommen.«

»Das hier ist die Hölle«, stellte ich trocken fest.

»Ja.« Er seufzte. »Vielen Dank, dass du das für mich auf dich nimmst.«

»Keine Ursache.«

Ich blickte mich um. Bens Knochenfestung sah aus der

Nähe noch eindrucksvoller aus. Die höchsten Spitzen ragten gut hundert Meter in den düsteren Himmel. In einem der Knochentürme entdeckte ich einen halbrunden Seiteneingang.

»Wir gehen dort hinein«, sagte ich und zeigte darauf.

»Wird man uns nicht aufhalten?«, fragte Jero.

»Wenn uns jemand begegnet, verhalte dich ruhig und überlass mir das Reden.«

»Okay.«

Ich führte einen Tarnzauber aus, der uns wie Gehörnte aussehen ließ. Dann verließen wir die Deckung der Felsen und marschierten auf den Eingang zu. Ein mit einem Speer bewaffneter Ziegenmensch kam uns entgegen, warf uns einen Blick aus seinen schrägen gelben Augen zu und ging friedlich an uns vorbei. Kurz darauf erreichten wir den Eingang. Dahinter lag ein schmaler unbeleuchteter Gang.

Unwillkürlich senkte ich meine Stimme zu einem Flüstern. »Bleib dicht hinter mir!«

Wir passierten mehrere Öffnungen, die in Räume beiderseits des Gangs führten. In einem davon brannte ein Feuer. Mehrere Gehörnte huschten darum herum. Sie beachteten uns nicht.

Schließlich erreichten wir das andere Ende des Gangs und traten auf eine Art Balkon, der über einen gut fünfzig Meter durchmessenden und mindestens hundert Meter tiefen Abgrund ragte. Tief unten war die orangefarbene Glut eines Lavateichs zu erkennen wie ein böses Auge, das zu uns heraufstarrte. An der Wand führte eine gewundene Treppe in weitem Bogen hinab zu weiteren Balkonen.

»Die Verliese sind dort unten«, sagte ich und zeigte in die Tiefe.

Schaudernd erinnerte ich mich daran, wie Ben sie mir stolz gezeigt hatte.

Während wir die endlose Treppe hinabstiegen, trafen wir immer wieder auf Inferim: ein Skelett, das in einen zerfetzten schwarzen Umhang gehüllt war und uns aus leeren Augenhöhlen anstarrte, mehrere Zombies und Gehörnte und einmal sogar ein Troll, ein muskulöser, gut drei Meter hoher Koloss mit einem winzigen Kopf und kleinen, böse starrenden Augen. Keiner von ihnen warf uns mehr als einen flüchtigen Blick zu.

Dann jedoch trat aus einem Seitengang eine Gestalt in einem roten Gewand und einer spitzen Haube mit Augenlöchern auf die Treppe. Ich erschrak. Ein Seelentrinker! Diese Monster gehörten zu den gefährlichsten in Infernia. Sie waren gegen die meisten Arten von Magie immun, konnten aber selbst heimtückische Zauber wirken.

Der Seelentrinker blieb stehen und starrte uns durch zwei dunkle Schlitze in seiner Haube an, die das ganze Gesicht bedeckte und an die Verkleidungen des Ku-Klux-Klans erinnerte. Er stieß ein paar keuchende Laute aus. Offensichtlich funktionierte mein Tarnzauber bei ihm nicht.

»Jero, erledige ihn!«, rief ich.

Jero rammte dem Monster sein Katana in die Brust. Als er es zurückzog, fiel die Robe in sich zusammen, so als habe nie etwas daruntergesteckt. Doch ich befürchtete, dass der Seelentrinker bereits Alarm geschlagen hatte.

»Wir beeilen uns besser!«, sagte ich und eilte die Treppe hinab.

Endlich erreichten wir den Trakt mit den Verliesen. Ich bog in einen Gang ein, der von vergitterten Türen gesäumt war, hinter denen Menschen eingesperrt waren. Manche waren verstümmelt, andere standen in Flammen, ohne jedoch wirklich zu verbrennen. Wieder andere waren von Ratten oder großen Käfern bedeckt, die sie bei lebendigem Leib aufzufressen schienen. Ihr Stöhnen und Jammern erfüllte die Luft. Als sie uns sahen, streckten einige von ihnen uns flehend die Arme entgegen.

»Töte mich!«, rief eine Gestalt, die mit dem Oberkörper aus einer Art Badewanne voller schwarzer Würmer herausragte. »Bitte, töte mich!«

Ich unterdrückte den Impuls, mich angewidert vom Monitor abzuwenden. Es ist nur ein Spiel, sagte ich mir und war ein weiteres Mal froh, nicht im Simrig zu stecken.

Es war höchste Zeit, einen Lokalisierungszauber auszusprechen. Ich gab den Namen Falk Hartmann ein und ein halb durchsichtiger roter Pfeil erschien auf dem Boden. Ich folgte ihm zu einem rechteckigen, etwa zwanzig Meter durchmessenden Schacht, der ebenfalls von einer Wendeltreppe umrundet wurde. Die Zelle mit Jeros Kameraden lag drei Stockwerke tiefer.

Ich wollte gerade mit ihm die Treppe hinuntereilen, als mich eine Stimme aus der Spielwelt riss: »Weißt du eigentlich, wie spät es ist?«

6

Erschrocken drehte ich mich um. Meine Mutter stand in meiner Zimmertür und tippte auf ihr linkes Handgelenk. Als ich auf meine eigene Uhr blickte, sah ich, dass es bereits nach Mitternacht war. Wie immer schien die Zeit in Infernia viel schneller zu vergehen.

»Nur ganz kurz noch«, sagte ich. »Ich bin gerade mitten in einer Sache, die ich noch zu Ende bringen …«

»Es ist gleich halb eins und du musst morgen zur Schule! Hast du denn überhaupt schon zu Abend gegessen?«

»Das mache ich gleich. Ich muss nur noch ganz schnell etwas erledigen.«

»Du machst jetzt sofort den Computer aus oder du hast für eine Woche Spielverbot!«

»Was? Das kannst du nicht machen! Ich bin fünfzehn, Mama. Ich kann selbst entscheiden, wann ich ins Bett gehe.«

»Okay. Aber das ist immer noch mein Computer und ich entscheide, wann du ihn benutzen darfst. Und jetzt mach ihn bitte aus!«

»Mama, bitte, ich …«

»Jetzt sofort!«

Meine Mutter streckte die Hand nach dem Ausschaltknopf des Rechners aus. Bevor sie ihn betätigen konnte, schloss ich wütend das Spielfenster und fuhr den Computer herunter. »Du hast ja keine Ahnung, was du angerichtet hast!«, rief ich.

»Was *ich* angerichtet habe?«, blaffte sie zurück. »Ich glaube, wir müssen mal sehr ernsthaft über dieses Spiel reden, das du andauernd spielst. Du bist ja ganz süchtig danach.«

»Überhaupt nicht!«, widersprach ich. »Ich bin nur gerade mitten in einer wichtigen Mission gewesen. Die hast du jetzt vermasselt.«

»Ja, ja, ich weiß. Es ist immer mitten in einer wichtigen Mission.«

»Du hast keine Ahnung, Mama!«

»Schluss damit! Ich habe eine anstrengende Schicht hinter mir und möchte ins Bett. Wir reden morgen weiter.«

Ohne ein weiteres Wort wandte sie sich um und verließ den Raum. Ich überlegte, ob ich den Computer wieder hochfahren sollte, entschied mich jedoch dagegen. Der Schaden war ohnehin angerichtet. Außerdem hatte Mama irgendwie recht – ich hatte in den letzten Wochen verdammt viel Zeit in Infernia verbracht.

Also aß ich schnell ein Brot und ging zu Bett. Doch ich hatte Schwierigkeiten einzuschlafen. Immer wieder ging mir dieser NPC, Jero, durch den Kopf. Wie er mich angesehen, mich angefleht hatte, ihn nach Infernia zu bringen. Nun hatte ich ihn dort im Stich gelassen, hilflos inmitten einer Festung voller Monster. Statt ihm zu helfen, hatte ich ihn buchstäblich in die Hölle geschickt.

Es ist bloß eine Spielfigur, versuchte ich mich selbst zu beruhigen. Schlaf endlich! Doch das Gefühl, einen schlimmen Fehler gemacht zu haben, hielt mich noch lange wach.

Am nächsten Morgen ging ich müde und mit einem mulmigen Gefühl im Bauch in die Schule. Ben kam mal wieder zu spät zum Unterricht. Er lächelte mir zu, als er in die Klasse hastete, und setzte sich auf seinen Platz in der letzten Reihe.

In der Pause kam er zu mir. »Hi!«

»Hi!«

Wir küssten uns.

»Kommst du nach der Schule wieder zu mir?«, fragte er.

Ich wich seinem Blick aus. Wenn ich mich erneut in seine Festung schleichen musste, um Jero und seine Kameraden aus dem Verlies zu befreien, wollte ich das nicht bei ihm zu Hause tun. Doch das konnte ich ihm kaum sagen.

»Später vielleicht. Ich muss erst noch nach Hause. Meine Mutter will irgendwas mit mir besprechen.«

»Was denn?«

»Keine Ahnung.«

»Na, okay. Dann komm halt danach zu mir.«

»Mach ich.«

»Übrigens, die Matheaufgaben … Kannst du mir schnell deine Lösungen geben?«

Mist! Die Hausaufgaben hatte ich komplett vergessen.

»Muss ich noch machen. Ich gebe sie dir in der großen Pause.«

»Was hast du denn noch gemacht, als du gestern zu Hause warst?«, wollte er wissen.

»Netflix geguckt«, log ich.

»Okay. Na dann bis später.«

Der Rest des Schultags verging quälend langsam. Ich machte die Mathe-Hausaufgaben während des Englischunterrichts und gab sie Ben in der Pause zum Abschreiben. Später aßen wir gemeinsam in der Kantine zu Mittag, wie wir es immer taten, seit wir zusammen waren. Doch wir redeten kaum miteinander. Als der Unterricht endlich vorbei war, hastete ich zur Bushaltestelle und musste trotzdem warten, denn der blöde Bus hatte mal wieder Verspätung.

Zu Hause saß Mama im Wohnzimmer und las ein Buch. Auf mein Hallo klappte sie es zu und stand auf.

»Wir müssen reden!«

»Müsstest du nicht längst bei der Arbeit sein?«, fragte ich.

»Ich habe Bescheid gesagt, dass ich heute später komme. In letzter Zeit haben wir beide kaum noch Zeit miteinander verbracht.«

»Heute passt es mir nicht so gut, Mama. Ich hab eine Menge Hausaufgaben auf. Wir können morgen reden, okay?«

Es fühlte sich nicht gut an, meine Mutter anzulügen, aber das Letzte, was ich jetzt brauchte, war eine Moralpredigt.

»Na schön, wie du meinst.«

Ich verschwand in meinem Zimmer, warf die Schultasche aufs Bett und fuhr den Computer hoch. Während das Spiel noch im Ladebildschirm hing, ging die Tür auf und Mama kam herein.

»Wusste ich's doch!«, sagte sie.

Ich zuckte zusammen. »Kannst du nicht anklopfen? Das hier ist mein Zimmer.«

Statt wütend zu reagieren, blickte sie mich mitleidvoll an und setzte sich demonstrativ aufs Bett.

Verdammt, ausgerechnet jetzt! Ich seufzte und beendete das Spiel.

»Also schön. Worüber möchtest du reden, Mama?«

»Das weißt du genau«, erwiderte sie ernst.

»Bloß weil ich gestern Abend ein bisschen länger gespielt habe?«

»Es geht nicht darum, dass du gestern Abend länger gespielt hast. Es geht darum, dass du jede freie Minute mit diesem Spiel verbringst, wenn du nicht gerade bei Ben bist. Und da spielt ihr vermutlich auch.«

»Na und? Was ist so schlimm daran?«

»Ich finde es nicht gut, dass du dich immer nur in virtuellen Welten bewegst und nicht in der Realität.«

»Das ist doch gar nicht wahr. In der Schule bin ich die ganze Zeit in der Realität.«

Mama beugte sich vor und sah mich eindringlich an.

»Emma, wenn man so wie du jeden Abend bis spät in die Nacht spielt und zu wenig Schlaf bekommt, dann ist das nicht gesund. Ich merke doch, wie du dich veränderst. Du bist müde, unaufmerksam, machst deine Hausaufgaben schlampig und deine Noten werden schlechter.«

Wie sollte ich ihr erklären, dass mir Jeros Schicksal nicht egal war, auch wenn er bloß eine Spielfigur war? Sie würde es sowieso nicht verstehen. Also sagte ich stattdessen:

»Ich stehe in Mathe immer noch auf Zwei, in Deutsch und Kunst habe ich eine Eins!«

Sie sah mich mit diesem halb mitleidigen, halb traurigen Blick an, den ich absolut nicht ausstehen konnte.

»Ja, noch. Aber ich kann sehen, wie dieses Spiel an deinen Kräften zehrt. Du bist offensichtlich süchtig danach. Glaub mir, ich kenne mich mit Sucht aus. Gerade erst hat eine meiner Kolleginnen ihren Job verloren, weil sie Tabletten geklaut hat.«

Jetzt übertrieb sie aber. »Ich nehme keine Tabletten. Ich spiele bloß ein Computerspiel, so wie Millionen andere Jugendliche auch!«

»Computerspiele können genauso süchtig machen wie Tabletten. Es gibt etliche Jugendliche und Erwachsene, die damit ihr Leben zerstört haben. Ich möchte nicht, dass dir dasselbe passiert!«

Ich fühlte mich in die Enge getrieben. »Ich zerstöre mein Leben nicht!«, rief ich. »Und im Übrigen bin ich alt genug. Ich kann auf mich selbst aufpassen.«

Sie seufzte und ich bereute meinen scharfen Tonfall augenblicklich.

»Tut mir leid, Mama ... ich weiß, du meinst es nur gut. Aber glaub mir, ich bin nicht süchtig nach diesem Spiel. Es macht mir einfach bloß Spaß.«

»Also gut. Ab sofort gilt folgende Regel: Du kannst weiterhin spielen, aber erst werden die Hausaufgaben gemacht und um 22.00 Uhr ist der Computer aus.«

Ich nickte. Wie ich Mama kannte, würde sie diese Regel ohnehin bald wieder vergessen.

»Okay, Mama. Aber jetzt lässt du mich kurz spielen, ja?«

Zorn blitzte in ihren Augen auf. »Habe ich nicht gerade gesagt, erst werden die Hausaufgaben gemacht?«

»Ja, schon, aber ... es ist wirklich wichtig!«

Ihre Miene verhärtete sich. »Nein«, sagte sie ruhig. »Heute spielst du mal gar nicht.«

Erschrocken starrte ich sie an. »Was?«

»Wenn du nicht süchtig bist, wie du behauptest, wird es dir ja wohl nichts ausmachen, mal einen Tag Pause zu machen.«

»Okay, von mir aus. Morgen mache ich Pause. Aber nicht jetzt. Ich muss noch dringend etwas im Spiel erledigen.«

»Ach ja? Was denn?«

»Das wäre viel zu kompliziert zu erklären. Aber jedenfalls hätte es schreckliche Folgen, wenn ich heute nicht spiele, wenigstens ganz kurz.«

»Schreckliche Folgen? Hörst du dich eigentlich selbst reden, Emma? Das ist ein Computerspiel! Schreckliche Folgen gibt es nur in der Wirklichkeit. Schlechte Schulnoten, ein vermasseltes Studium, Arbeitslosigkeit – das sind schreckliche Folgen, die durch Spielsucht entstehen können. Und ich habe allmählich den Eindruck, dass dieses Spiel noch gefährlicher ist, als ich dachte.«

Tränen stiegen mir in die Augen. Ich wusste selbst nicht genau, warum ich so wütend war.

»Wenn du mich nicht spielen lässt, dann gehe ich eben zu Ben!«, rief ich und stürmte aus meinem Zimmer.

7

»Worüber wollte deine Mutter denn mit dir sprechen?«, fragte Ben, als er mir eine halbe Stunde später die Tür öffnete.

»Sie findet, ich spiele zu viel. Sie behandelt mich wie ein kleines Mädchen.«

Er grinste. »Wenn du willst, komm mit auf mein Zimmer, dann behandele ich dich wie eine erwachsene Frau.«

Ich erschrak.

»Jetzt mach doch nicht so ein Gesicht!«, sagte er. »Das war ein Scherz!«

»Lass uns ein bisschen spielen«, erwiderte ich und rang mir ein Lächeln ab.

Ben grinste erneut. »Na schön. Erst das Spiel, dann das Vergnügen.«

Ich folgte ihm in den Kellerraum, wo wir beide in die Rigs stiegen. Sicherheitshalber wartete ich, bis Ben seinen Helm aufhatte, bevor ich meinen herabsenkte. Er durfte auf keinen Fall mitbekommen, was ich vorhatte.

Da ich das Spiel beim letzten Mal abrupt abgebrochen hatte, befand sich mein Avatar wieder in meinem Schloss in Eternia. Zuerst führte ich einen Lokalisierungszauber aus, um Jeros Position zu bestimmen. Erleichtert stellte ich fest, dass er noch lebte und sich in Zardors Verlies befand, ganz in der Nähe seiner beiden Kameraden. Dann öffnete ich ein Portal zu der Position, die mir der Lokalisierungszauber angezeigt hatte, und trat hindurch.

Im nächsten Augenblick befand ich mich in einer engen Zelle. Jero war an die Wand gekettet. Sein Körper war halb nackt und von blutigen Striemen bedeckt. Ein Gehörnter und ein Seelentrinker befanden sich bei ihm. Das Geistwesen in seinem roten Kapuzengewand war offenbar gerade dabei, Jero zu foltern.

Rasch streckte ich den Gehörnten mit einem magischen Blitz nieder. Der Seelentrinker war nicht so leicht mit Magie zu besiegen, doch für diesen Fall hatte ich einen Dolch dabei, den ich gegen die Kapuze schleuderte. Ein stöhnendes Geräusch erklang und das rote Gewand fiel leer herab. Doch ich wusste, dass mir nicht viel Zeit blieb.

Ich benutzte einen weiteren Zauber, um die Metallketten zu durchtrennen, mit denen Jeros Handgelenke und Füße gefesselt waren.

»Rialis!«, rief Jero. »Aber wieso …«

»Es tut mir leid, dass ich nicht eher kommen konnte«, sagte ich und streckte eine Hand nach ihm aus. »Komm! Wir müssen hier weg!«

»Aber meine Kameraden …«

»Dafür ist jetzt keine Zeit. Der Seelentrinker hat garantiert Alarm geschlagen. Wir müssen sofort verschwinden.«

Ich versuchte, ein Portal zu öffnen, doch der Zauber versagte. Im selben Moment begann die Luft in einer Ecke der Zelle zu flimmern. Schwarzer Rauch erschien, der in einem Strudel herumwirbelte und sich zu einer großen gehörnten Gestalt mit dunkelrot glühenden Augen verdichtete.

Oh, verdammt!

»Na, wen haben wir denn hier?«, fragte Ben mit seiner Dämonenstimme. »Wenn das nicht meine liebe Freundin Rialis ist! Du hast Nerven, dich hierher zu wagen!«

»Lass uns gehen!«, erwiderte ich. »Bitte!«

Der Dämon fletschte die Zähne zu einem bösen Grinsen. »Und warum sollte ich das tun?«

Ich betrachtete Jero, dessen Augen vor Entsetzen geweitet waren. Es ist nur ein Spiel, sagte ich mir. Doch es fühlte sich einfach nicht so an.

Ich traf eine Entscheidung. Die Mission war sowieso verloren, aber vielleicht konnte ich wenigstens noch etwas Gutes bewirken.

»Na schön, du hast gewonnen«, sagte ich mit einem Seufzen. »Wenn du uns und die anderen Soldaten gehen lässt, kriegst du den Kristall.«

»Nein!«, schrie Jero. »Lieber sterbe ich, als einem Dämon den Kristall zu überlassen!«

»Wer hat dich denn gefragt, du Ungeziefer?«, höhnte Ben. Er machte eine Handbewegung und aus seinen langen Krallen zuckten violette Blitze. Jero brach zusammen und wälzte sich schreiend auf dem Boden.

Rasch sprach ich einen Schutzzauber aus.

»Lass ihn in Ruhe!«, forderte ich.

»Wieso ist dir dieser Soldat so wichtig?«, fragte Ben.

Ich ging nicht darauf ein. Er würde es sowieso nicht verstehen.

»Ich will, dass du ihn und seine beiden Kameraden, die du entführt hast, freilässt«, sagte ich stattdessen.

»Mir scheint, du bist nicht unbedingt in der Position, um hier Forderungen zu stellen!«

»Willst du den Kristall oder nicht?«

»Warum sollte ich ihn dir nicht einfach wegnehmen?«

»Weil er nicht hier ist. Ich bin vielleicht blöd genug, um dir in die Falle zu gehen, aber so blöd nun auch wieder nicht.«

»Und wie genau stellst du dir die Übergabe vor?«

»Du lässt die drei gehen und ich hole den Kristall und gebe ihn dir.«

»Jetzt hältst du mich für blöd. Das ist nicht nett!«

»Im Unterschied zu dir halte ich mich an meine Versprechen.«

»Aha. Und weshalb bist du dann heimlich hinter meinem Rücken in meine Festung eingedrungen?«

»Ich habe nur versucht, die Menschen zu befreien, die du entführt hast.«

»Nachdem du mir den Kristall gestohlen hast.«

»Ich habe ihn dir nicht gestohlen, denn er gehört dir nicht.«

»Na schön. Hol den Kristall her, dann lasse ich euch gehen.«

»Schwörst du mir das?«

»Ich schwöre es.«

»Dann löse die Ätherium-Sphäre auf, die du um uns errichtet hast, damit ich ein Portal nach Eternia öffnen kann.«

Der Dämon starrte mich einen Moment lang schweigend an. Dann nickte er.

»Okay.«

Ich öffnete ein Portal. »Ich bin gleich wieder da.«

Jero blickte mich traurig an, so als glaubte er mir nicht. Vermutlich dachte er, ich würde mich nicht an mein Versprechen halten und nur versuchen, meine eigene Haut zu retten. Aus irgendeinem Grund verletzte mich das. Dann machte ich mir klar, dass Jero gar nichts dachte. Er war bloß eine computergesteuerte Spielfigur. Wieso vergaß ich das dauernd?

Rasch trat ich durch das Portal, holte die Kiste mit dem Kristall und kehrte in die Zelle zurück. Jero riss die Augen auf.

»Nein«, schrie er. »Das darfst du nicht tun!«

Zardor streckte seine Hand nach ihm aus.

»Wenn du ihm etwas antust, ist unser Deal geplatzt!«, drohte ich.

Er senkte den Arm.

»Was stimmt nicht mit dir?«, fragte er.

Ich ignorierte die Frage. »Wo sind die anderen beiden Soldaten?«

»Schon auf dem Weg hierher. Jetzt gib mir den Kristall.«

»Erst, wenn sie hier sind.«

Kurz darauf erschienen zwei Gehörnte. Jeder zerrte einen gefesselten Gefangenen mit sich. Die beiden Männer konnten sich kaum auf den Beinen halten. Ihre Augen wirkten ausdruckslos.

Die Gehörnten stießen die beiden Männer in die Zelle, wo sie zu Boden sackten.

»Falk!«, rief Jero und beugte sich über einen der beiden. »Falk, bist du okay?«

Der Mann saß nur apathisch da.

»Was hast du mit ihnen gemacht, du Monster?«, schrie Jero.

Er sprang auf und stürzte sich mit bloßen Fäusten auf Bens Avatar. Vielleicht wollte er, dass Ben ihn tötete, damit der Deal platzte und ich den Kristall nicht übergab.

Ben lachte nur und schleuderte Jero mit einer lässigen

Armbewegung gegen die Wand, wo er bewusstlos zu Boden sackte.

»Jetzt gib mir den Kristall, bevor ich es mir anders überlege!«, sagte er.

Ich stellte die Kiste auf den Boden. Dann führte ich einen Levitationszauber aus und ließ die drei Soldaten durch das Portal schweben.

»Ich fasse nicht, dass du das wirklich tust!«, rief Ben.

Ich ignorierte ihn und trat durch das Portal.

8

Jero schreckte hoch und sah sich verwundert um. Ich stand neben dem Bett, auf dem er unter einer perlmuttfarbenen Seidendecke lag. An einer Wand befand sich ein schmaler Waschtisch mit einem Spiegel darüber, an einer anderen ein Schrank aus hellem Holz. Eine mit floralen Schnitzereien verzierte Tür führte nach draußen. Durch die geöffneten hohen Fenster drang Vogelgezwitscher.

»Wir sind in Eternia, oder?«, fragte er.

Ich nickte. »Ja.«

Er setzte sich auf und schlug die Decke achtlos zur Seite. »Wo sind die anderen?«

Ich schüttelte bedauernd den Kopf. »Ich fürchte, ich konnte sie nicht retten.«

»Hast du sie etwa in Infernia gelassen?«

»Nein. Sie sind hier. Aber …«

»Bring mich zu ihnen!«

Sein barscher Ton irritierte mich. Eigentlich hätte ich ein wenig Dankbarkeit erwartet. Ich wandte mich um und führte ihn über einen gebogenen Gang, der mit dunkelblauem weichem Teppich belegt war, zu einem halbrunden Raum, der dem ersten fast exakt glich.

Falk Hartmann lag mit zerfetztem Kampfanzug auf dem

Bett. Seine Hand- und Fußgelenke hatte ich mit Tüchern an die Bettpfosten gefesselt. Er zerrte wie wild daran und wälzte sich hin und her, während er mit gefletschten Zähnen knurrende Laute ausstieß wie eine wütende Bestie.

Jero eilte zu ihm. »Falk!«, rief er. »Falk, kannst du mich hören?«

Doch in den weit aufgerissenen Augen des Soldaten spiegelte sich kein Erkennen. Sie zuckten hin und her, als sähe er unsichtbare Geister, die ihn quälten.

»Warum ist er gefesselt?«, fragte Jero mit belegter Stimme.

»Wenn ich ihn losmache, kratzt er sich den ganzen Körper blutig«, erklärte ich. »Wenn er kann, versucht er, sich mit scharfen Gegenständen selbst zu verletzen.«

»Kannst du ihn nicht heilen, so wie du mich geheilt hast?«

»Meine Magie hilft gegen körperliche Leiden, doch bei seelischen Qualen bin ich machtlos. Ich kann ihn nur vorübergehend beruhigen.«

Ich sprach einen Zauber und der Körper des Soldaten erschlaffte. Er starrte nur noch mit leerem Blick an die Decke.

»Oh mein Gott …«, entfuhr es Jero.

In ohnmächtigem Zorn ballte er die Fäuste. Einen Moment lang blieb er keuchend stehen. Ich verspürte das Bedürfnis, ihn in den Arm zu nehmen, auch wenn das sinnlos war.

Schließlich wandte er sich um und betrachtete den zweiten Soldaten. Er saß apathisch auf dem Boden, den Rücken an die Wand gelehnt. Hin und wieder zuckten seine Schultern, als lache er in sich hinein. Dem Aufnäher auf der Brusttasche seines Kampfanzugs zufolge hieß er de Fries. Die Rangabzeichen wiesen ihn als Unteroffizier aus.

Vorsichtig berührte ich Jero an der Schulter. »Es tut mir leid.«

Er wandte sich zu mir um. »Du hättest das nicht tun dürfen!«

Irritiert blickte ich ihn an. »Was hätte ich nicht tun dürfen?«

»Dem Dämon den Kristall geben. Du hättest mich in der Hölle lassen sollen!«

»Wärst du lieber wahnsinnig, so wie deine Kameraden?«

»Ich verdiene es nicht, gerettet zu werden, während für sie jede Hilfe zu spät kommt. Schon gar nicht, wenn dieses Monster dafür einen mächtigen Kristall erhält! Wie viele meiner Kameraden wird dieser Zardor noch in sein Verlies verschleppen und quälen, bis sie wahnsinnig sind? Diese beiden Männer haben ihr Leben gegeben, um den Kristall aus der Hand der Dämonen zu retten, genau wie die anderen, die gefallen sind. Und du bringst ihn einfach nach Infernia! Warum hast du das getan? Ist dir nicht klar, dass du damit den Inferim einen entscheidenden Vorteil verschafft hast?«

Wieso fiel es mir so schwer, in ihm das zu sehen, was er war – eine Figur in einem Computerspiel, eine leere, virtuelle Hülle, die nur so tat, als habe sie Gefühle? Stattdessen sah ich den Schmerz in seinen Augen, die Angst, die Verzweiflung, die Schuldgefühle.

»Dieser Kristall hat eine geringere Bedeutung, als du glaubst«, erklärte ich.

»Ich kenne mich mit diesen Dingen nicht aus«, gab er zu. »Aber mir wurde gesagt, der Kristall sei ungeheuer mächtig. Womöglich könne man damit ein zweites Tor zwischen Infernia und der Erde öffnen. Was, wenn das stimmt? Was, wenn die Inferim dadurch den Krieg gewinnen?«

Ich schüttelte den Kopf. »Was auch immer geschieht, dieser Krieg wird niemals enden. Keine der Seiten wird jemals einen entscheidenden Vorteil erlangen.«

Er runzelte die Stirn. »Woher willst du das wissen?«

»Ich weiß es eben.«

»Kannst du … in die Zukunft sehen?«

»Nein. Aber ich sehe das Hier und Jetzt. Ich weiß nicht, welches Leid deinen Kameraden angetan wurde, aber ihr Verstand hat es keine zwei Tage ausgehalten, bevor er zerbrach. Dieser Kristall ist ein solches Opfer nicht wert.«

»Aber verstehst du denn nicht? Dadurch, dass du dem Dämon den Kristall gegeben hast, hast du das Leiden insgesamt nicht verringert, sondern noch vergrößert!«

Ich seufzte. »Ich bezweifle, dass das irgendeinen Unterschied macht. Aber ich gebe zu, es war ein Fehler, zu versuchen, deine Kameraden zu befreien. Ich hätte dich niemals mit nach Infernia nehmen dürfen.«

»Nein!«, protestierte Jero. »Es war richtig, es zu versuchen. Der Fehler war, den Kristall zu opfern, um mich zu retten.«

Er wandte sich zu seinen beiden wahnsinnigen Kameraden um und schien in sich zusammenzusacken.

»Danke trotzdem, dass du noch einmal zurückgekommen bist«, sagte er. »Warum bist du eigentlich so plötzlich verschwunden? Ich dachte schon, du hättest mich im Stich gelassen.«

»Ich … musste mich um etwas kümmern. Es war unerwartet, aber es duldete keinen Aufschub.«

»Und um was?«

»Das kann ich dir nicht erklären.«

Er sah mich misstrauisch an, schwieg jedoch.

Wieder fiel es mir schwer, mir vorzustellen, dass ich nur mit einer Spielfigur redete. Ich wusste, dass Computer mittlerweile erstaunlich natürliche Dialoge führen konnten und man den Unterschied zwischen einem Menschen und einer Maschine im Chat nicht mehr so leicht erkennen konnte. Es war neuerdings eine beliebte Masche von Betrügern, Chatbots einzusetzen, in die sich unbedarfte User verliebten, und ihnen dann ihr Geld abzuluchsen. Aber trotzdem … Jero war eindeutig anders als alle NPCs, denen ich je zuvor begegnet war, anders als alle Chatbots und Fake-Personen, von denen ich je gehört hatte.

»Kannst du mich bitte auf die Erde zurückbringen?«, bat er.

Ich war ein wenig enttäuscht. »Warum?«

»Ich muss Oberst Cantley Bericht erstatten.«

»Das hat Zeit. Dein Oberst Cantley kann ohnehin nichts tun. Und wie ich schon sagte, wird dieser eine Kristall keinen großen Unterschied machen. Komm, ich möchte dir etwas zeigen.«

Ich führte ihn eine Treppe hinunter und hinaus in den Garten. Bunte Blumen und blühende Büsche wuchsen um einen kleinen Teich herum. Schmetterlinge in den schillerndsten Farben schwirrten umher, manche so groß wie zwei gespreizte Hände. Ein großer Vogel stolzierte über die Blumenwiese. Er hatte einen langen, bunten Schweif wie ein Pfau, doch sein Gefieder leuchtete in Rot- und Violetttönen, die von goldenen Mustern durchbrochen waren.

In diesem Moment kam aus einem Gebüsch eine schwarze Raubkatze hervor, groß wie ein Löwe. Doch der Vogel hatte keine Angst vor ihr und auch das Raubtier machte keine Anstalten, sich auf die vermeintliche Beute zu stürzen, sondern streckte sich nur, gähnte und legte sich ins Gras, während der Pfau seelenruhig an ihm vorbeistolzierte.

Jenseits des Gartens erhob sich ein dichter Wald. Bunte Vögel schimmerten in der Luft. Affen turnten in den Ästen und goldene Eichhörnchen jagten einander blitzschnell von Zweig zu Zweig. Ein geschwungenes schmiedeeisernes Tor versperrte einen Pfad in den Wald. Ich öffnete es.

»Was genau ist es eigentlich, das diesen Kristall so wertvoll macht?«, fragte Jero, während wir unter scheinbar uralten Bäumen voller zahmer Tiere entlangspazierten.

»Die magische Macht, die wir Eterim, aber auch Superiors und Dämonen benutzen, basiert auf der Manipulation des ätherischen Feldes«, erklärte ich. »Kristalle bündeln ätherische Energie. Je größer und reiner sie sind, umso stärker ist der Effekt. Doch bei jeder Benutzung wird ein Kristall ein wenig verunreinigt. Irgendwann bekommt er Sprünge und zerbricht schließlich.«

»Dann hast du also, nur um mich zu retten, die Möglichkeit aufgegeben, machtvolle Zauber zu wirken?«

Ich musste lächeln. »Ich habe noch mehr Kristalle.«

»Aber keinen, der so groß und rein ist wie der, den du diesem Zardor geschenkt hast, habe ich recht?«

Ein Anflug von Zorn befiel mich. »Ich habe ihn Zardor nicht geschenkt!«

»Tut mir leid. Aber hättest du die Macht des Kristalls nicht benutzen können, um den Dämon zu besiegen und uns dann zu befreien?«

»So einfach ist es nicht. Ich kann nur eine bestimmte Menge ätherischer Energie kanalisieren, genau wie Zardor. Der Kristall bündelt ein Vielfaches davon. Um seine ganze Energie auf einmal zu nutzen, bräuchte man ein kompliziertes Ritual und eine halbe Armee von Zauberern.«

Er blieb erschrocken stehen.

»Kann es sein, dass es genau das ist, was dieser Zardor vorhat? Dass er mit den anderen Dämonen gemeinsam ein solches Ritual durchführen will, zum Beispiel, um ein zweites Tor zu öffnen und mit seinen Horden eine unvorbereitete Region der Erde zu erstürmen?«

»Das ist sehr unwahrscheinlich. Die Dämonen sind untereinander zerstritten. Zardor will den Kristall vor allem deshalb für sich, weil es seinem Ego schmeichelt, ein so mächtiges Objekt zu besitzen.«

Jero sah mich ungläubig an. »Dämonen haben Egoprobleme?«

Ich musste grinsen. »Zardor schon.«

Wir gingen eine Weile schweigend weiter. Ich konnte sehen, wie überwältigt Jero von der Schönheit und Friedlichkeit dieses Ortes war.

Schließlich erreichten wir eine Lichtung am Fuß eines felsigen Steilhangs, über den ein Wasserfall mehrere Meter tief in einen von einer Blumenwiese umgebenen Teich stürzte. Im Sprühwasser brach sich das Sonnenlicht zu einem Regenbogen. Ein Flusspferd badete im Wasser. Auf einem Stein am Rand saß eine große Krabbe. Ein Frosch hüpfte direkt neben einem Krokodil, das in der Sonne döste, durchs Gras. Auch hier zeigte keines der Tiere irgendwelche Anzeichen von Aggressivität.

»Warum ist Gott so ungerecht?«, fragte Jero unvermittelt.

»Wie meinst du das?«, erwiderte ich überrascht.

»Schau dich doch mal um! Dieser Ort ist perfekt, ein Paradies. Infernia dagegen ist grauenhaft. Die Erde liegt irgendwo dazwischen, voller Schönheit, aber auch voller Leid. Warum hat Gott nicht alle drei Welten gleich geschaffen? Warum seid ihr Eterim privilegiert, während die Inferim und die Menschen leiden? Stimmt es, was die Kleriker sagen, dass man nach seinem Tod ein Eterim wird oder ein Inferim, je nachdem, ob man als Mensch Gottes Gebote befolgt hat?«

»Ich bin mir ehrlich gesagt nicht einmal sicher, ob es Gott wirklich gibt«, antwortete ich.

»Aber irgendwer muss diese Welten doch geschaffen haben. Das Leben auf der Erde kann man vielleicht mit Darwins Evolutionstheorie erklären, aber das hier? Wovon leben all die Raubtiere, wenn sie niemals ein anderes Tier angreifen? Und wie können die Inferim in einer Welt existieren, in der es kaum Nahrung und praktisch kein Wasser gibt?«

Ich betrachtete ihn nachdenklich. Dann beschloss ich, ein Experiment zu wagen.

»Hast du dich eigentlich jemals gefragt, ob das, was du siehst, die Wirklichkeit ist?«

Er blickte mich erschrocken an. »Was willst du mir damit sagen? Bin ich immer noch in der Hölle, wahnsinnig wie die beiden anderen?«

»Nein, das meinte ich nicht.«

»Dann bin ich … tot?«

»Du bist nicht tot. Aber diese Welt ist nicht real. Sie ist nur eine Computersimulation. Ein Spiel. Ben … ich meine, Zardor und ich sind reale menschliche Spieler, aber du bist nur eine simulierte Spielfigur.«

Er blickte mich einen Moment lang schweigend an, als versuche er zu begreifen, was ich gesagt hatte. Doch es kam keine Reaktion. Stattdessen fragte er unvermittelt: »Könntest du mich jetzt bitte auf die Erde zurückbringen?«

Ich war ein wenig enttäuscht. Irgendwie hatte ich erwartet,

dass er überrascht oder verwundert reagieren würde, dass er mir widersprechen und behaupten würde, er sei sehr wohl real. Doch die künstliche Intelligenz des Spiels schien mit meiner Aussage nichts anfangen zu können.

»Wie du willst«, erwiderte ich und öffnete ein Portal.

9

Das vertraute Gefühl der Verwirrung stellte sich ein, als der Helm des Simrigs hochfuhr. Erschrocken blickte ich auf das leere Simrig neben mir. Ben hatte das Spiel vor mir verlassen.

Rasch löste ich die Schnallen und kletterte aus dem Gestell. Die beiden Monitore auf dem Arbeitstisch neben den Rigs zeigten jeweils den Kontrollbildschirm der Spielsoftware. Wenn die Rigs benutzt wurden, war darauf der Ausschnitt der Spielwelt zu sehen, den der Benutzer gerade betrachtete. In diesem Moment zeigten beide nur das Logo des Spiels.

Ich fuhr den Computer herunter, der die Rigs steuerte – ein ultramodernes Gerät, das ein Vielfaches der Leistung unseres PCs zu Hause besaß. Dann eilte ich die Treppe hinauf.

Ben lag auf seinem Bett und starrte auf sein Smartphone. Als ich eintrat, blickte er nicht auf.

»Sorry, ich, äh, musste noch was erledigen«, entschuldigte ich mich.

»Schon klar.« Immer noch würdigte er mich keines Blickes.

»Bist du etwa sauer?«

Endlich hob er den Blick vom Display seines Handys. »Sauer? Warum sollte ich sauer sein?«

Doch seine Stimme verriet seine Anspannung.

»Weiß nicht«, erwiderte ich. »Eigentlich hast du ja gekriegt, was du wolltest.«

»Hab ich das?«

Ich blickte ihn verwirrt an. »Was ist denn nur mit dir los? Habe ich irgendwas falsch gemacht?«

»Gar nichts ist mit mir los! Außer dass meine Freundin offenbar Besseres zu tun hat, als Zeit mit mir zu verbringen.«

Ich war fassungslos. Fing Ben jetzt etwa auch so an wie Mama? Aber das war absurd! Schließlich hatten wir ja beide gespielt. Dass Ben früher ausgestiegen war als ich, konnte er mir wohl kaum vorwerfen. Außerdem hätte er es mir über den Audiokanal einfach sagen können, wenn er gewollt hätte, dass ich ebenfalls Schluss machte.

Dann endlich fiel bei mir der Groschen und ich begriff, was Ben eigentlich meinte, wenn er sagte, ich verbrächte nicht genug Zeit mit ihm. Ich seufzte innerlich, setzte mich zu ihm und küsste ihn auf den Mund.

»Tut mir leid!«, flüsterte ich.

»Nicht leid genug!«, erwiderte er grinsend.

Er packte mich, warf mich auf den Rücken und legte sich auf mich. Bevor ich etwas sagen konnte, presste er seinen Mund auf meine Lippen, während ich seine Hände auf meinen Brüsten und an meiner Hose spürte. Ich stieß ihn zurück. »Nein! Ich will das nicht!«

Sein Gesicht zeigte zuerst Enttäuschung, dann Zorn. »Was ist denn los? Bin ich dir etwa nicht gut genug?«

Ich wand mich unter ihm hervor, stand auf und stopfte hastig meine Bluse in die Hose.

»Ich hab dir schon gesagt, ich bin noch nicht so weit.«

»Und wann wirst du so weit sein?«

Auf einmal kamen mir die Tränen. »Ich … ich weiß es nicht.«

Tatsächlich hatte ich keine Ahnung, ob ich jemals bereit sein würde für das, was Ben von mir wollte. Ich wusste nur, dass es sich nicht richtig anfühlte.

»Ich … ich glaube, ich gehe jetzt besser«, brachte ich heraus.

Ben drehte mir demonstrativ den Rücken zu und beschäftigte sich wieder mit seinem Handy.

»Ja, geh ruhig«, sagte er, ohne mich anzusehen.

»Bis morgen, Ben.«

»Bis morgen.«

Auf dem Weg zur Bushaltestelle regnete es in Strömen. Mir war es nur recht, denn so sah man meine Tränen nicht.

Hatte ich einen Fehler gemacht? Eigentlich hätte ich doch froh sein müssen, dass ein Junge wie Ben mit mir zusammen sein wollte. Er war auf jeden Fall der Erste, für den ich mehr empfand als Freundschaft. Wenn man bedachte, dass viele Mädchen in unserer Schule alles dafür gegeben hätten, an meiner Stelle zu sein, musste ich schon ganz schön blöd sein, ihn zurückzuweisen. Doch in mir schien es etwas zu geben, einen geheimen Ort in meinem Herzen, den Ben nicht erreichte.

Als ich nach Hause kam, war ich immer noch verunsichert, aber auch erleichtert. Hier war ich in Sicherheit.

Meine Mutter hatte erneut Spätschicht. Das Abendessen stand auf dem Küchentisch, daneben lag ein Zettel: *Habe das Internet ausgeschaltet. Geh heute mal früh ins Bett, du brauchst den Schlaf! Bis morgen, Mama.*

Echt jetzt? Zorn keimte in mir auf. Ich war schließlich kein kleines Kind mehr. Genervt machte ich mir ein Käsebrot, dann fuhr ich den Computer hoch. Tatsächlich, keine Internetverbindung. Ich ging zu der schwarzen Plastikbox, die im Flur auf dem kleinen Schrank unterhalb des Sicherungskastens stand, schaltete den Router aus und startete ihn neu. Doch als der Computer versuchte, sich mit dem WLAN zu verbinden, erschien eine Fehlermeldung: *Falsches Passwort.*

Also hatte Mama es tatsächlich geschafft, das WLAN-Passwort zu ändern. Das hätte ich ihr gar nicht zugetraut. Aber sie war notorisch schlecht darin, sich Passwörter zu merken. Ihr Standardpasswort, das sie für fast alles benutzte, bestand aus Straße und Hausnummer unserer Wohnung.

Ich probierte es mit leichten Variationen: zuerst die Reihenfolge umgekehrt – die Hausnummer gefolgt von der Straße –, dann unsere Hausnummer erhöht um eins und vermindert um eins. Doch das misslang und nach drei Fehlversuchen blockierte der Router jegliches Einloggen für fünf Minuten.

Natürlich hätte ich das Gerät einfach auf die Werkseinstellungen zurücksetzen können. Dann hätte das ursprüngliche Passwort wieder gegolten, das auf einem Schild auf der Unterseite des Routers aufgedruckt war. Aber Mama hätte dann irgendwann gemerkt, was ich getan hatte, und bestimmt ein Riesentheater gemacht.

Vielleicht war es am besten, einfach klein beizugeben und früh ins Bett zu gehen, wie Mama es auf den Zettel geschrieben hatte. Doch die Sache mit dem Passwort war wie ein Rätsel in einem Spiel – eine Herausforderung, deren Reiz ich mich kaum entziehen konnte.

Als die fünf Minuten Sperrfrist abgelaufen waren, versuchte ich es erneut. Doch weder mein Vorname und Geburtsdatum noch die meiner Mutter funktionierten. Aufs Geratewohl versuchte ich es mit *Passwort123456*. Fehlanzeige. Der Router verdoppelte die Sperrzeit auf zehn Minuten.

Das Rätsel war schwieriger zu knacken, als ich gedacht hatte. Aber Mama konnte sich nun mal kein kompliziertes Passwort merken. Die Lösung musste also einfach sein. Oder sie hatte sich das Passwort irgendwo notiert.

Ich zögerte, doch der Reiz, das Rätsel zu lösen, war am Ende größer als mein schlechtes Gewissen. Also ging ich zu Mamas Schreibtisch und durchforstete vorsichtig den Stapel mit Rechnungen, Kontoauszügen und Einkaufsquittungen. Dann machte ich mich an die Schubladen. Doch nirgendwo fand ich einen Zettel mit einem Passwort. Auch auf Mamas Nachtschrank lag er nicht, ebenso wenig in ihrem Kleiderschrank. Ich schaute sogar hinter dem Badezimmerspiegel nach.

Als ich schon kurz davor war aufzugeben, kam mir ein Gedanke: Wenn Mama das Passwort aufgeschrieben und den Zettel versteckt hatte, dann vielleicht irgendwo in der Nähe des Routers. Ich öffnete den Schrank, auf dem das Gerät stand, doch darin waren nur Putzmittel. Auch an der Pinnwand neben der Eingangstür fand ich keinen Hinweis.

Zuletzt öffnete ich den Sicherungskasten. Bingo! An der Innenseite der Klappe klebte ein rosafarbener Zettel mit der Aufschrift *EmmaSpielsucht*.

Ich eilte zurück in mein Zimmer. Die zehn Minuten Sperrfrist waren mittlerweile abgelaufen. Der Router akzeptierte das Passwort auf dem Klebezettel problemlos.

Stolz bewegte ich die Maus auf das Icon des Spiels, zögerte jedoch. Jetzt, wo ich das Rätsel gelöst hatte, spürte ich eine bleierne Müdigkeit. Aktuell gab es im Spiel nichts Dringendes zu tun. Also fuhr ich den Computer herunter und putzte die Zähne.

Als ich schon im Bett lag, fiel mir ein, dass ich vergessen hatte, den Router wieder zu deaktivieren. Rasch fuhr ich den Computer noch einmal hoch und gab den entsprechenden Befehl, bevor ich ihn wieder ausschaltete.

Endlich löschte ich das Licht und schlief bald darauf ein.

Im Traum irrte ich durch ein endloses Labyrinth finsterer Gänge im Verlies von Zardors Palast. Gehörnte und Seelentrinker verfolgten mich, während ich versuchte, Jeros Zelle zu finden. Ich konnte seine verzweifelten Schreie hören, doch jedes Mal wenn ich in einen neuen Zellengang einbog, schien ich mich weiter von ihm zu entfernen.

Schließlich wachte ich schweißgebadet und mit klopfendem Herzen auf. In meinem Zimmer war es stockfinster, nicht einmal das Licht des Weckers konnte ich sehen. War der Strom ausgefallen? Ich setzte mich auf. Mein Bett fühlte sich seltsam an, irgendwie größer, als ich es gewohnt war. Ich betastete meinen Körper und erschrak: Statt meines flauschigen Nachthemds trug ich ein eng anliegendes Seidenkleid. Entsetzen ergriff mich, als ich erkannte, dass ich nicht Emma war, sondern Rialis!

Wie war das möglich? War ich immer noch im Simrig? Ich betastete mein Gesicht, doch es fühlte sich ganz normal an – da war kein Helm um meinen Kopf. Ich stand auf und wankte durch die Dunkelheit, als ich hinter mir ein gehässiges Lachen hörte. Rasch drehte ich mich um, konnte jedoch die Quelle des Geräuschs nicht erkennen.

»Na, gefällt es dir hier?«, hörte ich Ben in der Stimme seines Dämons sagen. Sie war voller Hohn. »Du darfst jetzt für immer hierbleiben! Das hast du nun davon, dass du mich immer zurückgestoßen hast!«

Ich wollte etwas antworten, doch ich brachte keinen Laut heraus.

Dann erklang plötzlich ein Popsong und ich schlug die Augen auf. Der Radiowecker hatte mich aus meinem Albtraum gerissen. Ich wischte mir den Schweiß von der Stirn und stand erleichtert auf.

10

Ich merkte sofort, dass etwas nicht stimmte, als ich in die Küche kam. Normalerweise schlief Mama um diese Zeit noch, wenn sie am Tag zuvor Spätschicht gehabt hatte. Doch heute Morgen saß sie schon an unserem kleinen Küchentisch vor einer Tasse Milchkaffee und schaute mich ernst an.

»Hast du gestern Abend noch gespielt?«, fragte sie anstelle einer Begrüßung.

»Morgen, Mama. Nein, hab ich nicht. Du hast das Internet abgestellt, schon vergessen?«

Ihre Miene verfinsterte sich weiter. »Lüg mich nicht an, Emma! Du weißt, das kann ich überhaupt nicht leiden!«

Das fing ja gut an. »Ich lüge nicht, Mama!«

Sie schüttelte den Kopf. Ihr Zorn schien von einer Sekunde auf die andere verflogen und durch Traurigkeit ersetzt worden zu sein.

»Was ist nur mit dir los, Emma? Wir waren doch immer ehrlich zueinander. Aber jetzt scheint dir dieses dämliche Computerspiel wichtiger zu sein als alles andere. So wichtig, dass du mich sogar deswegen anlügst. Was soll ich nur mit dir machen, kannst du mir das mal sagen?«

Mir wurde unwohl. Mama schien irgendwie gemerkt zu haben, dass ich am Abend zuvor den Router reaktiviert hatte. Wie hatte sie das nur rausbekommen? Wie auch immer, wenn ich die Situation nicht noch verschlimmern wollte, half nur noch Ehrlichkeit.

»Also gut, ich gebe zu, ich habe mich geärgert, dass du das Internet abgeschaltet hast. Ich habe versucht, den Router wieder zu aktivieren, aber du hattest das Passwort geändert. Ich habe eine Weile rumprobiert, dann habe ich den Zettel im Sicherungskasten entdeckt. Aber ich habe nicht gespielt, obwohl es erst kurz nach neun war. Ich war ziemlich müde. Ich hab den Router runtergefahren und bin ins Bett.«

Mama hatte auf einmal Tränen in den Augen. »Und das soll ich dir glauben?«

»Ja, Mama. Es ist die Wahrheit!«

Sie musterte mich eindringlich. Nach einer Weile nickte sie. »Na schön. Aber für den Rest der Woche bleibt das Internet aus.«

»Was? Mama, das geht doch nicht! Ich … ich muss doch Hausaufgaben machen und außerdem …«

»Hör auf damit! Die Menschheit ist Jahrtausende ohne Internet ausgekommen, da wirst du es wohl ein paar Tage aushalten. Ich bin sicher, du kannst die Hausaufgaben auch ohne Onlinezugang machen. Und wenn du etwas im Internet recherchieren musst, hast du notfalls ja immer noch dein Handy.«

»Mama, bitte! Wir hatten uns doch darauf geeinigt, dass ich bis zehn spielen darf und danach Schluss ist!«

»Das war, bevor du gegen meinen Willen das Internet wieder aktiviert hast.« Sie seufzte und nahm einen Schluck von ihrem Milchkaffee, bevor sie fortfuhr: »Ich will dir doch bloß helfen, Emma. Ich will nicht, dass diese verdammte Computerspielsucht dein Leben zerstört!«

»Ich bin nicht süchtig, Mama. Ich will bloß ein bisschen Spaß haben mit dem Spiel, das Bens Vater entwickelt hat.«

Mama blickte mich überrascht an.

»Bens Vater hat dieses Computerspiel entwickelt?«

»Na ja, nicht er selbst natürlich. Es ist von einer Firma, an der er beteiligt ist. Aber ich darf es ausprobieren, kostenlos. Ben spielt es auch. Ich bin quasi eine Spieletesterin.«

»Hat Bens Vater etwa nicht genug Geld, professionelle Spieletester zu bezahlen?«

Ich wusste, dass es keinen Sinn hatte, weiter zu diskutieren. Außerdem musste ich mich mit dem Frühstück beeilen. Wie ich Mama kannte, würde sie mir auch noch Vorwürfe machen, wenn ich zu spät zur Schule kam. Ob ich wohl heute Nachmittag wieder bei Ben spielen konnte? Der Gedanke an ihn verursachte mir ein flaues Gefühl im Magen. Würde sich unsere Beziehung nach dem Vorfall gestern wieder einrenken?

»Also schön«, sagte ich seufzend. »Ich weiß, du meinst es ja nur gut.«

Sie lächelte dankbar. »Ja, das tue ich.«

Mein mulmiges Gefühl verstärkte sich auf dem Weg zur Schule noch. Wie würde Ben reagieren, wenn er mich sah? War er noch sauer? Und was war mit meinen eigenen Gefühlen ihm gegenüber? Er hatte mir am Tag zuvor Angst gemacht, obwohl ich ihn gleichzeitig verstehen konnte.

Ich musste wieder an das Spiel denken, an Jero, den ich nach Infernia gebracht, dort im Stich gelassen und dann doch noch in letzter Minute gerettet hatte. Der freiwillig in die Hölle gegangen war, um seine Kameraden zu befreien, und lieber sein eigenes Leben geopfert hätte, als dem Feind einen strategischen Vorteil zu verschaffen. Er war nur eine

Computerspielfigur, doch irgendwie war mir sein Schicksal nicht egal.

Und dann dieser seltsame Traum. Was hatte das zu bedeuten?

Vielleicht hatten Ben und Mama doch recht: Womöglich stimmte etwas nicht mit mir. Vielleicht war es eine gute Idee, mal ein paar Tage nicht Infernia zu spielen.

Doch was würde Jero dann von mir denken?

Er denkt nicht, er tut nur so, als ob, du Träumerin, wies ich mich selbst zurecht. Ein Spiel ist nun mal nicht die Wirklichkeit!

Aber konnte man so tun, als würde man denken? War das dann nicht dasselbe, wie wirklich zu denken? Und was war mit Gefühlen? Jero schien tatsächlich Angst gehabt zu haben, als er in Infernia dem Dämonenlord Zardor gegenüberstand.

Zardor – die Figur, die Ben in Infernia spielte. Als ich mir die letzte Szene mit ihm in Erinnerung rief, wurde mir bewusst, dass ich es verabscheute, was er den Soldaten im Spiel antat.

Ich konnte mir seine Antwort ausmalen, wenn ich ihn darauf ansprach: »Es ist mein Job, brutal zu sein, schließlich bin ich ein Dämonenlord. Das ist doch bloß ein Spiel, Emma!«

Meine kritische innere Stimme war derselben Meinung: *Du nimmst das alles viel zu ernst. Vergiss das blöde Spiel und konzentriere dich auf das Hier und Jetzt.*

Als ich in die Schule kam, war Ben bereits im Klassenraum. Er würdigte mich keines Blickes. In der Pause kam er nicht zu mir. Stattdessen sah ich ihn auf dem Schulhof mit Nora reden. Na klar, Nora war sehr hübsch, hatte lange blonde Haare und mir war schon früher aufgefallen, dass sie auf Ben stand.

Etwas verkrampfte sich in mir.

Ich fasste mir ein Herz und ging zu den beiden.

»Hallo«, sagte ich.

Ben drehte sich zu mir um, als hätte er mich erst in diesem Moment bemerkt.

»Hallo«, erwiderte er kühl, während Nora mir einen geringschätzigen Blick zuwarf. Vermutlich war ihr unbegreiflich, wie Ben sich mit einer wie mir abgeben konnte.

»Kann ich kurz mit dir sprechen?«, fragte ich.

»Klar. Was ist denn?«

Ich warf einen Blick zu Nora, die nach einer gefühlten Ewigkeit sagte: »Ich lass euch dann mal allein. Bis später, Ben!«

»Es … tut mir leid«, sagte ich, nachdem sie endlich das Feld geräumt hatte.

»Was tut dir leid?«, fragte Ben.

»Dass ich … dass ich dich enttäuscht habe. Du weißt schon.«

Er ließ mich zappeln. »Was weiß ich schon?«

Fast bereute ich es, auf ihn zugegangen zu sein. Doch ich schluckte meinen Ärger herunter.

»Ben, ich kann verstehen, dass du dich von mir zurückgewiesen gefühlt hast. Ich bin wie gesagt einfach noch nicht so weit. Aber das bedeutet nicht, dass ich dich nicht mag.«

Er nickte. »Schon okay. Vielleicht war ich ein bisschen forsch. Tut mir leid. Komm doch heute Nachmittag zu uns, dann können wir noch mal über alles reden.«

Er gab mir einen Kuss und für den Rest des Vormittags dachte ich, alles wäre wieder in Ordnung.

11

Beim Mittagessen in der Schulcafeteria konnte ich Ben nirgends entdecken. Normalerweise aßen wir gemeinsam, aber heute hatte ich ihn nach der Stunde aus den Augen verloren. Vielleicht holte er sich außerhalb des Schulgeländes einen Burger oder so, wie er es manchmal machte, wenn ihm das Mittagsgericht der Cafeteria nicht schmeckte. Doch dann hätte er mir zumindest Bescheid sagen können. Meine Nachricht hatte er jedenfalls noch nicht beantwortet.

Womöglich war er doch immer noch eingeschnappt.

Ich setzte mich an einen Zweiertisch am Rand der Cafeteria, gut sichtbar von der Tür aus für den Fall, dass Ben doch noch auftauchte, und stocherte lustlos auf meinem Teller herum – es gab Würstchen mit Kartoffelbrei und Erbsen und zum Nachtisch einen Erdbeerjoghurt. Eigentlich hatte ich keinen Appetit, aber ich aß trotzdem, weil ich nicht wollte, dass das Essen einfach so weggeworfen wurde. Während ich einen Bissen in den Mund schob, glitt mein Blick über die anderen Tische. Auch Nora war nirgendwo zu sehen. Waren die beiden etwa …

Sei nicht albern, meldete sich die kritische Stimme in meinem Kopf. Bloß weil beide nicht hier sind, heißt das noch lange nicht, dass sie zusammen weggegangen sind.

Dennoch konnte ich den Gedanken nicht abschütteln, dass ich die Beziehung mit Ben endgültig vermasselt hatte. Oder wollte er mich bloß eifersüchtig machen? Ich holte mein Smartphone hervor und checkte noch einmal die Nachrichten. Immer noch keine Antwort von ihm.

»Entschuldigung, ist hier noch frei?«

Überrascht blickte ich auf. Vor mir stand Mario, ein Schüler aus der Parallelklasse, mit einem Tablett in den Händen. Er hatte krauses schwarzes Haar, einen dünnen Oberlippenbart und eine silberne Brille. Ich hatte bisher nicht viel mit ihm zu tun gehabt, aber ich hatte gehört, dass er gut in Mathe und Physik war und als Nerd galt.

Ich lächelte. »Ja, natürlich.«

»Danke.«

Er setzte sich und schaufelte den Kartoffelbrei mit Erbsen in sich hinein.

»Willst du meine Würstchen?«, fragte er. »Ich bin Vegetarier.«

»Nein, danke. Hab eh keinen großen Hunger.«

»Hast du Stress mit Ben?«

Ich sah ihn verblüfft an. Eine solche Frage hätte ich vielleicht von einem Mädchen wie Nora erwartet, aber nicht von einem Jungen aus der Parallelklasse, mit dem ich bisher kaum ein Wort gewechselt hatte.

»Wie kommst du darauf?«

»Na ja, ich hab ihn vorhin mit Nora vom Schulhof gehen sehen und normalerweise esst ihr doch immer gemeinsam …«

Ich zuckte zusammen. Dieser blöde Idiot, hätte ich beinahe laut gerufen, konnte mich aber gerade noch bremsen. Dann wurde mir bewusst, dass Mario mich schon länger beobachtet haben musste, wenn er so genau Bescheid wusste. Verwirrt betrachtete ich ihn. War er etwa an mir interessiert? Er war so gar nicht mein Typ.

»Entschuldige, die Frage muss dir ein bisschen seltsam vorkommen«, sagte er, als hätte er meine Gedanken gelesen. »Keine Angst, ich will nichts von dir. Ich bin generell nicht an Mädchen interessiert.«

»Warum … fragst du dann?«

Er grinste. »Nennen wir es ›professionelles Interesse‹.«

Jetzt verstand ich erst recht nur noch Bahnhof. »Was meinst du damit?«

»Du bist doch Rialis, oder?«

Mario steckte wirklich voller Überraschungen. »Du spielst auch Infernia?«

»Klar. Ist doch das beste Spiel, das es zurzeit gibt. Wirklich krass, wie gut die KI inzwischen ist. Einige der NPCs würden den Turing-Test mit Leichtigkeit bestehen.«

»Den was?«

»Der Name Alan Turing sagt dir doch was?«

»Ehrlich gesagt nein.«

»Er war einer der Begründer der Informatik. Und schwul, genau wie ich. Damals war das noch ein Verbrechen. Er wurde verurteilt, musste Medikamente nehmen, die ihn von seiner Homosexualität heilen sollten, wurde davon depressiv und hat sich schließlich umgebracht. Dabei hatte er wesentlich dazu beigetragen, dass die Alliierten den Zweiten Weltkrieg gewonnen haben, indem er die Enigma, eine Verschlüsselungsmaschine der Nazis, geknackt hat.«

»Und was hat das mit Infernia zu tun?«

»Turing hat sich als einer der Ersten ernsthaft mit der Frage beschäftigt, ob Maschinen irgendwann denken können wie Menschen. Um das herauszufinden, hat er sich einen simplen Test ausgedacht: Eine Testperson chattet mit einem Menschen und einer Maschine, weiß aber nicht, welcher von beiden der Computer ist. Wenn sie nicht mehr in der Lage ist, zwischen Mensch und Maschine zu unterscheiden, dann muss die Maschine intelligent sein.«

»Klingt logisch.«

»Im Prinzip schon. Aber eigentlich misst der Turing-Test eher die Intelligenz der Testperson als die der Maschine. Schon Anfang des Jahrtausends gab es Chatbots, die viele User davon überzeugen konnten, intelligent zu sein, obwohl sie es nicht waren.«

»Kann man denn Intelligenz vortäuschen?«, fragte ich.

Er blickte sich in der Cafeteria um. »Einige hier schon, glaube ich«, sagte er grinsend. »Aber im Ernst: Es gibt ein paar simple Tricks. Wenn du zum Beispiel schreibst: ›Ich bin unglücklich‹, dann könnte der Chatbot antworten: ›Warum bist du unglücklich?‹ Das klingt dann so, als würde er dich verstehen, dabei hat er nur umformuliert, was du eingegeben hast, ohne zu wissen, was ›unglücklich‹ bedeutet. Schon der allererste Chatbot, ein Programm namens Eliza, hat das in den Sechzigerjahren so gemacht.«

Ich dachte darüber nach. Konnte es sein, dass das Spiel mich mit ein paar simplen Tricks davon überzeugt hatte, Jero verstünde mich?

»In Infernia ist es anders«, fuhr Mario fort. »Manche NPCs kann man wirklich nicht mehr von gewöhnlichen Menschen unterscheiden, weder optisch noch wenn man mit ihnen redet. Ich glaube, sie tun nicht bloß so, als verstünden sie, was man ihnen sagt, so wie die meisten Chatbots. Wahrscheinlich verstehen sie uns wirklich.«

»Dann können sie also richtig denken?«

»Na ja, das kommt drauf an, was du mit ›denken‹ meinst. Ein Computer denkt nicht so wie ein Mensch. Aber ein intelligenter Außerirdischer würde auch nicht so denken wie wir. Es gibt viele mögliche Formen von Intelligenz. Ich glaube, wenn man den Begriff etwas weiter definiert, dann können die NPCs in Infernia durchaus denken. Unser Gehirn ist ja im Grunde auch nichts anderes als ein Computer, auch wenn er anders funktioniert als die Maschinen, die wir benutzen. Es ist eine komplizierte Anordnung von biologischen Schaltkreisen, die man im Computer simulieren kann. Und genau das tut Infernal Games, die Firma, die Infernia entwickelt hat.«

»Du scheinst ja eine Menge darüber zu wissen.«

»Ich habe vor, Informatik zu studieren, mit dem Schwerpunkt künstliche Intelligenz. Obwohl ich nicht weiß, ob das überhaupt noch Sinn hat, denn die Maschinen haben längst damit begonnen, sich selbst zu verbessern, und wenn ich mit dem Studium fertig bin, braucht man womöglich gar keine Programmierer mehr.«

»Du glaubst, Computer können sich selbst programmieren?«

»Klar können sie das. Moderne KIs lernen selbstständig aus Trainingsdaten, durch Beobachtung und durch Versuch und Irrtum. Sie können sich auf diese Weise nicht nur selbst beibringen, Schach zu spielen oder intelligente Gespräche zu führen, sondern auch, Programme zu schreiben. Das passiert schon längst. Ich bin sicher, die KI, die Infernal Games einsetzt, um die NPCs zu steuern, hat sich auch fast alles selbst beigebracht.«

»Denkst du, dass die NPCs auch Gefühle haben?«

Mario runzelte die Stirn. »Oha, jetzt wird's knifflig! Was genau sind Gefühle?«

»Na ja, Liebe, Angst, Schmerz, so was eben.«

»Kann ein Regenwurm Schmerz empfinden?«

»Ich denke, schon.«

»Woher willst du das wissen? Weißt du etwa, wie ein Regenwurm sich fühlt?«

»Nein, natürlich nicht. Aber man kann doch sehen, dass er versucht, sich wieder in den Boden einzugraben, wenn man ihn ausbuddelt. Er hat offensichtlich Angst.«

»Das ist eine sehr gewagte Schlussfolgerung. Das Gehirn eines Regenwurms, wenn man das überhaupt so nennen kann, ist sehr primitiv. Jedes autonome Fahrzeug hat ein komplizierteres Steuerungssystem. Aber du würdest nicht sagen, dass ein selbststeuerndes Auto Angst hat, nur weil es versucht, Unfälle zu vermeiden, oder?«

»Nein, vermutlich nicht.«

»Genau da liegt das Problem: Gefühle sind subjektiv. Es ist sehr schwer zu bewerten, ob etwas Gefühle hat oder nicht. Beim Menschen ist die Sache klar, wir wissen ja, wie wir selbst uns fühlen. Dass ein Hund oder eine Maus Schmerzen und Angst empfinden können, wird wohl kaum jemand bestreiten. Bei einem Regenwurm oder einer Fliege ist die Sache schon weniger eindeutig.«

»Und bei Computern? Bei den NPCs in Infernia zum Beispiel? Glaubst du, dass die Angst haben und Schmerzen empfinden können?«

»Ehrlich gesagt weiß ich es nicht. Es gibt keinen Turing-Test für Gefühle, weil man von außen niemals feststellen kann, ob jemand Schmerzen wirklich empfindet oder nur so tut, als ob. Beim Denken ist das anders – ob jemand eine Situation wirklich versteht, kann man durch geschicktes Fragen herausfinden. Aber wenn jemand dir zum Beispiel sagt, dass er dich liebt, kannst du niemals völlig sicher sein, ob das auch stimmt.«

Autsch, das saß.

»Entschuldige«, sagte Mario, als er sah, wie ich mein Gesicht verzog. »Ich wollte nicht …«

Ich lächelte schief. »Schon gut. Du hast ja recht. Manchmal weiß ich selber nicht genau, was ich eigentlich fühle.«

Er lächelte zurück. »Glaub mir, das kenne ich. Es hat eine ganze Weile gedauert, bis ich begriffen habe, dass ich anders bin als die meisten Jungs.«

»War es schwierig für dich?«

»Das Coming-out? Nein, gar nicht. Ich war erleichtert, weil ich endlich verstanden habe, warum ich mich so merkwürdig fühlte. Meine Eltern haben es ganz locker aufgenommen. Ich mag mir gar nicht vorstellen, wie es früher gewesen sein muss, als man Homosexualität noch als Krankheit ansah oder als Perversion. Der arme Alan Turing!«

»Sag mal, woher weißt du eigentlich, dass ich Rialis bin? Hat Ben dir davon erzählt?«

»Ich habe dich mit Ben darüber reden hören. Wie ich schon sagte, ist das quasi professionelles Interesse. Ich versuche rauszukriegen, wer an der Schule Infernia spielt und auf welcher Seite sie sind. Das hilft mir bei meinem Job.«

»Was für ein Job?«

»Ich bin Händler. In Infernia, meine ich. Ich bin weder auf der Seite der Eterim noch der Inferim, sondern handele mit jedem, der mich bezahlen kann. Ich liefere meinen Kunden wertvolle Artefakte, vermittle Söldner und Verbündete und verkaufe eben manchmal auch Informationen.«

Ich rümpfte die Nase. »Das klingt aber nicht moralisch einwandfrei.«

Mario lachte und ich stellte fest, dass ich sein Lachen mochte.

»Ich glaube, es gibt kaum etwas Unmoralischeres, als Infernia zu spielen – egal, auf welcher Seite du bist«, stellte er fest.

»Aber als Eterim kämpfe ich doch auf der Seite der Menschen für das Gute und gegen den Weltuntergang«, widersprach ich.

»Ach ja? Die Menschen sind also die Guten? Dann frag mal die letzten Elefanten und Orang-Utans, ob die das auch so sehen.«

»Na ja, die Menschheit ist sicher nicht perfekt, aber besser als die Inferim ist sie allemal. Oder denkst du etwa, dass die Dämonen die Elefanten und Orang-Utans schützen würden, wenn sie es schaffen, die Erde zu erobern?«

»Das sicher nicht. Ich wollte bloß darauf hinweisen, dass Moral nichts Absolutes ist. Die Inferim versuchen bloß, ihre eigene ziemlich unerträgliche Situation zu verbessern, genau wie die Menschen. Dazu erobern sie neue Lebensräume und nehmen nicht besonders viel Rücksicht auf die bisherigen Bewohner, genau wie die Menschen. Natürlich hast du recht, die Inferim sind noch brutaler und rücksichtsloser als wir. Aber es ist eben ein Spiel, da darf man auch mal unmoralisch sein. In der Realität verabscheue ich natürlich jede Form von Gewalt und Unterdrückung Andersdenkender.«

Ich musste auf einmal an das Gespräch mit Jero in Eternia denken, als ich ihn fragte, ob er jemals Zweifel an seiner Realität hatte.

»Denkst du, die NPCs in Infernia haben ein Bewusstsein?«, fragte ich.

»Wenn man Bewusstsein so definiert, dass sie sich selbst als Teil der Welt und als Objekt ihrer eigenen Entscheidungen begreifen, dann vermutlich ja.«

»Aber sie wissen nicht, dass sie nur Computersimulationen sind, richtig?«

»Richtig. Wenn sie das wüssten, würde das Spiel vermutlich nicht mehr funktionieren.«

»Woher wissen wir dann eigentlich, dass wir nicht auch Teil eines Computerspiels sind?«

»Wow! Du stellst aber verdammt tiefgründige Fragen, Emma!«

»Tut mir leid, das war vielleicht albern. Natürlich denke ich nicht …«

»Nein, nein, das war überhaupt nicht albern. Im Gegenteil! Es gibt Leute, die tatsächlich glauben, dass unsere Welt nur eine Computersimulation ist. Ich hab mal einen Artikel von einem Typen namens Nick Bostrom gelesen, der behauptet hat, wenn die Technik sich so rasant weiterentwickelt, müsste es irgendwann viel mehr simulierte Menschen geben als echte, und wenn man dann zufällig irgendeinen Menschen auswählte, dann wäre der höchstwahrscheinlich simuliert. Daraus folgerte er, dass auch wir wahrscheinlich in einer simulierten Welt leben. Es gibt sogar Leute, die versuchen, mit physikalischen Experimenten nachzuweisen, dass unser Universum die Struktur einer Matrix hat, was stark für eine Computersimulation sprechen würde. Bis jetzt ist das noch keinem gelungen, aber du siehst, dass sogar Wissenschaftler ernsthaft über diese Frage diskutieren.«

»Und was denkst du?«

»Ich glaube nicht, dass wir simuliert sind.«

»Warum nicht?«

»Ockhams Rasiermesser.«

»Ock… was?«

»Kennst du nicht? Ein wissenschaftliches Prinzip. Es besagt, dass man bei jeder Theorie alles, was nicht unbedingt nötig ist, weglassen sollte. Anders ausgedrückt: Wenn es mehrere Hypothesen gibt, die ein Phänomen gleich gut erklären können, dann ist die einfachste wahrscheinlich richtig. Wenn wir in einer Computersimulation wären, dann würde das zwar erklären, warum es unser Universum gibt. Aber es bräuchte dann ein übergeordnetes Universum, in dem der Computer steht, auf dem unsere Simulation läuft. Das ist komplizierter, als einfach anzunehmen, dass unser Universum real ist. Also ist es höchstwahrscheinlich real.«

»Aber für die NPCs in Infernia gilt dieses Prinzip dann nicht, oder?«

Mario nickte nachdenklich. »Du hast recht. Ockhams Rasiermesser ist kein Naturgesetz, sondern nur eine Faustregel. Sie kann auch mal falsch sein.« Er blickte auf die Uhr. »Oh, ich muss los. Hab gleich noch ein Meeting.«

»Meeting?«

»Im Spiel. Mit ein paar Soldaten, die nach Infernia wollen. Ich hab jetzt eine Freistunde. Ich nehme einen der Computer der Informatik-AG, um mich ins Spiel einzuloggen. Willst du zugucken?«

»Geht nicht, ich habe jetzt Kunst. Aber das Gespräch hat Spaß gemacht.«

»Fand ich auch. Gibt nicht viele hier, die auf philosophische Diskussionen stehen. Ich glaube, Ben eher nicht so, hab ich recht?«

Sein Grinsen war irgendwie ansteckend.

»Nein, Ben eher nicht so.«

»Ach übrigens, falls du im Spiel mal Hilfe brauchst, kannst du mich jederzeit ansprechen. Ich habe ein Büro in Lausanne. Du findest es mit der Lokalisierungsfunktion. Such einfach nach Supermario Nintendo.«

Ich musste lachen. »Das ist dein Spielername? Supermario Nintendo?«

Er grinste. »Na ja, ich habe schon als Kind immer davon geträumt, Super Mario zu sein. Also, wenn du etwas brauchst, melde dich. Ich mach dir auch einen Sonderpreis!«

»Okay. Viel Erfolg bei deinem Meeting!«

Ich sah ihm nach, wie er das Tablett in die Geschirrrückgabe stellte und die Cafeteria verließ. Schade, dass man mit Ben nicht solche Gespräche führen konnte.

Am Ende der Mittagspause erwischte ich Ben auf dem Flur.

»Wo warst du?«, fragte ich. »Ich habe vor der Cafeteria auf dich gewartet.«

Er wich meinem Blick aus. »Sorry, hatte heute keine Lust auf den Cafeteria-Fraß. Hab mir draußen einen Burger geholt.«

»Du hättest mir ruhig Bescheid sagen können. Oder auf meine Nachrichten antworten.«

»Tut mir leid. Akku leer.«

»Treffen wir uns nachher nach der Schule bei dir? Oder hast du da auch was anderes vor?«

Er blickte mich irritiert an. »Was soll ich denn vorhaben?«

Ich hatte auf einmal gar keine Lust mehr, zu ihm zu gehen. Doch das Simrig in Bens Elternhaus war momentan die einzige Möglichkeit für mich, nach Infernia zurückzukehren.

Nach dem Gespräch mit Mario erschien mir das auf einmal noch wichtiger als vorher. Ich wollte unbedingt herausfinden, ob Jero und die anderen NPCs wirklich Gefühle hatten oder das nur vorspielten. Also ignorierte ich meine Zweifel und rang mir ein Lächeln ab.

»Bis nachher dann.«

12

Wieder einmal stand ich mit einem mulmigen Gefühl vor Bens Haustür und klingelte. Als sich die Tür öffnete, erschrak ich.

»Hallo, Emma«, sagte René Carstensen. »Schön, dich zu sehen. Komm doch herein!«

Mit seinen grau melierten kurzen Haaren und dem Vollbart sah er auch mit Anfang fünfzig immer noch gut aus. Er trug Jeans, einen Rollkragenpullover und Turnschuhe, die an ihm gleichzeitig lässig und elegant wirkten.

»Hallo, Herr Carstensen.«

Ich erwiderte sein Lächeln, wenn es auch vermutlich etwas gequält wirkte, und trat in die Eingangshalle. Einerseits fühlte ich mich in seiner Gegenwart unwohl. Ich hatte mehr als je zuvor das Gefühl, nicht hierherzugehören. Doch gleichzeitig war ich erleichtert, dass Bens Eltern wieder zu Hause waren und ich nicht ganz allein mit ihm war.

»Ben ist im Keller«, erklärte sein Vater. »Soll ich ihn raufholen?«

»Nein, nicht nötig«, erwiderte ich. »Wir sind zum Spielen verabredet.«

»Okay. Du kennst dich ja aus.«

Ich ging in den Raum mit den Simrigs. Ben wirbelte in seinem Gerät herum und fuchtelte wild mit den Armen in der Luft. Gedämpft hörte ich ihn dämonische Beschwörungen ausstoßen. Offenbar war er gerade in einen heftigen Kampf verwickelt. Ein Schreck durchfuhr mich, als mir der Gedanke kam, dass es dabei um Jero gehen könnte.

Rasch stieg ich in das andere Rig, schnallte mich an, startete das Spiel und stand wieder in meinem Schloss in Eternia. Meine letzte Mission war abgeschlossen, wobei ich nur einen Bruchteil der möglichen Erfahrungspunkte erhalten hatte, weil meine Aufgabe, den Kristall zu bergen, nicht erfüllt worden war. Doch statt mich um eine neue Mission zu kümmern, führte ich einen Lokalisierungszauber aus und stellte erleichtert fest, dass sich Jero in einer Kaserne am Stadtrand von Lausanne befand. Rasch öffnete ich ein Portal dorthin und fand mich auf einem Platz wieder, der von Zelten gesäumt war. Panzer und anderes Militärgerät standen auf einer Seite. Eine kleine Gruppe von Soldaten hatte sich um Jero versammelt, der einen schwarzen Koffer bei sich trug. Sie sahen mich überrascht an.

»Rialis!«, rief Jero erfreut. »Du bist zurück!«

Ich lächelte. »Hallo, Jero. Ich würde gern etwas mit dir besprechen.«

»Warst du schon bei Oberst Cantley?«, fragte er.

Verwirrt blickte ich ihn an. »Du meinst deinen Chef? Nein, warum sollte ich?«

»Wir stehen unmittelbar vor einem Einsatz in Infernia«, erklärte er. »Du bist gerade noch rechtzeitig gekommen, um uns zu begleiten.«

»Euch begleiten?«, fragte ich verdutzt. »Wie wolltet ihr denn ohne die Hilfe einer Eterim nach Infernia kommen?«

»Oberst Cantley hat einen anderen Eterim angeheuert. Er

heißt Gregorius. Eigentlich hätte er schon längst hier sein sollen, aber …«

Ein greller Lichtschein kündigte ein zweites Portal an. Ein bärtiger Mann in einer Mönchskutte trat daraus hervor – offenbar ein Mitspieler, der wie ich die Rolle eines Eterim gewählt hatte.

»Sorry, Leute, bin aufgehalten worden«, sagte er. »Musste noch ein paar Gehörnte in die Hölle zurückschicken.« Er kam auf mich zu und streckte die Hand aus. »Hi, ich bin Gregorius. Wusste gar nicht, dass wir zu zweit sind.«

Zögernd ergriff ich seine Hand. »Rialis.«

»Wir sollen diese Typen nach Infernia begleiten«, erklärte er. »In die Festung eines Dämonenlords namens Zardor.«

Er wandte sich an Jeros Trupp. »Wer von euch hat den dunklen Kristall?«

»Ich.« Jero trat vor und hob den schwarzen Koffer hoch.

Ein Schreck durchfuhr mich. Ich hatte noch nie einen dunklen Kristall gesehen, geschweige denn einen besessen. Sie waren äußerst selten und wertvoll. In Bezug auf Ätherium waren sie so etwas wie Antimaterie: Wenn ein dunkler Kristall in unmittelbare Nähe eines Ätherium-Kristalls gelangte, explodierte er und setzte dabei eine enorme zerstörerische Energie frei. Sich einem solchen Objekt auf weniger als ein paar Schritte zu nähern, wenn man selbst Ätherium dabeihatte, war äußerst gefährlich.

Gregorius schien das nicht zu wissen, oder er ging davon aus, dass die zerstörerische Energie in dem Koffer ausreichend abgeschirmt war.

»Gib ihn mir!«, befahl er.

Jero schüttelte den Kopf. »Ich habe Anweisung von Oberst Cantley, den Kristall nicht aus der Hand zu geben.«

Der Eterim zuckte mit den Schultern. »Wenn du glaubst, du wirst besser mit einem Dämonenlord fertig als ich, von mir aus. Aber gib hinterher nicht mir die Schuld, wenn du den Einsatz vermasselst!«

»Ihr habt einen dunklen Kristall?«, brachte ich heraus.

»Unser Auftrag lautet, den Ätherium-Kristall zu zerstören, den du Zardor gegeben hast, damit er damit kein zweites Tor öffnen kann«, berichtete Jero.

Ich schüttelte den Kopf. »Ich habe dir doch schon erklärt, dass er das allein gar nicht kann.«

»Das strategische Oberkommando hat entschieden, dass wir es nicht riskieren können, den Kristall in Zardors Händen zu lassen«, erwiderte er. »Das Risiko ist zu groß, dass er sich mit den anderen Dämonenlords verbündet. Man hat mich mit dieser Mission betraut, weil ich als Einziger bereits in Zardors Festung war.«

»Stehen wir jetzt hier rum und quatschen, oder gehen wir nach Infernia und erledigen unseren Job?«, fragte Gregorius.

»Tut mir leid, aber das müsst ihr ohne mich machen«, sagte ich. »Ich habe eine Vereinbarung mit Zardor. Ich habe mit dem Kristall für dein Leben bezahlt, Jero, und für das deiner Kameraden. Ich kann ihn ihm nicht einfach wieder wegnehmen.«

»Du fühlst dich an dein Wort gegenüber einem Dämonenlord gebunden?«, fragte Jero mit ungläubigem Tonfall. »Einem notorischen Lügner, der unschuldige Menschen quält und dich bei der ersten sich bietenden Gelegenheit hintergehen wird?«

Wie sollte ich ihm erklären, warum ich mein Versprechen Ben gegenüber nicht brechen konnte?

»Ich habe Zardor mein Wort gegeben«, erwiderte ich.

»Auf wessen Seite stehst du eigentlich, Rialis? Hatte der Vertreter des Vatikans vorhin in der Lagebesprechung etwa recht, als er dich beschuldigte, mit den Dämonen im Bund zu sein?«

Wut und Enttäuschung stiegen in mir auf. Wie konnte er so undankbar sein, nach allem, was ich für ihn getan hatte? Wie konnte er es wagen, mir zu unterstellen, ich machte mit den Inferim gemeinsame Sache?

»Ich habe dich aus Infernia gerettet!«, rief ich.

»Wie ich schon sagte, hättest du mich lieber dort lassen sollen«, gab Jero kühl zurück. »Dann müsste ich jetzt nicht das Leben dieser Männer und Frauen aufs Spiel setzen. Aber vielleicht haben wir ja Glück und können den Kristall zerstören, während Zardor ihn benutzt, und ihn so ebenfalls vernichten. Dann würde es sich doch noch als Vorteil herausstellen, dass du ihm den Kristall gegeben hast.«

Ich starrte ihn erschrocken an. Dämonenlords waren ebenso wie Eterim normalerweise unsterblich. Aber bei der Explosion eines dunklen Kristalls konnten beide vernichtet werden. Bens Spielfigur wäre unwiederbringlich verloren. Er müsste das Spiel noch einmal ganz von vorn beginnen.

Mir wurde klar, dass ich mich entscheiden musste, ob ich auf Bens oder auf Jeros Seite stand. Zwar war ich eine Eterim und kämpfte auf der Seite der Menschen gegen die Dämonen, aber wenn ich es zuließ, dass Bens Dämonenlord vernichtet wurde, wäre er zu Recht sauer auf mich, und das in einer Situation, in der unsere Beziehung ohnehin am seidenen Faden hing. Also sollte ich ihn besser warnen. Aber das würde bedeuten, Jero zu verraten. Dann hätte er mit seiner unfairen Anschuldigung, ich stünde auf der Seite der Inferim, am Ende doch recht gehabt.

Er ist ein Computerprogramm, verdammt, ermahnte mich meine innere Stimme. Deine Beziehung zu Ben ist eine Million Mal wichtiger!

»Simrig, exit!«, sagte ich.

Als der Helm endlich hochgefahren war, blickte ich in Bens grinsendes Gesicht. Er befand sich nicht mehr in seinem Rig, sondern saß an dem Schreibtisch mit den beiden Monitoren.

»Na, hast du Stress mit deinen menschlichen Verbündeten?«, fragte er.

Fassungslos starrte ich ihn an. »Hast du etwa die ganze Zeit zugeschaut, was ich mache? Das ... das ist unfair!«

»Unfair?« Er lachte gehässig. »Ich bin ein Dämonenlord, schon vergessen?« Er rieb sich die Hände. »Ich freue mich schon darauf, wenn dieser Jero und sein Trupp in meiner Festung auftauchen. Ich habe einen warmen Empfang für sie vorbereitet! Willst du zuschauen?«

Computerprogramm hin oder her, auf einmal fühlte ich mich schuldig, weil ich Jero im Stich gelassen hatte.

»Gib ihnen wenigstens eine Chance«, bat ich.

»Eine Chance, den Kristall zu zerstören und meine Spielfigur gleich mit? Spinnst du jetzt?«

»Du musst ja nicht dabei sein. Lass sie ein wenig gegen deine Inferim-Horden kämpfen, aber gib ihnen die Möglichkeit, sich wieder zurückzuziehen, wenn sie einsehen, dass ihre Mission gescheitert ist.«

Er blickte mich irritiert an. »Warum sollte ich das tun?«

»Weil ich dich darum bitte. Und weil ich dir auch nicht in den Rücken gefallen bin.«

Er nickte. »Stimmt, das bist du nicht. Ehrlich gesagt wäre ich verdammt sauer gewesen, wenn du bei dem Raid mitgemacht hättest. Aber eins verstehe ich nicht: Warum machst du so einen Aufstand um ein paar NPCs? Ist es nicht völlig egal, was ich mit denen mache?«

Ich schüttelte den Kopf »Nein. Nein, ich glaube, das ist es nicht.«

Seine Augen wurden schmal. »Du hast wohl Gefallen an ihm gefunden, was?«

»An wem?«

»An diesem Jero.«

Ich spürte, wie ich rot wurde, ohne dass ich hätte sagen können, warum. »Quatsch! Ich habe nur Mitleid mit ihm!«

Bens Gesicht verfinsterte sich noch mehr.

»Also stimmt es! Es ist dir nicht egal, was ich mit ihm mache, weil du dich in ihn verknallt hast! In eine dämliche Computerspielfigur!«

»Das ist nicht wahr! Aber … aber ich glaube nun mal, dass man diese NPCs nicht einfach quälen sollte. Ich habe heute beim Mittagessen mit Mario gesprochen, der schlaksige Typ aus der Parallelklasse, du weißt schon …«

»Du hast mit einem anderen Jungen zu Mittag gegessen?«, rief er empört.

»Du warst ja mit Nora beschäftigt.«

Das erwischte ihn auf dem falschen Fuß. Offensichtlich hatte er nicht damit gerechnet, dass ich es schon wusste.

»Das … das war … bloß, weil …«, stotterte er. »Jedenfalls hatte das nichts damit zu tun, dass ich was von Nora will.«

»Dann ist es ja gut. Ich will auch nichts von Mario.«

»Und das soll ich dir glauben?«

»Er ist schwul.«

»Echt? Okay, na gut. Aber was hat das jetzt mit diesem Jero zu tun?«

»Mario hat eine Menge Ahnung von künstlicher Intelligenz. Wir haben über die NPCs in Infernia gesprochen. Ich glaube, dass sie ein Bewusstsein und Gefühle haben.«

»Im Ernst?«

»Ja. Unser Gehirn ist doch im Grunde auch bloß ein biologischer Computer. Wenn wir Gefühle haben können, warum dann nicht auch künstliche Intelligenzen?«

»Weil Computer nun mal keine Lebewesen sind! Sie sind Maschinen und Maschinen können ja wohl keine Gefühle haben.«

»Woher willst du das wissen?«

»Jetzt reicht's, Emma! Wenn du keine Lust mehr hast, Infernia zu spielen, von mir aus. Aber ich lasse mir von dir nicht vorschreiben, was ich im Spiel machen darf! Computer mit Gefühlen, das ist doch lächerlich! Wenn das stimmte, dann dürfte man ja gar keine Computerspiele mehr spielen!«

»Das ist nicht wahr. Die NPCs in Infernia sind anders als die in normalen Computerspielen, das hat Mario auch gesagt. Einige jedenfalls. Als ich in Eternia mit Jero gesprochen habe …«

»Fängst du jetzt schon wieder mit diesem Typen an? Allmählich habe ich den Eindruck, er ist der Grund dafür, dass du mich immer wieder zurückweist!«

Ich konnte nicht glauben, was ich da hörte. Tränen der Wut traten mir in die Augen. »Ich … ich habe dir doch gesagt, ich bin noch nicht so weit!«

»Also geht alles immer nach deinem Willen? Du entscheidest, wie weit ich gehen darf – im Spiel und im realen Leben? Ist dir eigentlich klar, dass ich der einzige Junge in meinem Alter an der ganzen Schule bin, der noch nie Sex hatte?«

Jetzt reichte es aber!

»Dann … dann hast du dir wohl die falsche Freundin ausgesucht!«, stieß ich hervor.

Er nickte. »Vielleicht habe ich das wirklich.«

Nun strömten die Tränen über meine Wangen. »Okay, dann geh doch zu Nora! Ich bin sicher, die tut alles, was du willst!«

Ohne eine Antwort abzuwarten, stürmte ich aus dem Raum und die Treppe hinauf.

In der Eingangshalle begegnete ich erneut Bens Vater, der in diesem Moment aus dem Wohnzimmer kam.

»Was ist denn los?«, fragte er, als er meine Tränen sah. »Habt ihr Streit?«

Ich wusste nicht, was ich darauf antworten sollte, also verließ ich fluchtartig das Haus.

13

Als ich am nächsten Morgen in die Schule kam und Ben auf dem Weg zur Klasse begegnete, würdigte er mich keines Blickes. In der großen Pause stellte er sich zu ein paar anderen Jungs, lachte laut mit ihnen und drehte mir demonstrativ den Rücken zu. Auch danach ergab sich keine Gelegenheit, allein mit ihm zu sprechen. In der Mittagspause traf er sich wieder mit Nora, die mich frech angrinste, bevor sie mit Ben vom Schulhof verschwand.

Na schön, dann war's das eben. Ich horchte in mich hinein und stellte fest, dass ich traurig war, aber auch erleichtert. Wenigstens musste ich jetzt nicht mehr versuchen, einen guten Eindruck zu machen, wenn sein Vater mich in ein teures Restaurant einlud, und mich auch nicht mehr rechtfertigen, wenn Ben mir zu weit ging. Doch ich war enttäuscht, dass er nicht einmal mehr mit mir reden wollte.

Wieder saß ich allein in der Kantine.

»Ist hier noch frei?«

Ich lächelte. »Klar.«

Mario stellte sein Tablett auf den Tisch und setzte sich mir gegenüber.

»Scheint so, als hättest du dich endgültig mit Ben verkracht.«

»Du bist ja wieder mal bestens informiert.«

»Machst du Witze? Die ganze Schule redet über nichts anderes.«

Ich sah ihn erschrocken an. »Echt jetzt?«

»Na klar. So ist das eben, wenn man mit einem Promi befreundet ist: Die Klatschpresse kriegt sofort Wind davon, wenn etwas in der Beziehung schiefläuft.«

»Und wer ist die ›Klatschpresse‹ an unserer Schule? Du?«

Er machte ein beleidigtes Gesicht. »Ich? Hältst du mich etwa für eine Tratschtante?«

»Tut mir leid, so meinte ich das nicht.«

»Schon gut. Wozu braucht man Tratschtanten, wenn es Socia Media gibt? Nora hat selbst gepostet, dass sie mit Ben wieder zum Mittagessen verabredet ist, komplett mit Selfie von sich und ihm. Ich glaube, sie liebt es, die Gerüchteküche anzuheizen. Sie steht gern im Mittelpunkt der Aufmerksamkeit.«

Ich nickte. »Ben auch.«

»Na, dann passen die beiden doch perfekt zusammen.« Er erschrak, als er meinen Gesichtsausdruck sah. »Entschuldige, das … das war wohl ziemlich unsensibel.«

»Nein, du hast ja recht. Ich glaube, Nora passt wirklich besser zu Ben. Jedenfalls bin ich nicht gern das Gesprächsthema der ganzen Schule. Und ich mag auch nicht in teure Restaurants gehen.«

»Nicht?« Mario blickte sich mit gespielter Verwunderung um. »Warum sind wir dann hier?«

Ich musste lachen. Doch dann ging unvermittelt ein Stich durch mein Herz, als ich mich daran erinnerte, wie mich Ben früher oft zum Lachen gebracht hatte. Auf einmal kamen mir die Tränen.

»Entschuldige«, sagte ich. »Ich …«

»Schon gut. Ich weiß, wie sich das anfühlt, wenn Liebe nicht erwidert wird.«

»Das … das ist es nicht, glaube ich. Ich hätte nur gedacht, dass … dass es irgendwie anders endet.«

»Ben ist ein Vollidiot«, stellte Mario fest. »Man muss schon ziemlich bescheuert sein, wenn man jemanden wie dich für jemanden wie Nora sausen lässt.«

Ich lächelte, während ich ein Taschentuch hervorkramte, um mir die Tränen zu trocknen. »Danke.«

»Gern geschehen. Vielleicht sollten wir über etwas anderes reden. Wie läuft's bei dir in Infernia?«

»Nicht gut. Meine Mutter hat mir Computerspielverbot erteilt und bei Ben im Simrig kann ich ja jetzt nicht mehr spielen.«

»Ben hat ein Simrig?«

»Zwei sogar. Die gehören allerdings seinem Vater.«

Mario seufzte. »Zwei Simrigs … die Welt ist einfach ungerecht! Ich habe schon immer davon geträumt, eins zu besitzen. Ich war ein paar Mal in einem Sim-Center und jedes Mal konnte ich es nicht glauben, als die Viertelstunde rum war und ich wieder aus dem Rig rausmusste. Sag, welches Modell hat er? Hat es magnetische Force-Feedback-Systeme?«

»Keine Ahnung. Aber es fühlt sich verdammt realistisch an, damit in Infernia zu sein. Als wäre man wirklich dort. Wie auch immer, wahrscheinlich ist es ohnehin besser, wenn ich aufhöre, Infernia zu spielen.«

»Warum denn das?«

Ich dachte daran, wie ich Jero gestern zuletzt gesehen hatte, kurz bevor er in Bens Falle gerannt war. Wie er mich enttäuscht angesehen hatte, als ich ihm erklärte, dass ich Ben nicht in den Rücken fallen konnte. Nun bereute ich es, dass ich ihn nicht nach Infernia begleitet hatte. Viel schlimmer wäre das mit Ben dadurch auch nicht geworden.

»Weil wir nur Tod und Verderben über die simulierten Menschen bringen«, sagte ich.

»Es ist nur ein Spiel, Emma.«

»Hast du nicht gestern gesagt, dass die NPCs echte Gefühle haben?«

»Ich habe gesagt, ich weiß es nicht.«

»Wenn du das nicht weißt, wie kannst du dann guten Gewissens Waffen an die Inferim verkaufen?«

»Sag es nicht weiter, aber das tue ich gar nicht.«

»Aber gestern hast du doch gesagt …«

»Ja, ich weiß. Das ist das Image des skrupellosen Waffenhändlers Super Mario, verstehst du? Es ist gut fürs Geschäft. Ob du's glaubst oder nicht, das Militär zahlt mir bessere Preise, wenn die denken, ich verkaufe die Waffen und Informationen sonst an den Gegner. In Wirklichkeit helfe ich den Vereinigten Europäischen Streitkräften, so gut ich kann. Deshalb habe ich ihnen gestern den dunklen Kristall auch zu einem Spottpreis verkauft und ihnen die Hilfe eines geldgierigen Level-35-Magiers namens Gregorius vermittelt, um einem gewissen Zardor einen Besuch abzustatten.«

Er zwinkerte verschwörerisch.

Ich blickte ihn erschrocken an. »Moment mal, du warst das, der ihnen den dunklen Kristall gegeben hat?«

Er grinste. »Ja, klar. Allerdings ist die Sache wohl gründlich schiefgegangen. Zardor wurde anscheinend gewarnt. Man erzählt sich, du hättest die Finger im Spiel gehabt. Stimmt das?«

»Nein. Ich habe mich bloß geweigert, den Einsatz zu begleiten. Aber Ben hat mich heimlich beobachtet, als ich im Simrig war … Was ist mit dem Einsatztrupp passiert? Sind sie heil zurückgekehrt?«

»Ja. Ben, ich meine Zardor, hat sie gehen lassen.«

»Einfach so?«

»Angeblich ja. Vielleicht wollte er sich nicht mit Gregorius anlegen. Nur einen Soldaten hat er festgehalten.«

Mir blieb fast der Bissen im Hals stecken. »Doch nicht etwa einen jungen Leutnant namens Jero Kramer?«

»Doch, genau den. Woher weißt du das?«

Statt zu antworten, starrte ich nur ins Leere. Mir wurde plötzlich klar, dass Ben seine Wut über mich an Jero ausgelassen hatte. Nur deshalb hatte er ihn als einzigen Gefangenen zurückbehalten. Und das war alles meine Schuld! Ich überlegte, ob ich Ben darauf ansprechen und ihn bitten sollte, Jero freizulassen. Aber damit würde ich es wahrscheinlich nur schlimmer machen.

Es gab nur eine Möglichkeit: Ich musste noch einmal nach Infernia und Jero retten.

»Was ist denn los?«, fragte meine Mutter, als ich nach Hause kam. »Du wirkst seit gestern irgendwie deprimiert. Hast du Stress in der Schule?«

»Mit Ben ist Schluss«, erklärte ich.

»Oh. Das tut mir leid. Wie geht es dir?«

Ich setzte mich auf einen der Sessel im Wohnzimmer. »Ich komme schon darüber weg.«

Sie nickte. »Ich habe immer gedacht, dass das nicht ewig halten wird. Ein Junge wie Ben, gut aussehend, der Vater steinreich …«

»Was soll das denn heißen?«, fuhr ich sie an. »Willst du mir etwa sagen, ich wäre nicht gut genug für ihn?«

»Nein. Nein, ganz im Gegenteil! Aber Jungs wie Ben ziehen nun mal Mädchen an, die sich im Glanz dieses Reichtums sonnen wollen. Ihnen geht es nicht um Ben als Person, sondern um seinen Status.«

»Ich weiß, was du meinst. Genauso eine ist jetzt seine neue Freundin. Sie heißt Nora.«

»Das ist wirklich schade.«

Ich zuckte mit den Schultern. »Vielleicht ist es besser so. Ich habe mich in Gegenwart seiner Eltern nie wirklich wohlgefühlt. Wahrscheinlich haben wir einfach nicht zusammengepasst.«

»Was ist denn eigentlich genau passiert?«

»Wir hatten gestern Streit. Nora hat schon länger ein Auge auf Ben geworfen. Als sie gemerkt hat, dass wir Stress haben, hat sie ihre Chance genutzt.«

»Was denn für ein Streit?«

Ich erzählte ihr in ein paar Sätzen, was geschehen war.

Mama sah mich besorgt an. »Ihr habt euch wegen einer Computerspielfigur gestritten? Siehst du jetzt, warum ich gegen dieses Spiel bin? Es raubt dir nicht nur den Schlaf und lässt dich in der Schule schlechter werden, es ruiniert auch noch deine Freundschaft mit Ben!«

»Ist das dein Ernst?«, rief ich aufgebracht. »Gibst du jetzt mir die Schuld?«

»So habe ich das nicht gemeint. Nicht du bist schuld, sondern dieses verdammte Spiel! Es vernebelt dir den Blick auf die Realität!«

Mir kam eine Idee. Vielleicht konnte ich Jero retten und gleichzeitig das Verhältnis mit meiner Mutter verbessern.

»Lass uns gemeinsam spielen!«, schlug ich vor. »Vielleicht verstehst du dann, warum ich gern Infernia spiele und warum mir die Figuren im Spiel nicht egal sind.«

Mama schüttelte den Kopf. »Ich glaube nicht, dass das eine gute Idee wäre.«

»Warum nicht?«

»Weil du süchtig bist, Emma. Du bist wie ein Junkie, der versucht, mich dazu zu verführen, auch Drogen zu nehmen. Aber die Lösung ist nicht, dass ich besser verstehe, warum du dieses Spiel gern spielst. Die Lösung ist, dass du damit aufhörst.«

Die Enttäuschung fühlte sich an wie ein Schlag in die Magengrube.

»Du … du willst es einfach nicht verstehen! Genauso wie Ben!«

»Da gibt es nichts zu verstehen, Emma. Das Spiel ist dir offensichtlich wichtiger als die Realität. Es ist deine Sache, ob du das mit Ben wieder ins Reine bringen willst. Aber ich lasse nicht zu, dass das Spiel dein Leben zerstört. Ganz egal, was du sagst oder tust, du wirst mich nicht umstimmen.«

»Bitte, Mama!«, flehte ich. »Wenn du einmal mit einer der Figuren im Spiel sprechen würdest, dann würdest du es verstehen. Du würdest erkennen, dass es nicht egal ist, wie wir diese künstlichen Wesen behandeln. Mario sagt das auch.«

»Wer ist Mario?«

»Ein Schüler aus der Parallelklasse. Er ist einer der klügsten Jungen in der Schule und kennt sich total mit Informatik und künstlicher Intelligenz aus. Ich habe heute beim Mittagessen mit ihm darüber geredet.«

Mama runzelte die Stirn. »Er spielt auch dieses Computerspiel?«

»Ja.«

»Und du warst mit ihm essen statt mit Ben? Dann ist es doch kein Wunder, dass Ben eifersüchtig ist.«

»Ben war mit Nora außerhalb der Schule essen. Außerdem ist Mario schwul.«

»Okay. Wie auch immer, ich rate dir, dich von diesem Mario fernzuhalten. Wenn du dich mit anderen Süchtigen umgibst, wird es nur umso schwerer, dich von dem Spiel fernzuhalten.«

Ich saß wie betäubt da und wusste nicht, was ich antworten sollte. Noch nie hatte ich mich so alleingelassen gefühlt.

14

Ben würdigte mich erneut keines Blickes, als ich am nächsten Morgen in die Klasse kam. In der Pause sah ich ihn mit Nora auf dem Schulhof stehen, umringt von einem halben Dutzend Schülerinnen. Der Anblick ließ mich merkwürdigerweise kalt. Es war, als wäre ich aus einem Traum erwacht und sähe nun erstmals die Realität.

»Hi, Emma. Wollen wir nachher wieder zusammen Mittag essen?«

Ich drehte mich um. »Hallo, Mario. Ja, gern! Hast du gestern noch Infernia gespielt?«

»Klar. Du nicht?«

»Ging nicht. Meine Mutter denkt, ich bin süchtig nach dem Spiel.«

Er grinste. »Bist du das etwa nicht?«

Ich blickte ihn irritiert an. »Wie meinst du das?«

Das Grinsen verschwand aus seinem Gesicht. »Manchmal denke ich schon, dass ich vielleicht zu viel Zeit in Infernia verbringe und zu wenig in der Realität. Das Problem ist, dass die Wirklichkeit nicht besser wird, wenn man sie dauernd ignoriert. Eher im Gegenteil. Dadurch steigt dann wiederum die Attraktivität des Spiels, mit dem Effekt, dass man noch mehr spielt und sich noch weniger um die Dinge kümmert, die sonst noch wichtig sind. Irgendwann wird das zum Teufelskreis.«

»Du hörst dich an wie meine Mutter!«

Da war wieder sein schiefes Grinsen. »Deine Mutter scheint eine kluge Frau zu sein.«

Meine Irritation ließ meine Stimme scharf werden. »Findest du, ja? Du bist also auch der Meinung, dass ich nicht mehr Infernia spielen darf, weil ich als fünfzehnjähriges Mädchen noch zu klein bin, um selbst zu entscheiden, was ich in meiner Freizeit mache?«

Er machte ein erschrockenes Gesicht und ich bereute meinen Tonfall.

»So habe ich das natürlich nicht gemeint. Gar nicht zu spielen finde ich auch übertrieben. Ich wollte damit nur sagen, dass man sich Mühe geben muss, eine gewisse Balance zu wahren. Ich zum Beispiel erlaube mir erst zu spielen, wenn ich entweder Sport gemacht habe oder für meine Mutter einkaufen war oder so, und ich spiele nicht mehr als zwei Stunden am Tag.«

»Plus die Freistunden, die du am Computer der Informatik-AG sitzt.«

»Okay, zugegeben. Am Wochenende werden es auch mal mehr.«

»Vielleicht solltest du mal mit meiner Mutter reden. Dir würde sie möglicherweise zuhören.«

»Kann ich gerne machen. Oh, ich muss wieder in die Klasse. Wir sehen uns später. Ich hab dir übrigens noch was Interessantes zu berichten.«

»Was denn?«

»Erzähle ich dir beim Mittagessen.«

Bevor ich weiter nachfragen konnte, war er schon im

Schulgebäude verschwunden. Ich wollte ihm gerade folgen, als mein Handy vibrierte. Eine Nachricht erschien auf dem Display: *Hallo Emma, ruf mich bitte kurz zurück, sobald du kannst. R. Carstensen.*

Ungläubig starrte ich auf das Smartphone. Ich hatte noch nie zuvor eine Nachricht von Bens Vater bekommen. Woher hatte er überhaupt meine Handynummer?

Während des Bio-Unterrichts konnte ich mich kaum konzentrieren. Was wollte Bens Vater von mir? Hatte Ben ihm irgendetwas erzählt und er war jetzt sauer auf mich?

Als die Stunde endlich vorbei war, eilte ich in eine ruhige Ecke des Schulhofs und rief nervös den Absender der Nachricht an. Doch nicht Bens Vater nahm das Gespräch an, sondern seine Assistentin. Er sei in einem Meeting, habe sie aber gebeten, einen Telefontermin mit mir auszumachen, sagte sie. Wir einigten uns auf Viertel nach eins, eine Viertelstunde vor Ende der Mittagspause.

Auf dem Rückweg in die Klasse traf ich auf Ben, der ein Stück vor mir ging. Nora hatte sich bei ihm untergehakt und umklammerte seinen rechten Oberarm, als wäre er ihre Beute. Mein Instinkt riet mir, mich fernzuhalten.

Doch stattdessen rief ich: »Hey, Ben. Dein Vater will nachher mit mir sprechen. Hast du eine Ahnung, warum?«

Er drehte sich erschrocken zu mir um. »Was? Mein Vater? Nein, weiß nicht, was er will.«

Ich spürte Zorn in mir aufsteigen. »Bist du sicher, dass du ihm nicht irgendwelchen Quatsch über mich erzählt hast?«

Nun drehte sich auch Nora zu mir um. Ihre Miene war feindselig.

»Hab ich, Ehrenwort, nicht!«, beteuerte Ben. »Ich weiß wirklich nicht, was er will.«

Mir wurde bewusst, dass die halbe Klasse den Dialog verfolgte. Früher wäre mir das entsetzlich peinlich gewesen, aber aus irgendeinem Grund war es mir in diesem Moment egal. Ich ging wortlos in die Klasse zu meinem Platz.

»So eine Bitch!«, hörte ich Nora sagen, als ich an ihr vorbeiging.

»Was ist mit dir?«, fragte Mario, als wir später beim Mittagessen zusammensaßen. »Du wirkst irgendwie nervös. Macht dir die Trennung von Ben zu schaffen?«

Ich blickte ihn an. War es so offensichtlich? Wahrscheinlich hatte Mario einfach ein besonders feines Gespür für andere Menschen.

»Nein, das ist es nicht«, erklärte ich.

»Was denn dann?«

»Bens Vater will nachher mit mir sprechen.«

»Worüber denn?«

»Keine Ahnung. Aber ich befürchte, Ben hat ihm irgendwelchen Unsinn über mich erzählt.«

»Was für einen Unsinn denn?«

Ich zuckte mit den Schultern. »Ich weiß es nicht. Irgendwas, um mich schlecht dastehen zu lassen.«

»Und du denkst, sein Vater ruft dich an, um dich auszuschimpfen, oder was?«

So wie er es sagte, klang es ziemlich lächerlich.

»Ich weiß nicht. Er ist es wahrscheinlich gewohnt, dass Menschen tun, was er sagt.«

»Und was, denkst du, könnte er wollen, das du tust?«

»Vielleicht will er, dass ich mich nie wieder seinem Haus nähere oder so. Oder dass ich auf eine andere Schule gehe. Ich habe wirklich keine Ahnung.«

Mario schüttelte den Kopf. »Das kann ich mir nicht vorstellen. Wie hast du dich denn bisher mit ihm verstanden?«

»Wir hatten nicht allzu viel Kontakt. Er ist ständig unterwegs. Aber neulich waren wir essen. Er hat Ben und mich über Infernia ausgefragt. Eigentlich war er sehr nett, obwohl ich ein bisschen das Gefühl hatte, er nimmt mich unter die Lupe.«

»Ich verstehe.«

»Was verstehst du?«

»Was er von dir will.«

»Echt jetzt? Was denn?«

»Er will, dass du wieder mit Ben zusammenkommst.«

Ich starrte ihn ungläubig an. »Wie … wie kommst du denn darauf?«

»Versetz dich doch mal in seine Lage! Er ist ein sehr reicher Mann. Wenn du so viel Geld hast, dann beeinflusst das die Art, wie Menschen auf dich reagieren. Die sehen dann nicht mehr dich als Person, sondern bloß noch deinen Reichtum. Sie sind nett zu dir, weil sie sich davon Vorteile versprechen.«

»So habe ich das nie gesehen. Mich hat der ganze Luxus eher abgeschreckt. Ich wusste nie genau, wie ich mich bei Ben zu Hause verhalten soll. Das war alles fremd für mich.«

»Eben. Menschen wie Bens Vater sind es gewohnt, von Jasagern umgeben zu sein, die ihnen ständig schmeicheln. So jemand bist du nicht. Im Gegenteil, du sagst, was du denkst, auch wenn du in Gegenwart eines Multimillionärs bist. Habe ich recht?«

Ich erinnerte mich an die Diskussion über die Frage, ob Erfolg Spaß machen darf.

»Mag sein. Aber ich fürchte, ich habe beim Abendessen

seine Frau verärgert. Vielleicht will er deswegen mit mir sprechen.«

»Quatsch! Ich wette, es hat ihm gefallen, dass du den Mund aufmachst. Und jetzt kommt auf einmal Nora und drängt sich zwischen dich und Ben. Sie ist genau der Typ Mensch, von dem jemand wie Bens Vater ständig umschwärmt wird – Leute, die nur auf sein Geld aus sind. Er ist bestimmt gar nicht happy, dass ihr Schluss gemacht habt und sich sein Sohn ihr an den Hals geworfen hat.«

»Meinst du wirklich?«

»Jede Wette!«

Ich steckte einen Bissen faden Fisch mit Reis und Gemüse in den Mund und kaute in Gedanken versunken darauf herum. Was Mario sagte, klang irgendwie logisch. Dennoch war ich nicht überzeugt. Und selbst wenn es stimmte, konnte ich mir in diesem Moment nicht vorstellen, wieder mit Ben befreundet zu sein. Der Gedanke, seinem Vater das sagen zu müssen, machte mich noch nervöser.

»Woher weißt du eigentlich so viel darüber, wie sich reiche Menschen fühlen?«, fragte ich.

Er grinste. »Machst du Witze? Ich bin doch selbst steinreich!«

Ich verschluckte mich fast an meinem Mineralwasser. »Wie bitte?«

Das Grinsen wurde breiter. »Na ja, nicht in der Realität natürlich. Aber im Spiel bin ich einer der reichsten Menschen in Lausanne.«

Das Spiel. Seit der Nachricht von Bens Vater hatte ich gar nicht mehr daran gedacht.

»Was wolltest du mir eigentlich vorhin erzählen?«

»Ach ja, richtig. Ich habe dir doch gesagt, dass dein Jero

von Ben, also von Zardor, gefangen genommen wurde. Ich habe ihn befreit. Dachte, es freut dich, das zu hören.«

»Was? Wie … wie hast du das denn gemacht?«

»Ein anderer Spieler, der ebenfalls einen Dämonenlord spielt, schuldete mir noch einen Gefallen. Allerdings hat die Sache einen Haken: Ich konnte Jero nicht auf die Erde zurückbringen. Es hätte zu viel Aufsehen erregt.«

»Wo ist er jetzt?«

»Ich weiß es nicht genau. Irgendwo in Infernia jedenfalls. Ich habe dafür gesorgt, dass er aus Zardors Festung fliehen konnte. Mehr konnte ich leider nicht für ihn tun.«

Die Erleichterung, die ich gerade gespürt hatte, fiel in sich zusammen.

»Aber wenn er allein durch Infernia irrt, wird Ben ihn doch sofort wieder schnappen!«, wandte ich ein. »Er braucht nur einen Lokalisierungszauber anzuwenden und weiß dann genau, wo Jero ist.«

»So einfach wird er ihn nicht finden. Ich habe Jero einen Tarnmantel spendiert. Hat mich eine Kleinigkeit gekostet, aber wie gesagt bin ich in Infernia ein reicher Mann. Wenn dein Soldat sich geschickt anstellt, wird er Zardors Jägern zumindest eine Zeit lang ausweichen können.«

»Aber wenn Ben ihn nicht lokalisieren kann, kann ich es auch nicht! Wie soll ich ihm denn dann helfen?«

Mario zuckte mit den Schultern. »Ich sagte ja, die Sache hat einen Haken. Tut mir leid, ich dachte, du freust dich, dass ich ihn aus Zardors Verlies befreit habe.«

»Das tue ich auch. Ich bin dir sehr dankbar dafür. Ich fürchte nur, Jero wird nicht lange überleben, so ganz allein in Infernia.«

»Vielleicht. Aber mehr konnte ich wie gesagt nicht für ihn

tun. Leider kann ich nicht zaubern, ich bin ja keine Eterim. Ich schätze, es ist auf jeden Fall besser, wenn der Soldat auf der Flucht stirbt, als wenn er in Zardors Verlies gequält wird.«

Ich seufzte. »Da hast du wohl recht. Danke, dass du das für mich getan hast!«

Mario lächelte. »Gern geschehen. Und wer weiß, vielleicht schafft es dieser Jero ja irgendwie selbst, auf die Erde zurückzukehren. Manche NPCs in Infernia können erstaunlich einfallsreich sein.«

15

Um Punkt Viertel nach eins klingelte mein Handy. Ich hatte mich in eine ruhige Ecke des Schulgeländes zwischen der Turnhalle und einem Nebengebäude zurückgezogen, um ungestört zu sein. Nervös nahm ich ab.

»Emma Nienhoff?«

»Hallo, Emma, hier ist René Carstensen.«

»Hallo, Herr Carstensen! Was, äh, kann ich für Sie tun?«

»Ich wollte dich fragen, ob du Lust hast, am Montagnachmittag zu uns zu kommen. Ich würde dich gern zu einem Termin bei Infernal Games mitnehmen.«

Einen Moment lang war ich sprachlos. Das war weder das Donnerwetter, das ich befürchtet hatte, noch der Versuch, den Streit mit Ben zu schlichten, wie von Mario prognostiziert.

»Äh, warum das denn?« war alles, was mir als Antwort einfiel.

»Ich dachte, es interessiert dich vielleicht, die Firma kennenzulernen, die dein Lieblingsspiel entwickelt.«

»Ja, schon, das tut es. Das kommt nur … etwas unerwartet.«

»Ich weiß, du hast Krach mit Ben«, erwiderte er. »Das ist eure Sache, da mische ich mich nicht ein. Aber du spielst ja ziemlich oft gemeinsam mit Ben, da dachte ich, eure Meinung würde vielleicht Fabian Litkowski, den Mitgründer und kreativen Kopf von Infernal Games, interessieren.«

Wow. Ich hatte den Namen Fabian Litkowski noch nie gehört, doch wenn er einer der Gründer von Infernal Games war, dann musste er mehr über das Spiel wissen als irgendjemand sonst. Dass jemand wie er an meiner Meinung interessiert sein könnte, erschien mir absurd. Andererseits fand ich es schon sehr spannend, die Spielefirma kennenzulernen und zu verstehen, wie Infernia eigentlich funktionierte und warum die Nichtspielerfiguren so lebensecht wirkten.

Vielleicht zerplatzt dann endlich deine Illusion, es mit denkenden und fühlenden Wesen zu tun zu haben, meldete sich meine kritische innere Stimme zu Wort. Das würde nicht schaden.

Ich holte tief Luft. »Das … das ist sehr nett von Ihnen, Herr Carstensen. Ich komme gerne mit.«

»Gut, dann sei bitte am Montag um 15.00 Uhr bei uns, okay?«

»Wenn Sie mir die Adresse sagen, kann ich auch direkt zu der Firma fahren«, schlug ich vor.

Doch davon wollte er nichts wissen. »Unsinn. Du fährst mit uns. Also dann, bis Montag!«

Er beendete das Gespräch, bevor ich widersprechen konnte.

Ich starrte mein Handy an, plötzlich unsicher, ob das Gespräch wirklich stattgefunden hatte. Am Montag würde ich den Mann kennenlernen, der für Jero und die anderen Figuren in Infernia so etwas wie Gott war. Doch Ben würde dabei sein und Nora vermutlich auch. Die Vorstellung, während der Fahrt neben den beiden auf der Rückbank zu sitzen, ließ mich schaudern. Am liebsten hätte ich Bens Vater noch einmal angerufen und abgesagt. Doch das ging natürlich nicht.

Ich überlegte, ob ich Ben von dem Telefonat erzählen sollte, ließ es jedoch bleiben. Was hätte es geändert? Stattdessen ging ich ihm und Nora aus dem Weg, bis ich mich endlich auf den Heimweg machen konnte.

»Wie war es in der Schule?«, fragte Mama, als ich nach Hause kam.

»Geht so.«

Sie nickte verständnisvoll. »Na ja, jetzt ist ja erst mal Wochenende. Wollen wir morgen etwas zusammen unternehmen? In den Zoo gehen vielleicht?«

Eigentlich hatte ich überhaupt keine Lust auf den Zoo. Viel lieber hätte ich mich auf die Suche nach Jero gemacht, der allein irgendwo in Infernia herumirrte. Aber das konnte ich meiner Mutter jetzt nicht sagen. Die beste Strategie war es wahrscheinlich, eine Zeit lang so zu tun, als wäre mir das Spiel egal, und auf den Vorschlag einzugehen. Mama war normalerweise nicht besonders konsequent, was Verbote anging. Irgendwann würde sie mir schon wieder erlauben zu spielen.

Wenn Jero bloß bis dahin durchhielt!

»Okay«, erwiderte ich.

Als wir am nächsten Morgen durch Hagenbecks Tierpark spazierten, stellte ich fest, dass mir die Abwechslung mehr Spaß machte, als ich erwartet hatte. Es war schon ewig her, seit ich das letzte Mal hier gewesen war – ich musste acht oder neun Jahre alt gewesen sein. Damals hatte ich mich eigentlich nur für die Affen und Elefanten interessiert, doch diesmal fand ich vor allem die exotischen und ungewöhnlichen Tiere interessant, die es im Tropen-Aquarium zu sehen gab: die faszinierende Vielfalt der Unterwasserwelt, bizarr geformte Insekten, im Dunkeln leuchtende Skorpione und farbenprächtige Chamäleons. Die Fantasie der Natur schien unerschöpflich zu sein.

Für eine Weile vergaß ich das Spiel völlig. Doch als wir an einem Terrarium vorbeikamen, in dem ein Grüner Baumpython an einem Ast hing, musste ich daran denken, wie Jero in Infernia von der Schlange mit dem Menschenkopf hypnotisiert worden war. Ich bekam ein flaues Gefühl im Magen, als mir bewusst wurde, welchen Gefahren er ausgesetzt war. Mit meiner Magie konnte ich mit den meisten Bedrohungen fertigwerden, wenn auch längst nicht mit allen. Aber Jero, ein gewöhnlicher Mensch, der über keinerlei magische Fähigkeiten verfügte, konnte in der Hölle nicht lange überleben.

»Was ist mit dir?«, fragte meine Mutter, als wir im Elefantenhaus waren. »Du bist so still. Früher warst du immer so begeistert, wenn wir in den Zoo gefahren sind. Besonders die Elefanten haben dir gefallen. Und die Affen natürlich.«

»Ich bin kein kleines Kind mehr, Mama.«

»Ich auch nicht«, erwiderte sie mit beleidigtem Unterton. »Aber mir macht es immer noch Spaß, die Tiere anzusehen. Ist es nicht erstaunlich, welche unglaubliche Artenvielfalt die Evolution geschaffen hat? Manchmal denke ich, es muss doch einen Gott geben. Warum sonst sollte die Natur so unglaublich schön sein?«

»Vielleicht ist sie so schön, damit wir sie nicht zerstören«, meinte ich.

»Ja, vielleicht. Aber das scheint leider nicht zu reichen. Die verdammte Geldgier der Menschen ist offensichtlich stärker als ihr Sinn für Schönheit. Komm, lass uns zu den Orang-Utans gehen.«

Doch im Orang-Utan-Haus besserte sich meine Laune auch nicht. Im Gegenteil: Als ich einem älteren Tier in die Augen blickte, das nah an einer Glasscheibe saß und die Besucher nachdenklich anzusehen schien, überkam mich auf einmal tiefes Mitleid. Wie musste es sich für diesen Orang-Utan anfühlen, hier in einem Käfig eingesperrt zu sein, selbst wenn er so schön gestaltet war wie dieser? Was dachte er, wenn er die Menschen auf der anderen Seite der Glasscheibe sah? Wunderte er sich über sie? Beneidete er sie um ihre Freiheit?

Wahrscheinlich war das Tier vor langer Zeit gefangen oder vielleicht hier im Zoo geboren worden und kannte es nicht anders. Und doch spürte ich, dass der Orang-Utan nicht hierhergehörte, sondern in die Wälder seiner Heimat, und irgendwie war ich mir sicher, dass der Menschenaffe das tief in sich ebenfalls wusste. Doch wir Menschen hatten ihn nicht nur hier eingesperrt, wir zerstörten auch rücksichtslos den Lebensraum seiner Artgenossen.

»Weißt du, wo meine Mama ist?«

Ich drehte mich überrascht um. Ein Junge, etwa sechs Jahre alt, stand hinter mir.

»Nein, leider nicht«, antwortete ich. »Wann hast du sie denn zuletzt gesehen?«

»Ich weiß es nicht«, erwiderte der Junge. »Mama hat gesagt, sie kommt gleich wieder.«

»Dann wird sie bestimmt ganz schnell wieder da sein«, versuchte ich ihn zu beruhigen.

Doch er fing an zu weinen. »Sie ist schon ganz lange weg«, schluchzte er.

Ich ging vor ihm in die Hocke.

»Wie heißt du denn?«, fragte ich.

»Lukas«, schniefte er.

»Und mit Nachnamen?«

»Meier.«

»Pass mal auf, Lukas, wir beide gehen jetzt deine Mama suchen, okay?«

Der Junge nickte.

»Bleib du hier und achte darauf, ob hier eine Frau auftaucht, die ihren Jungen sucht«, bat ich meine Mutter. »Sie heißt Meier mit Nachnamen. Ich gehe mal schauen, ob wir sie finden können. Ich bin in spätestens zehn Minuten wieder hier. Falls sie vorher wiederkommt, ruf mich an.«

»Meinst du denn nicht, wir sollten lieber gemeinsam hier auf sie warten?«

»Der Junge hat Angst, das siehst du doch. Es ist leichter für ihn, wenn er nach seiner Mutter suchen kann. Ich bringe ihn gleich wieder zurück.«

»Okay, vielleicht hast du recht.«

Ich nahm Lukas an der Hand und verließ mit ihm das Orang-Utan-Haus. Nicht weit entfernt standen neben einem asiatischen Pavillon einige Bänke. Auf einer davon saß eine Frau und starrte auf ihr Handy.

»Da ist Mama!«, rief Lukas aufgeregt und zeigte auf die Frau.

Wir gingen zu ihr.

»Mama!«, rief er.

Die Frau blickte auf und sah mich unfreundlich an. »Wer sind Sie und was machen Sie mit meinem Jungen?«

»Er … er war allein im Orang-Utan-Haus und wusste nicht, wo Sie sind«, erwiderte ich verdattert.

»Ich habe dir doch gesagt, ich bin gleich zurück!«, schimpfte die Frau den Jungen aus. Dann wandte sie sich wieder ihrem Smartphone zu.

Fassungslos starrte ich sie an. Am liebsten hätte ich ihr das Handy aus der Hand gerissen und es in den kleinen See hinter der Bank geworfen.

»Ich lasse dich dann jetzt hier bei deiner Mama«, sagte ich stattdessen.

»Gut.« Lukas setzte sich auf die Bank neben seine Mutter und blickte auf das Handy, auf dem die Frau hektisch herumtippte.

Kopfschüttelnd kehrte ich zu meiner Mutter zurück, dankbar, dass sie nicht so war wie die Frau auf der Bank.

Womöglich fühlte sich Jero in diesem Moment genauso verloren und verängstigt wie der kleine Lukas, schoss es mir durch den Kopf. Hatte ich ihn nicht ebenso im Stich gelassen wie die Mutter ihren Sohn?

16

Am Montagnachmittag erschien ich pünktlich um kurz vor drei vor der Villa der Carstensens. Immer wieder hatte ich überlegt, die Verabredung in letzter Minute abzusagen. Doch meine Scheu davor, undankbar zu erscheinen, und die Neugierde auf die Firma, die Infernia entwickelte, waren schließlich stärker gewesen als mein Unwohlsein.

Als ich Mario beim Mittagessen von der Verabredung erzählt hatte, war er beeindruckt gewesen.

»Du fährst zu Infernal Games? Echt jetzt? Kann ich mitkommen?«

Ich hatte lachen müssen. »Du kannst an meiner Stelle fahren, wenn du willst. Ben würde jedenfalls dumm gucken.«

»Kein Problem. Gib mir einfach die Handynummer seines Vaters, ich regele das.«

Aber das war natürlich nicht ernst gemeint gewesen, also stand nun nicht Mario hier, sondern ich.

Bens Stiefmutter öffnete und begrüßte mich mit ihrer typischen unterkühlten Art.

»Hallo, Emma. Komm rein!«

Als ich eintrat, kam Bens Vater aus seinem Arbeitszimmer im Erdgeschoss. Seine Begrüßung war wesentlich herzlicher als die seiner Frau.

»Hallo, Emma. Schön, dass du es geschafft hast!«, sagte er mit einem warmen Lächeln. Dann wandte er sich um und rief die Treppe hinauf: »Ben, kommst du?«

Als mein Exfreund kurz darauf herunterkam, machte er große Augen.

»Was machst du denn hier?«, fragte er verdattert.

Offenbar hatte ihm sein Vater nicht gesagt, dass ich mit zu Infernal Games fuhr. Na toll!

»Ich habe Emma eingeladen mitzukommen«, erklärte sein Vater. »Ich habe das Gefühl, dass ihre Sicht auf das Spiel für Fabian interessant sein könnte.«

»Aber Nora darf nicht mit, oder was?«

»Ich glaube nicht, dass Noras Meinung über Infernia von Interesse wäre«, erwiderte sein Vater kühl.

Mario schien recht zu haben: Offensichtlich mochte er Bens neue Freundin nicht.

Ben warf mir einen wütenden Blick zu, so als wäre das alles meine Schuld. Ich bereute es jetzt, dass ich ihm in der Schule aus dem Weg gegangen war und ihm nicht von dem Gespräch mit seinem Vater erzählt hatte. Das hätte mir diese peinliche Szene erspart.

Ich stieg hinten in den Tesla, Ben setzte sich auf den Beifahrersitz. Unterwegs tippte er die ganze Zeit auf seinem Smartphone herum, während sein Vater mit irgendwelchen Mitarbeitern telefonierte. Ich blickte währenddessen aus dem Fenster und ärgerte mich, die Einladung angenommen zu haben.

Die Fahrt nach Norderstedt im Norden Hamburgs dauerte eine Dreiviertelstunde, die mir wie eine halbe Ewigkeit vorkam. Endlich erreichten wir ein dreistöckiges, schmuckloses Bürogebäude in einem Industriegebiet, das eher zu einer

Spedition als zu einer Spielentwicklungsfirma gepasst hätte. Doch das Logo von Infernal Games – ein Teufel mit einem Spielcontroller in der Hand – prangte über dem Eingang.

Bens Vater musste nur seinen Namen sagen und die Tür öffnete sich von selbst. Wir warteten einen Moment in der Eingangshalle, die mit lebensgroßen Figuren aus dem Spiel dekoriert war – ein Dämonenlord neben einer Eterim-Magierin, die ein wenig meinem Alter Ego Rialis ähnelte, und einem Superior in weißer Rüstung mit erhobenem Flammenwerfer.

Nach einer Minute erschien ein junger Mann mit hellblonden kurzen Haaren und Brille. Er trug Jeans und ein dunkelblaues Poloshirt und wirkte ein wenig nervös. Im ersten Moment hielt ich ihn für einen Assistenten, der uns nur abholen sollte, doch er begrüßte Bens Vater per Du und stellte sich mir als Fabian vor.

»Schön, dass ihr vorbeikommt«, sagte er. »Ich freue mich, Bens Freundin kennenzulernen.«

»Ich bin nicht …«, begann ich, doch Bens Vater unterbrach mich.

»Ich dachte, Olga könnte den beiden vielleicht die Technik zeigen, während wir ein paar Dinge besprechen. Danach können sie dir von ihren Eindrücken aus dem Spiel berichten.«

»Ja, natürlich, gern«, stimmte Fabian zu. »Wartet hier, ich hole sie eben.«

Er verschwand und tauchte kurz darauf in Begleitung einer Frau mit kurzen Haaren und dunkler Brille wieder auf, die ich auf Anfang vierzig schätzte. Ich hätte sie für die Personal- oder Marketingleiterin gehalten, doch sie stellte sich als CTO der Firma vor. Die Abkürzung stand für Chief

Technology Officer, das für die Technik zuständige Vorstandsmitglied.

»Kommt mit, ich zeige euch alles«, sagte sie, während Bens Vater mit Fabian in einem Büro verschwand.

Sie führte uns einen Korridor entlang bis zu einem Nebenausgang, der auf einen Innenhof mit Parkplätzen führte. Auf der anderen Seite erhob sich eine große, fensterlose Halle.

»Hier in Norderstedt sind nur die Verwaltung und die Technik untergebracht«, erklärte sie, während wir den Innenhof durchquerten. »Die Game Designer, Programmierer und Grafiker sitzen in mehreren Gebäuden in der Hafencity, außerdem haben wir Standorte in Berlin, Utrecht, Warschau und Mumbai.«

Ich war ein wenig enttäuscht. Weitaus spannender hätte ich es gefunden, die Menschen zu treffen, die sich die fantastischen Welten von Infernia und Eternia ausdachten und sie gestalteten. »Verwaltung und Technik« klang dagegen nicht gerade aufregend.

Die Eingangstür der Halle war mit einem automatischen Schloss mit Stimm- und Gesichtserkennung gesichert. Dahinter befand sich ein kleiner, fensterloser Raum mit einer zweiten, ähnlichen Tür.

»Das hier ist eine Sicherheitsschleuse«, erklärte Olga. »Falls jemand versucht, sich unberechtigten Zugang zu verschaffen, können wir ihn hier festsetzen, bis die Polizei eintrifft.«

»Warum sollte sich denn jemand unberechtigten Zugang verschaffen wollen?«, fragte ich.

Bevor die Technikchefin antworten konnte, sagte Ben: »Na, dadrin sind doch eine Menge wertvoller Computer.«

»Das auch«, ergänzte Olga, »aber primär geht es nicht um

die Hardware, sondern darum, unbefugte Zugriffe auf unsere Daten zu verhindern. Wir speichern hier natürlich die persönlichen Daten der Spieler, aber vor allem haben wir eine künstliche Intelligenz, um die uns viele beneiden. Industriespionage ist ein ernstes Problem. Deshalb haben nur wenige Menschen Zutritt zu dieser Halle.«

Sie öffnete die zweite Tür, indem sie ihren Namen sagte und ihre Hand auf eine Fläche an der Wand legte. Ben und ich mussten ebenfalls unsere Namen nennen, damit wir vom Sicherheitssystem registriert werden konnten.

Die Halle dahinter sah anders aus, als ich es erwartet hatte. Sie war von kaltem Neonlicht taghell erleuchtet, Boden und Wände schneeweiß gestrichen. Riesige Ventilatoren an der Decke erfüllten die Luft mit einem gleichmäßigen dumpfen Brummen. Trotzdem war es sehr warm. Der Geruch von Reinigungsmittel lag in der Luft.

Im Zentrum der mindestens acht Meter hohen Halle erhob sich eine etwa drei Meter durchmessende weiße Säule, von der dicke Kabelstränge ausgingen. Darum herum standen lange Reihen von gleichförmigen Metallregalen, auf deren Rückseite dicke Kabelbündel in den Boden führten. Zahllose LEDs blinkten hektisch. An der Wand neben der Sicherheitsschleuse befand sich ein Arbeitstisch mit mehreren Monitoren, der offenbar der Überwachung der Anlage diente.

»Die Säule da in der Mitte ist unser 2048-Qubit-Quantencomputer«, erklärte Olga. »Er zählt zu den zehn leistungsstärksten Computern Europas. In Infernia ist er für die Simulation der Physik zuständig, also der Welt und der Gegenstände darin.«

Sie führte uns zu einem der Regale. »Jeder dieser Einschübe hier ist ein einzelner Hochleistungscomputer mit einer Leistung von ungefähr hundert Petaflops, also hundert Billiarden Rechenoperationen pro Sekunde. Das entspricht in etwa der Rechenpower des schnellsten Computers der Welt im Jahr 2016. Das menschliche Gehirn schafft nur ungefähr zehn Billionen Flops, also gerade mal 0,01 Prozent davon. Allerdings kann man das nicht direkt vergleichen, da das Gehirn analog arbeitet und beim Denken und Fühlen vielfältige physikalische und biologische Phänomene nutzt. Die müssen wir im Computer simulieren, um ein adäquates Modell der Prozesse zu schaffen, die in einem menschlichen Gehirn ablaufen. Deshalb brauchen wir einen solch leistungsfähigen Computer.«

»Das heißt, jedes dieser Regale simuliert ein menschliches Gehirn?«, fragte ich nach.

»Jedes Regal enthält sechzehn Einschübe, von denen jeder ein Gehirn simuliert«, korrigierte Olga. »Sie sind über eine eigene Leitung mit dem zentralen Quantencomputer verbunden, der diesen simulierten Gehirnen eine komplette Welt vorgaukelt. Insgesamt haben wir zurzeit knapp dreitausend PSUs, wie wir sie nennen – das steht für Person Simulator Unit. Wir planen, die Kapazität in den nächsten zwei Jahren auf etwa zehntausend zu erweitern.«

»Und was genau ist der Sinn dieser Person Units?«, fragte ich nach.

»Ihr spielt ja auch Infernia, wenn ich das richtig weiß. Vielleicht ist euch schon aufgefallen, dass es NPCs gibt, die besonders intelligent zu sein scheinen. Wir nennen sie intern Sims.«

»So wie das Spiel für die Playstation?«, erkundigte ich mich. Früher hatte ich es gern gespielt.

»Ja, genau. Obwohl unsere Sims natürlich viel intelligenter sind als die in dem Spiel. Im Unterschied zu gewöhnlichen NPCs werden sie nicht durch vordefinierte Verhaltensregeln gesteuert, sondern entscheiden quasi autonom, was sie tun. Wenn ihr zum Beispiel in Lausanne jemanden über die Straße laufen seht, ist das aller Wahrscheinlichkeit nach nur ein Statist ohne echte Persönlichkeit. Nur manche der menschlichen NPCs und einige höhere Dämonen verfügen über so etwas wie echte Intelligenz, beispielsweise die Militärkommandeure und die Mitglieder der Inquisition, aber auch ein paar einfache Soldaten.«

Ich blickte mich staunend um. Irgendwo in einem dieser Regale musste ein Einschub sein, in dem Jeros künstliches Gehirn simuliert wurde.

»Haben eure Sims wirklich ein Bewusstsein?«

»Das ist eine philosophische Frage. Es kommt letztlich darauf an, wie man Bewusstsein definiert. Aber wenn du mich fragst, dann ist das menschliche Bewusstsein auch nur das Ergebnis einer Simulation in unserem Kopf. Die Sims sehen sich selbst als Lebewesen, die mit ihrer Umwelt interagieren, wobei ihnen nicht klar ist, dass sie nur in einer virtuellen Realität existieren. Also würde ich sagen, ja, sie haben ein Bewusstsein.«

Die Antwort entsprach ziemlich genau dem, was Mario gesagt hatte. Aber was war mit Gefühlen?

»Und das Ding in der Mitte?«, fragte Ben, bevor ich weiter nachhaken konnte. »Wie viel Flops hat das?«

»Das kann man so nicht sagen«, erwiderte Olga. »Quantencomputer führen ihre Berechnungen primär parallel aus, das heißt, sie nehmen alle möglichen Lösungszustände gleichzeitig ein. Deshalb ist ein einziger Rechenschritt in einem Quantencomputer sehr viel mächtiger als ein Rechenschritt in einem konventionellen Computer. Die Säule dort reicht aus, um eine realistische Physik der Spielwelt in den drei Ebenen Eternia, Infernia und der Erde zu simulieren. Wahrscheinlich kann sie noch viel mehr als das. Wir sind bis jetzt nicht einmal in die Nähe ihrer Leistungsgrenze gekommen.«

»Das ist sicher alles sehr teuer gewesen«, vermutete ich.

»Klar«, meinte Ben. »Über hundert Millionen Euro. Das meiste davon hat mein Vater bezahlt.«

»So viel Aufwand für ein Spiel, das gerade mal zehn Euro pro Monat kostet?«, wunderte ich mich. »Rechnet sich das denn überhaupt?«

»Klar rechnet sich das«, behauptete Ben. »Mein Vater macht nie Geschäfte, die sich nicht rechnen.«

Olga ging nicht darauf ein. »Ich bringe euch jetzt zurück ins Hauptgebäude«, sagte sie.

17

Olga führte uns in einen schlichten Konferenzraum, wo wir auf Bens Vater und Fabian warten sollten. An den Wänden hingen Farbdrucke von Szenen aus dem Spiel.

Nachdem die Technikchefin verschwunden war, entstand eine peinliche Stille, während der Ben auf seinem Smartphone herumtippte. Schließlich hielt ich es nicht mehr aus.

»Warst du schon öfter hier?«, fragte ich.

»Zweimal«, antwortete Ben, ohne aufzusehen.

»Und bei den Entwicklern in der Hafencity?«

»Da auch.«

»Gibt es hier auch Simrigs?«

»Ja. Die sind sogar noch besser als die bei uns im Keller.«

Immerhin ein vollständiger Satz.

»Meinst du, wir können die nachher mal ausprobieren?«

Endlich blickte Ben mich an. In seinem Gesicht lag Misstrauen.

»Warum?«, fragte er.

»Na ja, ich … ich dachte …« Ich stockte. Auf einmal wünschte ich mir, ich hätte nichts gesagt.

»Du hältst es wohl gar nicht aus ohne deinen Jero, was?«, fragte er mit ärgerlicher Stimme. »Klar, es fühlt sich natürlich viel besser an, wenn man seinen Lover in einem Simrig begrapschen kann, anstatt ihn nur auf dem Computermonitor zu sehen!«

»Was?« Ich starrte ihn entgeistert an. »Was soll denn das heißen?«

»Na, deswegen bist du doch überhaupt mit mir zusammen gewesen, oder? Du warst nie wirklich an mir interessiert. Alles, was du wolltest, war das Simrig meines Vaters benutzen, damit du diesem Jero näher sein kannst. Nur deshalb bist du jeden Tag zu uns gekommen.«

»Du … du spinnst doch wohl! Ich …«

Ich verschluckte den Rest meines Satzes, als sich die Tür öffnete und Bens Vater mit Fabian eintrat.

»Na, wie war euer Rundgang?«, fragte der Gründer von Infernal Games.

Ich brauchte all meine Selbstbeherrschung, um den Zorn und die Enttäuschung über das, was Ben mir gerade an den Kopf geworfen hatte, aus meiner Stimme herauszuhalten.

»Äh, sehr interessant«, antwortete ich. »Unglaublich, dass jeder NPC in Infernia seinen eigenen Supercomputer hat.«

»Nicht jeder NPC«, korrigierte Fabian. »Nur ungefähr dreitausend Menschen und Inferim verfügen über eine eigene künstliche Intelligenz. Die weitaus meisten sind quasi nur Statisten.«

»Ja, das hat Olga uns erzählt. Ben meinte, dass die Technik über hundert Millionen Euro gekostet hat. Ist das nicht ein bisschen viel Aufwand für ein Computerspiel?«

Fabian warf einen erschrockenen Blick zu Bens Vater.

»Was ich euch jetzt sage, ist vertraulich«, sagte René Carstensen. »Das heißt, ihr dürft es niemandem erzählen.« Er warf einen strengen Blick zu seinem Sohn. »Auch nicht Nora!«

Ben machte ein finsteres Gesicht. Offensichtlich war er nicht damit einverstanden, dass sein Vater mir ein Geheimnis anvertraute, das seine Freundin nicht wissen durfte. Doch er wagte es nicht zu widersprechen.

Auf einmal war mir klar, warum Bens Vater mich hierher eingeladen hatte. Es ging ihm gar nicht darum, Fabian die Meinung zweier Teenager über sein Spiel mitzuteilen. Mario hatte recht gehabt: Er traute Nora nicht. Vielleicht hoffte er, Ben und mich wieder zusammenzubringen, wenn er seinem Sohn deutlich machte, dass er mich Nora vorzog.

Doch sosehr mich sein Vertrauen ehrte, so absurd kam mir das vor. Ich konnte mir beim besten Willen nicht vorstellen, wieder mit Ben befreundet zu sein. Nicht nach dem, was er mir gerade unterstellt hatte.

»Der Grund, warum wir so viel in die Rechenpower investiert haben, ist nicht allein das Spiel«, erklärte Bens Vater. »Eigentlich ist das Spiel Nebensache, Mittel zum Zweck sozusagen. Wir betreiben es primär, um unsere künstlichen Intelligenzen zu trainieren. Fabian kann euch das genauer erklären.«

Fabian warf ihm einen unsicheren Blick zu. Er schien sich nicht damit wohlzufühlen, vor Ben und mir Firmengeheimnisse auszuplaudern. Doch er hätte seinem Investor wohl niemals widersprochen.

»Das ist wirklich hoch geheim«, erklärte er. »Normalerweise muss jeder, dem ich das erzähle, eine mehrere Seiten lange Vertraulichkeitsvereinbarung unterschreiben.«

»Schon gut«, schaltete sich Bens Vater ein. »Ich lege meine Hand für Emma ins Feuer. Und für meinen Sohn natürlich auch.«

Ich musste schlucken. Die Verantwortung, die er mir damit aufbürdete, fühlte sich wie eine Last an. Was, wenn das Geheimnis doch irgendwie herauskam? Was, wenn er mir dann die Schuld dafür gab?

»Na gut«, fuhr Fabian fort. »Ihr wisst vielleicht, dass künstliche Intelligenzen lernende Systeme sind. Bevor sie irgendetwas können, müssen sie trainiert werden. Dazu füttert man sie normalerweise mit einer großen Menge von Daten, aus denen sie dann selbstständig Schlussfolgerungen ziehen können. Wenn man einer KI zum Beispiel viele Bilder zeigt und alle markiert, auf denen eine Katze zu sehen ist, dann kann die KI nach einiger Zeit feststellen, ob auf einem zufällig ausgewählten Foto eine Katze zu sehen ist oder nicht. Der Haken dabei ist allerdings, dass niemand weiß, was genau die KI auf dem Bild eigentlich erkennt. Sie weiß ja nicht, was eine Katze ist, und kann nur bestimmte Muster auf Bildern als ›Katze‹ identifizieren. Wenn die Auswahl der Trainingsbilder nicht gut ist, dann kann es sein, dass die KI auf einem Foto zum Beispiel auch eine Maus als Katze identifiziert, weil auf den Trainingsfotos zuvor nie eine Maus zu sehen war und die KI nicht gelernt hat, Katzen von Mäusen zu unterscheiden.«

»Aber die KIs im Spiel können doch viel mehr, als bloß Katzen auf Fotos zu identifizieren«, wandte ich ein. »Sie wissen offenbar, was eine Katze ist.«

»Ja, natürlich. Das war nur ein vereinfachtes Beispiel. Was ich damit sagen wollte, ist, dass die Intelligenz einer KI nicht nur von ihrer Rechenpower abhängt, sondern vor allem von den Daten, aus denen sie lernen kann, und dass es sehr schwierig ist zu erkennen, was genau eine KI gelernt hat, bis man es ausprobiert.«

»Also benutzt ihr das Spiel, um die KIs zu testen?«, fragte Ben.

»Ja, das auch«, stimmte ihm Fabian zu. »Aber vor allem benutzen wir das Spiel, um die KIs zu trainieren. Sie lernen von euch, den Spielern.«

»Und wozu werden sie trainiert?«, fragte ich.

»Es gibt eine Vielzahl von Anwendungen«, erklärte Bens Vater. »Man kann sie zum Beispiel in der Forschung einsetzen. Man kann damit gefahrlos simulieren, wie Menschen sich in Extremsituationen verhalten, und so zum Beispiel die Sicherheit von Flughäfen, Stadien oder Einkaufszentren verbessern. Auch Anwendungen in der Industrie sind denkbar, zum Beispiel intelligente Fabrikroboter. Die KIs sollen realen Menschen möglichst ähnlich werden. Und der beste Weg dazu ist es, sie mit echten Menschen interagieren zu lassen. Dafür haben Fabian und sein Team das Spiel entwickelt.«

»Wir denken auch darüber nach, unsere Sims – so nennen wir sie intern – als virtuelle Freunde und Freundinnen anzubieten«, fügte Fabian hinzu. »Für Menschen, die im realen Leben Schwierigkeiten haben, Beziehungen zu knüpfen.«

Menschen wie ich, durchzuckte es mich.

»Haben diese Sims eigentlich echte Gefühle?«, fragte ich.

Erneut warf Fabian einen unsicheren Blick zu Bens Vater, bevor er schließlich antwortete. »Das ist nicht so einfach zu beantworten. Darüber, was Gefühle sind, streiten die Philosophen schon seit Jahrtausenden. Unsere Computer können einen Menschen realistisch simulieren, aber es ist immer noch eine Simulation, nicht die Wirklichkeit. Ich denke, um echte Gefühle zu haben, braucht man einen realen Körper. Vielleicht auch eine Seele, ich bin mir da nicht sicher.«

»Aber die virtuellen Personen wissen doch nicht, dass sie simuliert sind, oder?«, hakte ich nach.

Fabian nickte. »Klar. Wenn sie das wüssten, würden sie sich ja nicht mehr wie reale Menschen verhalten.«

»Was wäre, wenn sie es eines Tages herausfinden würden?«

»Wir haben ein paar Schutzmechanismen eingebaut, um das zu verhindern«, erklärte Fabian.

»Du stellst wirklich kluge Fragen, Emma«, schaltete sich Bens Vater ein. »Aber eigentlich sind wir ja hergekommen, damit ihr Fabian eure Eindrücke von dem Spiel schildern könnt.«

»Ich habe eine bessere Idee«, meinte Fabian. »Wie wäre es, wenn ihr beide einfach ein bisschen spielt und ich euch dabei beobachte? So könnte ich vielleicht unbewusste Verhaltensweisen erkennen, die ihr selbst nicht wahrnehmt. Das würde uns auf jeden Fall helfen. Wir haben hier ein paar der besten Simrigs, die es zurzeit gibt. Damit wird die Welt von Infernia noch einmal ein ganzes Stück realistischer. Was haltet ihr davon?«

Bevor ich reagieren konnte, sagte Bens Vater: »Ich finde, das ist eine gute Idee.«

18

Während Bens Vater noch etwas mit dem kaufmännischen Leiter der Firma zu besprechen hatte, führte Fabian Ben und mich in einen Raum im Erdgeschoss, in dem zwei Reihen von je vier Simrigs aufgebaut waren. Sie ähnelten denen in Bens Elternhaus: kugelförmige Metallgestelle mit Fußplatten und Handschuhen, die an beweglichen Stangen befestigt waren. Darüber hingen die Helme, die die Sinneseindrücke der Welt von Infernia vermittelten. Drei der Gestelle waren mit zwei Männern und einer Frau besetzt, die hektisch in der Luft herumfuchtelten, so als seien sie gerade in Kämpfe verwickelt.

»Ihr kennt euch ja aus«, sagte Fabian und deutete auf zwei freie Simrigs neben einem Tisch voller Monitore.

Er setzte sich an den Tisch. Ben und ich kletterten jeweils in eines der Gestelle und schnallten uns an. Die Handschuhe fühlten sich etwas ungewohnt an, doch ansonsten schien sich das Simrig nicht sonderlich von dem Modell zu unterscheiden, das ich bereits kannte.

Erst als der Helm sich absenkte, wurde der Unterschied deutlich. Statt den Infernia-Ladebildschirm zu sehen, fand ich mich sofort in der vertrauten paradiesischen Umgebung von Eternia wieder. Ich stand auf einem Balkon meines kleinen Märchenschlosses, umgeben von blühenden Rosen, zwitschernden Vögeln und summenden Insekten. Doch das alles wirkte auf einmal so real! Erst jetzt wurde mir bewusst, dass die 3-D-Displays in den Helmen der Simrigs in Bens Elternhaus eine feine Pixelstruktur aufwiesen, die ich bisher gar nicht bewusst wahrgenommen hatte. Der Helm dieses Rigs schien eine deutlich höhere Auflösung zu haben. Selbst wenn ich ganz genau hinsah, konnte ich keine Pixel erkennen.

Ich streckte die Hand nach einer der Rosen aus, die an wilden Ranken um das Geländer und die Säulen des Balkons wuchsen. Ich konnte den Stängel ertasten, spürte sogar einen leichten Pikser, als ich eine der Dornen berührte. Die taktilen Reize der Handschuhe waren ebenfalls wesentlich feiner und präziser, als ich es gewohnt war. Als ich mich umwandte und die Bibliothek betrat, vor der sich der Balkon befand, fühlten sich meine Bewegungen irgendwie anders an. Ich griff nach einem Buch, holte es aus dem Regal, wog es in der Hand. Auch dabei wurden die physikalischen Kräfte der virtuellen Realität mit so hoher Präzision übertragen, dass ich keinen Unterschied zur Wirklichkeit mehr feststellen konnte. Es war, als hielte ich tatsächlich ein schweres Buch in der Hand.

»Wow!«, entfuhr es mir.

»Gefällt es dir?«, hörte ich Fabians Stimme.

Erschrocken drehte ich mich um, doch da war niemand.

»Sorry, ich hätte dich vorwarnen sollen. Ich bin im Beobachter-Modus. Das heißt, ich habe keinen virtuellen Körper und bin somit unsichtbar, kann aber alles sehen und hören, was ihr tut.«

»Das Simrig ist … beeindruckend«, erwiderte ich. »Ich

meine, das Simrig von Bens Vater ist schon echt toll. Aber das hier hat noch mal eine ganz andere Qualität. Ich glaube, ich will hier nie wieder raus!«

Fabian lachte. »Na, irgendwann wirst du mal auf die Toilette müssen, nehme ich an. Und schlafen kann man im Rig auch nicht so gut. Ich hab's mal probiert. Hatte danach ziemliche Nackenschmerzen.«

»Du hast in Infernia geschlafen?«

»Bin kurz eingenickt. War eine lange Nacht. Aber jetzt will ich dich nicht länger stören. Viel Spaß!«

Ich führte einen Lokalisierungszauber aus und nannte Jeros Namen. Doch die geisterhafte Gestalt, die daraufhin erschien und mir eigentlich seinen Aufenthaltsort verraten und mich auf Wunsch dorthin hätte teleportieren sollen, schüttelte nur bedauernd den Kopf. Das bedeutete, er war entweder tot oder konnte aus einem anderen Grund nicht lokalisiert werden.

Mario hatte gesagt, dass er Jero einen Tarnmantel mitgegeben habe. Es war also gut möglich, dass er noch lebte. Doch wie sollte ich ihn finden?

Mir kam eine Idee. Ich zögerte einen Moment, denn mir war ein wenig unwohl bei dem Gedanken. Aber Jero hatte bestimmt Schlimmeres zu ertragen als nur ein paar peinliche Augenblicke.

»Fabian?«, fragte ich. »Kannst du mich hören?«

»Klar.«

»Kannst du jemanden für mich lokalisieren? Einen NPC namens Jero Kramer?«

»Hast du denn keinen Lokalisierungszauber?«

»Doch, aber der funktioniert nicht. Der NPC trägt einen Tarnmantel.«

»Einen Tarnmantel? Ein NPC? Woher hat er den denn?«

»Ein Freund von mir hat ihn ihm geschenkt, damit er aus der Festung eines Dämonenlords entkommen kann. Aber er steckt höchstwahrscheinlich irgendwo in Infernia in Schwierigkeiten und ich möchte ihm gern helfen.«

»Dieser Dämonenlord ist nicht zufällig Zardor?«

»Äh, doch.«

»Tut mir leid, aber ich will mich nicht in euer Spiel einmischen. Ich bin bloß hier, um euch zu beobachten.«

»Bitte, Fabian!«

»Also schön, ich frage Ben, ob er einverstanden ist. Falls ja, werde ich euch die Position gleichzeitig mitteilen.«

»Nein!«, rief ich erschrocken. »Nein, lass das ruhig. Ich möchte nicht, dass Ben …«

Ich zuckte zusammen, als ich plötzlich am Arm gepackt wurde. Es war ein gruseliges Gefühl, diese Berührung zu spüren, obwohl niemand bei mir zu sein schien.

»Simrig, exit!«, sagte ich rasch.

Mit einem Surren fuhr der Helm hoch und ich blickte in Bens wütendes Gesicht.

»Wusste ich's doch!«, zischte er. »Mein Vater nimmt dich mit zu einer Besichtigung seiner Firma, du darfst im modernsten Simrig der Welt spielen und das Erste, was du tust, ist, mich zu hintergehen!«

»Ich hintergehe dich?«, erwiderte ich zornig, während ich aus dem Rig kletterte. »Wer ist denn wieder aus dem Simrig ausgestiegen, um mich heimlich zu beobachten?«

»Die Handschuhe waren mir zu eng«, behauptete Ben.

»Ihr solltet das vielleicht nicht ganz so ernst nehmen«, schaltete sich Fabian ein, der neben uns vor den Monitoren saß. »Das ist schließlich nur ein Spiel.«

»Ist es das?«, fragte Ben. »Ich habe das Gefühl, Emma hat das noch nicht so richtig verstanden. Sie nimmt es jedenfalls verdammt ernst.«

Bevor ich etwas erwidern konnte, betrat Bens Vater den Raum.

»Was ist denn los?«, fragte er.

»Emma versucht zu schummeln«, behauptete Ben. »Sie wollte, dass Fabian einen NPC für sie lokalisiert.«

René Carstensen warf mir einen fragenden Blick zu. »Warum denn das?«

Am liebsten wäre ich im Boden versunken.

»Es geht um einen Soldaten, der durch meine Schuld in Schwierigkeiten geraten ist«, erklärte ich. »Ich habe bloß versucht, ihm zu helfen.«

»Ja, mit unfairen Mitteln«, mischte sich Ben ein. »Wie ist er überhaupt an einen Tarnumhang gekommen?«

»Und deswegen streitet ihr euch?«, fragte sein Vater. »Wegen einer Computerspielfigur?«

»Für Emma ist es nicht bloß eine Computerspielfigur«, antwortete Ben. »Er ist ihr Lover.«

»Das ist nicht wahr!«, widersprach ich.

»Ist das etwa der Grund dafür, dass ihr euch getrennt habt? Bist du eifersüchtig auf eine Spielfigur, Ben?«

»Quatsch!«, erwiderte Ben. »Aber Emma war doch bloß mit mir zusammen, damit sie in unser Simrig konnte, um sich mit ihrem Jero zu treffen.«

»Das … das ist nicht wahr!«, rief ich.

»Wir fahren jetzt besser nach Hause«, entschied Bens Vater.

Nachdem wir uns von Fabian verabschiedet hatten, marschierten wir schweigend zurück zu dem selbststeuernden

Wagen. Ben wollte auf dem Beifahrersitz einsteigen, doch sein Vater forderte ihn auf, sich zu mir auf die Rückbank zu setzen.

Mürrisch starrte er aus dem Seitenfenster, während sich der Wagen in Bewegung setzte.

»Was ist eigentlich los mit euch beiden?«, fragte René Carstensen nach ein paar Minuten.

Ich wusste nicht, was ich darauf antworten sollte. Auch Ben schwieg.

»Na schön«, sagte Bens Vater nach einem Moment. »Ich verstehe, dass ihr mit mir nicht darüber reden wollt.«

Er führte geschäftliche Telefonate, während Ben und ich weiter schweigend nebeneinandersaßen, ohne uns anzusehen.

Bens Vater entschied, mich direkt zu Hause abzusetzen. Weder Ben noch ich erhoben Einwände. Als der Wagen endlich vor unserem Mietshaus hielt, atmete ich erleichtert auf. Inzwischen war es mir egal, ob Bens Vater sah, wo ich wohnte. Ich wollte nur noch raus aus dem Auto.

»Vielen Dank, dass Sie mich mitgenommen haben«, sagte ich zum Abschied. »Es war wirklich sehr interessant.«

Er lächelte. »Es war schön, dass du mitgekommen bist. Du bist bei uns immer willkommen, Emma.«

»Danke schön«, erwiderte ich unsicher, stieg aus und war froh, als hinter mir die Haustür zufiel.

19

Mama hatte diese Woche Frühschicht im Krankenhaus und war bereits zu Hause. Sie kam aus dem Wohnzimmer, um mich zu begrüßen.

»Du kommst spät«, stellte sie ohne Vorwurf in der Stimme fest. »Warst du noch bei Ben?«

»Nicht direkt. Sein Vater hat mich eingeladen, mit ihm zu einer seiner Firmen zu kommen.«

Mama sah mich fragend an. »Er hat dich zu einem Geschäftstermin mitgenommen?«

»Sozusagen.«

»Und was für eine Firma war das?«

»Infernal Games.«

Sie runzelte die Stirn. »Hat das etwas mit dem Computerspiel zu tun, das du immer spielst?«

»Du meinst das Spiel, das ich nicht mehr spielen darf«, korrigierte ich leicht genervt.

»Ich meine das Spiel, nach dem du süchtig bist.«

»Mama, ich bin nicht süchtig! Außerdem geht es dabei gar nicht in erster Linie um das Spiel. Es ist quasi nur Mittel zum Zweck, um echte künstliche Intelligenzen zu entwickeln.«

Ich erzählte ihr, was ich bei der Besichtigung gesehen und von Olga und Fabian erfahren hatte. Erst als ich endete, fiel mir wieder ein, dass ich das alles eigentlich gar nicht hätte erzählen dürfen. Aber Mama hatte vermutlich ohnehin nur die Hälfte verstanden.

Wenn ich gehofft hatte, dass sie durch den Bericht eine positivere Einstellung gegenüber dem Spiel entwickeln würde, hatte ich mich getäuscht.

»Die benutzen euch Spieler, um intelligente Roboter zu entwickeln? Und ihr müsst auch noch dafür bezahlen?«

»Irgendwie müssen die doch die Entwicklung finanzieren«, verteidigte ich die Firma.

»Aber doch nicht auf dem Rücken von Teenagern, die kaum Geld haben! Bens Vater ist schließlich reich genug.«

»Soll das heißen, du hättest nichts dagegen, dass ich das Spiel spiele, wenn es für alle kostenlos wäre?«

»So habe ich das nicht gemeint. Aber ich glaube, dass er euch Spieler ausnutzt und sogar seinen eigenen Sohn manipuliert.«

Es kam mir absurd vor, dass ich Bens Vater gegen Mamas Angriffe verteidigen musste, die ihn gar nicht kannte. Doch ich hatte das Gefühl, es ihm schuldig zu sein. Er war immer sehr nett zu mir gewesen.

»Mama! Nur weil er reich ist, heißt das nicht, dass er andere Menschen bloß benutzt!«

»Wenn man andere Menschen nicht benutzt, wird man nicht so reich wie er«, entgegnete sie. »Wenn man für andere Menschen da ist, statt selbstsüchtig Geld zu scheffeln, dann arbeitet man fünfzig Stunden die Woche, Bereitschaftsdienst nicht eingerechnet, für einen erbärmlichen Lohn.«

»Mama, du hast überhaupt keine Ahnung. Bens Vater hat sein Geld an der Börse verdient. Er hat gute Geschäfte gemacht, einfach weil er clever ist und sehr viel darüber weiß.

Und er investiert dieses Geld nun in junge Firmen, die innovative Technik entwickeln. So wie Infernal Games.«

Mama warf genervt die Hände in die Luft.

»Innovative Technik, wenn ich das schon höre! Schau doch mal aus dem Fenster oder sieh dir die Nachrichten an, dann merkst du vielleicht, was diese innovative Technik mit der Welt macht. Die Menschen können doch schon gar nicht mehr selbst denken, weil ihnen alles von Maschinen vorgekaut wird. Am Ende bleiben wahrscheinlich nur noch Roboter übrig, wie die in der Firma von Bens Vater.«

»Du redest echten Quatsch, Mama! Infernal Games baut überhaupt keine Roboter. Sie entwickeln dort künstliche Intelligenzen, die sich nicht bloß so verhalten wie Menschen, sondern wirklich denken können. Sie haben sogar ein richtiges Bewusstsein.«

»Ach ja? Und warum sollte man so etwas tun, wenn nicht, um Menschen zu ersetzen? Irgendwann wird auch mein Job von einem Roboter erledigt. Dann muss ich von der Sozialhilfe leben.«

»Es gibt tausend Gebiete, in denen man künstliche Intelligenzen sinnvoll einsetzen kann, ohne Arbeitsplätze zu vernichten. Zum Beispiel dort, wo es für Menschen zu gefährlich wird. Fabian, der Gründer von Infernal Games, hat es mir erklärt: Man kann mit den KIs simulieren, wie Menschen sich in Gefahrensituationen verhalten, und dann die Sicherheit an Flughäfen verbessern.«

»Ja, klar. Und wahrscheinlich kann man damit auch Krebs heilen. Solche Typen kommen immer mit irgendeinem positiven Anwendungsbeispiel. Aber in Wirklichkeit geht es ihnen darum, Arbeitsplätze zu automatisieren und so Lohnkosten zu sparen, damit Typen wie Bens Vater noch reicher werden. Was mit denen passiert, die dabei ihren Job verlieren, ist denen doch völlig egal.«

Resignierend ließ ich die Schultern hängen. Es hatte wohl keinen Sinn, mit Mama über die Vor- und Nachteile künstlicher Intelligenz zu diskutieren. Ich verstand selbst viel zu wenig davon. Trotzdem konnte und wollte ich nicht einfach nachgeben.

»Wenn ich dir nur einmal zeigen könnte, wie intelligent diese Figuren in dem Spiel sind, dann würdest du verstehen, dass das nicht einfach nur irgendwelche Programme sind«, erwiderte ich. »Aber du willst dir das Spiel ja nicht mal ansehen!«

Mama seufzte. »Und was ist mit dieser Computerspielfigur, von der du mir erzählt hast? Hast du nicht gesagt, dass Ben eifersüchtig auf sie war?«

»Ja, aber das ist totaler Quatsch! Mir tut dieser Jero einfach leid. Nur deshalb habe ich versucht, ihm zu helfen.«

»Siehst du, genau das ist das Problem: Die entwickeln in dieser Firma Programme, die unsere Gefühle manipulieren.«

»Was hat das denn mit Manipulation zu tun?«

»Verstehst du denn nicht? Dieses Programm tut so, als ob es Gefühle hätte, und du fällst darauf herein und hast Mitleid mit einer Computerspielfigur!«

»Ach ja? Und was, wenn das Programm nicht bloß versucht, mich zu manipulieren? Was, wenn es wirklich Gefühle hat?«

»Wie soll denn ein Computer Gefühle haben?«

»Wieso hast du denn Gefühle, Mama?«

Sie sah mich irritiert an. »Weil ich ein Mensch bin.«

»Was ist ein menschliches Gehirn denn anderes als ein

System, mit dem du Informationen verarbeitest, genau wie ein Computer?«, versuchte ich wiederzugeben, was Mario gesagt hatte.

»Willst du mir jetzt etwa erzählen, dass es zwischen einem menschlichen Gehirn und einem Computer keinen Unterschied gibt?«

»Natürlich gibt es Unterschiede. Aber Infernal Games arbeitet daran, diese Unterschiede so gering zu machen wie irgend möglich. Nur deshalb haben sie das Spiel entwickelt: damit die Computer von uns lernen können, wie es ist, ein Mensch zu sein.«

»Indem sie euch Krieg gegen Außerirdische spielen lassen?«

»Das sind keine Außerirdischen. Es sind Dämonen aus der Hölle.«

»Umso schlimmer. Es geht in diesem Computerspiel um Gewalt, genau wie in den meisten anderen Computerspielen auch. Das ist es, was wir den intelligenten Maschinen als Erstes beibringen. Das ist doch Wahnsinn!«

»Aber genau darum geht es doch, Mama!«, rief ich verzweifelt. »Ich will diesem Jero helfen, weil er in Not ist. Das hat doch nichts mit Gewalt zu tun. Das ist Barmherzigkeit.«

»Barmherzigkeit gegenüber einem Computerprogramm? Nun mach aber mal einen Punkt!«

»Jero weiß nicht einmal, dass er eine Simulation ist. Er glaubt, ein realer Mensch zu sein.«

»Du meinst, das Programm tut so, als ob es glaubt, ein realer Mensch zu sein.«

»Nein, Mama. Er glaubt das wirklich. Er darf nicht rausfinden, dass seine Welt nur simuliert ist, weil sonst die künstliche Intelligenz nicht mehr richtig funktioniert.«

Mama zog die Stirn kraus. Einen Augenblick schien es, als wäre sie sich unsicher, ob ich nicht doch recht hatte.

Doch dann sagte sie: »Das ist ja krank!«

»Wenn die NPCs wüssten, dass sie in einem Spiel sind, würden sie sich nicht mehr so verhalten wie richtige Menschen«, gab ich wieder, was Fabian erklärt hatte.

»Wenn diese Spielfiguren wirklich glauben, Menschen zu sein, dann ist das, was die Firma von Bens Vater mit ihnen macht, einfach nur grausam. Oder es ist alles nur Fake und du bist darauf reingefallen. In jedem Fall will ich nicht, dass du irgendetwas mit diesem verdammten Spiel zu tun hast.«

»Ich bin fünfzehn Jahre alt, Mama! Hör endlich auf, mich wie ein Kleinkind zu behandeln!«

»Dann hör du auf, dich wie eins zu benehmen! Und jetzt will ich nichts mehr davon hören.«

Wütend ging ich in mein Zimmer, knallte die Tür hinter mir zu und setzte mich aufs Bett. Ich war stinksauer auf Mama. Doch ein Satz, den sie gerade gesagt hatte, ging mir nicht mehr aus dem Kopf: *Wenn diese Spielfiguren wirklich glauben, Menschen zu sein, dann ist das, was die Firma von Bens Vater mit ihnen macht, einfach nur grausam.*

20

Als ich am nächsten Morgen die Klasse betrat, grinste Ben mich an. Verwirrt setzte ich mich auf meinen Platz. Was hatte das jetzt zu bedeuten? Gestern war er doch noch eingeschnappt gewesen.

In der Pause kam er zu mir. »Hi, Emma.«

Ich runzelte die Stirn. »Hi, Ben.«

Wieder grinste er merkwürdig. »Ich habe eine kleine Überraschung für dich.«

»Was denn für eine Überraschung?«

»Ich habe jemanden gefunden. Du weißt schon, wen ich meine. Er ist aus meiner Festung ausgebüxt, aber ich habe ihn wieder eingefangen. War nicht ganz einfach, denn er hatte einen Tarnumhang. Ich frage mich, wer ihm den gegeben hat.«

Vergeblich versuchte ich, mir meinen Schreck nicht anmerken zu lassen. »Du hast Jero gefunden?«

Bens Grinsen verbreiterte sich. »Wen denn sonst? Ich dachte, du freust dich vielleicht, dass ich ihn gerettet habe.«

»Gerettet?«

»Er lag mit gebrochenem Bein in einer Höhle. Eine Horde Riesenratten schlich um ihn herum. Ich habe ihn gerade noch rechtzeitig gefunden. Dachte, das interessiert dich.«

Ohne ein weiteres Wort drehte er sich um und ging zu ein paar Jungs auf der anderen Seite des Schulhofs. Ich blickte ihm irritiert nach. Offenbar war er sauer auf mich und wollte seine Wut an Jero auslassen, um damit auch mich zu quälen.

War er wirklich so fies?

Kurz erwog ich, zu ihm zu gehen und um Gnade für Jero zu bitten. Aber das hätte es vermutlich nur noch schlimmer gemacht.

Wo war eigentlich Nora? In letzter Zeit hielt sie sich doch immer in Bens Nähe auf. Sowenig ich meine Mitschülerin auch mochte, ich wäre in diesem Moment froh gewesen, wenn sie Ben auf andere Gedanken gebracht hätte.

Zum Mittagessen traf ich mich wieder mit Mario.

»Wie war's bei Infernal Games?«, fragte er.

»Cool.«

Ich erzählte ihm, was ich gesehen hatte, verschwieg jedoch den wahren Zweck der Firma.

»Wow«, rief er aus. »Ein Quantencomputer! So viel Aufwand für ein Computerspiel?«

Ich nickte. »Ja, das hab ich auch gedacht. Aber Bens Vater ist steinreich. Er kann es sich locker leisten.«

Mario schüttelte den Kopf. »Männer wie er werfen kein Geld zum Fenster raus, schon gar nicht für ein Computerspiel. Da muss noch irgendetwas anderes dahinterstecken.«

Ich zuckte nur mit den Schultern und steckte mir eine Gabel voll Salat in den Mund, um nicht darauf antworten zu müssen.

»Ich hab dich vorhin mit Ben reden sehen«, sagte er. »Nora hat er dagegen keines Blickes gewürdigt. Seid ihr euch gestern wieder nähergekommen?«

»Eher im Gegenteil. Wir haben uns ziemlich gefetzt. Aber du hattest recht: Sein Vater mag Nora anscheinend nicht. Ich glaube, er hat mich gestern nur mitgenommen, weil er gehofft hat, dass Ben und ich wieder zusammenkommen.«

»Wow! Er scheint dich ja wirklich toll zu finden.«

»Ehrlich gesagt fühle ich mich ein bisschen unwohl dabei. Mir wäre es lieber, Bens Vater würde die Wünsche seines Sohnes mehr respektieren. Dann wäre Ben vielleicht nicht so wütend auf mich. Er hat Jero gefunden und ich fürchte, er wird jetzt seine Wut an ihm auslassen.«

»Er hat Jero gefunden? Wo denn?«

»In irgendeiner Höhle. Er meinte, Jero hätte ein gebrochenes Bein gehabt und sei von Riesenratten angegriffen worden. Er hätte ihn im letzten Moment gerettet.«

Mario runzelte die Stirn. »Warum sollte er ihn retten wollen?«

»Wie gesagt befürchte ich, dass er seine Wut an ihm auslassen will. Er denkt anscheinend, ich wäre in Jero verliebt.«

Mario nickte. »Verstehe. Das erklärt auch, warum er sich mit Nora eingelassen hat. Wahrscheinlich war er nie wirklich an ihr interessiert und wollte dich bloß eifersüchtig machen. Aber du bist nicht darauf angesprungen und das hat ihn nur noch wütender gemacht.«

»Was, denkst du, sollte ich tun? Ich kann doch Jero nicht einfach in Zardors Klauen lassen.«

»Vielleicht solltest du die Sache einfach auf sich beruhen lassen. Irgendwann wird Ben sich schon wieder beruhigen.«

Mir fiel wieder ein, was meine Mutter am Abend zuvor gesagt hatte.

»Was wir den NPCs in Infernia antun, ist einfach nur grausam«, stellte ich fest.

»Wahrscheinlich hast du recht.« Er grinste. »Du bist doch eine mächtige Eterim. Du könntest versuchen, Jero aus Zardors Festung zu befreien.«

»Das geht leider nicht.«

»Warum nicht?«

»Bei Ben kann ich nicht mehr spielen und meine Mutter hat mir Computerspielverbot erteilt. Sie denkt, ich bin süchtig nach Infernia.«

»Dann komm doch nach der Schule mit zu mir! Ich habe zwar kein Simrig, aber es geht ja auch ohne.«

Ich sah ihn überrascht an. »Echt jetzt? Das wäre wirklich toll!«

Ein paar Stunden später folgte ich Mario zu Fuß zu seinem Elternhaus. Es lag nur ein paar Hundert Meter von der Schule entfernt. Als wir ankamen, staunte ich nicht schlecht. Zwar war das Haus nicht so groß und luxuriös wie das von Bens Vater, aber es war viel moderner und stand direkt am Elbstrand.

»Deine Eltern scheinen auch ziemlich reich zu sein«, stellte ich fest.

»Mein Vater ist Partner in einer Unternehmensberatungsfirma«, erklärte er. »Er verdient gut, aber im Vergleich zu Bens Vater ist er ein armer Schlucker. Außerdem zahlt er einen hohen Preis für unseren Luxus: Er ist ständig unterwegs, oft auch am Wochenende, und ich sehe ihn kaum. Manchmal habe ich das Gefühl, dass meine Eltern sich schon vor Jahren getrennt haben, obwohl sie offiziell immer noch zusammen sind.«

Marios Mutter war sehr nett zu mir und auch seine jüngere Schwester Dalia schien sich über meinen Besuch zu freuen. Im Unterschied zu Bens Elternhaus fühlte ich mich hier sofort willkommen.

Sein Zimmer sah ganz anders aus als das von Ben. Es war deutlich kleiner und wurde von einem Schreibtisch mit zwei großen Monitoren beherrscht, auf dem ein VR-Headset lag. Daneben stand ein Regal voller Mangas. Plakate von Science-Fiction-Filmen und Videospielen hingen an den Wänden. Auf einem davon war der Klempner Super Mario zu sehen, wie er auf einem grünen Dinosaurier reitend durch die Luft flog. Das Bett war ungemacht und schmutzige Wäsche lag auf dem Boden.

»Entschuldige die Unordnung«, sagte Mario, während er rasch die Wäsche zusammenraffte und einfach unter das Bett warf. »Ich habe nicht mit Besuch gerechnet.«

»Kein Problem«, erwiderte ich. »Bei mir sieht es ähnlich aus.«

Er fuhr den Computer hoch und forderte mich auf, mich auf den großen Gaming-Stuhl davor zu setzen.

»Du kannst das Headset nehmen«, sagte er. »Ist nicht gerade ein Simrig, sollte aber ausreichen.«

Mario startete das Spiel und ich meldete mich mit meinem Account an. Dann setzte ich die VR-Brille auf und nahm die Controller in die Hand. Ich befand mich wieder auf dem Balkon meines Schlosses in Eternia. Die Auflösung der Brille war nicht so hoch wie die der Simrigs bei Ben zu Hause und es fühlte sich seltsam an, sich mit Controllern durch die virtuelle Welt zu bewegen, anstatt einfach zu gehen. Trotzdem war es intensiver, als die Welt des Spiels nur auf einem Computermonitor zu sehen.

»Lass es langsam angehen«, riet mir Mario. »Wenn du dich zu schnell hin und her bewegst, kann dir übel werden.«

Ich übte den Umgang mit den ungewohnten Controllern, indem ich einen Rundgang durch mein Anwesen machte.

»Schicke Hütte hast du da«, kommentierte Mario, der auf dem Monitor verfolgte, was ich tat.

»Ich glaube, ich habe es jetzt einigermaßen raus«, sagte ich und führte einen Lokalisierungszauber aus.

Wie Ben gesagt hatte, befand sich Jero in einem Verlies mitten in Zardors Festung. Ich öffnete ein Portal dorthin und investierte mehrere Kristalle in einen speziellen Zauber, der verhinderte, dass Ben mir den Rückweg mit einer Ätherium-Sphäre abschneiden konnte.Ich wollte nicht erneut in eine Falle tappen.

Trotzdem hatte ich ein ungutes Gefühl, als ich durch das Portal trat.

21

Jero lag in einer kleinen, finsteren Zelle auf einer strohbedeckten Pritsche – für Infernia-Verhältnisse geradezu ein Luxusapartment. Seine Kleidung war zerschlissen, doch er schien unverletzt zu sein.

Als ich aus dem Portal trat, schrak er hoch.

»Rialis!«, rief er. »Du hättest nicht herkommen sollen! Das ist eine Falle! Zardor wusste, dass du kommen würdest. Er benutzt mich als Köder.«

»Er kann mir nichts tun«, erwiderte ich. »Und ich werde dafür sorgen, dass er auch dir nichts tut.«

In diesem Moment stürmten mehrere Gehörnte durch die Gittertür und bedrohten Jero und mich mit ihren Speeren. Hinter ihnen betrat Ben alias Zardor den Raum.

»Welch Glanz in meiner bescheidenen Hütte«, sagte er spöttisch. »Rialis höchstpersönlich!«

»Jero hat Besseres verdient, als der Zankapfel zwischen uns zu sein«, erwiderte ich.

»Also hatte ich recht: Er ist dir wichtiger als ich.«

»Blödsinn! Aber er kann nichts dafür, dass wir uns gestritten haben. Du hast kein Recht, ihn hier festzuhalten.«

Jero blickte verwundert zwischen uns hin und her. Er fragte sich offensichtlich, was das zu bedeuten hatte. Anscheinend hielt er diese Welt tatsächlich für real und konnte sich keinen Reim auf unseren Dialog machen.

»Er ist in meine Festung eingedrungen und wollte mich töten«, widersprach Ben. »Ich kann ihn hier gefangen halten und quälen, so viel ich will.«

»Ich werde Jero mitnehmen und du wirst mich nicht daran hindern!«, sagte ich entschlossen.

»Das sehe ich anders.«

Zardor streckte seine Hand aus und hielt ein eisernes Halsband hoch. Es bestand aus zwei halbrunden Hälften, die mit einem Scharnier verbunden waren. An einer Seite war ein kleiner schwarzer Würfel befestigt – offenbar der dunkle Kristall. Jero schien zu erbleichen, als er ihn sah.

»Nur zu, benutze deine Magie!«, sagte Zardor mit einem hämischen Grinsen. »Ich fürchte allerdings, es könnte ein paar hässliche Nebeneffekte geben, wenn du in unmittelbarer Nähe eines dunklen Kristalls versuchst, ein Portal zu öffnen.«

Verdammt!

»Wenn du den dunklen Kristall nach mir wirfst, fliegst du mit in die Luft!«, warnte ich.

»Oh, keine Sorge, ich habe ein paar Schutzmaßnahmen ergriffen«, erwiderte Ben. »Es besteht ein gewisses Restrisiko, aber ich würde höchstwahrscheinlich überleben. Du und dein geliebter Jero dagegen mit Sicherheit nicht.«

»Also schön, was willst du?«

»Beweise mir hier und jetzt, dass er dir egal ist. Dass du nicht seinetwegen so abweisend zu mir warst.«

»Ich war abweisend zu dir?«, rief ich entgeistert.

»Du weißt genau, was ich meine!«

Die Verwirrung auf Jeros Gesicht wuchs.

»Das ist doch totaler Quatsch!«, entgegnete ich.

»Na gut, wenn das ›totaler Quatsch‹ ist, wie du sagst, dann wird es dir ja nichts ausmachen, einen einfachen Soldaten mir zu überlassen. Aber falls dir doch mehr an ihm liegt, als du zugibst, mache ich dir ein Angebot: Ich bringe ihn persönlich zurück auf die Erde, wenn du dafür freiwillig an seiner Stelle hier in der Zelle bleibst. Ach ja, ehe ich's vergesse: Du wirst vorher alle deine Kristalle abgeben müssen. Und du wirst diesen dunklen Kristall um deinen Hals tragen, damit wir beide sicher sein können, dass du dein Wort nicht erneut brichst.«

Ich starrte ihn an. Was sollte das? Wieso verlangte er von mir, meine Spielfigur zu opfern, um Jero zu befreien?

»Wer garantiert mir, dass du dich an diese Abmachung halten würdest?«, fragte ich.

»Du hast mein Wort«, erwiderte er. »Das muss reichen. Ansonsten verschwinde einfach und wage es nie wieder, einen Fuß in meinen Palast zu setzen. Nur damit du nicht auf dumme Ideen kommst: An deiner Stelle wird dann Jero den dunklen Kristall um den Hals tragen. Solltest du in seiner Nähe ein Portal öffnen oder dich ihm mit einem Kristall nähern, tötest du ihn.«

Ich betrachtete ihn einen Moment lang schweigend. Dann nickte ich. Es tat mir zwar um Rialis leid, die ich mit so viel Aufwand zu einer mächtigen Zauberin entwickelt hatte, aber sie war nur eine leere Hülle. Jero dagegen, das wurde immer deutlicher, war ein fühlendes Wesen, wenn auch nicht aus Fleisch und Blut.

»Also gut«, stimmte ich zu. »Bring ihn zurück auf die Erde. Ich bleibe hier.«

Erschrocken sah Jero mich an. »Was? Das … das darfst du nicht tun!«

Ich lächelte. »Das Opfer, das ich bringe, ist geringer, als du glaubst, Jero. Mach dir keine Sorgen um mich!«

»Nein!«, schrie er. »Nein, das lasse ich nicht zu!«

Er packte den Speer eines der Gehörnten und versuchte, ihn ihm zu entreißen, doch die Inferim stürzten sich auf ihn und rangen ihn zu Boden. Jero wehrte sich nach Kräften, doch er hatte keine Chance. Sie packten ihn an Armen und Beinen und zerrten ihn aus der Zelle. Währenddessen legte ich die Ätherium-Kristalle, die ich bei mir trug, in einen Beutel, den Zardor mir zuwarf. Auf seine Anweisung hin stellte ich mich in eine Ecke der Zelle. Nachdem der Gehörnte mit dem Beutel aus der Zelle verschwunden war, kam Bens Dämon zu mir.

»Sehr gut«, sagte er, legte meiner Spielfigur das Halsband mit dem dunklen Kristall um und verschloss es mit einem klobigen Vorhängeschloss. »Möge dieses Schmuckstück dich für immer daran erinnern, was du dir und mir heute angetan hast.«

»Denk daran, du hast mir dein Wort gegeben, Ben!«, ermahnte ich ihn.

»Keine Sorge, ich halte meine Versprechen«, erwiderte er. Dann wandte er sich zu Jero um, den der Gehörnte außerhalb des Zellgitters festhielt. Seine Augen glühten violett vor Zorn. »Und nun zu dir. Ich hoffe, dir ist klar, was für ein unverschämtes Glück du hast!«

Jero warf einen Blick zu mir, in dem Furcht und Trauer, aber auch Dankbarkeit zu liegen schienen, bevor Zardor ihn am Arm packte und durch ein violett glühendes Portal zerrte.

22

»Was zur Hölle war das denn?«, fragte Mario, nachdem ich das VR-Headset abgenommen hatte.

»Typisch Ben«, sagte ich. »Es war natürlich eine Falle.«

»Die Idee mit dem dunklen Kristall war clever«, meinte Mario. »Hätte ich ihm gar nicht zugetraut. Aber warum bist du auf seinen Deal eingegangen? Wir hätten sicher noch einen anderen Weg gefunden, Jero da rauszuholen.«

Ich schüttelte den Kopf. »Ich kenne Ben. Wenn er seinen Dickkopf hat, kann er unglaublich hartnäckig sein. Er hätte all seine Energie darauf verwendet, Jero nicht noch einmal entkommen zu lassen.«

»Und wenn schon. Jero ist nur ein NPC von Tausenden. Warum ist gerade er dir so wichtig?«

»Ich weiß es selbst nicht so genau. Ich weiß nur, dass ich ihn nicht einfach so in dieser Zelle zurücklassen konnte.«

»Stattdessen hast du Rialis geopfert.«

»Sie ist nur ein Avatar, eine leere Hülle. Ich kann einfach eine neue Figur erstellen.«

»Ja, aber dann fängst du wieder ganz von vorne an. Rialis ist eine Level-28-Eterim-Magierin. Du musst über hundert Stunden gespielt haben, um sie so weit zu entwickeln. Tut es dir nicht leid, sie zu verlieren?«

»Doch, schon. Aber das Opfer ist es wert.«

Er blickte mich ernst an. »Sag mal, kann es sein, dass du in diesen Jero verknallt bist?«

Ich schüttelte energisch den Kopf.

»Das hat mir Ben auch schon unterstellt. Aber so ist es nicht. Ich mag ihn, das stimmt, aber ich bin nicht bescheuert. Ich weiß, dass die Liebe zu einem Computerprogramm keinen Sinn ergibt. Außerdem ist er ein paar Jahre zu alt für mich.«

Mario grinste. »Zu alt? Er wurde erst vor weniger als einem Jahr geschaffen. Seine Erinnerungen an die Zeit davor, sofern er überhaupt welche hat, sind alle Fakes. Er ist quasi noch ein Säugling.«

Ich musste lachen. »Dann ist er eben viel zu jung für mich.« Ich wurde wieder ernst. »Wie auch immer, hier geht es nicht um Liebe, jedenfalls nicht diese Art. Jero tut mir leid. Er ist zwischen die Fronten meines Streits mit Ben geraten, ohne etwas dafür zu können. Er weiß ja nicht einmal, dass wir in Wirklichkeit zankende Teenager sind. Für ihn war das Leid der Gefangenschaft in dieser Zelle real.«

»Und du glaubst, Ben bringt Jero jetzt tatsächlich auf die Erde zurück und lässt ihn in Ruhe?«, fragte er skeptisch.

»Wahrscheinlich schon«, vermutete ich. »Er wird sich nicht die Blöße geben, sein Wort zu brechen. Außerdem hat er ja sein Ziel erreicht.«

»Inwiefern?«

»Mit dem Austausch wollte er doch bloß beweisen, dass ich an unserer Trennung schuld bin. Er hat immer wieder behauptet, Jero sei mir wichtiger als er. Er meinte sogar, ich sei bloß noch mit ihm befreundet gewesen, um das Simrig in seinem Keller benutzen zu können.«

»So ein Idiot!«

»Das kann man wohl sagen. Jedenfalls danke, dass ich bei dir spielen durfte. Ich fühle mich jetzt besser.«

»Besser? Nach dem Drama gerade eben?«

»Ja. Ich weiß jetzt, dass Jero in Sicherheit ist.«

»Na hoffentlich«, meinte Mario. »Wenn du willst, kannst du gern noch ein bisschen spielen.«

»Nein, danke. Ehrlich gesagt habe ich die Nase voll von Infernia. Aber kannst du mir einen Gefallen tun?«

»Welchen denn?«

»Falls du nachher noch spielst, könntest du rausfinden, was mit Jero passiert ist? Ob es ihm gut geht?«

Mario warf mir einen vielsagenden Blick zu. »Klar.«

»Ruf mich an, wenn es was Neues gibt.«

Ich gab ihm meine Handynummer, dann machte ich mich auf den Heimweg.

Ich saß gerade mit Mama beim Abendessen, als das Handy klingelte. Es war Bens Vater.

»Hallo, Herr Carstensen«, meldete ich mich. »Was ... was kann ich für Sie tun?«

»Ich wollte mit dir über deine Freundschaft zu Ben sprechen«, sagte er. »Hast du gerade einen Moment Zeit?«

Ich stand auf und ging in mein Zimmer.

»Ja, natürlich. Aber ... ich verstehe nicht ...«

»Ich weiß, es ist vielleicht nicht richtig, dass ich mich da einmische«, sagte Bens Vater. »Aber Ben hat mir erzählt, dass du in eine Computerspielfigur verliebt bist und deshalb mit ihm Schluss gemacht hast.«

»Das ist nicht wahr!«, rief ich. »Ben hat mit mir Schluss gemacht, nicht umgekehrt!«

»Aber es stimmt, dass du heute deine eigene Spielfigur, eine mächtige Eterim-Zauberin, geopfert hast, um einen NPC namens Jero aus der Gefangenschaft zu befreien?«

»Ja, das ist richtig.«

»Warum hast du das getan?«

»Weil er mir leidtat.«

»Emma, ich verstehe, dass das Spiel für euch eine intensive Erfahrung ist. Da können schon mal die Gefühle durcheinandergeraten. Aber es ist mir wichtig, dass du eines verstehst: Das, was du in Infernia erlebt hast, ist nicht real. Es ist nur eine Fantasiewelt. Und die NPCs sind zwar künstliche Intelligenzen, aber sie haben keine Gefühle. All das sind nur Illusionen, die dazu da sind, dass ihr, die Spieler, mehr Spaß an dem Spiel habt. Das verstehst du doch, oder?«

»Ich denke, schon, ja.«

»Also, um es kurz zu machen: Ich würde dich und Ben gern morgen noch einmal zum Essen einladen. Dann könnt ihr euch aussprechen und euch wieder vertragen. Ich mag dich, Emma. Ich fände es sehr schade, wenn deine Freundschaft zu meinem Sohn an so einem albernen Streit um eine Computerspielfigur zerbricht.«

Ich fühlte mich in die Enge getrieben. Wie konnte ich die Einladung ausschlagen, nachdem Bens Vater bisher so nett zu mir gewesen war und mich sogar zu Infernal Games eingeladen hatte? Andererseits verursachte mir die Vorstellung, am nächsten Tag mit ihm und Ben essen zu gehen, Übelkeit. Außerdem musste ich daran denken, was Mama gesagt hatte: Ich glaube, dass er euch Spieler ausnutzt und sogar seinen eigenen Sohn manipuliert.

»Ich weiß nicht …«, begann ich.

»Was weißt du nicht?«, fragte Bens Vater.

Ich holte tief Luft. »Woher wissen Sie das eigentlich? Dass die NPCs in Infernia keine echten Gefühle haben?«

»Woher ich das weiß? Die Firma, die diese Maschinen entwickelt hat, gehört zu einem wesentlichen Anteil mir, Emma. Ich kenne die Technologie, die Infernal Games einsetzt, ziemlich gut.«

»Das ist mir klar. Aber wenn ich es richtig verstanden habe, weiß niemand so genau, wie die neuronalen Netzwerke, die Sie dort simulieren, wirklich funktionieren. Wie sie zum Beispiel bestimmte Schlussfolgerungen ziehen. Das hat Fabian uns doch gestern erklärt.«

»Ja, schon. Aber das bedeutet noch lange nicht, dass die Gefühle, die sie nach außen darstellen, echt sind. Es ist wie mit den Katzenfotos, die Fabian erwähnt hat: Die Maschine in seinem Beispiel kann eine Katze erkennen, wenn sie eine sieht, aber sie weiß nicht, was eine Katze ist. Und so ähnlich können die KIs von Infernal Games Emotionen zwar darstellen, aber sie wissen nicht wirklich, was Emotionen sind.«

»Aber wie kann das sein, wenn sie doch glauben, echte Menschen zu sein, und nicht einmal wissen dürfen, dass sie in einer Simulation leben?«

»Emma, ich habe ehrlich gesagt nicht die Zeit, philosophische Grundsatzdiskussionen mit dir zu führen. Ich wollte dich nur fragen, ob du morgen Abend mit uns Essen gehen möchtest.«

Ich schluckte. »Ich glaube, das wäre keine so gute Idee«, brachte ich heraus.

Bens Vater schwieg einen Moment. »Na schön, wie du meinst.«

23

Am nächsten Morgen in der Schule würdigte Ben mich keines Blickes und auch ich ging ihm aus dem Weg. Stattdessen sprach ich in der Pause Mario an.

»Hast du schon was rausgekriegt?«

»Hallo, Emma. Ja, ich war heute Morgen kurz im Spiel. Jero ist tatsächlich wieder auf der Erde. Allerdings hat Ben ihn direkt im Hauptquartier der Inquisition abgeliefert, wo er in Haft sitzt. Anscheinend glauben die, er sei mit Satan im Bunde. Kein Wunder. Ich kann mir vorstellen, dass es ein Riesenspektakel gegeben hat, als Bens Dämonenlord dort aufgetaucht ist.«

»Wenigstens ist er in Sicherheit«, meinte ich.

»Wie man's nimmt«, erwiderte Mario. »Wie man hört, ist es im Gefängnis der Inquisition auch nicht viel besser als in Zardors Verlies. Die Inquisitoren schrecken vor Folter nicht zurück, um Geständnisse zu erpressen. Wie im finstersten Mittelalter! Ben hat sich zwar an die Abmachung gehalten, aber er hat es für Jero so schlimm wie möglich gemacht.«

Ich seufzte. »Können wir ihn irgendwie da rausholen?«

»Keine Ahnung. Mein Einfluss reicht nicht weit genug. Aber du bist eine Eterim. Vielleicht glauben sie dir, wenn du ihnen sagst, er sei unschuldig.«

»Rialis sitzt in Zardors Verlies fest«, erinnerte ich ihn.

»Wenn du willst, kannst du ja nach der Schule wieder mit zu mir kommen und wir erstellen dir eine neue Spielfigur.«

»Okay, gern!«

»Wie soll sie denn heißen?«, fragte Mario, als wir am Nachmittag vor seinem Computer saßen.

Er hatte sich in meinen Spielaccount eingeloggt.

»Emma«, sagte ich.

Mario zog eine Augenbraue hoch. »Emma?«

»Ja. Ich möchte, dass die Figur mir möglichst ähnlich ist.«

»Okay.«

Mario veränderte das Äußere des Avatars, bis er mir tatsächlich ein wenig ähnelte. Die Figur auf dem Bildschirm hatte lange braune Locken und grüne Augen wie ich, wenn sie auch bedeutend hübscher war.

Nachdem mein neuer Avatar fertig war, deutete er auf die VR-Brille. »Dann mal los!«

Ich setzte die Brille auf und befand mich in einem Schloss ähnlich dem, das Rialis bewohnte. Da meine neue Spielfigur noch keinen Kontakt zu Jero gehabt hatte, konnte ich ihn nicht mit einem Zauber lokalisieren. Stattdessen öffnete ich ein Portal in die Vertretung des Vatikans in Lausanne, die auf dem Stadtplan verzeichnet war. Sie war in einem mehrstöckigen Gebäude in der Nähe der Kathedrale untergebracht. Mein Erscheinen im Innenhof des Gebäudes löste großes Aufsehen aus. Eine Nonne in traditioneller schwarzer Tracht mit weißem Kragen eilte zu mir und verbeugte sich tief.

»Eterim!«, sagte sie. »Welchem Umstand verdanken wir die Ehre Ihres Besuchs?«

»Ich bin wegen eines Soldaten hier, Leutnant Jero Kramer«, erklärte ich. »Er ist unschuldig in Haft.«

»Ich bringe Sie am besten zu Prälat da Silva«, sagte die Nonne. »Bitte folgen Sie mir!«

Sie führte mich in das Gebäude und eine breite Treppe hinauf bis zu einem geräumigen Büro im dritten Stock.

Hinter einem großen Schreibtisch saß ein Mann mit kurzem Haar, einer runden Brille und einer schwarzen Soutane. Als wir eintraten, erhob er sich, kam lächelnd auf mich zu und bekreuzigte sich.

»Eterim!«, sagte er. »Welchem Umstand verdanken wir die Ehre Ihres Besuchs?«

Er hatte dieselben Worte benutzt, die auch die Nonne bei meiner Begrüßung verwendet hatte. Daher ging ich davon aus, dass auch er nur ein gewöhnlicher NPC mit eingeschränkten Dialogfähigkeiten war. Doch das Gespräch mit ihm belehrte mich schnell eines Besseren.

»Ich bin wegen Leutnant Kramer hier«, erklärte ich. »Mir wurde berichtet, er sei in Haft.«

»Das ist korrekt«, bestätigte da Silva. »Allem Anschein nach ist er ein Spion der Inferim. Er wurde verhaftet, als ein Dämon versuchte, ihn hier in die Vertretung des Vatikans einzuschleusen.«

»Der Leutnant ist unschuldig«, widersprach ich. »Der Dämon, der ihn hierherbrachte, heißt Zardor. Er hatte eine Vereinbarung mit … einer anderen Eterim namens Rialis. Doch statt Jero Kramer zum Hauptquartier der Armee zu bringen, hat er ihn hier abgeliefert.«

Der Prälat sah mich mit hochgezogenen Augenbrauen an. »Seit wann schließen Eterim Vereinbarungen mit Dämonen?«

»Der Dämon hat der Eterim eine Falle gestellt«, erklärte ich.

Der Prälat nickte. »Die Geschichte, die Sie mir erzählen, deckt sich mit der Aussage von Leutnant Kramer.« Sein Gesicht verfinsterte sich. »Was mich zu der Frage verleitet, in welcher Beziehung Sie zu dem Dämon namens Zardor stehen, Eterim.«

»Was soll das heißen?«

»Sie wollen mir doch nicht ernsthaft erzählen, dass sich eine Eterim freiwillig in die Gefangenschaft eines Dämons begibt, nur um einen sterblichen Soldaten zu retten?«

»Es ist die Wahrheit«, sagte ich.

Da Silva schüttelte den Kopf. »Es tut mir sehr leid, aber das kann ich nicht glauben, Eterim.« Seine Augen wurden schmal. »Sofern Sie wirklich eine Eterim sind. Und nicht ein Sukkubus, der sich das Aussehen einer Eterim gegeben hat und versucht, mich zu verführen.«

Zorn keimte in mir auf. »Ich habe es nicht nötig, mich vor Ihnen zu rechtfertigen, Prälat!«, sagte ich. »Bringen Sie mich sofort zu Leutnant Kramer!«

»Ich fürchte, das kann ich nicht tun«, sagte der Geistliche ruhig. Dann rief er laut: »Code Rot!«

Im nächsten Moment stürmten mehrere Bewaffnete in den Raum und richteten Maschinenpistolen auf mich.

»Sie ist eine Dämonin!«, behauptete da Silva. »Erledigt sie!«

Rialis wäre mit den Wachen spielend fertiggeworden, doch für meine Level-1-Eterim-Zauberin war dieser Kampf nicht zu gewinnen. Außerdem wäre es mir falsch vorgekommen, die Männer zu töten, um Jero zu befreien, selbst wenn sie nur gewöhnliche NPCs ohne Gefühle waren. Also ergriff ich die Flucht und öffnete rasch ein Portal nach Eternia. Als ich in Sicherheit war, nahm ich die VR-Brille ab.

»So ein Mist!«, rief ich. »Dieser blöde Prälat! Kannst du mir irgendwie helfen, Jero da rauszuholen?«

Mario schüttelte den Kopf. »Leider habe ich keinen Einfluss auf die Inquisition.« Er grinste schief. »Aus irgendeinem Grund trauen die dem Waffenhändler Supermario Nintendo nicht über den Weg. Aber du könntest mit Jeros Vorgesetztem sprechen.«

»Und was soll das bringen?«

»Die Armee und der Vatikan stehen zwar im Krieg auf derselben Seite, misstrauen sich jedoch gegenseitig. Es gibt laufend Kompetenzstreitigkeiten und Konflikte. Wenn Jeros Vorgesetzter erfährt, dass einer seiner Leute von der Inquisition verhaftet wurde, wird er das vermutlich nicht so toll finden. Besonders dann nicht, wenn du als Eterim Jeros Unschuld beteuerst.«

»Du meinst, er kann Jero irgendwie aus dem Gefängnis holen?«

»Er könnte verlangen, dass sein Soldat vor ein Militärgericht gestellt wird.«

»Aber hat die Inquisition nicht Sonderrechte?«

»Im Prinzip schon. Aber wie gesagt, es gibt permanent Gerangel zwischen den Fraktionen. Mal hat die eine die Nase vorn, mal die andere. Ich würde es auf einen Versuch ankommen lassen.«

»Okay. Weißt du, wo wir Jeros Vorgesetzten finden?«

»Das ist ein gewisser Oberst Cantley. Ich habe mit ihm über den Verkauf des dunklen Kristalls verhandelt. Ich glaube, er ist auch einer dieser Sims mit besonders leistungsfähiger künstlicher Intelligenz.«

»Kannst du ihn für mich lokalisieren?«

»Ich weiß, wo sein Büro ist. Lass mich mal kurz deine Figur übernehmen.«

Er setzte die Brille auf und fuchtelte mit den Controllern in der Luft herum. Auf dem Monitor konnte ich sehen, dass er ein Portal öffnete und die virtuelle Emma kurz darauf in einem schmucklosen Büro mit einem altmodischen Schreibtisch und einem kleinen Besprechungstisch daraus hervortrat. An der Wand hing eine Papierkarte des Genfer Sees, die mit zahllosen Fähnchen markiert war.

Oberst Cantley saß an seinem Schreibtisch und tippte auf der Tastatur seines Computers. Ich erkannte ihn sofort von meinem Besuch an Jeros Krankenbett wieder. Er blickte erschrocken auf, als die virtuelle Emma vor ihm erschien.

»Wer … wer sind Sie?«, fragte er. »Und wieso erscheinen Sie einfach in meinem Büro?«

Mario reichte mir das Headset. Ich setzte es rasch auf und ergriff die Controller.

»Mein Name ist Emma«, erklärte ich. »Ich bin eine, äh, Bekannte von Rialis.«

»Rialis? Was ist mit ihr?«

»Sie geriet in Gefangenschaft des Dämonenlords Zardor.«

Der Oberst senkte den Kopf. »Das … das tut mir sehr leid, Eterim. Aber ich fürchte, ich kann wenig tun, um Ihnen zu helfen. Wir haben viel zu wenig Männer …«

»Ich bin nicht deswegen hier«, unterbrach ich ihn. »Rialis hat sich freiwillig in Gefangenschaft begeben, um Ihren Soldaten Jero Kramer aus Zardors Verlies zu befreien. Doch Zardor hat sich nicht an die Vereinbarung gehalten. Statt ihn zu Ihnen zu bringen, hat er Jero direkt in die Vertretung des Vatikans gebracht, wo ihn die Inquisition verhaftet hat.«

Der Oberst sprang von seinem Sitz auf. »Leutnant Kramer lebt? Er ist wieder auf der Erde?«

»Wie gesagt sitzt er in der Vertretung des Vatikans in Haft.«

»Wir müssen ihn sofort befragen! Danke, dass Sie mich informiert haben, Eterim. Ich werde sofort alles Nötige …«

Doch dann stutzte er mitten im Satz und blickte Emma mit gerunzelter Stirn an.

»Sagten Sie gerade, Ihre Eterim-Schwester Rialis hätte sich freiwillig in Gefangenschaft eines Dämonenlords begeben? Um einen meiner Soldaten zu retten?«

»Das stimmt.«

Einen Moment lang betrachtete der Oberst sie schweigend.

»Wer sind Sie wirklich?«, fragte er.

»Ich verstehe nicht, was Sie meinen«, erwiderte ich.

»Die Inquisition hat bereits den Verdacht geäußert, dass die Eterim Rialis mit den Inferim im Bunde stehen könnte. Das, was Sie gerade behauptet haben, scheint mir diesen Verdacht zu erhärten. Warum sonst sollte sich eine Unsterbliche freiwillig in die Gefangenschaft eines Höllenfürsten begeben?«

Einen Moment lang wusste ich nicht, was ich darauf antworten sollte.

»Ist es so schwer, sich vorzustellen, dass eine Eterim barmherzig sein könnte?«, fragte ich schließlich.

»Ich zweifle nicht an der Barmherzigkeit der Eterim«, erwiderte der Oberst kühl. »Dennoch fällt es mir schwer zu glauben, dass dies der Grund für Rialis' Verhalten ist. Erst führt sie Leutnant Kramer in die Hölle, wo er in Gefangenschaft dieses Zardors gerät. Dann übergibt sie dem Dämonenlord einen hochreinen Ätherium-Kristall, angeblich, um den Leutnant und seine Kameraden zu befreien. Als wir versuchen, den Kristall zu zerstören, ist Zardor offenbar gewarnt, der Einsatz scheitert und Leutnant Kramer gerät erneut in Gefangenschaft. Und nun begibt sich Rialis freiwillig in Zardors Hände, nur um einen einzelnen Soldaten zu befreien? Verzeihen Sie mir mein Misstrauen, Eterim, aber das ergibt für mich keinen Sinn. Es klingt vielmehr so, als sei dieser Zardor der eigentliche Drahtzieher.«

Mario hatte recht: Offensichtlich war auch dieser Oberst Cantley ein Sim mit einer überragenden künstlichen Intelligenz.

»Ich verstehe, dass Sie mir nicht glauben«, erwiderte ich. »Aber befragen Sie doch Jero. Er wird Ihnen bestätigen, was ich gesagt habe.«

Der Oberst nickte. »Das werde ich tun. Ich danke Ihnen, Eterim.«

»Auf Wiedersehen, Oberst.«

Ich öffnete ein Portal in mein Schloss und nahm die Brille ab.

»Denkst du, Jero ist jetzt in Sicherheit?«, fragte ich.

Mario zuckte mit den Schultern. »Keine Ahnung. Wir müssen abwarten, ob Oberst Cantley es tatsächlich schafft, ihn aus dem Gefängnis der Inquisition zu holen.«

»Okay. Vielen Dank, dass ich bei dir spielen durfte.«

»Gern geschehen. Ehrlich gesagt interessiert mich auch, was aus der Sache wird. Ich glaube immer mehr, dass du recht hast: Was wir in Infernia machen, ist nicht in Ordnung.«

»Bis morgen dann.«

»Bis morgen, Emma!«

24

Als ich mit dem Bus nach Hause fuhr, erhielt ich eine Nachricht von meiner Mutter: *Komme heute später, muss für eine kranke Kollegin einspringen. Warte nicht mit dem Abendessen auf mich. Bis nachher, Mama.*

Es war natürlich albern, aber irgendwie kam mir diese Nachricht wie ein Wink des Schicksals vor. Als ich nach Hause kam, beschloss ich, meinem Impuls nachzugeben und das Spiel trotz des Verbots noch einmal zu starten, nur für ein paar Minuten. Ich wollte wissen, ob dieser Oberst Cantley tatsächlich etwas unternahm, um Jero aus den Händen der Inquisition zu befreien. Mama würde davon nichts mitbekommen.

Also fuhr ich den Rechner hoch und startete das Spiel. Meine neue Spielfigur hatte nur einen überschaubaren Vorrat an Ätherium-Kristallen, der kaum ausreichen würde, um einen Einsatz gegen die Inferim erfolgreich zu überstehen. Doch das war mir egal – ich hatte ohnehin nicht vor, das Spiel noch länger zu spielen. Sobald ich mich davon überzeugt hatte, dass Jero in Sicherheit war, würde ich Infernia für immer den Rücken kehren.

Als Erstes führte ich einen Lokalisierungszauber auf Oberst Cantley aus, was nun, da mein Avatar ihm persönlich begegnet war, kein Problem mehr darstellte. Er befand sich nicht mehr in seinem Büro im Hauptquartier der Armee, sondern in der Vertretung des Vatikans. Ich öffnete ein Portal in der Nähe seines aktuellen Aufenthaltsorts und investierte den größten Teil meiner restlichen Kristalle in einen Unsichtbarkeitszauber.

Als ich aus dem Portal in einen Gang im Erdgeschoss des Gebäudes trat, war niemand in der Nähe, der den verräterischen Lichtschein hätte sehen können. Ich blickte mich um. Es gab mehrere Türen. Als ich daran vorbeiging, hörte ich hinter einer davon gedämpfte Stimmen. Doch wenn ich die Tür öffnete, um unsichtbar in den Raum zu schlüpfen, würde Prälat da Silva sofort Verdacht schöpfen. Zum Glück kam in diesem Moment eine Nonne mit einem Tablett, auf dem eine Kaffeekanne und mehrere Becher standen. Als sie den Raum betrat, schlüpfte ich rasch hinter ihr durch die Tür.

Während die Nonne das Tablett auf den Tisch stellte und wieder verschwand, sah ich mich in dem Raum um. Die Wände waren holzvertäfelt. Ein Kruzifix und ein Porträt des Papstes hingen gegenüber einer Reihe von Fenstern, die den Blick auf den spärlich bepflanzten Innenhof freigaben. Auf der einen Seite eines langen Konferenztischs saßen Oberst Cantley und eine Frau in Uniform. Ihnen gegenüber lehnte Prälat da Silva in seinem Stuhl, die Arme vor der Brust verschränkt. Ein untersetzter Mann mit schütterem Haar neben dem Prälaten, der ebenfalls eine schwarze Soutane trug, griff nach der Kaffeekanne auf dem Tablett.

»Ich fordere Sie noch einmal auf, Leutnant Kramer in die Obhut der Militärpolizei zu übergeben«, sagte Oberst Cantley in diesem Moment. »Nach Paragraf 32 der Vereinbarung über die Zusammenarbeit zwischen den Vereinigten Europäischen Streitkräften und dem Vatikan fällt ein Soldat, der unter Verdacht steht, mit dem Feind zu kollaborieren, in die Zuständigkeit des militärischen Abschirmdienstes.«

»Ich fürchte, dem kann ich nicht zustimmen«, erwiderte da Silva kühl. »Dieser Soldat hat gestanden, Gottesverrat begangen zu haben. Es obliegt allein der Inquisition, die genauen Umstände zu klären. Aber im Interesse des guten Verhältnisses des Vatikans zur Armee sind wir gerne bereit, Ihnen eine Befragung des Leutnants zu ermöglichen.«

»Leutnant Kramer soll Gottesverrat begangen haben?«, rief Oberst Cantley. »Das ist doch Unsinn!«

»Er hat zugegeben, den Inferim dabei geholfen zu haben, in den Besitz eines hochreinen Ätherium-Kristalls und eines dunklen Kristalls zu kommen«, behauptete der untersetzte Mann neben da Silva.

»Was haben Sie getan, um ein solch absurdes Geständnis aus ihm herauszupressen?«, fragte der Oberst wütend.

»Wollen Sie mir etwa unterstellen, ich würde unerlaubte Verhörmethoden anwenden?«, gab der Mann zurück.

»Ich mache Ihnen einen Vorschlag, Oberst«, ging da Silva dazwischen. »Ich lasse Leutnant Kramer herbringen. Dann können Sie ihn selbst befragen und werden sehen, dass Inquisitor Jeremias die Wahrheit sagt.«

Oberst Cantley blickte zu der Frau neben sich, die nickte.

Er seufzte. »Na gut, einverstanden.«

Der Prälat benutzte ein altmodisches Telefon, um die entsprechende Anweisung zu geben. Kurz darauf wurde Jero von zwei bewaffneten Männern in den Raum gezerrt. Seine Hände waren auf dem Rücken gefesselt. Er wirkte erschöpft und resigniert.

»Oberst Cantley, es tut mir leid«, sagte er. »Es ist alles meine Schuld.«

»Da hören Sie es!«, kommentierte da Silva.

»Was ist Ihre Schuld, Jero?«, fragte Cantley.

Jero rang nach Worten. »Feldwebel Hartmann … die Kameraden … sie wären alle noch am Leben und in Freiheit, wenn ich nicht schreckliche Fehler gemacht hätte. Aber das Schlimmste ist, dass durch meine Schuld ein mächtiger Ätherium-Kristall und sogar ein dunkler Kristall in Zardors Hände fielen.«

»Wir machen alle Fehler, Jero«, widersprach Cantley. »Das bedeutet noch lange nicht, dass alles, was danach geschieht, unsere Schuld ist. Der Krieg ist nun mal unberechenbar. Ich weiß, dass Sie in jedem Moment das getan haben, was Sie im Interesse der Menschheit, Ihrer Kameraden und Ihrer Befehle für das Richtige hielten.«

»Das … das stimmt, Sir. Aber …«

»Erzählen Sie dem Oberst von dem sogenannten Deal und von Ihrer Flucht aus Zardors Palast«, befahl der Inquisitor.

»Jawohl, Sir.«

Jero erzählte, wie ich Zardor den Kristall im Austausch für Jeros Leben und das seiner Kameraden gegeben hatte, wie ich ihn nach Eternia gebracht hatte, wie er erneut in Zardors Palast eingedrungen und dort überwältigt worden war.

»Wir … wir hatten keine Chance, Sir«, sagte er und schüttelte verzweifelt den Kopf. »Selbst Gregorius konnte gegen die Übermacht der Inferim nichts ausrichten. Das Schlimmste aber war, als Zardor selbst in den Kampf eingriff. Er hielt einen großen, violett leuchtenden Kristall hoch. Ich war überzeugt, dass es sich um den Ätherium-Kristall handelte, der durch mein Versagen in seine Hände gelangt war. Also warf ich den dunklen Kristall in seine Richtung, in der Hoffnung, Zardor dadurch zu vernichten. Doch er lachte nur und fing ihn mit einer Hand auf. Wie sich herausstellte, war der vermeintliche Ätherium-Kristall eine Attrappe. Zardor war gewarnt worden und hatte uns eine Falle gestellt. Doch er ließ die anderen gehen. Nur mich behielt er in Gefangenschaft.«

Der Oberst runzelte die Stirn. »Warum denn das?«

»Ich ... ich habe es lange nicht verstanden. Ich konnte, nein, ich wollte nicht glauben, dass Rialis uns verraten hatte, obwohl Gregorius diesen Verdacht von Anfang an geäußert hat. Als ich dann auf mysteriöse Weise aus meiner Zelle befreit wurde, glaubte ich, dass sie mir geholfen hatte zu entkommen.«

»Wie genau sind Sie befreit worden?«

»Es war seltsam. Plötzlich erschienen ein Gehörnter und einer der rot gewandeten Dämonen. Sie öffneten meine Zellentür und führten mich durch die Gänge. Ich war überzeugt, in irgendeine Folterkammer verschleppt zu werden, doch sie brachten mich zu einem Ausgang aus der Festung. Dort gaben sie mir sogar meine Ausrüstung und einen seltsamen Umhang, der auf magische Weise seine Farbe dem Hintergrund anpasste. Ich floh aus der Festung und versteckte mich in der Nähe in einem Pilzwald. Einen Tag lang wartete ich darauf, dass Rialis kommen und mich zurück auf die Erde bringen würde. Doch sie kam nicht.«

»Und dann?«

»Mir ging das Wasser aus. Ich wusste, dass ich ohne Flüssigkeit in der Hitze Infernias nicht lange überleben konnte. Also machte ich mich auf die Suche nach einer Quelle.«

»Wasser in der Hölle suchen!«, warf der Inquisitor in sarkastischem Tonfall ein. »Da muss man schon ganz schön naiv sein.«

Oberst Cantley warf ihm einen finsteren Blick zu. »Fahren Sie fort, Jero.«

»Ich irrte durch die trostlose Ebene. Ein paar Mal wäre ich beinahe von Riesenhyänen gefressen worden, doch ich konnte mich unter dem Tarnumhang verbergen und sie konnten mich nicht mehr wittern. Schließlich entdeckte ich eine Senke mit einem kleinen See. Ich kletterte das steile, kahle Ufer herab, um meine Flaschen aufzufüllen. In diesem Moment erschienen auf der gegenüberliegenden Seite mehrere Hyänen. Sie sprangen auf mich zu. Ich versuchte zu fliehen, doch auf dem lockeren Sand rutschte ich immer wieder ab, sodass es mir nicht gelang, die steile Böschung wieder zu erklimmen. Die Hyänen hätten mich mit Sicherheit erwischt, doch als sie dicht am Ufer entlangrannten, schoss plötzlich ein riesiger Krake aus dem See hervor und packte die Tiere mit seinen Fangarmen. Gott muss mir beigestanden haben. Wenn die Hyänen nicht erschienen wären, hätte das Monstrum sicher mich gepackt.«

»Diesen Teil der Schilderung kann ich immer noch nicht so recht glauben«, merkte der Inquisitor an. »Ein Krake in der Hölle, das ergibt nicht besonders viel Sinn für mich.«

»Sparen Sie sich Ihre Kommentare, Inquisitor!«, sagte Oberst Cantley barsch. »Im Unterschied zu Leutnant Kramer waren Sie, glaube ich, noch nie in Infernia oder haben auch nur einen Gehörnten aus der Nähe gesehen.«

Der Inquisitor schaute ihn überrascht an, schwieg jedoch.

»Ich fand schließlich am Hang eines Vulkans eine Höhle,

in der ich mich verstecken konnte«, fuhr Jero fort. »Ich war am Ende meiner Kräfte und hatte nur noch wenig Hoffnung auf Rettung. Doch erstaunlicherweise war es im Inneren der Höhle kühl. Ich glaubte, das Rauschen von Wasser zu hören. Also tastete ich mich einen finsteren Gang entlang und fand tatsächlich einen unterirdischen Bach. Doch auf den glatten, moosbewachsenen Steinen rutschte ich aus und wurde in die Tiefe gerissen. Ich stürzte eine Felsklippe hinab und schlug mit dem Kopf auf, sodass ich bewusstlos wurde. Irgendwann erwachte ich in vollständiger Finsternis. Ich hatte mein Katana verloren und mein rechtes Bein war gebrochen. In der Nähe hörte ich Tiere, die um mich herumschlichen. Ich war sicher, dass dies meine letzte Stunde war. Doch dann war da plötzlich ein violettes Licht und Zardor erschien. Er … er hat mich gerettet.«

»Zardor?«, fragte Oberst Cantley ungläubig.

»Ja, Sir. Ich dachte zuerst, das sei ein glücklicher Zufall. Wobei ich mir durchaus nicht sicher war, ob es nicht besser gewesen wäre, von den Höhlentieren gefressen zu werden, als in einer Folterkammer des Dämons wahnsinnig zu werden, so wie Feldwebel Hartmann. Doch Zardor folterte mich nicht. Er brachte mich in eine Zelle. Kurz darauf erschien Rialis. Zardor bedrohte sie mit dem dunklen Kristall und sie ließ sich von ihm gefangen nehmen, angeblich, um sich für mich zu opfern.«

»Angeblich?«, fragte der Oberst nach.

Jero nickte. »Zardor brachte mich hierher, in die Vertretung des Vatikans. Ich konnte mir auf all das keinen Reim machen, bis zur Befragung durch den Inquisitor. Er hat mir die Augen geöffnet.«

Der Inquisitor grinste zufrieden.

»Inwiefern?«, fragte Cantley.

»Rialis hat mich von Anfang an nur benutzt«, sagte Jero und ein Stich ging durch mein Herz. »Schon damals in der Nähe von Nyon, als sie plötzlich auftauchte und uns vermeintlich vor Zardors Angriff rettete. Sie tat so, als wollte sie den Kristall in Sicherheit bringen, doch in Wirklichkeit war es ein abgekartetes Spiel. Zardor entführte zwei meiner Kameraden. Ich war dumm genug, Rialis zu bitten, mich nach Infernia zu führen, was sie auch tat. Dort ließ sie mich im Stich, sodass ich in Zardors Gefangenschaft geriet, nur um kurz darauf aufzutauchen und ihm den Kristall im Austausch für meine Freiheit zu übergeben. Dann hat sie mich mit nach Eternia genommen …«

»Sofern das wirklich Eternia war und nicht nur eine Inszenierung des Sukkubus«, wandte der Inquisitor ein.

»Ja, vielleicht«, stimmte Jero zu. »Jedenfalls hat sie mir dort ihre Lügen eingeflüstert. Sie sagte, es spiele keine Rolle, ob Zardor den Kristall habe, und der Krieg werde sowieso niemals enden.«

Ich ballte unwillkürlich die Fäuste. Fast bedauerte ich es, Rialis für Jero geopfert zu haben. Doch dann wurde mir klar, dass diese Interpretation aus Jeros Sicht und der des Inquisitors durchaus Sinn ergab.

»Aber eins verstehe ich nicht«, sagte Cantley. »Wieso hat Zardor Sie hierhergebracht?«

»Ich weiß es nicht genau, Sir«, erwiderte Jero. »Ich kann nur vermuten, dass die beiden uns dazu bringen wollten, eine Rettungsaktion für Rialis zu starten, bei der wir dann weitere Verluste hätten hinnehmen müssen. Ich muss zugeben, ich hätte eine solche Mission tatsächlich vorgeschlagen, trotz aller Risiken, wenn mir der Inquisitor nicht klargemacht hätte, wie dumm ich war. Ein Teil von mir will immer noch nicht glauben, dass Rialis mich verraten hat.«

»Na schön, danke erst mal, Leutnant«, sagte Cantley. Dann wandte er sich an den Prälaten. »Ich kann hier immer noch kein Fehlverhalten von Leutnant Kramer erkennen, und erst recht keinen Gottesverrat.«

»Zunächst einmal sind all das nur unbewiesene Behauptungen Ihres Soldaten«, schaltete sich der Inquisitor ein. »Wir müssen sie noch genauer analysieren und auf Widersprüche abklopfen. Es ist immerhin gut möglich, dass Leutnant Kramer in Wahrheit ein Spion ist, der sich mit dieser abenteuerlichen Geschichte unser Vertrauen erschleichen will. Auf jeden Fall muss die Inquisition …«

»Jetzt reicht es aber!«, rief der Oberst. »Jero hat uns gerade seine Geschichte erzählt. Sie selbst haben vorgeschlagen, dass ich ihn befrage. Und jetzt auf einmal behaupten Sie, er lügt?«

»Ich behaupte gar nichts«, widersprach der Inquisitor. »Aber Sie sind offensichtlich naiv, Oberst. Wir haben es hier mit den Inferim zu tun, deren Anführer bekanntlich Satan selbst ist, der Fürst der Lügen. Ich glaube, die Inquisition ist wesentlich besser in der Lage, in dieser Situation der Wahrheit auf den Grund zu gehen, als Ihr weltlicher Abschirmdienst.«

Cantley starrte ihn wütend an.

»Das sehe ich anders!«, widersprach er. »Zum letzten Mal: Ich fordere die sofortige Überstellung von Leutnant Kramer in unsere Obhut! Wir werden ihn unter Anklage wegen Hochverrats stellen und …«

»Es tut mir leid, Oberst, aber dem kann ich nicht zustimmen«, widersprach da Silva. »Die Vertretung ist Hoheitsgebiet des Vatikans, wie Sie wissen. Leutnant Kramer ist und bleibt bis auf Weiteres unser Gefangener. Es steht Ihnen natürlich frei, einen offiziellen Auslieferungsantrag zu stellen.«

»Das ist doch wohl …«, begann Cantley, stockte jedoch, als ich meinen Unsichtbarkeitszauber auflöste.

25

Die Menschen im Konferenzraum starrten mich erschrocken an.

»Was … was tun Sie hier?«, fragte Cantley.

»Sie hat uns belauscht!«, rief der Inquisitor im selben Moment. »Sie ist eine Spionin der Inferim!«

Ich ignorierte ihn, ging zu Jero und fasste ihn am Arm.

»Leutnant Kramer ist unschuldig!«, sagte ich.

»Haltet sie auf!«, schrie der Inquisitor. »Sie darf auf keinen Fall den Gefangenen entführen!«

Die beiden Wachen zogen ihre Pistolen, doch bevor sie abdrücken konnten, öffnete ich ein Portal und zog Jero mit mir hindurch.

Erschrocken löste er sich von mir, als wir im eleganten Salon meines Schlosses in Eternia materialisierten.

»Was … wer sind Sie?«, fragte er.

»Mein Name ist Emma«, erklärte ich. »Aber du kannst mich auch Rialis nennen, wenn du willst.«

Er starrte mich misstrauisch an. »Rialis ist in Zardors Verlies gefangen! Oder etwa nicht?« Er runzelte die Stirn. »Du … du siehst nicht aus wie sie, aber deine Stimme klingt wie ihre…«

»Die Gestalt, die du vor dir siehst, ist nur eine Hülle«, erklärte ich. »Ich bin dieselbe Person, die auch die Hülle gesteuert hat, die du als Rialis kennst.«

»Du meinst … du bist ihre Seele?«

»Wenn du so willst.«

»Dann bist du dieselbe Betrügerin!«, sagte er und machte einen Schritt zurück. »Ich will nichts mit dir zu tun haben. Bring mich wieder zurück auf die Erde!«

»Ich bin keine Betrügerin«, widersprach ich und fragte mich im selben Moment, ob das stimmte. War es nicht in gewisser Weise ein Betrug, gegenüber Jero so zu tun, als wäre ich eine Eterim?

»Du hast mich bloß benutzt, um Zardor die beiden Kristalle zuzuspielen!«, behauptete er. »Und jetzt willst du mich erneut mit deinen Lügen verwirren. Aber ich falle nicht noch einmal darauf herein! Der Inquisitor hat mir die Augen geöffnet.«

»Der Inquisitor hat nicht die geringste Ahnung, was in Wirklichkeit los ist«, sagte ich.

»Na schön, dann erzähl mir deine Version!«, erwiderte er. »Was sollte das alles? Warum hast du Zardor die Kristalle gegeben, wenn du nicht mit ihm im Bunde stehst?«

»Ich habe es dir zuliebe getan, Jero«, sagte ich. »Ich wollte dir bloß helfen.«

Er lachte verächtlich. »Und das soll ich dir glauben?«

»Ich weiß, es klingt seltsam.«

»Es klingt nicht nur seltsam, es ist lächerlich. Wenn du wirklich eine Eterim wärst, die auf der Seite Gottes gegen Satans Heerscharen kämpft, hättest du verhindert, dass ein Dämonenlord solche Macht erlangt. Und ganz sicher hättest du dich nicht freiwillig in seine Gefangenschaft begeben.«

Ich betrachtete ihn einen Moment. Dann traf ich eine Entscheidung.

»Na schön, du hast recht, in Wirklichkeit bin ich keine Eterim.«

»Also hatte der Inquisitor recht. Du bist ein Sukkubus, ein verführerischer Dämon, der sich das Aussehen einer Eterim gegeben hat, um mich zu täuschen.«

»Nein. Ich bin ein gewöhnlicher Mensch. Ich heiße Emma und bin fünfzehn Jahre alt, um genau zu sein. Und Zardor geht mit mir in die Schule und ist nur ein Jahr älter als ich. Wir waren befreundet, aber der Streit um dich hat uns auseinandergebracht.«

Jero starrte mich mit großen Augen an. »Ich … verstehe nicht …«

»Erinnerst du dich, als Rialis dich das erste Mal nach Eternia gebracht hat?«

»Ja, natürlich.«

»Wir sind im Garten spazieren gegangen. Als wir an dem Teich waren, habe ich dir eine Frage gestellt. Weißt du noch, welche?«

Er runzelte die Stirn. »Nein«, sagte er nach einem Moment.

»Ich habe dich gefragt, ob du jemals darüber nachgedacht hast, dass das, was du siehst, nicht die Wirklichkeit sein könnte.«

Er nickte. »Ich erinnere mich wieder. Ich dachte in dem Moment, ich wäre vielleicht noch in der Hölle.« Er sah mich mit gerunzelter Stirn an. »Bin ich das? Sind wir immer noch in Zardors Verlies und all dies hier ist nur eine Illusion?«

»All dies hier ist tatsächlich nur eine Illusion«, bestätigte ich. »Aber wir sind nicht in Zardors Verlies. Dieser Raum,

Infernia, die Erde, die ganze Welt, die du kennst, ist nur eine Illusion. Eine Computersimulation, um genau zu sein. Du bist nur eine Figur in einem Computerspiel, ein sogenannter NPC, genau wie Oberst Cantley und der Inquisitor. Ich dagegen bin eine Spielerin, eine reale Person in der wirklichen Welt.«

Er starrte mich einen Moment lang an. »Kannst du mich bitte auf die Erde zurückbringen?«, sagte er.

»Hast du verstanden, was ich dir gerade gesagt habe?«, fragte ich.

»Was meinst du?«, erwiderte er.

»Das mit dem Spiel.«

Er sah mich fragend an. »Welches Spiel?«

Ich wiederholte, was ich ihm erklärt hatte. Wieder starrte er mich nur an, als sei er begriffsstutzig.

»Kannst du mich bitte auf die Erde zurückbringen?«, sagte er noch einmal.

Wir haben ein paar Schutzmechanismen eingebaut, klangen Fabians Worte in meinem Kopf, nachdem ich ihn gefragt hatte, was geschehen würde, wenn ein NPC herausfand, dass seine Welt nicht real war. Offenbar wurde dann einfach sein Gedächtnis gelöscht.

Ich überlegte einen Moment, dann kam mir eine Idee. Ich ging zu dem altmodischen Sekretär, der an einer Seite des Raums stand, und holte eine Feder und ein Blatt Papier hervor. Ich konnte auf der Tastatur des Computers die Worte tippen, die mein Avatar mit der Feder auf das Blatt kritzelte: *Die Welt ist nicht real, Jero. Du bist nur eine Figur in einem Computerspiel.*

Auf einmal überkam mich ein merkwürdiges Gefühl. War es nicht grausam, Jero diese Wahrheit mitzuteilen? Wie würde ich reagieren, wenn mir plötzlich jemand mitteilen würde, ich wäre nicht echt?

Doch ich hatte das Gefühl, dass ich ihm die Wahrheit schuldete. Vielleicht würde er dann verstehen, warum ich mich so verhalten hatte. Vielleicht würde er mir glauben, dass ich auf seiner Seite war.

Ich ging zu ihm und hielt ihm den Zettel hin.

»Was ist das?«, fragte er. Auf einmal wirkte er verunsichert.

»Lies es!«, forderte ich ihn auf.

Er nahm den Zettel in die Hand und starrte darauf.

»Jero?«, fragte ich nach einem Augenblick. »Jero, verstehst du, was dort steht?«

Er reagierte nicht.

»Jero!«, rief ich.

Er stand nur reglos da, die Augen leicht geweitet, und starrte auf das Blatt.

Ich bekam einen Schreck. Hatte sich das Spielprogramm aufgehängt? Doch ich konnte mich immer noch frei bewegen.

»Jero! Hörst du mich?«

Als er sich immer noch nicht bewegte, riss ich ihm das Blatt aus der Hand.

»Es tut mir leid«, sagte ich. »Ich wollte dich nicht erschrecken.«

Er blickte mich an, die Augen immer noch seltsam geweitet. Dann verschwand er einfach, als hätte er sich in Luft aufgelöst.

»Jero!«, rief ich geschockt.

Ich blickte mich im Raum um, doch er war nicht mehr da.

Bevor ich noch etwas unternehmen konnte, hörte ich den

Schlüssel in der Eingangstür unserer Wohnung. Mama war zurück.

Rasch schaltete ich den Computer aus.

»Hallo, Emma«, rief sie vom Eingang her.

»Hallo, Mama.«

»Hast du schon zu Abend gegessen?«

»Nein.«

Ich blickte auf die Uhr. Es war kurz vor acht. Wieder war die Zeit in Infernia schneller vergangen, als es mir vorgekommen war.

»Du hast doch nicht etwa gespielt?«, fragte sie, als ich aus meinem Zimmer kam.

»Das mit Infernia ist vorbei«, sagte ich.

Sie zog eine Augenbraue hoch. »Ist etwas nicht in Ordnung?«

»Ich möchte nicht darüber sprechen.«

»Geht es um Ben?«

»Nein.«

»Ärger in der Schule?«

»Bitte, Mama, lass mich in Ruhe, okay?«

Sie blickte mich mit einer Mischung aus Sorge und Ärger an.

»Okay«, sagte sie nach einer kurzen Pause. »Lass uns zu Abend essen.«

Nachdem wir schweigend gegessen hatten, ging ich in mein Zimmer, legte mich aufs Bett und starrte an die Decke. Ich fühlte mich schrecklich, ohne genau zu verstehen, warum.

Immer wieder musste ich an Fabians Worte denken: *Wir haben ein paar Schutzmechanismen eingebaut*. In Gedanken war ich wieder in der riesigen Halle voller Regale, jedes bestückt mit sechzehn Supercomputern. Einer davon hatte Jero simuliert. Womöglich war Jeros Simulation einfach abgeschaltet worden, damit er die anderen NPCs nicht auf dumme Gedanken bringen konnte. Vielleicht wurde seine Hardware nun verwendet, um einen anderen NPC zu simulieren – irgendeinen Soldaten, der nicht wusste, wer Leutnant Jero Kramer war, und keine Ahnung hatte, dass er erst seit ein paar Minuten existierte.

Ich würde es wohl nie erfahren. Doch das Gefühl, dass ich Jeros Existenz ausgelöscht hatte, indem ich ihm das verbotene Geheimnis offenbart hatte, lastete auf mir wie ein Bleigewicht.

Er war nur eine Computersimulation, versuchte mich meine kritische Stimme zu beruhigen. Eine Illusion, genau wie dein Schloss in Eternia oder das schicke grüne Kleid, das die virtuelle Emma trägt.

Aber ich wusste, dass das nicht stimmte. Auch wenn er keinen realen Körper gehabt hatte – Jero war eine Person gewesen, ein Mensch mit echten Gefühlen.

Und ich war schuld an seinem Tod.

26

Ich schlief schlecht in dieser Nacht. Einmal schreckte ich mit klopfendem Herzen aus dem Schlaf. Ich hatte einen Albtraum gehabt, in dem ich mich über Jeros Leiche beugte, ein blutiges Messer in der Hand.

Am Morgen fühlte ich mich bleischwer und elend. Beim Frühstück saß ich nur da und starrte auf mein Müsli. Ich konnte mich nicht dazu überwinden, einen Löffel davon zu essen.

»Was ist nur mit dir los, Emma?«, fragte Mama.

»Ich … ich glaube, ich bin schuld am Tod eines Menschen«, brachte ich heraus.

Sie starrte mich mit aufgerissenen Augen an. »Was?«

Mir kamen die Tränen. »Ich weiß, du wirst sagen, dass das Quatsch ist. Dass er nur eine Computersimulation war, keine richtige Person. Aber ich … ich weiß, dass das nicht stimmt.«

Mama stand auf, kam zu mir und legte einen Arm um mich. Sie war einfühlsam genug, nichts zu sagen. Ich weinte eine Weile an ihrer Brust.

»Ich muss los«, sagte sie und löste sich von mir. »Wir reden heute Nachmittag. Bis nachher.«

In der Pause kam Mario zu mir.

»Was ist los mit dir?«, fragte er. »Du siehst ziemlich fertig aus.«

Ich rang mir ein Lächeln ab. »Ist es so offensichtlich?«

»Bist du traurig wegen Ben?«

Ich schüttelte den Kopf und erzählte, was passiert war.

»Und du denkst, Jero wurde gelöscht?«, fragte er.

»Ich weiß es nicht. Wieso hätte er sonst plötzlich verschwinden sollen? Er stand eine Zeit lang da wie eingefroren, als er auf den Zettel starrte. Vielleicht ist der Computer abgestürzt, auf dem er simuliert wurde.«

»Aber sagtest du nicht gerade, er hätte dich angesehen, nachdem du ihm den Zettel weggenommen hast?«

»Ja, das stimmt.«

»Dann kann es kein Programmabsturz gewesen sein«, folgerte Mario.

»Aber warum ist er sonst so plötzlich verschwunden?«

»Keine Ahnung. Vielleicht hat der Inquisitor irgendeinen Zauber angewendet, um ihn auf die Erde zurückzuholen.«

»Inquisitoren können zaubern?«

»Normalerweise nicht. Aber sie können magische Artefakte verwenden. Denkbar wäre auch, dass die Inquisition einen anderen Eterim um Hilfe gebeten hat. Der hat dann Jero lokalisiert, sich unsichtbar gemacht und ein Portal geöffnet, um ihn aus deinem Schloss zu entführen.«

»Aber da war kein Portal«, wandte ich ein. »Er ist einfach so verschwunden.«

»Wir wissen nicht, was los ist. Gut möglich, dass Jero wieder auf der Erde ist. Was auch immer passiert ist, es ist auf jeden Fall nicht deine Schuld!«

Es fühlte sich gut an, dass er das sagte, doch ich war nicht überzeugt.

»Danke«, sagte ich nur.

»Ich habe nachher eine Freistunde«, erwiderte er. »Wenn du willst, versuche ich rauszukriegen, was los ist. Vielleicht kann ich dir beim Mittagessen schon mehr sagen.«

Ich lächelte. »Das wäre super!«

»Dann bis nachher.«

Erfüllt von neuer Hoffnung ging ich zurück in die Klasse. Doch beim Mittagessen hatte Mario nur enttäuschende Neuigkeiten.

»Auf der Erde scheint Jero nicht zu sein«, sagte er. »Zumindest berichten meine Kontakte, dass die Inquisition und das Oberkommando der Streitkräfte in Aufruhr sind. Sie glauben, dass Jero von einer Eterim entführt wurde, die mit den Inferim im Bunde steht. Es scheint schon länger eine Fraktion innerhalb der Inquisition zu geben, die den Eterim misstraut. Durch deine Aktion ist dieses Misstrauen nun offen ausgebrochen.«

»Also wurde Jero tatsächlich gelöscht«, sagte ich.

»Das wäre die eine Möglichkeit«, erwiderte Mario.

»Und die andere?«

»Vielleicht hat Ben ihn irgendwie zurück nach Infernia geholt.«

»Ben? Wie sollte er das gemacht haben? Als Dämonenlord kann er nicht nach Eternia.«

»Keine Ahnung. Er könnte ebenso wie die Inquisition ein Artefakt benutzt oder sich die Hilfe eines korrupten Eterim gekauft haben. Wenn du willst, können wir nachher wieder zu mir gehen und gemeinsam spielen. Dann kriegen wir vielleicht mehr raus.«

»Okay.«

Nach dem Mittagessen fasste ich mir ein Herz und sprach

Ben an, der zusammen mit ein paar anderen Jungs die Kantine verließ. Wir hatten seit dem Anruf seines Vaters nicht miteinander geredet und mir war ziemlich flau im Magen.

»Hey, Ben. Kann ich kurz mit dir reden?«

Er drehte sich zu mir um und lächelte schief. »Hi, Emma.« Dann wandte er sich an seine Freunde: »Ich komme gleich nach.«

Sie warfen mir merkwürdige Blicke zu, bevor sie weitergingen.

»Was gibt's denn?«, fragte er.

In seinen Augen lag etwas, das ich nicht recht deuten konnte. Bedauern? Hoffnung?

Ich musste schlucken. »Ich … wollte fragen, ob du Jero …«

Sofort verhärtete sich sein Gesicht.

»Geht das schon wieder los?«, fragte er. »Ich habe meinen Teil des Deals erfüllt und ihn auf die Erde gebracht! Was zur Hölle willst du noch?«

»Er ist verschwunden«, sagte ich.

»Wie, verschwunden?«

Ich beschrieb ihm kurz, was geschehen war.

Er schüttelte den Kopf. »Ich kann nicht behaupten, dass mir das sonderlich leidtut, aber ich habe damit nichts zu tun. Vielleicht kommst du ja jetzt wieder zur Vernunft, wo dieser Typ nicht mehr da ist. Wenn du willst, können wir gerne noch mal über alles reden.«

Ich starrte ihn wütend an, dann drehte ich mich um und stapfte ohne ein weiteres Wort ins Klassenzimmer.

Den Rest des Nachmittags ging ich Ben aus dem Weg und war froh, als der Unterricht vorbei war und ich mit zu Mario nach Hause gehen konnte. Doch als er das Spiel startete, erlebten wir die nächste böse Überraschung.

Username unbekannt, erschien auf dem Startbildschirm, als ich versuchte, mich in meinen Spielaccount einzuloggen.

Verwirrt blickte ich Mario an. »Was hat das zu bedeuten?«

Er zuckte mit den Schultern. »Versuch's noch mal. Vielleicht hast du dich vertippt.«

Doch auch der zweite und dritte Versuch schlugen fehl. »Sieht so aus, als wäre dein Account gelöscht worden«, meinte Mario.

»Wieso denn das?«, fragte ich.

»Keine Ahnung«, erwiderte Mario. »Um einen User-Account zu löschen, braucht man Admin-Rechte. Die haben nur die Systemadministratoren und vielleicht ein paar Entwickler bei Infernal Games. Aber ist ja eigentlich egal, deine neue Spielfigur war doch sowieso bloß Level 1.«

»Ich habe den Account kostenlos bekommen, auf Basis meiner E-Mail-Adresse«, wandte ich ein. »Offensichtlich hat Fabian ihn mir wieder weggenommen.«

Ich riss die Augen auf, als mir plötzlich klar wurde, wer dahinterstecken musste.

»Oh mein Gott!«, rief ich.

»Was denn?«, fragte Mario.

»Das war Bens Vater«, vermutete ich. »Er muss Fabian gesagt haben, dass er meinen Account löschen soll. Er ist wahrscheinlich sauer auf mich, weil ich seine Einladung zum Essen ausgeschlagen habe. Und er hat in dem Gespräch gesagt, das, was in Infernia passiert, sei nicht real, und dass ich es nicht ernst nehmen soll. Vielleicht hat er gedacht, es wäre besser für mich, wenn ich nicht mehr spielen kann.«

»Hm.« Mario zog die Stirn kraus. »Das klingt ehrlich gesagt nicht besonders logisch für mich. Das Telefonat mit ihm ist doch vorgestern gewesen, oder?«

»Ja, wieso?«

»Wenn er dabei entschieden hätte, deinen Account zu löschen, dann hätte er das doch sofort veranlassen können und nicht erst zwei Tage später.«

»Vielleicht hatte er erst mal Dringenderes zu tun.«

»Er hat garantiert immer Dringenderes zu tun. Auf jeden Fall wäre es doch ein merkwürdiger Zufall, dass dein Account gelöscht wurde, direkt nachdem Jero verschwunden ist, wenn das nichts miteinander zu tun hat.«

Ich dachte darüber nach. »Aber warum sollte jemand bei Infernal Games meinen Account löschen, wenn nicht auf Anweisung von Bens Vater?«

»Ich weiß es nicht. Du kennst doch den Gründer, Fabian Litkowski. Warum rufst du ihn nicht einfach an und fragst ihn?«

Da ich Fabians Nummer nicht hatte, suchten wir die zentrale Nummer von Infernal Games heraus. Ich stellte mein Handy laut, damit Mario mithören konnte.

»Infernal Games, mein Name ist Lea, was kann ich für Sie tun?«

»Hier ist Emma Nienhoff. Ich möchte gern Fabian Litkowski sprechen.«

»Worum geht es bitte?«

»Es ist dringend.«

»Worum geht es bitte?«, wiederholte die Stimme am anderen Ende in exakt demselben Tonfall.

Erst in diesem Moment wurde mir klar, dass ich mit einer Maschine redete.

»Ich bin mit Ben Carstensen befreundet, dem Sohn eures Investors René Carstensen«, erklärte ich, in der Hoffnung, dass die Erwähnung dieses Namens etwas bewirken würde.

»Möchten Sie mit René Carstensen sprechen?«, fragte die Stimme.

»Nein, ich möchte mit Fabian Litkowski sprechen.«

»Worum geht es bitte?«

»Ich rufe im Auftrag von René Carstensen an«, behauptete ich.

»Möchten Sie mit René Carstensen sprechen?«

»Nein, zum Kuckuck!«

»Mit wem möchten Sie sprechen?«

»Ich glaube, das hat keinen Sinn«, meldete sich Mario zu Wort.

Ich nickte und legte auf. »Wie können die KIs wie Jero entwickeln und dann so eine dämliche Maschine ans Telefon lassen?«

»Das Ding ist dazu da, Leute abzuwimmeln, die Infernal Games etwas verkaufen wollen«, vermutete Mario. »Ich glaube, es stellt sich absichtlich dumm.«

»Meinst du, es hätte genauso reagiert, wenn René Carstensen angerufen hätte?«

»Es hätte wahrscheinlich seine Stimme erkannt und ihn sofort zu Fabian Litkowski durchgestellt. Davon abgesehen hat Bens Vater sicher Fabians Handynummer.«

»Und was jetzt?«

Mario grinste. »Wir könnten einfach direkt zu Infernal Games fahren.«

»Meinst du, die würden uns zu Fabian lassen?«

»Keine Ahnung. Aber einen Versuch wäre es wert, meinst du nicht?«

»Ja, warum eigentlich nicht?«, stimmte ich zu.

27

Gegen halb fünf nachmittags standen wir vor einem modernen Bürogebäude in der Hamburger Hafencity. Ich wäre wieder in die Firmenzentrale nach Norderstedt gefahren, doch Mario hatte mich darauf aufmerksam gemacht, dass Fabian als Vorstand unter anderem für den Inhalt des Spiels verantwortlich war und deshalb mit mindestens derselben Wahrscheinlichkeit im Büro der Entwickler in der Hafencity anzutreffen war. Da dieses näher an Blankenese lag als Norderstedt, hatten wir zuerst die S-Bahn in die Stadt genommen.

Im Unterschied zum Verwaltungsgebäude gab es hier einen Empfangstresen, der von einer jungen Frau besetzt war.

»Ich möchte gerne zu Fabian«, sagte ich.

»Welchen Fabian meinst du?«, fragte sie. »Wir haben hier mehrere.«

»Fabian Litkowski.«

Sie zog eine Augenbraue hoch. »Habt ihr einen Termin?«

»Ich bin im Auftrag von René Carstensen hier«, log ich.

Wenn die Erwähnung des Investors die Frau am Empfang beeindruckte, verbarg sie es gut.

»Einen Moment, ich sehe mal, ob er frei ist.« Sie griff zum Telefon.

Kurz darauf erschien Fabian persönlich im Empfangsbereich. »Emma? Was machst du denn hier? Und wer ist das?«

»Das ist Mario, ein Freund von mir. Wir müssen dich kurz sprechen.«

»Worum geht es denn?«

»Das ist ein bisschen heikel«, behauptete ich.

Fabian runzelte die Stirn. »Na schön, kommt mit.«

Er führte uns vorbei an modern eingerichteten Büros mit Glaswänden, in denen junge Männer und Frauen auf ihre Bildschirme starrten. Viele trugen Kopfhörer, einige hatten VR-Headsets auf. Im Hintergrund waren mehrere Simrigs zu sehen.

Schließlich betraten wir ein Eckbüro mit Blick auf die Elbe.

»Setzt euch«, sagte Fabian und deutete auf einen kleinen Besprechungstisch. »Ich habe allerdings nicht viel Zeit, bin eigentlich in einem Meeting. Also, worum genau geht es?«

»Mein Spielaccount wurde gelöscht«, erklärte ich. »Kannst du mir sagen, warum?«

Fabians Gesicht verfinsterte sich. »Echt jetzt? Ihr holt mich aus einem Meeting, weil dein Account nicht funktioniert? Wende dich bitte an unsere Hotline für Spieler, Emma. Und jetzt entschuldigt mich.«

Er stand auf.

»Fabian, bitte!«, flehte ich. »Sag mir wenigstens, ob es Bens Vater war, der dir den Auftrag gegeben hat, Jero zu löschen und meinen Account zu sperren!«

»Was? Nein, natürlich nicht. Tut mir leid, Emma, ich habe jetzt wirklich keine Zeit …«

»War es Ben?«

Fabians Gesicht verfinsterte sich. »Ich weiß nicht, was da

zwischen Ben und dir läuft, Emma, und es geht mich auch nichts an. Auf jeden will ich damit nichts zu tun haben. Ich muss jetzt wirklich ...«

»Wir sollen also Herrn Carstensen berichten, dass du nicht weißt, warum Emmas Account gelöscht wurde?«, schaltete sich Mario ein.

Fabian starrte ihn an. »Und wer bist du, bitte?«

»Mein Name ist Mario Trautmann. Emma und ich spielen zusammen Infernia. Im Spiel bin ich Supermario Nintendo.«

Fabians Gesicht hellte sich etwas auf. »Du bist das? Du warst bei uns schon häufiger Gesprächsthema. Wir haben hier alle über deinen Spielernamen gelacht und auch darüber, wie du diese Figur spielst. Ein neutraler Waffenhändler war eigentlich in unserem Spielkonzept nicht vorgesehen. Aber das macht den Reiz der Spielentwicklung aus: dass die Spieler immer wieder auf kreative Ideen kommen, wie sie die Regeln zu ihren Gunsten ausnutzen können. Respekt!«

Mario grinste »Danke.«

»Tut mir leid, ich würde gerne noch mit euch plaudern, aber momentan geht es wirklich nicht«, sagte Fabian und ging in Richtung der Tür. »Richtet René einen Gruß von mir aus. Und wegen deines Accounts wende dich bitte an die Hotline, Emma. Die können dir da sicher helfen.«

Mir platzte der Kragen. »Findest du es eigentlich in Ordnung, dass ihr im Spiel Menschen quält?«

Fabian blieb stehen und sah mich finster an. »Was?«

»Die KIs, die ihr im Spiel trainiert, haben echte Gefühle. Sie empfinden Angst und Schmerzen. Und ihr schickt sie in die Hölle, wo sie gefoltert werden. Findest du das etwa in Ordnung?«

»Wir haben doch schon darüber gesprochen, Emma. Das ist ein Spiel, nicht die Realität. Das, was du Gefühle nennst, sind nur antrainierte Reaktionen der NPCs auf die Spielwelt. Die Figuren im Spiel tun nur so, als hätten sie Angst und würden Schmerzen empfinden. So wie Schauspieler.«

»Woher willst du das wissen?«, schaltete sich Mario ein. »Noch immer kann niemand genau erklären, warum künstliche neuronale Netze so erstaunlich gut funktionieren. Aber wir wissen, dass auch das Gehirn bloß ein komplexes neuronales Netzwerk ist und unsere Gefühle aus den Zusammenschaltungen der Neuronen entstehen. Wenn unsere Gefühle echt sind, warum sollten es die eines virtuellen Wesens nicht sein?«

»Und wenn sie nur so tun, als ob, wieso dürfen die NPCs dann nicht erfahren, dass sie nur simuliert sind?«, fügte ich hinzu.

»Zum letzten Mal, ich muss euch jetzt bitten zu gehen!«, sagte Fabian in barschem Tonfall. »Außerdem weise ich dich noch einmal darauf hin, Emma, dass das, was wir am Montag besprochen haben, vertraulich war!« Er warf einen finsteren Blick zu Mario.

»Sie hat mir nichts über euer Meeting erzählt, außer dass sie bei euch in Norderstedt war«, sprang mir Mario bei.

»Dann ist es ja gut! Ihr geht jetzt besser, sonst muss ich den Sicherheitsdienst bitten, euch aus dem Büro zu eskortieren.«

»Schon gut«, gab ich klein bei.

Fabian führte uns zurück zum Empfang und verabschiedete sich sehr knapp von uns.

»Das war ja eine Pleite«, seufzte ich, als wir zurück zur U-Bahn-Station marschierten.

»Ja«, stimmte mir Mario zu. »Aber ehrlich gesagt hatte ich auch mit nichts anderem gerechnet.«

»Warum hast du dann gesagt, wir sollen herfahren?«

Er grinste. »Na ja, ich wollte schon immer mal zu Infernal Games, und die Chance, mit Fabian Litkowski persönlich zu sprechen, lasse ich mir nicht entgehen. Dass ich dort schon mal Gesprächsthema war, ist doch echt krass!«

Ich sah ihn irritiert an. »Du nimmst das alles immer noch nicht besonders ernst, oder?«

»Doch, schon. Aber die Welt ist nun mal so, wie sie ist. In den armen Ländern hungern immer noch Millionen Menschen oder sterben in sinnlosen Kriegen. Milliarden können sich keine vernünftige Gesundheitsversorgung leisten. Ich bin mir ehrlich gesagt nicht sicher, ob das Schicksal von NPCs in einem Computerspiel wichtiger ist als das.«

Enttäuscht blieb ich stehen. »Was ist denn das für ein blödes Argument? Mit derselben Begründung könntest du auch sagen, dass der Kampf für die Rechte von Tieren sinnlos ist, weil es auch Menschen gibt, denen es schlecht geht.«

Er seufzte. »Vielleicht hast du recht. Wahrscheinlich sogar. Es ist wirklich ein blödes Argument, ein Unrecht gegen ein anderes aufzuwiegen. Aber wir können nun mal nicht viel tun, um Jero und den anderen NPCs zu helfen. Immerhin haben wir es versucht, das ist schon viel mehr, als man von den anderen Spielern sagen kann.«

»Das beruhigt mich kein bisschen.«

»Das verstehe ich. Aber was willst du denn noch machen?«

»Ich weiß noch nicht genau. Aber ich weiß, dass ich die Sache nicht einfach auf sich beruhen lassen kann.«

»Wie meinst du das?«

»Das Leid der Spielfiguren. Irgendjemand muss sich darum kümmern. Es geht ja nicht nur um Jero. Er ist nur ein Beispiel von vielen.«

»Und was willst du gegen dieses Leid unternehmen?«

»Ich bin nicht sicher. Ich denke, als Erstes würde ich versuchen, die Leute darauf aufmerksam zu machen. So wie mit dem Klimawandel oder dem Tierschutz: Es ist ein langer Kampf, aber der erste Schritt besteht immer darin, das Problem sichtbar zu machen.«

»Ich verstehe.«

Ich blickte ihn ernst an. »Wirst du mir dabei helfen?«

Er lächelte. »Klar. Wer sonst, wenn nicht Supermario Nintendo, könnte für die Rechte der Computerspielfiguren kämpfen?«

Ich erwiderte sein Lächeln. »Danke, Mario.«

»Schon klar«, meinte er. »Die Botschaft ist angekommen: Es ist noch nicht vorbei.«

»Nein«, stimmte ich ihm zu. »Das ist es nicht. Im Gegenteil, es fängt gerade erst an.«

28

Eine Woche später saßen Mario und ich vor seinem PC. Auf dem Monitor lief ein Video, das einen der unzähligen Zellentrakte in Zardors Palast zeigte. Die Kamera folgte dem Gang, schwenkte dann auf eine der Zellen. Im Inneren sah man einen blutenden Mann, der sich auf dem Boden wälzte und vor Schmerzen schrie, während mehrere Gehörnte mit Peitschen auf ihn einschlugen.

»Das hier ist die Hölle«, hörte man meine Stimme aus dem Off. »Nicht nur im übertragenen Sinn, sondern buchstäblich. Die Spielfiguren in dem Computerspiel Infernia sind nicht einfach nur Simulationen, die Leid bloß vortäuschen. Sie leiden wirklich. Infernal Games hat modernste Computertechnologie und das Geld des Investors René Carstensen genutzt, um eine reale Hölle zu erschaffen, in der denkende und fühlende Wesen unvorstellbare Qualen erleiden müssen.«

»Halt mal an!«, sagte ich.

Mario klickte auf den Pause-Button. »Was ist denn?«

»Ich … ich weiß nicht. Ich bin mir nicht mehr sicher, ob wir Bens Vater wirklich namentlich erwähnen sollten. Es klingt, als würden wir ihn für all das verantwortlich machen.«

»Ist er denn etwa nicht verantwortlich?«, erwiderte Mario. »Er weiß doch ganz genau, was bei Infernal Games abläuft. Du hast ihn sogar selbst noch einmal darauf hingewiesen, als du seine Essenseinladung abgelehnt hast.«

»Ja, schon, aber … er war immer nett zu mir.«

»Glaubst du etwa, es ändert etwas, ob du ihn erwähnst oder nicht? Wenn wir mit dem Video an die Öffentlichkeit gehen, wird er so oder so ausrasten. Er wird dich wahrscheinlich wegen Verletzung der Vertraulichkeit verklagen, auch wenn du nie eine entsprechende Vereinbarung unterschrieben hast. Ich dachte, das wäre dir bewusst.«

Ich seufzte. »Du hast recht. Okay, mach weiter.«

Mario ließ das Video weiterlaufen, das wir in den letzten Tagen gemeinsam aufgenommen hatten. Er hatte es gestern nach der Schule zusammengeschnitten.

Weitere grausame Qualen waren zu sehen, dann wechselte die Szenerie abrupt. Ein junger Mann mit Vollbart in einem grauen Sweatshirt stand zusammen mit mir vor einer Reihe blinkender Computerregale im Serverraum der Uni. *Pascal Rautenbach, KI-Experte* lautete eine eingeblendete Namenszeile. Das war ein bisschen übertrieben: Pascal war ein Freund von Mario, der gerade seinen Informatik-Master machte. Mario hatte gemeint, vor dem Hintergrund der Serverregale wirke das Interview »technischer und kompetenter«.

»Können Computerprogramme wirklich leiden?«, fragte ich ihn.

»Diese Frage kann niemand mit letzter Sicherheit beantworten«, erklärte Pascal. »Es ist unmöglich zu sagen, was genau im Inneren künstlicher neuronaler Netze vor sich geht. Schon Alan Turing hat das Problem vorausgesehen, deshalb hat er seinen berühmten Turing-Test definiert: Eine Maschine ist dann intelligent, wenn sie auf beliebige Fragen so intelligent wie ein Mensch antworten kann. Analog würde ich sagen: Wenn sich ein Computerprogramm so verhält, als würde es leiden, dann müssen wir davon ausgehen, dass es tatsächlich leidet.«

»Könnte es nicht sein, dass die NPCs in Infernia nur so tun, als ob sie Gefühle hätten?«, hakte ich nach. »So wie ein Schauspieler?«

»Natürlich kann man ein Programm schreiben, das nur so tut, als würde es leiden, und zum Beispiel Schmerzenslaute ausstößt oder das Gesicht verzieht. Aber ein solches Programm würde sich nicht so realistisch verhalten, wie es die NPCs in Infernia tun. Es hätte zum Beispiel keine Angst vor Schmerzen. Natürlich kann man auch das simulieren. Aber wenn man das Verhalten eines denkenden und fühlenden Wesens realistisch nachbilden will, und das ist es ja, was Infernal Games versucht, dann funktioniert das am besten, wenn das virtuelle Wesen ebenfalls denken und fühlen kann.«

»Ist das denn überhaupt technisch möglich?«, fragte ich.

»Wir verstehen das menschliche Gehirn noch immer nicht vollständig, aber wir können die meisten seiner Funktionen inzwischen recht genau simulieren«, antwortete der Student. »Manche künstlichen neuronalen Netze haben inzwischen eine Komplexität, die der unseres Gehirns entspricht oder sie sogar übertrifft. Davon abgesehen haben ja auch Tiere eindeutig Gefühle und deren Gehirne sind weit weniger komplex.«

»Aber eine Simulation ist doch nicht dasselbe wie das Original, oder?«

»Nicht im physischen Sinn. Aber Gefühle sind ja im Grunde genommen nur elektrische Impulse, die von bestimmten Neuronen an andere Neuronen weitergeleitet werden – also Informationen. Das kann man zum Beispiel am sogenannten Phantomschmerz erkennen: Menschen, die einen Arm oder ein Bein verloren haben, können trotzdem das abgetrennte Glied noch spüren, als wäre es weiterhin Teil ihres Körpers. Physisch ist das Körperteil nicht mehr vorhanden, aber die Information, wie es sich anfühlt, ist noch im Gehirn. Und so ähnlich können wir uns den Körper eines NPCs in Infernia vorstellen: Er existiert nicht wirklich, aber es fühlt sich für die simulierte Person so an.«

Szenenwechsel. Ein Ausschnitt von Marios Zimmer. Ich war zu sehen, wie ich mit Marios VR-Brille auf dem Kopf vor dem Computer saß. Auf dem Monitor im Hintergrund konnte man Zardors Kerker erkennen. Im Video nahm ich das Headset ab und blickte ernst in die Kamera.

»Für uns ist es nur ein Computerspiel«, sagte ich. »Doch für die Figuren in Infernia ist es bitterer Ernst.«

Dann erzählte ich Jeros Geschichte: wie er mit mir in Zardors Palast eingedrungen war, um seine gefangenen Kameraden zu befreien, wie ich ihn befreit und versucht hatte, ihm zu erklären, dass seine Welt nicht real war. Wie er plötzlich verschwunden war, seine Existenz von einer Sekunde auf die andere ausgelöscht.

Schnitt. Ich stand vor der Firmenzentrale von Infernal Games und blickte in die Kamera.

»Hier in Norderstedt stehen die Server, auf denen die intelligenten NPCs und die Spielwelt von Infernia simuliert werden«, erklärte ich. »Über 3.000 Computer, von denen jeder einzelne ein Vielfaches der Rechenkapazität eines menschlichen Gehirns hat. Auf einem davon wurde auch Jero simuliert, doch er wurde von den Verantwortlichen bei Infernal Games einfach gelöscht.«

Ein weiterer Schnitt. Fabian kam aus dem Gebäude, die Kamera zoomte auf sein Gesicht. Er blickte irritiert. Ich ging auf ihn zu.

»Hallo, Fabian. Stimmt es, dass die NPCs in Infernia nicht wissen dürfen, dass sie in einer Simulation leben, weil sonst das Spiel nicht mehr funktionieren würde? Habt ihr deshalb einen Mechanismus eingebaut, der verhindert, dass die NPCs das erkennen?«

»Was soll das?«, erwiderte er irritiert. »Nehmt ihr das etwa auf?«

»Gibt es diesen Mechanismus oder nicht?«, hakte ich nach.

»Emma, ich weiß nicht, was das hier werden soll. Aber ich habe dir gesagt, dass alles, was bei Infernal Games passiert, streng vertraulich ist. Wenn du etwas davon veröffentlichst, musst du mit üblen Konsequenzen rechnen!«

Ohne ein weiteres Wort eilte er weiter und stieg in einen Wagen.

»Das war Fabian Litkowski, einer der Gründer von Infernal Games«, erklärte ich im Video. »Ich kenne ihn persönlich und durfte sogar einmal die Firma besichtigen. Ich darf euch nichts darüber erzählen, was ich dabei erfahren habe. Aber dass es den Mechanismus gibt, den Fabian gerade nicht bestätigen wollte, ist ein offenes Geheimnis. Ich habe mich vor Kurzem mit einem andern NPC unterhalten, und zwar mit Oberst Cantley, dem Vorgesetzten von Jero.«

Schnitt in Cantleys Büro. Ich stand in der Gestalt von Rialis vor seinem Schreibtisch. Mario hatte in seinem Spielaccount eine neue Figur angelegt und ihr denselben Namen und dasselbe Aussehen gegeben, auch wenn sie nur eine Level-1-Magierin war.

»Rialis!«, rief der Oberst. »Was ist geschehen? Wo ist Leutnant Kramer?«

»Es tut mir leid, Oberst. Jero Kramer existiert nicht mehr.«

Cantley machte ein bestürztes Gesicht. »Sie meinen, er ist gefallen?«

»Nein. Er wurde gelöscht.« Mein Avatar machte eine Geste, die den ganzen Raum umfasste, während er fortfuhr: »Diese Welt ist nicht real. Jero und Sie sind nur simulierte Figuren in einem Computerspiel.«

Der Oberst blickte verwirrt. »Entschuldigung, ich habe gerade nicht richtig zugehört. Was sagten Sie, wo Jero ist?«

»Ich habe gesagt, dass er gelöscht wurde und dass diese Welt nur eine Computersimulation ist.«

»Ich habe ehrlich gesagt Schwierigkeiten, Sie zu verstehen, Eterim«, sagte der Oberst mit gerunzelter Stirn. »Könnten Sie das noch einmal wiederholen?«

Mein Avatar wiederholte die Aussage noch zweimal, doch der Oberst war offensichtlich unfähig, den Sinn der Worte zu begreifen.

»Wissen Sie nun, wo Leutnant Kramer ist, oder wissen Sie es nicht, Eterim?«, fragte er sichtlich genervt.

Die Szene fror ein, dann sah man dasselbe Bild auf Marios Monitor. Das VR-Headset in der Hand, blickte ich in die Kamera. »Wie ihr seht, kann Oberst Cantley die Wahrheit nicht begreifen, egal, wie man sie ihm erklärt. Ihr könnt das selbst ausprobieren, wenn ihr mit einem der intelligenten NPCs sprecht. Und nun frage ich euch: Wenn die NPCs ihre Gefühle nur vortäuschen würden, wenn sie so wie Schauspieler nur eine Rolle spielten, warum sollten sie dann nicht wissen dürfen, dass ihre Welt nicht real ist? Wenn sie aber glauben, dass ihre Welt die Wirklichkeit ist, wenn ihre Gefühle nicht nur vorgetäuscht sind, sondern echt, dann ist das, was wir alle tun, wenn wir Infernia spielen, zutiefst unmoralisch. Tausende denkender und fühlender Wesen werden gequält, damit wir unseren Spaß haben können. Das muss aufhören! Deshalb bitte ich euch, die Petition zum Schutz der Rechte höherer künstlicher Wesen zu unterzeichnen und Infernia nicht mehr zu spielen.«

Der Link zur Website der Petition wurde eingeblendet, während zu düsterer Musik noch einmal Folterszenen aus Zardors Palast zu sehen waren. Damit endete das Video.

»Na, was denkst du?«, fragte Mario.

Ich zögerte. »Ich weiß nicht … Es ist toll geschnitten, wirklich. Aber ob wir damit irgendjemanden überzeugen können? Und wenn Fabian mich wirklich wegen Verletzung der Vertraulichkeit verklagt …«

»Heißt das, du hast kalte Füße?«, fragte er enttäuscht.

»Ich hab eiskalte Füße«, bestätigte ich. »Ich zittere am ganzen Körper, wenn ich daran denke, was vor uns liegt. Aber ich werde nicht kneifen. Das bin ich Jero schuldig.«

Mario nickte. »Also gut, dann lade ich es jetzt hoch.«

29

»Warst du wieder bei Mario?«, fragte Mama beim Abendessen.

»Ja«, antwortete ich knapp.

»Habt ihr gespielt?«

Ich stöhnte genervt. »Ich habe dir schon gesagt, ich spiele Infernia nicht mehr.«

Sie runzelte die Stirn. »Dafür, dass dieser Mario angeblich schwul ist, verbringst du eine Menge Zeit mit ihm.«

»Er ist nicht bloß angeblich schwul, Mama!«

Wütend stand ich auf, nahm meinen Teller, auf dem ein angebissenes Vollkornbrot mit Hummus lag, und zog mich in mein Zimmer zurück.

Den Rest des Abends blickte ich immer wieder nervös auf mein Handy auf dem Nachtschrank, als könne es jeden Moment explodieren. Doch ich erhielt weder einen wütenden Anruf von Fabian Litkowski oder René Carstensen noch eine Textnachricht von Mario. Schließlich nahm ich das Smartphone und öffnete Marios Social-Media-Kanal, auf dem er das Video hochgeladen hatte. Es hatte gerade mal zwölf Aufrufe. Die Petition war bisher noch von niemandem außer Mario, Pascal und mir selbst unterschrieben worden. Mario hatte mich vorgewarnt, dass es dauern könnte, bis sich das Video verbreitete. Aber zwölf Aufrufe? Das war wirklich erbärmlich.

Ich schlief unruhig und fühlte mich am nächsten Morgen unausgeschlafen. Nervös checkte ich mein Handy. Über Nacht hatte sich die Zahl der Videoaufrufe auf ganze vierzehn erhöht. Immer noch hatte niemand die Petition unterschrieben. Immerhin gab es einen neuen Like des Videos.

Ich wusste nicht so recht, ob ich über die geringe Resonanz enttäuscht oder erleichtert sein sollte. Einerseits war die Mühe, die Mario und ich uns in den letzten Tagen gemacht hatten, wohl umsonst gewesen. Andererseits war so die Gefahr gering, dass Fabian oder Bens Vater das Video sahen und ich einen Höllenärger bekam. Auf dem Weg zur Schule spielte ich mit dem Gedanken, Mario zu bitten, es zu löschen. Doch das wäre feige und jämmerlich gewesen.

Wie in den letzten Tagen würdigte Ben mich keines Blickes, als ich in die Klasse kam. Ich hatte ihn ein paar Mal mit Nora gesehen. Offenbar waren die beiden jetzt doch zusammen. Mir war es nur recht.

In der Pause sprach mich Dani an, ein Mädchen aus meiner Klasse, mit dem ich mich eigentlich immer gut verstanden hatte.

»Sag mal, was sollte das denn?«, fragte sie.

Ich blickte sie irritiert an. »Was denn?«

Dani machte ein abfälliges Gesicht. »Dieses bescheuerte Video! Dass du dich auf so billige Weise rächst, weil Ben jetzt mit Nora befreundet ist, hätte ich ehrlich gesagt nicht von dir erwartet!«

Sie drehte sich um und stapfte über den Schulhof davon. Ich sah ihr erschrocken nach. Dabei fiel mir auf, dass ich von mehreren anderen Schülerinnen verächtlich angesehen wurde. Rasch holte ich das Handy hervor und öffnete Marios Kanal.

Das Video hatte jetzt 112 Aufrufe, acht Likes und achtzehn Dislikes – eine erschreckend negative Bewertung. Außerdem gab es mehrere Kommentare. Einer davon stammte von Nora, deren Social-Media-Account mehrere Hundert Follower hatte. Er lautete: *Das Mädchen in dem Video ist Emma, die mit Ben, dem Sohn des Eigentümers von Infernal Games, befreundet war. Seit Ben mit ihr Schluss gemacht hat, verbreitet sie Lügen über die Firma seines Vaters, um sich an ihm zu rächen. Schäbig!* Die anderen Kommentare waren ebenfalls abfällig und beschimpften mich und Mario wegen der angeblich miesen Art, Rache zu üben. »Bitch« war noch die harmloseste der Bezeichnungen für mich.

Ich bekam weiche Knie. Zwar hatte ich damit gerechnet, dass viele Betrachter die Aussagen im Video bezweifeln würden, aber nicht damit, dass man mir unterstellte, ich würde es nur aus Rache verbreiten. Schlimmer noch: Wenn Nora das Video kommentiert hatte, dann hatte sie mit Sicherheit bereits Ben und seinen Vater darauf aufmerksam gemacht. Es konnte jetzt nicht mehr lange dauern, bis René Carstensen sich bei mir meldete. In Panik schaltete ich das Smartphone in den Flugmodus, obwohl ich natürlich wusste, dass das den Ärger nicht aufhalten, sondern nur verzögern würde.

In diesem Moment kam Mario auf mich zu. Er hatte ein breites Grinsen im Gesicht.

»Hallo, Emma. Schon auf meinen Social-Media-Account geguckt?«

Ich nickte. »Ich … ich weiß nicht, was ich dazu sagen soll. Wie können die Leute glauben, dass ich das Video nur aus Rache gemacht habe?«

»Na ja, das ist doch klar, nach Noras Kommentar.«

»Kannst du den nicht einfach löschen?«

»Das würde nichts bringen. Im Gegenteil würde das Noras Lügen nur neue Nahrung geben. Aber mach dir keine Sorgen, Hater gibt es immer. Die gute Nachricht ist, dass die Leute unser Video ansehen.«

Ich blickte mich auf dem Schulhof um. »Ich fürchte, das waren alles nur unsere Schulkameraden. Und es gab fast nur Dislikes.«

Mario nickte. »Fast. Immerhin gab es auch vier neue Likes.« Er blickte auf sein Handy. »Fünf«, korrigierte er sich.

»Ja, aber fast zwanzig negative Bewertungen. Ist das nicht das Gegenteil von dem, was wir erreichen wollten?«

Mario schüttelte den Kopf. »Wenigstens reden die Leute über das Video. Lass Nora und ihre Freundinnen es ruhig disliken. Die Stimmung wird sich umkehren, du wirst sehen.«

Den Rest des Vormittags hatte ich Schwierigkeiten, mich auf den Unterricht zu konzentrieren. In den Pausen hielt ich mich von den anderen fern. Trotzdem hatte ich das Gefühl, dass meine Klassenkameradinnen mich feindselig anstarrten. Ben ignorierte mich demonstrativ.

Ich war hin- und hergerissen zwischen dem Wunsch zu sehen, wie sich die Views und Likes des Videos entwickelten, und der Furcht davor, mein Smartphone wieder auf Empfang zu schalten.

In der Mittagspause hielt ich es nicht mehr aus. Mit zitternden Fingern deaktivierte ich den Flugmodus. Sofort erschienen mehrere Nachrichten auf dem Display. Ich hatte drei neue Voicemails. Ich schluckte und öffnete Marios Social-Media-Kanal.

Das Video hatte jetzt 295 Aufrufe, 29 Dislikes und 31 Likes. Außerdem drei neue Hasskommentare, aber auch zwei positive: Ich habe noch nie darüber nachgedacht, ob die Figuren im Spiel wirklich Gefühle haben könnten, hatte jemand geschrieben. Das hat sich heute geändert. Ein anderer Kommentar lautete: Endlich mal jemand, der offen ausspricht, was ich schon lange denke.

Ich checkte die Seite der Petition: Es gab elf neue Unterschriften. Immerhin.

Schließlich nahm ich meinen Mut zusammen und hörte die Voicemails an. Die erste war von Fabian und in einem sehr zornigen Ton gesprochen: »Emma, ich hab dir doch gesagt, dass du Probleme bekommst, wenn du vertrauliche Informationen über Infernal Games veröffentlichst. Sag diesem Mario, er soll das Video sofort löschen. Und dann ruf mich zurück!«

Die zweite stammte von René Carstensens Assistentin. In neutraler Stimme informierte sie mich, dass ihr Chef dringend meinen Rückruf erwartete.

Die dritte Voicemail stammte von Mama: »Hallo, Emma. Wir müssen reden. Ruf mich bitte zurück.«

Also hatte sogar sie inzwischen mitbekommen, was ihre Tochter angerichtet hatte.

In diesem Moment kam Mario auf mich zu. »Wollen wir in die Kantine gehen?«

»Ich … ich habe keinen Hunger«, erwiderte ich.

»Ärger?«

Ich nickte. »Fabian Litkowski und Bens Vater wollen, dass ich sie zurückrufe. Und sogar meine Mutter weiß inzwischen, was los ist.«

Er lächelte schief. »Ich habe gerade eine Voicemail von einer Anwaltskanzlei bekommen, die mich darauf hinweist, dass mein Video angeblich urheberrechtlich geschütztes Material enthält, und mich auffordert, es sofort zu löschen. Andernfalls werde man rechtliche Schritte einleiten.«

Ich wurde blass. »Oh Gott! Was denn für urheberrechtlich geschütztes Material?«

»Ich glaube, die meinen die Szenen aus Infernia. Aber das ist Blödsinn. Ich habe mich vorher informiert: Wenn man über ein Spiel berichtet, darf man Szenen daraus auch ohne Genehmigung verwenden.«

»Und was wirst du jetzt tun?«

»Die Nachricht der Kanzlei in meinem Account posten natürlich. Solche plumpen Einschüchterungsversuche verstärken doch nur unsere Botschaft!«

Er tippte auf seinem Smartphone herum. »So, schon passiert. Hey, guck mal, wir haben schon wieder zwanzig neue Aufrufe und drei neue Likes. Scheint so, als würden einige Leute das Video weiterverbreiten. Komm, lass uns was essen gehen.«

Ich seufzte. »Na gut.«

In diesem Moment klingelte mein Handy. Erschrocken starrte ich auf das Display. Es war Mama. Ich holte tief Luft und nahm das Gespräch an.

»Hallo, Mama.«

»Hallo, Emma. Ich bin bei der Arbeit, hab nicht viel Zeit. Ich wollte dir nur sagen, dass ich dein Video gesehen habe. Ein gewisser Fabian Litkowski hat mich angerufen und gesagt, dass du deswegen in Schwierigkeiten steckst. Und dann wollte auch Bens Vater mit mir sprechen.«

»Und … und was hat er gesagt?«

»Ich habe ihn nicht zurückgerufen. Emma, es tut mir leid,

dass ich dich in den letzten Wochen nicht ernst genommen habe. Ich verstehe erst jetzt, was du mir die ganze Zeit sagen wolltest. Und ich möchte, dass du weißt, dass ich auf deiner Seite bin. Ganz egal, was Bens Vater unternimmt, um dich zum Schweigen zu bringen, lass dich nicht unterkriegen!«

Ich wusste nicht, was ich antworten sollte. Ich hatte mit allem Möglichen gerechnet, aber nicht damit.

»Emma? Bist du noch dran?«

»Ja.« Ich schluckte und blinzelte die Tränen beiseite, die mir auf einmal in die Augen schossen. »Danke, Mama. Das bedeutet mir sehr viel.«

»Ich muss jetzt Schluss machen. Wir reden später.«

Sie legte auf.

»War das deine Mutter?«, fragte Mario.

Ich nickte und lächelte. »Ich glaube, du hattest recht. Die Stimmung kehrt sich um.«

30

Während ich mit Mario in der Schlange der Kantine stand, klingelte mein Handy erneut. Ich zuckte zusammen und starrte auf das Display: René Carstensens Geschäftsnummer. Rasch schaltete ich das Smartphone wieder in den Flugmodus.

Als wir uns zu ein paar anderen Schülern an einen langen Tisch setzen wollten, starrten sie uns feindselig an. »Hier ist besetzt!«, sagte ein Mädchen aus Marios Klasse.

Ich blickte mich um, doch nirgendwo sonst waren Plätze frei. Mario ignorierte die finsteren Blicke und setzte sich einfach. Ich folgte seinem Beispiel. Wir aßen schweigend und in angespannter Stimmung. Ich hätte hinterher nicht sagen können, was ich auf dem Teller gehabt hatte.

Als wir die Kantine verließen, fragte Mario: »Wie geht es dir?«

Ich zuckte mit den Schultern. »Ich glaube, ich weiß jetzt, wie man sich fühlt, wenn man gemobbt wird.«

Er nickte. »Man gewöhnt sich daran. Einfach cool bleiben, die anderen ignorieren, nicht auf Provokationen reagieren. Und denk immer daran, warum wir den Zorn der halben Schule auf uns gezogen haben: nicht, weil das, was wir getan haben, falsch war, sondern wegen Noras Verleumdung.«

»Ja, ich weiß. Trotzdem fühlt es sich irgendwie ziemlich scheiße an.«

»Das tut es. Aber glaub mir, zu zweit ist es nicht annähernd so schlimm wie allein.«

Ich blickte ihn an. »Du hast recht. Danke, dass du das hier mit mir machst.«

Er lächelte. »Ich bin stolz darauf, dabei zu sein.«

Nach einem Moment erwiderte ich sein Lächeln. »Ich auch.«

Der Nachmittag verging wie in Zeitlupe. Mein Magen fühlte sich an wie ein Eisklumpen. Im Unterricht starrte ich auf das Whiteboard, doch was die Lehrer erklärten, bekam ich kaum mit. Stattdessen malte ich mir in der Fantasie albtraumhafte Szenarien aus: wie Bens Vater eine ganze Horde von Anwälten auf mich hetzte, wie ich zu astronomischen Strafzahlungen verurteilt wurde, für die meine Mutter aufkommen musste, da ich noch minderjährig war, wie Mama ihren Job verlor und wir unsere Wohnung aufgeben mussten.

»Möchtest du wieder mit zu mir kommen?«, fragte Mario, als der Unterricht endlich vorbei war.

»Ich würde heute lieber gleich nach Hause gehen«, erwiderte ich. »Ich muss mit meiner Mutter reden. Aber wenn du willst, kannst du ja mitkommen.«

»Ja, warum nicht? Ich würde deine Mutter gerne mal kennenlernen.«

Also nahmen wir gemeinsam den Bus. Unterwegs checkte Mario sein Smartphone, während ich mich nicht traute, meines zu aktivieren.

»Wie sind die Zahlen?«, fragte ich.

»Nicht so toll«, antwortete er. »Seit heute Mittag ist nicht mehr viel passiert. Wir haben jetzt 311 Aufrufe, zwei neue Likes und einen Dislike.«

»Meinst du, das war es wert? Der ganze Ärger für gerade mal 300 Aufrufe?«

Er runzelte die Stirn. »Ja, ich glaube, das war es wert. Vielleicht verändern wir mit unserem Video nicht viel. Aber wir haben es wenigstens versucht.« Dann grinste er. »Und ehrlich gesagt wollte ich schon immer mal ein Held sein.«

»Du denkst, wir sind Helden?«

»Klar sind wir das. Wir kämpfen für eine gute Sache und riskieren dafür eine Menge, unsere Erfolgsaussichten sind nahezu null, wir haben es mit übermächtigen Gegnern zu tun, aber wir geben nicht auf. Das ist doch die Definition von Heldentum, oder nicht?«

Ich musste an Jero denken. »Ich weiß nicht. Ich glaube, verglichen mit dem, was die Soldaten in Infernia ertragen müssen, ist das hier Kinderkram.«

»Da hast du wohl recht, auch wenn es sich für mich nicht wie Kinderkram anfühlt, mich mit einem Multimillionär anzulegen.«

»Nein, das tut es nicht«, stimmte ich zu.

Als wir nach Hause kamen, war Mama bereits da.

»Du bist also Mario«, sagte sie zur Begrüßung. »Ich freue mich, dich kennenzulernen.«

Dann nahm sie mich in den Arm. »Es tut mir so leid, wie ich dich in den letzten Wochen behandelt habe. Ich habe dir Unrecht getan. Ich hätte dir vertrauen sollen.«

Ich genoss das warme Gefühl. »Schon gut, Mama.«

Mama löste sich von mir. »Wollen wir Kaffee trinken? Ich habe Kuchen mitgebracht.«

»Klar, gerne«, sagte Mario.

Wir setzten uns an den Küchentisch. Zwar hatte ich immer noch keinen Hunger, doch Mama zuliebe aß ich ein Stück Erdbeerkuchen.

»Ich habe meinen Kolleginnen auf der Station von eurer Aktion erzählt«, berichtete sie. »Sie haben mir alle dazu gratuliert, dass ich eine so mutige Tochter habe.«

Mir blieb der Bissen im Hals stecken, als ich daran dachte, welche Konsequenzen unsere Aktion haben konnte.

»Ich … ich wollte dich da nicht mit reinziehen, Mama, aber …«

»Hat dir Bens Vater etwa gedroht?«

»Nein. Aber Fabian, der Gründer von Infernal Games. Und Mario hat eine Voicemail von einer Anwaltskanzlei gekriegt. Ich … ich fürchte, sie werden uns verklagen, Mama. Sie werden behaupten, ich hätte vertrauliche Informationen verraten.«

»Hast du das denn?«

»Nein«, schaltete sich Mario ein. »Alles, was Emma in dem Video sagt, sind öffentlich zugängliche Informationen.«

»Trotzdem«, erwiderte ich. »Bens Vater hat unendlich viel Geld. Er kann sich die besten Anwälte leisten. Sie werden uns das Leben zur Hölle machen.«

Mama machte ein grimmiges Gesicht. »Das können sie gern versuchen. Da beißen solche Typen bei mir auf Granit. Ich war früher öfter auf Demos, habe mich eine Zeit lang bei PETA gegen Tierquälerei engagiert. Zweimal bin ich verhaftet worden, weil wir illegal in einen Tierzuchtbetrieb und eine Schlachterei eingedrungen sind, um die Zustände dort zu filmen. Die haben uns damals auch teure Anwälte auf den Hals gehetzt. Aber es hat ihnen nichts genützt. Man kann mit Geld zwar einiges kaufen, aber wir leben immer noch in einem Rechtsstaat. Außerdem habe ich eine Rechtsschutzversicherung. Mach dir keine Sorgen.«

»Mein Vater ist zwar nicht so reich wie der von Ben«, fügte Mario hinzu, »aber er kennt auch ein paar ziemlich gute Anwälte.«

»Weiß er eigentlich von dem Video?«, fragte ich.

Er zuckte mit den Schultern. »Ich hab es ihm gemailt, aber er ist mal wieder unterwegs und hat immer Dutzende ungelesene Mails im Eingangskorb. Ist auch nicht so wichtig. Hauptsache, er kann mir hinterher nicht vorwerfen, ich hätte ihn nicht informiert.«

»Was wollt ihr eigentlich als Nächstes machen?«, fragte Mama.

Ich blickte Mario an, der nur mit den Schultern zuckte.

»Darüber haben wir uns noch keine Gedanken gemacht«, gab ich zu. »Wir haben gehofft, mit dem Video auf das Problem aufmerksam zu machen, dass manche Figuren in Computerspielen leiden können. Aber es scheint niemanden so richtig zu interessieren.«

Mama nickte. »Das kenne ich. So war es damals mit dem Tierschutz auch: Die Leute haben genug eigene Probleme und wollen sich nicht noch mit Dingen beschäftigen, von denen sie glauben, dass sie sie nicht betreffen und sie ohnehin nichts dagegen tun können. Es braucht eine Menge Geduld, um die Einstellung der Menschen zu ändern. Ich habe ja auch nicht kapiert, was du mir die ganze Zeit zu sagen versucht hast. Es fällt mir ehrlich gesagt immer noch schwer, mir vorzustellen, dass eine Computerspielfigur echte Gefühle haben kann.«

Ich betrachtete sie nachdenklich. Zweifelte sie etwa immer noch daran? Kam ihre plötzliche Unterstützung nicht daher, dass sie unser Anliegen teilte, sondern weil sie es gut fand, sich gegen die Reichen und Mächtigen aufzulehnen?

»Was hat Sie überzeugt, dass Emma recht hat?«, fragte Mario.

»Das Gespräch mit diesem Oberst«, erwiderte sie. »Wie er plötzlich nicht mehr verstanden hat, was Emma zu ihm gesagt hat. Da hat man gemerkt, dass die in dieser Spielefirma etwas zu verbergen versuchen. Außerdem ist mir etwas bewusst geworden: Wir haben damals gegen Tierquälerei gekämpft, weil wir Mitleid mit den Tieren hatten. Und ich verstehe, dass ihr beide Mitleid mit den Computerspielfiguren habt. Aber hier geht es noch um etwas anderes.«

»Wie meinst du das, Mama?«

»Ich habe nie daran gezweifelt, dass Computer eines Tages klüger sein werden als wir und dann die Weltherrschaft übernehmen. Aber ich habe immer gedacht, das wäre nicht so schlimm. Immerhin haben die Menschen als Herrscher der Erde bisher keinen besonders tollen Job gemacht. Ich habe gehofft, dass künstliche Intelligenz besser ist als menschliche Dummheit. Aber was, wenn die Maschinen die Grausamkeit und Rücksichtslosigkeit von uns übernehmen? Was wäre, wenn die Kühe und Schweine, die wir in Massenbetrieben quälen, oder die Orang-Utans, deren Lebensraum wir rücksichtslos vernichten, plötzlich intelligenter wären als wir und die Kontrolle über uns hätten? Wieso sollten sie uns besser behandeln als wir sie? Und gilt dasselbe nicht womöglich auch für Computer?«

»Das ist ein interessanter Gedanke«, meinte Mario. »Vielleicht sollten wir darüber auch mal ein Video drehen. Wir könnten …«

Das Telefon klingelte. Ich zuckte zusammen. Ehe ich es

verhindern konnte, stand Mama auf und nahm das Gespräch an.

»Nein, meine Tochter ist nicht für Sie zu sprechen«, hörte ich sie sagen. »Ja, ich weiß, was sie getan hat, und ich stehe voll hinter ihr … Nach allem, was ich weiß, hat sie bloß … Hören Sie, ich lasse mir nicht … Wenn Sie glauben, Sie können mich einschüchtern, haben Sie sich geschnitten!«

Sie legte auf.

»Das war schon wieder dieser Litkowski«, sagte sie. »Wollte mir weismachen, du hättest eine Vertraulichkeitsverpflichtung gebrochen. Hast du da irgendwas unterschrieben, als du bei denen warst?«

Ich schüttelte den Kopf. »Nein. Aber sie haben mir gesagt, dass ich nichts von dem weitererzählen darf, was ich dort erfahren habe.«

»Wenn ich Mario richtig verstanden habe, dann hast du das auch nicht getan, oder?«

»Nein.«

»Na bitte. Die lassen bloß ihre Muskeln spielen. Versuchen, uns einzuschüchtern und einen Keil zwischen uns zu treiben. Aber damit erreichen sie bei mir genau das Gegenteil!«

31

Der Rest des Nachmittags und der Abend verliefen trotz all der Aufregung so entspannt wie schon lange nicht mehr. Es war offensichtlich, dass Mario und Mama sich auf Anhieb mochten. Sie erzählte von ihrer Zeit als Aktivistin und zu dritt lachten wir viel. Darüber vergaß ich fast den Ärger, der sich über mir zusammenbraute. Doch als Mario sich schließlich verabschiedete, verschwand auch meine gute Laune. Ich ging mit einem flauen Gefühl im Bauch zu Bett und brauchte lange, um einzuschlafen.

Am nächsten Morgen fühlte ich mich erneut unausgeschlafen und angespannt. Ich überlegte, ob ich mein Smartphone aktivieren sollte, ließ es dann aber doch lieber im Flugmodus.

»Mario ist wirklich nett«, sagte Mama beim Frühstück. »So einen hätte ich gern als Schwiegersohn.«

Ich rang mir ein Lächeln ab. »Ich fürchte, daraus wird nichts.«

»Mach dir keine Sorgen«, sagte sie, als sie meine Anspannung bemerkte. »Du hast ein Video veröffentlicht, dessen Inhalt vielleicht nicht jedem passt. Aber das ist keine Straftat, sondern freie Meinungsäußerung, und die ist durch das Grundgesetz geschützt. Sie können dir nichts anhaben.«

Ich nickte, doch meine Sorgen verschwanden nicht. Ich fühlte mich, als sei ich dem Dämonenlord Zardor in seiner Festung in die Falle gegangen.

Als ich das Schulgelände betrat, wartete Mario schon auf mich, ein breites Grinsen im Gesicht.

»Hallo, Emma. Hast du schon mal auf dein Smartphone geguckt?«

»Nein, wieso?«

»Ich sage nur: 113.«

»113? Du meinst Likes?«

Das Grinsen wurde noch breiter. »Nein. Ich meine tausend.«

Verständnislos blickte ich ihn an. »Was?«

»Wir haben 113-*tausend* Views, Tendenz steigend! Das Video ist gestern Abend offenbar viral gegangen.«

Einen Moment war ich sprachlos.

»Wie … wie denn das?«, brachte ich schließlich heraus.

»Den Hauptanteil hatte wohl eine Influencerin namens Cantarina. Sie ist Sängerin und engagiert sich auf ihrem Kanal normalerweise für die Umwelt und den Tierschutz, außerdem gibt sie Tipps für ein nachhaltiges Leben. Irgendjemand muss sie auf unser Video aufmerksam gemacht haben. Sie hat einen kurzen Beitrag dazu gepostet.« Er las von seinem Handy ab: »Leute, seht euch dieses Video an! Ich habe schon länger das Gefühl, dass brutale Computerspiele schlecht für unser Karma sind. Das hier ist der Beweis. Emma in dem Video hat völlig recht: Es gibt schon viel zu viel Leid auf dieser Welt. So grausame Spiele wie Infernia braucht niemand.«

Er steckte das Handy ein und blickte mich triumphierend an. »Der Beitrag hat allein schon über 100.000 Views!«

»Cool«, sagte ich, unsicher, ob ich mich über den plötzlichen Ruhm freuen sollte.

»Cool? Ist das alles, was dir dazu einfällt? Das ist der absolute Wahnsinn! Ich hatte gehofft, dass wir vielleicht ein paar Tausend Leute erreichen können. Aber über 100.000? Damit hätte ich nie gerechnet. Und es ist ja noch nicht vorbei!«

Ich nickte. Doch etwas in mir verhinderte, dass ich mich über den unerwarteten Erfolg so freuen konnte wie Mario. Ich ahnte, dass der Shitstorm, der nun über Infernal Games hereinzubrechen drohte, den Ärger für mich nur noch verschlimmern würde.

In der Schule hatte der unerwartete Erfolg des Videos jedoch zunächst den gegenteiligen Effekt. Zumindest kam es mir so vor, als seien die Blicke der anderen Schüler nicht mehr feindselig, sondern neidvoll oder sogar bewundernd. Es schien sich herumgesprochen zu haben, dass sich eine erfolgreiche Influencerin auf unsere Seite gestellt hatte.

In der großen Pause überwand ich endlich meine Scheu und deaktivierte den Flugmodus des Smartphones. Weitere Voicemails von Fabian und René Carstensen wurden angezeigt, die ich löschte, ohne sie abzuhören. Als ich Marios Kanal öffnete und die Reaktionen auf das Video betrachtete, kam doch noch ein Gefühl des Stolzes in mir auf. Es hatte inzwischen fast 150.000 Aufrufe und mehrere Tausend Likes, allerdings auch ein paar Hundert Dislikes. Die meisten Kommentare waren positiv, aber es gab auch kritische Stimmen. Doch anders als zuvor warfen sie mir keinen billigen Racheakt mehr vor, sondern bezweifelten schlicht, dass Computerprogramme echte Gefühle haben konnten. Viele negative Kommentare kamen offenbar von Infernia-Spielern, die sich ihr Lieblingsspiel nicht madig machen lassen wollten. Es schien, als sei nun tatsächlich die Diskussion in Gang gekommen, die Mario und ich hatten anstoßen wollen.

Auch die Petition hatte inzwischen mehrere Tausend Unterschriften – mehr, als ich es mir je erträumt hatte. Wenn da nur nicht das Damoklesschwert der juristischen Probleme gewesen wäre, das immer noch über uns hing! Ich konnte nur hoffen, dass Mama recht hatte und Fabian lediglich bluffte, um uns einzuschüchtern.

Beim Mittagessen in der Kantine zog ich die Blicke der anderen Schüler auf mich. Einige tuschelten.

»Auweia!«, sagte Mario, der während des Essens auf sein Smartphone starrte, obwohl es eigentlich in der Kantine hätte ausgeschaltet bleiben müssen.

»Was ist denn los?«, fragte ich.

»Flashmob!«, erwiderte er und hielt mir sein Handy hin.

Darauf war eine Nachricht in seinem Social-Media-Account zu lesen: *Heute 17.00 Uhr spontaner Protest vor dem Hauptquartier von Infernal Games. Emma wird auch da sein.* Dann folgte die Anschrift der Firma in Norderstedt. Die Nachricht war bereits mehrere Hundert Mal geteilt worden.

»Emma wird auch da sein?«, fragte ich. »Was soll das denn bitte heißen?«

Mario zog die Augenbrauen hoch. »Willst du etwa nicht hingehen?«

»Doch, schon. Aber ich mag es nicht, wenn jemand über meinen Kopf hinweg entscheidet, was ich tun soll.«

»Das verstehe ich. Aber derjenige, der die Nachricht verschickt hat, wollte damit nur erreichen, dass mehr Leute kommen. Er hat uns einen Gefallen getan.«

Ich sah ihn fragend an. »Das warst nicht etwa du selbst, oder?«

Er schüttelte den Kopf. »Nein, ehrlich nicht. Obwohl ich mir wünschte, ich hätte die Idee gehabt.«

Am Nachmittag schwänzten Mario und ich eine Unterrichtsstunde, um rechtzeitig in Norderstedt zu sein. Unterwegs checkte ich erneut mein Smartphone. Keine weiteren Voicemails von Fabian und Bens Vater. Offenbar hatten sie inzwischen eingesehen, dass sie Mario und mich nicht umstimmen konnten. Das Video hatte inzwischen weit über 200.000 Aufrufe.

Als wir um kurz vor fünf vor der Firmenzentrale von Infernal Games eintrafen, waren bereits ein paar Dutzend Leute dort, die von zwei Wachleuten vor dem Eingang der Firma misstrauisch beäugt wurden. Einige trugen hastig zusammengekritzelte Schilder. Folter ist kein Spiel! stand auf einem, Zur Hölle mit Infernia! auf einem anderen.

Mario und ich gesellten uns zu ihnen.

»Sag mal, bist du nicht Emma aus dem Video?«, fragte ein Mädchen mit kurzen schwarzen Haaren.

Daraufhin drehten sich sämtliche Köpfe zu mir um.

»Das ist sie!«, rief jemand. »Emma ist hier!«

Ein paar Leute klatschten. Fragen stürmten von allen Seiten auf mich ein: Wie wir auf die Idee zu dem Video gekommen waren, ob ich wirklich mit dem Sohn des Investors René Carstensen befreundet gewesen war, ob ich Angst hätte, verklagt zu werden, und immer wieder, was ich über Infernal Games wusste, aber nicht sagen durfte.

»Nicht alle auf einmal!«, rief das Mädchen mit den schwarzen Haaren. »Lasst sie doch auch mal was sagen!«

Erwartungsvolle Stille trat ein. Alle blickten mich an. Sollte ich jetzt etwa eine Rede halten? Vor all den Leuten? Ich hatte doch schon Bammel, wenn ich vor der Klasse ein Referat halten musste. Und natürlich hatte ich nichts vorbereitet.

»Ich … ich danke euch, dass ihr hergekommen seid«, brachte ich schließlich heraus. »Was die hier bei Infernal Games machen, das … das ist einfach nicht richtig.«

Ein paar Leute nickten, doch ich spürte, dass sie enttäuscht waren. Kein Wunder, die Worte klangen selbst in meinen eigenen Ohren lahm. Aber ich war nun mal keine Greta Thunberg. Woher sollte ich wissen, was man in so einer Situation sagte?

Ich blickte mich Hilfe suchend um. Inzwischen war die Menge weiter angeschwollen. An die hundert Leute umringten mich. Ein Mann mit einer großen Videokamera, offenbar ein Journalist, filmte den Flashmob.

Mein Blick fiel auf einen schlanken Jungen, etwas älter als ich, der mich äußerlich an Jero erinnerte. Und plötzlich fiel mir wieder ein, warum ich eigentlich hier stand.

»Nachdem ich Jero aus Zardors Verlies befreit hatte, habe ich ihn nach Eternia gebracht«, rief ich. »Wir sind ein Stück spazieren gegangen. Dann hat er mich plötzlich gefragt, warum Gott so ungerecht ist. Warum es auf der Welt so viel Leid gibt und ob ich denke, dass seine Kameraden, die in der Hölle wahnsinnig wurden, diese Qualen verdient haben. Ich habe ihm gesagt, dass ich nicht an Gott glaube. Aber das war eine Lüge. Ich wusste ja, dass es einen Gott gibt, der Eternia, Infernia und die Erde im Spiel geschaffen hat, oder besser gesagt mehrere Götter. Einige von ihnen arbeiten dort in diesem Gebäude.«

Ich zeigte auf den Eingang mit dem Infernal-Games-Logo, während ich fortfuhr: »Es sind grausame Götter. Sie wollen nicht, dass die Menschen in der Welt, die sie geschaffen haben, in Frieden leben. Im Gegenteil sorgen sie dafür, dass der Krieg mit den Inferim niemals endet. Und warum? Nur damit wir unseren Spaß haben können. Das muss aufhören! Deshalb bitte ich euch alle: Helft mir, das Leid in Infernia zu stoppen!«

Beifall brandete auf. »Stoppt das Leid in Infernia!«, begannen die Leute zu skandieren.

Mario klopfte mir auf die Schulter. »Gut gesagt!«

Ich lächelte.

»Darf ich dir ein paar Fragen stellen?«, erklang eine Stimme hinter mir.

Als ich mich umdrehte, blickte ich in das hübsche Gesicht einer Frau Anfang dreißig, die ein Mikrofon mit dem Logo eines Fernsehsenders in der Hand hielt. Neben ihr stand der Mann mit der klobigen Kamera auf der Schulter.

Das Fernsehen? Echt jetzt? Ich musste schlucken. Doch natürlich konnte ich den Wunsch der Journalistin nicht ausschlagen.

»Klar«, sagte ich.

»Ihr protestiert hier gegen ein Computerspiel, ist das richtig?«

»Wir protestieren nicht gegen das Spiel, sondern dagegen, dass den Figuren im Spiel unnötiges Leid zugefügt wird«, korrigierte ich.

Die Journalistin machte ein skeptisches Gesicht. »Aber das sind doch nur Computerprogramme, oder? Die bestehen nicht aus Fleisch und Blut, sondern aus Nullen und Einsen, wenn ich das richtig sehe. Wie sollen sie da Schmerzen empfinden können?«

Ich warf einen Hilfe suchenden Blick zu Mario, der mir aufmunternd zulächelte.

»Schmerzen sind nichts anderes als Informationen in unserem Gehirn«, versuchte ich wiederzugeben, was Pascal in dem Video erklärt hatte. »Das Gehirn ist in gewissem Sinne auch nur ein Computer, wenn auch ein biologischer.«

Die Frau schien nicht überzeugt zu sein. »Soweit ich weiß, hat noch niemand wirklich verstanden, wie das Gehirn funktioniert. Wie soll man ein Computerprogramm schreiben, das etwas nachbildet, was man selbst nicht versteht?«

»Ich bin keine Expertin für künstliche Intelligenz«, gab ich zu. »Aber ich kann spüren, wie die NPCs in Infernia leiden.«

»Aha. Vielen Dank.«

Die Journalistin wandte sich ab und begann damit, andere Teilnehmer des Flashmobs zu befragen.

Nach einer Weile zog das Kamerateam ab und die spontane Versammlung löste sich wieder auf. Die beiden Wachmänner beobachteten den Abmarsch der Protestierenden mit stoischen Mienen.

»Wow!«, sagte Mario, als wir gemeinsam mit ein paar Teilnehmern zur Bushaltestelle gingen. »Was für ein Tag!«

Ich musste ihm zustimmen. Doch ich hatte das Gefühl, dass es trotz des unerwarteten Erfolges unseres Videos nicht genug sein würde. Dass die Aufregung rasch wieder verpuffen würde. Dass wir in Wahrheit nichts erreicht hatten.

»Du warst in den Lokalnachrichten«, empfing uns Mama, als Mario und ich nach Hause kamen. »Ich bin unheimlich stolz auf dich. Auf euch beide!«

Sie umarmte erst mich, dann auch Mario.

Doch als wir uns gemeinsam den Bericht in der Mediathek des Senders ansahen, erlebte ich eine herbe Enttäuschung. Die Journalistin berichtete über den Flashmob in einem herablassenden Tonfall, der keinen Zweifel daran ließ, was sie von unserem Anliegen hielt. Von meinen Aussagen wurde nur ein einziger Satz in den Bericht übernommen: »Ich bin keine Expertin für künstliche Intelligenz, aber ich kann spüren, wie die NPCs in Infernia leiden.«

»Wir haben einen Fachmann gefragt, was er von dem Protest der Schüler hält«, sagte die Journalistin.

Dann wurde die Aussage eines älteren Mannes mit Vollbart eingeblendet, der laut Bildunterschrift jedoch kein Softwareexperte war, sondern Philosoph. Er behauptete, es sei Unsinn, das menschliche Bewusstsein auf simple Informationsverarbeitungsprozesse zu reduzieren. Das gelte auch für das subjektive Schmerzempfinden. Damit war unser Anliegen von diesem angeblichen Fachmann offiziell als unbegründet erklärt worden. Im Fernsehen!

Frustriert schüttelte ich den Kopf. »Das war's dann wohl!«, sagte ich.

»Dieser sogenannte Experte hat doch keine Ahnung!«, widersprach Mario. »Ich wette, der hat noch nie Infernia gespielt.«

Doch auch er klang enttäuscht.

In diesem Moment klingelte das Telefon. Mama blickte auf das Display und nahm dann ab.

»Ja, sie ist hier«, sagte sie nach einem Moment. »Emma, für dich!«

Verwirrt nahm ich den Apparat, den sie mir grinsend hinhielt.

»Ja?«

»Bist du die Emma aus dem Video über dieses Computerspiel?«

»Ja. Worum geht es denn?«

»Entschuldige, ich dachte, deine Mutter hätte es dir schon

gesagt. Ich bin Redakteurin für die Talkshow ›Gisas Runde‹. Unsere Moderatorin Gisa Ehrenfels möchte dich gerne für morgen Abend einladen, um mit dir und ein paar anderen Gästen über das Thema ›Gewalt in Computerspielen‹ zu sprechen.«

Mir fiel fast der Hörer aus der Hand. Eine der bekanntesten Talkmasterinnen im deutschen Fernsehen wollte mich in ihrer Sendung haben? Das konnte nicht real sein, oder?

»O… okay«, brachte ich heraus.

32

Die Scheinwerfer tauchten die Bühne in unnatürlich grelles Licht, sodass ich das Publikum in dem großen Fernsehstudio kaum erkennen konnte. Ich hatte das Gefühl, jeden Moment aus einem Traum zu erwachen, von dem ich nicht genau wusste, ob es ein Wunschtraum war oder eher ein Albtraum.

Die Titelmelodie der Talkshow erklang und Applaus brandete auf.

»Herzlich willkommen«, sagte Gisa, die Moderatorin, und lächelte professionell in die Kamera. Sie war Anfang fünfzig und wirkte mit ihrem kurzen grauen Haar und ihrer fülligen Figur erfrischend natürlich. »Heute wollen wir über Gewalt in Computerspielen sprechen. Ich begrüße ganz herzlich Doktor Maren Richards, Psychologin und Autorin des Buchs ›Sie wollen bloß spielen‹, den Neurologen Professor Hendrik Kirchner von der Hamburger Universitätsklinik Eppendorf, die Schülerin Emma, die sich für die Rechte von künstlichen Wesen engagiert, und den Gründer und Vorstandschef der Spielefirma Infernal Games, Fabian Litkowski.«

Angespannt blickte ich in die Runde der Talkshow-Gäste, die auf der Bühne in bequemen Ledersesseln saßen. Die Psychologin und der Professor nickten und lächelten höflich, während Fabians Miene neutral blieb. Dass auch er dabei sein würde, hatte ich erst kurz vor der Sendung erfahren. Dabei hätte ich es mir doch denken können! Natürlich hatte er sich die Gelegenheit nicht entgehen lassen, mich öffentlich bloßzustellen, zumal er der Einzige im Studio zu sein schien, der sich mit künstlicher Intelligenz auskannte. Ich fühlte mich ihm hoffnungslos unterlegen.

»Frau Richards, in Ihrem Buch haben Sie sich mit der Frage beschäftigt, welche Auswirkungen Gewalt in Computerspielen auf Jugendliche hat«, wandte sich Gisa an die Psychologin. »Haben Sie sich auch schon mal gefragt, wie diese Gewalt auf die Figuren in Computerspielen wirkt, also quasi die Opfer?«

Die Psychologin verzog ihr attraktives Gesicht und wischte eine Strähne ihres welligen braunen Haars beiseite.

»Nein«, erwiderte sie. »Und hier von ›Opfern‹ zu sprechen, ist schon irreführend. Das Bedürfnis zu spielen ist in uns Menschen von Natur aus angelegt, genau wie in vielen höheren Tieren. Wir trainieren so unsere Fähigkeiten, wie etwa Reaktionsschnelligkeit, räumliches Denken oder auch, die Absichten anderer zu erkennen. Wir sind dabei in aller Regel sehr gut in der Lage, zwischen Spiel und Wirklichkeit zu unterscheiden, das belegen zahlreiche psychologische Studien. Wenn Kinder Räuber und Gendarm spielen und der Polizist mit einer Plastikpistole auf den Räuber schießt, dann lässt der sich auf den Boden fallen und tut so, als sei er getroffen. Ist dieses Kind dann ein Opfer? Nein! Denn es macht ihm Spaß, dieses Spiel mitzuspielen, selbst wenn es dabei vorübergehend der Verlierer ist. Das ist keineswegs schädlich für die Entwicklung der Kinder, im Gegenteil.«

»Aber die Figuren in Computerspielen sehen das möglicherweise anders«, erwiderte Gisa. »Das jedenfalls glaubt unser jüngster Gast in der heutigen Runde. Emma, du engagierst dich gegen Gewalt in Computerspielen, und zwar nicht, weil du dir Sorgen um die Spieler machst, sondern um die Figuren in den Spielen. Kannst du unseren Zuschauern bitte kurz erklären, worum es dir dabei geht?«

Ich räusperte mich. »Es gibt inzwischen Spiele, in denen die computergesteuerten Spielfiguren hoch entwickelte künstliche Intelligenz besitzen und auch echte Schmerzen empfinden können. Im Spiel Infernia beispielsweise. Auch ich habe es begeistert gespielt, bevor ich begriff, was wir den Figuren darin antun. Für sie ist das Spiel nämlich überhaupt kein Spaß. Sie wissen nicht, dass es nur ein Spiel ist, und leiden wirklich. Wir quälen sie zu unserem Vergnügen. Das kann nicht richtig sein.«

Vereinzeltes Klatschen aus dem Publikum. Ich glaubte, die aufmunternden Blicke von Mario und Mama zu spüren, die mich hierherbegleitet hatten, obwohl ich sie nicht sehen konnte.

»Du hast Infernia erwähnt«, sagte Gisa. »Fragen wir doch mal dessen Erfinder, Fabian Litkowski. Was sagen Sie zu dem Vorwurf, in Ihrem Spiel würden denkende und fühlende Wesen zum Spaß gequält?«

»Das ist Unsinn!«, behauptete Fabian. »Es stimmt, dass unsere künstliche Intelligenz, die die Spielfiguren simuliert, außerordentlich leistungsfähig ist. Deshalb entsteht bei vielen Spielern der Eindruck, es mit denkenden und fühlenden Wesen zu tun zu haben. Aber das ist nur eine Illusion. Unser Programm kann menschliche Emotionen so täuschend echt simulieren, dass sich hin und wieder Spielerinnen und Spieler sogar in die Spielfiguren verlieben.« Er warf mir einen bedeutungsvollen Blick zu. »Aber es ist eben bloß eine Simulation. Die Gefühle, die unsere Spielfiguren zeigen, sind nicht echter als die der Figuren in einem Zeichentrickfilm. Ich stimme Frau Richards voll zu: Unser Spiel ist ein harmloses Vergnügen, das viele Fähigkeiten der Spieler trainiert. Es führt weder zu erhöhter Gewaltbereitschaft noch leidet irgendwer darunter.«

Ich wollte etwas einwenden, doch Gisa nahm mir das Wort aus dem Mund: »Wenn das stimmt, wieso dürfen dann die Figuren im Spiel nicht wissen, dass ihre Welt nur simuliert ist?«

Fabian besaß die Unverfrorenheit zu lachen. »Ich nehme an, Sie beziehen sich auf die Stelle in Emmas Video, in der sie mit einer Figur namens Oberst Cantley redet. Ich muss leider zugeben, dass das Spielprogramm an dieser Stelle kläglich versagt hat. Unsere künstliche Intelligenz ist sehr gut, aber sie ist nicht perfekt. Manchmal kommt es vor, dass die Figuren die Worte der menschlichen Spieler nicht richtig verstehen und unsinnige Antworten geben. Aber daraus zu schließen, sie hätten echte Gefühle, ist natürlich Unfug!«

Er blickte mich herausfordernd an, so als warte er nur darauf, dass ich protestierte. Ich ballte die Fäuste vor Zorn. Doch Fabian der Lüge zu bezichtigen, indem ich wiedergab, was er selbst mir in dem Gespräch bei Infernal Games gesagt hatte, hätte bedeutet, vertrauliche Informationen preiszugeben. Womöglich wollte er genau das erreichen, damit er mich hinterher verklagen konnte.

Bevor ich etwas sagen konnte, gab Gisa das Wort an den vierten Gast weiter. »Professor Kirchner, Sie gelten als einer der führenden Experten auf dem Gebiet der Simulation neurologischer Vorgänge im Gehirn. Halten Sie es für möglich, dass Computerprogramme Schmerzen empfinden können?«

»Ja«, erwiderte der Professor.

Als nichts weiter kam, hakte Gisa nach: »Können Sie das bitte etwas genauer ausführen?«

»Das Gehirn ist ein informationsverarbeitendes System«, erklärte er. »Das heißt, unsere Gedanken und Gefühle sind Informationen. Sowohl diese Informationen als auch die Prozesse, mit denen sie verarbeitet werden, lassen sich in einem Computer abbilden.«

»Aber fühlt denn dann ein solches Simulationsprogramm auch wirklich etwas?«, fragte Gisa.

»Warum sollten die Informationen in einem Computer weniger wirklich sein als die im Gehirn?«, erwiderte der Professor.

»Da muss ich aber mal einhaken!«, schaltete sich die Psychologin ein. »Es macht sehr wohl einen Unterschied, wie genau diese Informationen verarbeitet werden. Ein Schmerz zum Beispiel ist eben nicht bloß eine Information. Es kommt auch auf den Kontext an: Wer empfindet diesen Schmerz? Wie genau fühlt er ihn? Was verbindet er damit? Hat er oder sie zum Beispiel Angst dabei?«

»Sie glauben also nicht, dass ein Computerprogramm Angst empfinden kann?«, fragte Gisa.

Die Psychologin schüttelte den Kopf. »Das würde ich definitiv ausschließen. Ein Computer kann Angst simulieren. Aber simulierte Angst ist keine echte Angst. Ein Computer hat kein Herz, das schneller schlagen kann, und keine Kehle, die sich ihm zuschnüren könnte. Die menschlichen Gefühle sind außerordentlich komplex. Zu glauben, dass man die mal eben in einem Computerprogramm abbilden kann, ist hoffnungslos naiv. Bloß weil Neuronen untereinander elektrische Impulse austauschen, heißt das noch lange nicht, dass im Gehirn dasselbe passiert wie in einem Computer. Wir stehen beim Verständnis der neurologischen Prozesse im Gehirn immer noch am Anfang, da wird mir Professor Kirchner sicher recht geben.«

Der Professor nickte. »In der Tat wissen wir noch längst nicht alles über das menschliche Gehirn«, stimmte er zu. »Aber die Frage war ja, ob es prinzipiell möglich ist, dass Computer Schmerzen empfinden. Und die kann man klar bejahen.«

»Heißt das, Sie glauben, dass das irgendwann mal möglich sein wird, aber noch nicht heute?«, fragte Gisa.

Kirchner kratzte sich seinen Bart. »Das kommt drauf an. Wir können das menschliche Gehirn noch nicht komplett im Computer simulieren, obwohl es einige Programme gibt, die dem schon recht nahe kommen, sowohl, was die intellektuelle Kapazität angeht, als auch die Fähigkeit, einen virtuellen Körper zu steuern. Also würde ich sagen, ein Programm, das in jeder Hinsicht exakt so empfindet wie ein realer Mensch, ist noch nicht möglich. Aber auch einfachere Programme können Gefühle haben. Nehmen Sie ein Tier wie etwa einen Frosch. Hat der Gefühle? Ich denke, schon. Und die neurologischen Prozesse in einem Froschgehirn vollständig im Computer zu simulieren, ist heute kein Problem mehr.«

Gisa wandte sich an Fabian. »Wenn ich Professor Kirchner richtig verstanden habe, dann könnten die Figuren in Ihrem Spiel im Prinzip durchaus Gefühle haben. Aber Sie behaupten trotzdem, dass dem nicht so ist?«

Fabian nickte. »Wie gesagt, die Gefühle unserer Figuren mögen echt wirken, aber das ist nur eine Illusion.«

»Woher wollen Sie das so genau wissen?«, fragte Gisa.

Fabian zeigte sich von der Frage irritiert. »Wie meinen Sie das?«

»Nach allem, was ich weiß, verstehen die Entwickler sogenannter künstlicher neuronaler Netze selbst nicht genau, was in diesen Netzen vor sich geht. Woher wollen Sie also wissen, wie sich eine Figur in Ihrem Computerspiel fühlt?«

Ich nickte anerkennend. Gisa hatte sich offenbar gut auf das Thema vorbereitet.

Fabian zögerte. »Ich würde das so nicht stehen lassen wollen. Selbstverständlich verstehen unsere Entwickler genau, wie unsere künstliche Intelligenz funktioniert. Aber was wir zugegebenermaßen unterschätzt haben, ist die Wirkung, die unsere Figuren auf die Spieler haben. Offensichtlich entwickeln viele von ihnen starke Gefühle für die künstlichen Wesen im Spiel. Wir Menschen neigen ja dazu, unbelebte Dinge zu personifizieren. Meine fünfjährige Tochter redet zum Beispiel mit ihrer Puppe. Und wenn die Puppe dann antworten würde, würde sich natürlich bei ihr der Eindruck verstärken, dass sie ein richtiges Lebewesen ist. Genau deshalb haben wir ihr übrigens keine dieser intelligenten Puppen gekauft, die momentan der Hype sind – damit sie weiterhin zwischen Fantasie und Realität unterscheiden kann.«

Er wandte sich zu mir um. »Emma, ich weiß, dass deine Protestaktion vor allem dadurch ausgelöst wurde, dass eine Spielfigur namens Jero gelöscht wurde, an der dir sehr viel lag. Das hast du in deinem Video ja deutlich gemacht. Ich fürchte, es ist meine Schuld, dass das geschehen ist, und es tut mir leid. Deshalb mache ich dir jetzt ein Angebot: Wir erwecken Jero wieder zum Leben. Wir haben noch ein Backup, das ist also kein Problem. Wenn du willst, kann er in Eternia im Paradies leben, oder wir sorgen dafür, dass er auf der Erde ein luxuriöses Anwesen bekommt. Dafür hörst du dann auf, Horrorgeschichten über unser Spiel zu verbreiten. Was hältst du davon?«

Die anderen Teilnehmer der Runde sahen mich erwartungsvoll an.

Das Angebot traf mich völlig unvorbereitet. Meine Gedanken rasten. Wenn ich einwilligte, war Jero gerettet! Fabian hatte recht: Er war der eigentliche Auslöser für unsere Protestaktion. Doch damit hätte mein Kampf für die Rechte künstlicher Lebewesen geendet, noch bevor er richtig begonnen hatte. Jero selbst hätte sicher gewollt, dass ich weiterkämpfe, statt nur sein Leben zu retten.

Andererseits sah es nicht danach aus, als würde ich in diesem Kampf viel erreichen können. Diese Diskussionsrunde jedenfalls lief nicht besonders gut, und das, obwohl Gisa meinen Standpunkt zu teilen schien. Wahrscheinlich würden die meisten Zuschauer nach der Sendung die Meinung der Psychologin übernehmen, dass die Simulation einer Person nicht dasselbe war wie ein richtiger Mensch und ein Computer niemals echte Gefühle haben konnte. Schließlich war es genau das, was die meisten Menschen ohnehin glaubten. Fabians Lüge, die Verständnisschwierigkeiten von Oberst Cantley seien bloß ein Programmfehler, hatte zudem ein wesentliches Argument unseres Videos zunichtegemacht und ich konnte ihn nicht entlarven, ohne selbst in Teufels Küche zu kommen. Also war es vielleicht das Beste, Fabians Angebot anzunehmen. Dann hätten wir wenigstens einen kleinen Sieg errungen. Und die Vorstellung, Jero wiederzusehen, war verlockend.

Wenn ich mich doch nur kurz mit Mario und Mama hätte besprechen können! Doch ich musste hier und jetzt auf Fabians Angebot reagieren und war dabei ganz auf mich allein gestellt. Millionen Fernsehzuschauer verfolgten die Livesendung. Was immer ich jetzt sagte, konnte ich nicht mehr zurücknehmen.

Die Pause zog sich in die Länge, während ich verzweifelt versuchte, eine Entscheidung zu treffen.

33

Was hättest du an meiner Stelle getan?

Hättest du Fabians Angebot angenommen und den nahezu aussichtslosen Kampf gegen Infernal Games eingestellt, um wenigstens eine der leidenden Spielfiguren zu retten? Oder hättest du Jero geopfert, um weiter für die Rechte aller künstlichen Wesen einzutreten?

Können wir je wirklich wissen, wie sich ein anderer Mensch fühlt? Werden wir jemals genau verstehen, was im Inneren eines menschlichen Gehirns geschieht? Und wenn uns nicht einmal das gelingt, wie sollen wir dann auch nur ansatzweise begreifen, wie eine intelligente Maschine denkt und empfindet?

Während das Studio von gespannter Stille erfüllt war, wurde mir klar, dass ich praktisch nichts über all das wusste. Hatte mir die künstliche Intelligenz von Infernia Jeros Gefühle nur vorgegaukelt, wie Fabian es behauptete? Es gab keine sichere Methode, das festzustellen. Die Psychologin, der Neurologe und auch der Philosoph, den die Journalistin gestern befragt hatte, wussten im Grunde nicht, worüber sie redeten. Niemand verstand mehr wirklich die Technologie, die wir entwickelt hatten, um uns zu amüsieren.

Nur eines wusste ich sicher: Fabian log.

»Als ich Jero kennenlernte, war er mit seinen Kameraden in einen Hinterhalt der Inferim geraten«, erklärte ich. »Ich griff in den Kampf ein und konnte ihn als Einzigen retten. Als ich später im Krankenhaus mit ihm sprach und er erfuhr, dass zwei seiner Kameraden nach Infernia verschleppt worden waren, bat er mich, ihn in die Hölle zu bringen, damit er versuchen konnte, sie zu retten. Ich fand es damals ehrlich gesagt ein bisschen unrealistisch, dass er sofort wieder kämpfen wollte, aber ich hielt das für einen Teil meiner Spielmission. Also habe ich ihm seinen Wunsch erfüllt. Später hat er mir erzählt, dass einer dieser Kameraden ihm zuvor das Leben gerettet hatte. Er hatte starke Schuldgefühle, weil dieser Mann, wie er glaubte, durch seinen Fehler in die Gefangenschaft der Inferim geraten war. Lieber wollte er bei dem Versuch sterben, ihn zu befreien, als mit dieser Schuld zu leben. Da erst begriff ich, dass das keine gescriptete Mission war, sondern Jeros eigener Wunsch.«

Ich blickte Fabian direkt an. »Möchte ich Jero retten? Ja, ich würde nichts lieber tun als das. Doch wenn er wüsste, dass ich dein Angebot angenommen und damit all seine Kameraden ihrem Schicksal überlassen habe, nur damit er ein gutes Leben führen kann, würde er mir das niemals verzeihen. Also muss ich in seinem Sinne ablehnen.«

Beifall brandete auf.

Fabians Gesicht verfinsterte sich, doch bevor er etwas erwidern konnte, sagte Gisa: »Respekt! Das ist eine sehr mutige und tapfere Entscheidung von dir, Emma. Ich glaube, eines hat die heutige Diskussion gezeigt: Ob die Gefühle der simulierten Wesen in dem Spiel Infernia echt sind oder nicht, die der Spielerinnen und Spieler sind es auf jeden Fall. Eine alte Weisheit lautet: Was du anderen antust, tust du dir selbst an. Vielleicht sollten Sie sich bei Infernal Games noch einmal überlegen, ob die Grausamkeit gegenüber den Spielfiguren nicht auch enormen psychologischen Schaden in der realen Welt anrichtet.«

Die Psychologin hob die Hand, um einen Einwand vorzubringen, doch Gisa ließ sie nicht mehr zu Wort kommen und beschloss die Talkrunde, indem sie sich bei allen Teilnehmern bedankte. Während das Publikum applaudierte, standen wir auf.

»Es war wirklich ein Vergnügen, mit dir zu sprechen«, sagte Gisa und reichte mir zum Abschied die Hand. »Ich finde, du hast die richtige Entscheidung getroffen. Ich wünsche dir viel Glück bei deinem weiteren Kampf für die Rechte der Spielfiguren.«

»Das war wirklich toll!«, sagte Mama, als ich sie und Mario vor dem Studio wiedersah. »Ich bin so stolz auf dich!«

Sie umarmte und drückte mich lange.

»Du hättest das nicht besser machen können«, stimmte Mario zu. »Als Fabian dir dieses unverschämte Angebot machte, blieb mir fast das Herz stehen. Ich hatte Angst, du könntest darauf eingehen. Doch du hast das absolut perfekt gekontert.«

»Dieser verlogene Mistkerl!«, meinte Mama. »Er hat dir eine Falle gestellt. Aber du warst schlau genug, nicht reinzutappen.«

»Was für eine Falle?«, fragte ich.

»Wenn du sein Angebot angenommen hättest, dann hätte er behauptet, du seist in Jero verliebt«, meinte Mario. »Er hätte dein ganzes Engagement für die Rechte der Spielfiguren darauf geschoben, dass du ein verknallter Teenie bist, der ein Spiel nicht von der Realität unterscheiden kann. Er hätte dich lächerlich gemacht. Ich konnte sehen, wie sich sein Gesicht veränderte, als du abgelehnt hast. Er hat sich ziemlich darüber geärgert.«

Am nächsten Morgen, es war Sonntag, war ich erschöpft von den emotionalen Strapazen der letzten Zeit, aber vor allem erleichtert, dass ich die Talkrunde überstanden hatte. Die Reaktionen im Netz auf meine Entscheidung waren überwiegend positiv, auch wenn es kritische Stimmen gab, die vor allem der Psychologin recht gaben.

Am Montag in der Schule sprachen mich viele meiner Mitschüler an und gratulierten mir.

Sogar Ben kam in der Pause auf mich zu und fand lobende Worte: »Hey, Emma. Wirklich nicht schlecht, dein Auftritt am Samstagabend.«

Ich blickte ihn misstrauisch an. »Danke.«

»Ich … wollte mich entschuldigen«, sagte er. »Ich verstehe erst jetzt, warum du dich so für Jero eingesetzt hast.« Er grinste schief. »Ich dachte, du wärst verknallt in ihn. Es tut mir leid, dass ich ihn so mies behandelt habe.«

»Schon okay«, erwiderte ich. »Ich weiß, es ist schwer zu glauben, dass die virtuellen Figuren im Spiel echte Gefühle haben.«

»Ja«, stimmte er zu. »Ich gebe zu, ich sehe das Spiel jetzt mit anderen Augen. Zardor ist jedenfalls Geschichte.«

Überrascht sah ich ihn an. »Du hörst auf, Infernia zu spielen?«

»Nein, das nicht. Aber ich habe mir eine neue Figur erstellt, einen Superior. Ich fang halt noch mal von vorn an.«

Ich ersparte es mir, ihn darauf hinzuweisen, dass womöglich auch einige der Inferim echte Gefühle hatten. Ohnehin war ich mir nicht sicher, ob ich seinem plötzlichen Sinneswandel trauen konnte.

»Hat dein Vater irgendwas gesagt?«, fragte ich.

»Nein. Er redet nicht mit mir über geschäftliche Dinge. Eigentlich reden wir überhaupt nicht besonders viel miteinander.«

»Okay. Jedenfalls danke.«

»Hast du Lust, heute Mittag mit mir in die Kantine zu gehen?«

Ich zögerte. Das ging mir jetzt doch ein wenig zu schnell.

»Sei mir nicht böse, aber ich bin schon mit Mario verabredet.«

Er nickte. »Okay. Verstehe. Dann bis später.«

Verwundert blickte ich ihm nach. Eigentlich hatte ich erwartet, dass er auf meine Ablehnung wütend reagieren würde.

»Was machen wir als Nächstes?«, fragte Mario, als wir zusammen in der Kantine saßen.

Darüber hatte ich am Tag zuvor auch schon nachgedacht, doch mir war nicht viel eingefallen. Zwar war ich nach wie vor überzeugt, dass meine Entscheidung richtig war. Doch gleichzeitig kam mir der Kampf für die Rechte virtueller Figuren ziemlich aussichtslos vor. Ich hatte das Gefühl, mich in eine Position manövriert zu haben, der ich unmöglich gerecht werden konnte.

»Ehrlich gesagt habe ich keine Ahnung«, erwiderte ich. »Hast du eine Idee?«

»Wir müssen den Rückenwind nutzen, den wir durch deinen Auftritt bekommen haben«, meinte er. »Die Petition hat mittlerweile über 5.000 Unterschriften, Tendenz steigend.

Das ist viel, aber noch nicht genug. Und wir müssen den Druck auf Infernal Games erhöhen, wenn wir wirklich etwas verändern wollen.«

Das Wort »Druck« ließ mich innerlich zusammenzucken.

»Ja, aber wie?«, fragte ich.

»Wir könnten ein neues Video machen. Eines, in dem du zu einer Protestaktion aufrufst. Zum Beispiel zu einer Demo vor dem Infernal-Games-Büro in der Hafencity. Das wäre dann nicht bloß ein spontaner Flashmob.«

Mir war nicht wohl dabei. Plötzlich so im Rampenlicht zu stehen, gefiel mir gar nicht. Aber Jeros Opfer durfte nicht umsonst sein und ich wollte auch Mario nicht enttäuschen.

»Okay«, meinte ich.

»Wollen wir dann nachher zu mir gehen und das Video aufnehmen?«

»Ja, gern.«

Als wir die Kantine verließen, klingelte mein Handy. *René Carstensen* stand auf dem Display. Ich zögerte.

»Willst du nicht rangehen?«, fragte Mario.

»Ich weiß nicht«, erwiderte ich.

»Früher oder später werden wir uns mit ihm auseinandersetzen müssen«, meinte er.

Ich schluckte und nahm das Gespräch an. »Emma Nienhoff?«

»Hallo, Emma, hier ist René Carstensen. Ich würde gerne mit dir sprechen. Könntest du heute Nachmittag um 17.00 Uhr ins Büro von Infernal Games in der Hafencity kommen?«

Ich zögerte.

»Okay«, sagte ich schließlich. »Aber ich würde gern jemanden mitbringen. Einen Mitschüler. Mario Trautmann.«

»Meinetwegen. Also, bis nachher.«

Er legte auf.

»Bens Vater hat uns für heute Nachmittag zum Gespräch in der Hafencity gebeten«, sagte ich. »Du kommst doch mit, oder?«

Mario grinste schief. »Schätze, ich hänge da jetzt mit drin.«

34

Mein Herz schlug bis zum Hals, als ich mit Mario den Empfang der Spielefirma in der Hafencity betrat. Die junge Frau hinter dem Tresen erkannte uns sofort und lächelte freundlich.

»Hallo, Emma, hallo, Mario. Schön, euch wiederzusehen. Ich sage gleich Fabian Bescheid.«

Der Gründer erschien kurz darauf. Er wirkte angespannt, bemühte sich jedoch um ein Lächeln.

»Hallo, Emma, hallo, Mario. Schön, dass ihr kommen konntet. Folgt mir bitte.«

Er führte uns in einen eleganten Konferenzraum mit Elbblick. René Carstensen saß zwischen einer blonden Frau in Fabians Alter und einem kahlköpfigen Mann mittleren Alters im dunklen Anzug. Bens Vater stand auf und lächelte kühl, während er Mario und mir die Hand gab.

»Schön, dass ihr kommen konntet. Setzt euch bitte.«

Wir nahmen ihnen gegenüber Platz. Fabian setzte sich neben den Mann im Anzug.

»Das dort ist Andrea, unsere Marketingleiterin«, stellte er die Frau vor, die uns lächelnd zunickte. »Hier neben mir ist Dr. Fröhlich von der Kanzlei Winter, Fröhlich und Partner, der uns in rechtlichen Angelegenheiten berät.«

Der Anwalt nickte ebenfalls, verzog jedoch ansonsten keine Miene.

»Noch mal danke, dass ihr hergekommen seid«, eröffnete Fabian das Gespräch. »Ich finde es zwar bedauerlich, dass du mein Angebot am Samstag nicht angenommen hast, Emma, aber ich kann das verstehen. Wir haben hier heute intensiv darüber diskutiert und beschlossen, dass wir deine – eure – Bedenken ernst nehmen sollten.«

»Wir würden euch beiden gern ein Angebot machen«, schaltete sich Andrea ein. »Wir haben beschlossen, einen Spielerrat zu gründen, der die Weiterentwicklung des Spiels unterstützen soll. Und wir würden uns freuen, wenn ihr beide die ersten Mitglieder werden würdet.«

»Was genau soll dieser Spielerrat tun?«, fragte Mario.

»Er wäre quasi eine Interessenvertretung der Spieler«, erklärte Andrea. »Ihr würdet uns dabei helfen, das Spiel in eurem Sinn weiterzuentwickeln. Es gäbe regelmäßige Meetings mit den Spieldesignern, bei denen ihr eure Ideen und Verbesserungsvorschläge einbringen könntet. Wir würden euch dafür eine Vergütung von 25 Euro pro Stunde zahlen.«

Das war drei- oder viermal so viel, wie man üblicherweise für einen Schülerjob bekam.

»Du hast gesagt, ihr würdet unsere Bedenken ernst nehmen, Fabian«, warf ich ein. »Was genau bedeutet das?«

»Wir wollen natürlich nicht, dass irgendjemand glaubt, wir würden in Infernia Spielfiguren quälen«, antwortete die Marketingleiterin an seiner Stelle. »Deshalb würden wir gern mit euch beiden zusammenarbeiten, um diese Bedenken zu zerstreuen.«

»Das heißt, ihr würdet das Leiden in Infernia beenden?«, hakte ich nach. »Wie denn genau?«

»Niemand leidet wirklich in Infernia«, widersprach Fabian. »Davon würden wir euch gern überzeugen. Wir laden euch ein, euch unsere Entwicklungs- und Spieldesignprozesse genau anzuschauen. Ihr könnt alles unter die Lupe nehmen, bekommt Zugang zu unseren Daten und könnt mit den Entwicklern sprechen. Und wenn ihr dann immer noch nicht überzeugt seid, würden wir eure Bedenken in den Designprozess einfließen lassen.«

Ich warf einen Blick zu René Carstensen, der sich bisher zurückgehalten hatte. Sein Gesicht war ausdruckslos.

»Ihr wärt wirklich bereit, das Spiel zu verändern, wenn wir zu dem Schluss kommen, dass die Spielfiguren darin zu sehr leiden?«, fragte ich noch einmal nach.

»Wir machen dieses Spiel ja nicht für uns, sondern für euch, die Spieler«, antwortete Andrea. »Wenn es für die Mehrheit zu brutal ist, dann verändern wir es natürlich.«

Aber es geht doch gar nicht wirklich um das Spiel, lag es mir auf der Zunge. Ihr treibt doch all diesen Aufwand in erster Linie, um künstliche Intelligenzen für Anwendungen in ganz anderen Bereichen zu trainieren. Doch damit hätte ich die mündliche Vertraulichkeitsvereinbarung unseres Treffens in Norderstedt verletzt und mir möglicherweise juristischen Ärger eingehandelt. Sicher war es kein Zufall, dass ein Anwalt auf der anderen Seite des Tisches saß.

»Ich nehme an, ihr habt eine Vereinbarung vorbereitet, für den Fall, dass wir uns bereit erklären, in diesem Spielerrat mitzumachen?«, fragte Mario.

»Selbstverständlich«, erwiderte Andrea lächelnd. Sie holte zwei zusammengeheftete Papierstapel aus einer Mappe vor sich und reichte sie uns. »Lest sie euch in Ruhe durch. Herr Fröhlich wird gern eure Fragen dazu beantworten.«

»Da Sie noch nicht volljährig sind, benötigen wir die Unterschrift Ihrer Eltern«, sagte der Anwalt.

Ich überflog das Papier. Es war in nüchternem, juristischem Tonfall geschrieben und beinhaltete neben einer Beschreibung der Pflichten eines Mitglieds des Spielerrats auch eine umfangreiche Vertraulichkeitsvereinbarung.

»Wir würden uns wirklich freuen, wenn ihr bei uns mitmacht«, sagte Fabian.

»Du weißt, dass ich deinen Rat sehr schätze, Emma, gerade weil er nicht immer dem entspricht, was die Allgemeinheit denkt«, fügte Bens Vater hinzu.

Ich warf einen Blick zu Mario, der das Papier mit gerunzelter Stirn las.

»Ich würde mich gern mit Emma unter vier Augen besprechen«, sagte er. »Wäre das möglich?«

»Natürlich ist das möglich«, sagte René Carstensen und stand auf. »Wir lassen euch einen Moment allein.«

»Kommt in mein Büro, wenn ihr so weit seid«, meinte Fabian. »Einfach den Gang runter. Bis gleich.«

Sobald wir allein waren, blickte sich Mario in dem Raum um, als suche er nach versteckten Kameras.

»Was hältst du davon?«, fragte er.

»Ehrlich gesagt nicht viel«, erwiderte ich und deutete auf die Vereinbarung. »Hier steht, dass wir uns nicht unabgestimmt in der Öffentlichkeit zu dem Spiel äußern dürfen, und zwar auch sechs Monate nach dem Ende der Vereinbarung nicht. Und natürlich dürfen wir über nichts von dem reden, was wir hier bei Infernal Games erfahren. Die wollen uns einen Maulkorb verpassen!«

»Das sehe ich genauso«, stimmte er zu. »Und dann noch für so einen läppischen Stundenlohn!«

»Willst du etwa mehr verlangen?«

Er schüttelte energisch den Kopf. »Nein. Wahrscheinlich würden sie uns Tausende Euro zahlen, damit wir die Klappe halten. Aber ich bin nicht käuflich.«

»Anfangs dachte ich, wir hätten vielleicht tatsächlich die Möglichkeit, auf das Spieldesign Einfluss zu nehmen«, sagte ich. »Immerhin ist es ja tatsächlich im Interesse von Infernal Games, dass die Spieler eine positive Einstellung zum Spiel haben. Aber ich traue Fabian nicht über den Weg, und dieser Andrea erst recht nicht.«

»Genau da liegt der Haken«, meinte Mario. »›Wenn es der Mehrheit zu brutal ist‹, hat Andrea gesagt. Wir wären die ersten Mitglieder dieses Spielerrats, aber bestimmt nicht die einzigen. Die müssten nur noch ein paar Hardcore-Spieler so wie Ben berufen und wir beide würden jedes Mal überstimmt, wenn es darum ginge, die Brutalität im Spiel zu verringern.«

»Ben hat Zardor aufgegeben und spielt jetzt einen Superior«, berichtete ich.

»Hat er das? Na, die Superiors können auch ganz schön brutal sein. Wie auch immer, dieses ganze Theater mit dem Spielerrat dient nur dazu, uns kaltzustellen. Darauf dürfen wir uns nicht einlassen.«

»Da sind wir uns einig. Na schön, gehen wir zu Fabian.«

Wir marschierten in sein Büro, wo er zusammen mit den anderen Meetingteilnehmern an seinem Besprechungstisch saß.

»Vielen Dank für das Angebot, aber wir können es leider nicht annehmen«, erklärte ich. »Wir möchten lieber unsere Unabhängigkeit bewahren.«

Einen Moment lang herrschte eisiges Schweigen.

»Euch ist hoffentlich klar, dass ihr euch in erhebliche Schwierigkeiten bringt, wenn ihr weiter Unwahrheiten über Infernia verbreitet«, sagte Andrea, deren aufgesetzte Freundlichkeit spurlos aus ihrem Gesicht verschwunden war.

»Was denn für Unwahrheiten?«, fragte ich.

»Ihr habt behauptet, wir würden die Figuren im Spiel quälen«, antwortete Fabian. »Dabei handelt es sich um Simulationen, die keine echten Gefühle haben, sondern diese nur vortäuschen.«

»*Das* ist die Unwahrheit!«, entgegnete ich. »Und das weißt du ganz genau!«

»Das könnt ihr doch gar nicht beurteilen«, erwiderte er. »Immerhin sind wir es, die hier die Software entwickeln, während ihr sie nur von außen betrachten könnt. Wir wissen genau, was Illusion ist und was nicht, weil wir hinter die Kulissen gucken können. Ihr dagegen seht nur das, was das Spiel euch vorgaukelt.«

»Dann mache ich dir einen Vorschlag«, warf Mario ein. »Wir bitten eine unabhängige Kommission von KI-Experten, sich ein neutrales Urteil zu bilden. Wenn die zu dem Schluss kommt, dass eure NPCs ihre Gefühle nur vortäuschen, dann behaupten wir auch nicht mehr das Gegenteil.«

»Ich fürchte, ihr seid nicht in der Position, um hier irgendwelche Forderungen zu stellen«, sagte Fabian eisig.

»Ich kann Ihnen beiden nur dringend raten, keinerlei unbewiesene Aussagen mehr über das Spiel Infernia zu verbreiten, wenn Sie nicht eine saftige Schadensersatzklage riskieren wollen«, sagte der Anwalt in sachlichem Tonfall. »Ebenso warne ich davor, weiterhin urheberrechtlich geschützte Inhalte aus dem Spiel zu verwenden. Bisher hat sich die Firma äußerst kulant verhalten. Doch der wirtschaftliche

Schaden, der durch Ihre öffentlichen Behauptungen entstanden ist, ist schon jetzt beträchtlich.«

René Carstensen sagte nichts, doch sein Blick war eiskalt.

Bevor ich etwas erwidern konnte, griff Mario mich am Arm. »Komm, wir gehen!«

35

Nach dem Meeting fühlte ich mich auf seltsame Weise energiegeladen. Fabian und Andrea hatten versucht, uns einzuwickeln, doch wir hatten sie durchschaut. Ich nahm Marios Vorschlag an, mit zu ihm nach Hause zu gehen und ein neues Video aufzunehmen, das wir noch am selben Abend veröffentlichten.

Diesmal standen wir beide vor der Kamera. Das Video begann damit, dass ich Mario kurz vorstellte und dann von dem Meeting bei Infernal Games berichtete.

»Sie haben uns diesen Vertrag hingelegt«, sagte ich und hielt das Papier in die Kamera, sodass man eine Passage lesen konnte, die Mario gelb markiert hatte. »Hier steht, dass wir ohne Genehmigung der Marketingabteilung von Infernal Games in der Öffentlichkeit nicht mehr über das Spiel reden dürfen.«

»Die wollten uns mundtot machen«, fügte Mario hinzu. »Aber Emma und ich waren natürlich nicht blöd genug, das zu unterschreiben.«

Das Video löste eine Welle der Empörung im Internet aus. Ein gewaltiger Shitstorm brach über Infernal Games herein. Besonders Fabian und Andrea, die ich in dem Video namentlich erwähnt hatte, wurden übel beschimpft. Gleichzeitig schnellte die Unterstützung für unsere Petition in die Höhe. Die Verteidiger des Spiels dagegen hielten sich auffällig zurück.

Mama lobte mich überschwänglich dafür, dass ich dem »Bestechungsversuch«, wie sie es nannte, widerstanden hatte.

»Typen wie Bens Vater und dieser Fabian denken, sie können mit ihrem Geld alles und jeden kaufen«, sagte sie. »Aber da haben sie sich geschnitten. Ich bin stolz auf dich!«

Doch mein Triumphgefühl hielt nicht lange an. Schon am nächsten Tag startete Infernal Games eine Offensive, um gegen die »Falschinformationen« vorzugehen, die »einige fehlgeleitete Jugendliche« im Netz verbreiteten.

Die Firma veröffentlichte ein Video, in dem Fabian und Andrea mit dem Philosophen sprachen, den auch die Journalistin bereits interviewt hatte. Er behauptete erneut, es sei »ausgeschlossen«, dass ein Computer jemals echte Gefühle entwickelte. Auch ein Neurologe kam in dem Video zu Wort, der der Ansicht war, ohne einen Körper aus Fleisch und Blut könne man überhaupt keine Gefühle haben, und damit den Aussagen seines Kollegen Professor Kirchner aus der Talkshow direkt widersprach.

Am Ende des Videos blickte Fabian direkt in die Kamera und sagte: »Wir haben Emma und Mario angeboten, ihnen alle Informationen über die Technologien, die wir im Spiel verwenden, offenzulegen, damit sie sich selbst davon überzeugen können, dass niemand in unserem Spiel wirklich leidet.« Er deutete auf den entsprechenden, sehr vage formulierten Satz in dem Vertrag, den er ebenfalls gelb markiert hatte. »Es liegt in der Natur der Sache, dass sie dafür eine Vertraulichkeitsvereinbarung hätten unterschreiben müssen. Schließlich müssen wir uns davor schützen, dass Details unserer fortschrittlichen Technologie an die Öffentlichkeit gelangen. Doch die beiden haben es so dargestellt, als wollten wir sie mundtot machen, was absolut nicht der Fall ist. Im Gegenteil haben wir ihnen die Chance gegeben, aktiv an der Weiterentwicklung des Spiels mitzuarbeiten, die sie aber leider ausgeschlagen haben, um stattdessen weiter falsche und irreführende Behauptungen zu verbreiten.«

Das Video erntete viel Zustimmung, wenngleich es fast ebenso viele gab, die Fabian der Lüge bezichtigten. Mir wurde bewusst, dass wir durch unseren Kampf gegen Infernal Games einen Konflikt ausgelöst hatten, der sich immer mehr verschärfte und zu einer zunehmenden Spaltung zwischen Befürwortern und Gegnern des Spiels führte.

Es dauerte nicht lange, bis nicht mehr nur Fabian und Andrea, sondern auch Mario und ich zur Zielscheibe von Hass, Häme und persönlichen Anfeindungen wurden. *Emmas angebliches Engagement für die Rechte künstlicher Wesen ist doch nur vorgeschoben*, schrieb jemand auf Twitter. *In Wirklichkeit war sie in diesen Jero verknallt, der von den Inferim getötet wurde. Dafür gibt sie nun Infernal Games die Schuld.* Der Hashtag *#Computerliebe*, den er verwendet hatte, trendete. Ein alter Song der Band *Paso Doble* aus den Achtzigerjahren mit diesem Titel erlangte plötzlich neue Popularität.

Kurz darauf benutzte jemand ein Deepfake-Programm, um in einem Video mein Gesicht auf den Körper einer Frau zu projizieren, die Sex mit einem Roboter hatte. Ich war schockiert, als ich es sah. Mama flippte total aus und rief sofort eine Anwältin an, die Strafanzeige gegen den unbekannten Urheber des Videos stellte und bei YouTube und Instagram eine Löschung beantragte. Doch der Schaden war bereits angerichtet und das Video Thema Nummer eins an unserer Schule, wie ich am nächsten Morgen feststellen musste.

Mario und ich waren plötzlich isoliert von den anderen. Man begegnete uns mit Respekt, beinahe mit Ehrfurcht, doch niemand wollte mehr wirklich etwas mit uns zu tun haben. Jedenfalls kam es mir so vor. Anscheinend waren sich die meisten unsicher, ob wir mit unserem Kampf für die Rechte virtueller Wesen das Richtige taten, und hielten sich lieber aus der Sache raus.

Nur Ben wagte es, uns direkt auf die Situation anzusprechen. In der großen Pause kam er direkt auf Mario und mich zu.

»Mein Vater ist ziemlich sauer auf euch«, sagte er. »An eurer Stelle würde ich damit aufhören, gegen ihn und Infernal Games zu kämpfen. Ihr habt keine Chance.«

»Hat er dir gesagt, dass du uns das sagen sollst?«, fragte Mario in verächtlichem Tonfall.

»Nein«, erwiderte Ben. »Im Gegenteil, er hat mir verboten, mit dir zu sprechen, Emma. Aber ich kenne ihn. Er kann sehr brutal sein, wenn sich ihm jemand in den Weg stellt. Ich meine es wirklich nur gut mit euch.«

In Bens Gesicht schien echte Sorge zu liegen.

»Danke, Ben«, erwiderte ich. »Aber wir können jetzt nicht aufhören.«

Er nickte. »Seid vorsichtig!«, sagte er, drehte sich um und ging.

Mit einem mulmigen Gefühl blickte ich ihm nach.

»Ein plumper Einschüchterungsversuch«, kommentierte Mario. »Dass er seinen eigenen Sohn vorschickt, finde ich schäbig. Aber es zeigt, dass er Angst vor uns hat.«

Ich blickte ihn überrascht an. »Angst? Du denkst wirklich, ein Typ wie René Carstensen hat Angst vor zwei Teenagern?«

»Wir kosten ihn eine Stange Geld«, erklärte Mario. »Viele Spieler kehren Infernia den Rücken, weil sie mit der Quälerei nichts zu tun haben wollen.«

»Ja, aber dafür spielen andere es jetzt erst recht«, entgegnete ich. »Du hast doch die Kommentare im Netz gesehen.« Ich zitierte einen davon, den ich besonders niederträchtig fand: »Ist doch geil, wenn die Figuren im Spiel wirklich Angst haben. Dann macht es doppelt so viel Spaß, sie zu jagen.«

»Ja, ein paar vielleicht«, stimmte Mario zu. »Aber ich wette, der Nettoeffekt ist negativ. Außerdem färbt der Konflikt auf sein Image als Investor ab. Und selbst ein René Carstensen kann nicht alles allein finanzieren. Er ist darauf angewiesen, mit Banken und anderen Investoren zusammenzuarbeiten. Wenn wir seinen Ruf zerstören, entziehen wir ihm die Grundlage für seinen Reichtum. Warum sonst, glaubst du, versucht er so massiv, uns einzuschüchtern?«

Marios Augen glänzten, doch mir machten seine Worte Angst. Ich dachte daran, dass der eigentliche Zweck von Infernia nicht das Spiel, sondern das Training der KIs war, die für ganz andere Zwecke eingesetzt werden sollten. Die negative Reaktion in der Öffentlichkeit konnte in der Tat sehr schlecht für dieses Geschäft sein. Doch das bedeutete nur, dass Bens Vater mit umso mehr Härte gegen uns vorgehen würde. Das schreckliche Deepfake-Video war womöglich nur der Anfang.

»Vielleicht sollten wir es etwas langsamer angehen lassen«, meinte ich. »Die Stimmung im Netz ist momentan ziemlich aufgeheizt. Wenn wir ein paar Tage abwarten …«

»Verstehst du denn nicht?«, unterbrach mich Mario. »Bens Vater wird alles tun, um uns beide zu diskreditieren. Wenn wir jetzt klein beigeben, sieht es so aus, als seien Fabians Behauptungen wahr. Wir müssen uns mit aller Macht dagegen wehren! Ich bin dafür, dass wir heute ein neues Video veröffentlichen und direkt auf Fabian antworten. Wir sollten zu einer Demonstration vor dem Infernal-Games-Gebäude aufrufen. Das erwarten unsere Fans von uns.«

»Unsere Fans?«, fragte ich irritiert.

»Na, diejenigen, die wie du und ich der Meinung sind, dass die Quälerei in Infernia beendet werden muss«, meinte er.

»Na gut«, stimmte ich zu, doch mir war nicht wohl dabei.

36

»Ich weiß nicht«, sagte ich, nachdem wir uns das neue Video noch einmal angesehen hatten.

Mario, der vor seinem Computer saß, drehte sich zu mir um.

»Was weißt du nicht?«

»Mir kommt das irgendwie lahm vor«, erklärte ich.

Mario sah mich entgeistert an. »Lahm? Echt jetzt? Was sollen wir denn noch machen? Den Stinkefinger in die Kamera halten, oder was?«

»Nein, so meinte ich das nicht. Dass wir sauer sind, kommt schon ziemlich deutlich rüber. Aber wir reden gar nicht mehr über das Leiden der Spielfiguren, sondern nur noch über Fabian und die Schmutzkampagne, die er gegen uns führt.«

»Und das findest du lahm?«

»›Lahm‹ ist vielleicht nicht der richtige Ausdruck. Aber es wirkt so, als wäre das nur noch eine persönliche Sache zwischen uns und Infernal Games.«

»Das ist es doch auch! Die stellen es so dar, als würden wir Lügen verbreiten. Dagegen müssen wir uns doch wehren!«

»Vielleicht sollten wir Fabians Anschuldigungen einfach ignorieren und ein sachliches Video darüber machen, warum die virtuellen Figuren Gefühle haben.«

»Und du glaubst ernsthaft, du kannst besser argumentieren als Infernal Games, die mit ihrem Geld beliebig viele sogenannte Experten kaufen und ihre Videos auf allen Kanälen massiv bewerben können?«

Ich zuckte mit den Schultern. »Ich weiß es nicht.«

»Aber ich weiß es: Das ist vollkommen aussichtslos. Die einzige Chance, die wir haben, ist es, David gegen Goliath zu spielen. Das Netz unterstützt immer gern die Außenseiter, die sich mit einem mächtigen Konzern anlegen. Wenn wir es geschickt anstellen, dann können wir Carstensens Reichtum gegen ihn verwenden. Doch das geht nur, wenn wir die Sache persönlich nehmen!«

»Aber es geht hier doch gar nicht um dich und mich, und auch nicht um Fabian und René Carstensen. Es geht um Jero und die anderen virtuellen Wesen. Die sind die Davids in deinem Vergleich, nicht wir.«

Mario sah mich einen Moment mit gerunzelter Stirn an.

»Du hast Schiss!«, behauptete er auf einmal. »Ben hat dich mit seiner unverhohlenen Drohung eingeschüchtert!«

Ich schüttelte den Kopf. »Nein. Aber ich will auch keinen persönlichen Krieg gegen Fabian und Bens Vater führen.«

»Das hättest du dir eher überlegen sollen!«

»Vielleicht sollten wir noch mal mit den beiden reden, statt die Sache weiter zu eskalieren«, schlug ich vor.

Er starrte mich ungläubig an. »Echt jetzt?«

»Bens Vater hat kein Interesse an dieser öffentlichen Auseinandersetzung, da bin ich ziemlich sicher. Du hast selbst gesagt, er hat Angst vor uns. Vielleicht können wir ihm ein paar Zugeständnisse abringen, die das Leiden der Figuren in Infernia wirklich verringern. Wir könnten uns einen Anwalt nehmen, der uns dabei hilft.«

»Vergiss es!«, widersprach Mario. »Das wird nie und nimmer funktionieren. Wenn wir jetzt klein beigeben, haben wir verloren. Typen wie Bens Vater nutzen die Schwäche ihrer Gegner gnadenlos aus und geben keine Ruhe, bis sie sie völlig zerstört haben. Wir können diese Auseinandersetzung entweder gewinnen oder verlieren. Dazwischen gibt es nichts.«

Ich zögerte einen Moment. Dann traf ich eine Entscheidung.

»Du weißt noch nicht alles«, sagte ich.

Er starrte mich an. »Was weiß ich nicht? Du hast doch nicht etwa heimlich mit Bens Vater telefoniert? Oder mit Fabian?«

»Nein. Aber es geht hier in Wirklichkeit gar nicht um das Spiel. Was ich dir jetzt sage, ist absolut vertraulich.«

Ich erzählte ihm, was Fabian bei unserem Gespräch in Norderstedt berichtet hatte.

»Ha! Ich wusste es doch!«, rief Mario triumphierend. »Das ändert natürlich alles. Wenn die Öffentlichkeit erfährt, dass das Spiel nur eine Fassade ist und die Spieler als Testobjekte missbraucht werden, ist Infernal Games geliefert, und René Carstensen ebenfalls!«

»Vielleicht. Aber wir können das nicht veröffentlichen. Es ist wie gesagt vertraulich.«

»Na und? Pfeif auf die Vertraulichkeit! Was die da machen, ist vermutlich Betrug. Auf jeden Fall haben die Spieler ein Recht darauf zu erfahren, was der wahre Zweck von Infernia ist. Komm, lass uns direkt ein neues Video machen. Erzähl den Leuten, was du mir gerade erklärt hast!«

Ich schüttelte den Kopf. »Das kann ich nicht tun, Mario. Ich habe Bens Vater mein Wort gegeben, dass ich nichts sage. Und ich bitte dich, das auch nicht zu tun.«

Er blickte mich ungläubig an.

»Warum hast du mir das denn dann überhaupt erzählt?«

»Weil ich dir klarmachen wollte, dass René Carstensen kein Interesse daran haben kann, diesen Konflikt weiter zu eskalieren«, erwiderte ich. »Deshalb glaube ich, dass wir noch einmal mit ihm sprechen und ihn bitten sollten, das Spiel in ein paar wesentlichen Punkten zu verändern. Dann kann er es immer noch als Trainingsumgebung benutzen, ohne dass die NPCs so leiden müssen wie bisher.«

Mario zog die Augenbrauen hoch. »Du willst ihn erpressen?«

Ich erschrak. »Nein, natürlich nicht! Ich möchte ihm nur vorschlagen, diesen Streit zu beenden. Er könnte öffentlich sagen, dass sie das Spiel überarbeiten, weil ein großer Teil der Spieler sich das wünscht. Wir würden als Helden dastehen, aber er hätte auch seinen Ruf gerettet.«

»Das wird nicht funktionieren«, behauptete Mario. »Im Gegenteil. Mir wird gerade klar, was seine Strategie ist: Er will deine Glaubwürdigkeit zerstören. Er weiß, dass du sein Geheimnis kennst und damit jederzeit an die Öffentlichkeit gehen kannst. Also sorgt er dafür, dass du wie eine radikale Spinnerin dastehst, damit niemand dir mehr glaubt. Wir müssen dein Wissen so schnell wie möglich veröffentlichen. Dann wird alles, was er danach macht, so wirken, als versuchte er, etwas zu vertuschen. Das Timing ist kritisch!«

»Ich hab dir schon gesagt, das geht nicht«, erwiderte ich.

»Heißt das, du weigerst dich, mit deinem Wissen an die Öffentlichkeit zu gehen? Und du erwartest von mir, dass ich das auch nicht tue?«

In diesem Moment wusste ich selbst nicht mehr, was richtig und was falsch war. Vermutlich hatte Mario recht: Bens

Vater wollte meine Glaubwürdigkeit zerstören, und je länger ich zögerte, mit meinem Wissen an die Öffentlichkeit zu gehen, desto weniger würde ich damit ausrichten können. Doch wenn ich Marios Vorschlag folgte, machte ich mich rechtlich angreifbar. René Carstensen würde ein ganzes Rudel Anwälte auf mich hetzen. Und da ich noch nicht volljährig war, würde auch meine Mutter in die Schusslinie geraten. Marios Vater war reich, er konnte sich bestimmt wehren. Doch das konnte Mama nicht, und ich wollte mich nicht darauf verlassen, dass Marios Vater uns auf Dauer helfen würde, zumal ich ihn noch nicht einmal kannte.

Vor allem aber hatte ich Bens Vater mein Wort gegeben. Etwas tief in mir sagte mir, dass ich es nicht brechen durfte, selbst wenn er sich unfair verhielt.

»Es tut mir leid, aber es geht wirklich nicht«, sagte ich.

Er nickte langsam. »Okay. Verstehe. Dann bin ich raus.«

Sprachlos starrte ich ihn an. »Soll das heißen, du hilfst mir nicht mehr?«

»Das soll heißen, dass ich keine Lust habe, mich in einem Kampf aufzureiben, der von vornherein aussichtslos ist. Mit dem, was du mir gerade gesagt hast, haben wir eine echte Chance, etwas zu verändern. Es ist deine Entscheidung, ob du sie nutzen willst. Aber wenn nicht, dann kann ich dich nicht mehr unterstützen. Tut mir leid.«

»Okay. Verstehe. Danke für alles, was du getan hast.«

»Das war's also jetzt?«

»Lass mich eine Nacht drüber schlafen«, schlug ich vor.

»Das Timing ist wie gesagt kritisch. Im Laufe eines Abends kann im Netz eine Menge passieren.«

»Ich weiß. Aber wenn ich mich jetzt sofort entscheiden muss, dann sage ich erst mal Nein.«

»Na schön. Wie du meinst.«

»Ich denke, ich gehe jetzt besser. Bis morgen.«

»Bis morgen, Emma.«

Nachdem ich mich von Marios Mutter verabschiedet hatte, ging ich mit hängendem Kopf in Richtung der Bushaltestelle. Ich hatte das Gefühl, Mario in den Rücken gefallen zu sein. Doch ich war überzeugt, dass es ein Fehler gewesen wäre, seinem Vorschlag zu folgen und mit meinem Wissen an die Öffentlichkeit zu gehen. Ich war bereit, eine Menge für Jero und die anderen virtuellen Wesen zu riskieren – aber nicht auf dem Rücken meiner Mutter.

Ich nahm mir vor, mit ihr darüber zu sprechen, sobald ich zu Hause war. Sie war eher der kämpferische Typ. Vielleicht würde sie mir sogar raten …

Das Klingeln meines Handys riss mich aus meinen Gedanken. Das Display zeigte *Nummer unbekannt*.

Zögernd nahm ich ab.

»Emma Nienhoff?«

»Hallo, Emma. Hier ist Jero.«

37

Ungläubig starrte ich auf das Display des Handys, doch es lieferte mir keine Erklärung. Die Stimme am anderen Ende war eindeutig Jeros. Aber natürlich konnte nicht wirklich er es sein, der mich anrief.

»Was soll das?«, fragte ich. »Bist du das, Fabian? Wenn du glaubst, ich falle auf einen so plumpen Trick rein, dann hast du dich geschnitten!«

»Das ist kein Trick«, sagte die Stimme, die so klang wie Jero. »Ich möchte dir etwas zeigen. Steig bitte in den Wagen.«

Im selben Moment hielt ein selbststeuerndes Fahrzeug am Straßenrand neben mir. Niemand saß am Steuer.

»Ich glaube keine Sekunde, dass du Jero bist!«, sagte ich.

»Bitte, Emma, vertrau mir! Ich weiß jetzt, dass du in einer anderen Welt bist als ich. Aber es gibt eine Verbindung zwischen diesen Welten.«

Ein Gefühl der Unwirklichkeit überkam mich. Ich blickte mich um, und in diesem Moment hätte es mich nicht überrascht, irgendwo in der Nähe Jero in seiner Tarnuniform zu sehen, ein Handy am Ohr. Dann hätte ich jedenfalls gewusst, dass dies ein Traum war.

»Wo bist du?«, fragte ich.

»An einem Ort aus Licht«, antwortete er kryptisch.

»Was ist geschehen, nachdem ich dich aus der Vertretung des Vatikans nach Eternia brachte?«

»Ich bin nicht sicher. Ich wurde ... wiedergeboren. Bitte vertrau mir und steig in das Fahrzeug neben dir, dann erkläre ich dir alles.«

»Wohin bringt es mich?«

»Zu einer Tür.«

»Was für eine Tür?«

»Eine Tür zu dem Ort, an dem ich jetzt bin. Bitte, Emma, komm her. Dann wirst du alles verstehen.«

Ich schüttelte den Kopf. Nein. Das konnte nicht sein. Nie und nimmer war die Stimme am anderen Ende Jero. Ich überlegte, ob ich eine Frage stellen konnte, die nur der echte Jero hätte beantworten können. Aber vermutlich wurde alles aufgezeichnet, was die Spieler und NPCs taten. Bestimmt hatte Fabian sich das alles genau angeschaut und hätte auf jede Frage antworten können.

»Wie ich schon gesagt habe, falle ich nicht darauf herein. Du bist nicht Jero.«

»Du hast recht. In gewisser Hinsicht bin ich nicht Jero. Nicht der Jero jedenfalls, der ich zu sein glaubte. Ich kenne jetzt die Wahrheit.«

»Ach ja? Und was ist die Wahrheit?«

»Ich weiß jetzt, dass die Welt, in der ich gelebt habe, nicht real ist. Und ich weiß, warum ich und die anderen diesen Krieg gegen die Inferim erleiden mussten.«

»Und warum?«

»Bitte steig in das Fahrzeug und ich zeige es dir.«

»Warum kannst du es mir nicht einfach sagen?«

»Du würdest mir nicht glauben.«

»Und warum willst du ausgerechnet mit mir darüber sprechen?«

»Du bist die Einzige, die mir helfen kann, es zu stoppen.«

»Was zu stoppen?«

»Die Zerstörung deiner Welt.«

Mir fiel nichts ein, was ich darauf antworten sollte. Immer noch kam mir die Situation surreal vor. Was sollte das? Wenn es ein Trick von Fabian war, was wollte er damit bezwecken? Das ergab doch alles keinen Sinn! Wollte er mich entführen? Das konnte ich mir beim besten Willen nicht vorstellen. Erst recht nicht auf so plumpe Art.

Aber wenn es nicht Fabian war, der mir das Auto geschickt hatte, wer dann?

»Ich will jetzt wissen, wer wirklich hinter diesem Anruf steckt!«, sagte ich.

»Ich bin Jero«, behauptete die Stimme. »Bitte, Emma, ich weiß, das ist alles schwer zu glauben. Aber es ist sehr wichtig, dass du mir vertraust. Bitte steig in den Wagen!«

Vielleicht war es Wahnsinn, zu tun, was die Stimme sagte. Aber ich wollte unbedingt herausfinden, was wirklich hinter diesem seltsamen Anruf steckte. Also öffnete ich die Tür des Wagens und setzte mich auf den Beifahrersitz. Das Fahrzeug setzte sich sofort in Bewegung.

»Danke, dass du mir vertraust«, sagte Jero. »Wir sehen uns gleich.«

Das Gespräch endete. Ich versuchte, Marios Nummer zu wählen, doch mein Handy hatte auf einmal kein Netz mehr.

Panik überkam mich. Wie hatte ich so blöd sein können, in dieses Fahrzeug zu steigen? Als der Wagen an einer Ampel hielt, versuchte ich auszusteigen, doch die Tür ließ sich nicht öffnen.

Mein Puls raste. Also war dies doch eine Entführung! Ich drückte auf den Knopf, der normalerweise die Scheibe des Beifahrerfensters absenkte, aber auch das funktionierte nicht. Verzweifelt schlug ich dagegen, versuchte, die Fahrer der anderen Autos auf mich aufmerksam zu machen, doch niemand beachtete mich.

Das Handy klingelte erneut. *Nummer unbekannt.* Ich nahm ab.

»Was soll das?«, rief ich. »Lassen Sie mich sofort aussteigen!«

»Hab keine Angst«, sagte Jeros Stimme. »Dir wird nichts geschehen. Vertrau mir bitte!«

Mir kamen die Tränen. »Wie soll ich dir vertrauen, wenn du meine Handyverbindung kappst und ich nicht aus dem Auto aussteigen kann?«, schrie ich. »Wie hast du das überhaupt gemacht? Wer zum Teufel bist du?«

»Du wirst es gleich verstehen. Die Fahrt dauert noch etwas mehr als zwölf Minuten.«

Ich versuchte, mich zu beruhigen und darauf zu achten, wohin ich fuhr.

Der Wagen folgte zunächst der Straße nach Rissen, die ich auch mit dem Bus entlanggefahren wäre, durchquerte jedoch meinen Heimatort und fuhr weiter die Bundesstraße entlang Richtung Westen. Er ließ auch den nächsten Ort, Wedel, hinter sich, bis er nach ein paar Kilometern über Land in eine Seitenstraße einbog, die schließlich zu einem Gewerbegebiet führte. Dort hielt er auf dem Gelände einer Firma. *Schneider & Fleck Import/Export* stand auf einem verblichenen Firmenschild über einem flachen Gebäude neben einer Lagerhalle. Der Parkplatz war leer und das Gelände sah verwahrlost aus.

Die Fahrzeugtür öffnete sich und das Handy klingelte erneut.

»Geh in die Lagerhalle«, forderte mich Jeros Stimme auf.

Ich überlegte, ob ich stattdessen vom Firmengelände rennen und fliehen sollte. Aber wenn das hier eine Entführung war, dann stellten sich meine Entführer reichlich ungeschickt an.

Schließlich überwog meine Neugier. Ich ging zur Tür der Lagerhalle und öffnete sie vorsichtig.

Trübes Licht fiel durch verdreckte Oberlichter in die Halle. Zwischen ein paar leeren Hochregalen stand ein nagelneues Simrig. Niemand schien in der Nähe zu sein.

»Hallo?«, rief ich.

»Komm zu mir!«, sagte Jeros Stimme in meinem Handy.

Zögernd ging ich auf das Gerät zu. Ich hörte das leise Summen der Elektrik, sah jedoch keinen Computer, der damit verbunden war. Ich sah mich um, doch es schien tatsächlich niemand hier zu sein.

Schließlich fasste ich mir ein Herz und schnallte mich in das Simrig.

Der Helm senkte sich über meinen Kopf herab. Doch statt einer virtuellen Spielwelt sah ich weiterhin nur die leere Lagerhalle. Der einzige Unterschied war der junge Soldat, der nun vor mir stand.

»Danke, dass du hergekommen bist«, sagte Jero.

38

Zögernd ging ich auf Jero zu. Es fühlte sich so an, als stünde ich ohne Simrig in der Lagerhalle. Als ich mich umsah, entdeckte ich hinter mir mitten in der Halle statt des Rigs einen Türrahmen mit einer geschlossenen Tür, die nirgendwo hinzuführen schien. Helles Licht drang durch die Ritzen zwischen Türblatt und Rahmen.

»Was soll das?«, fragte ich. »Wer bist du?«

»Komm mit!«, sagte Jero, oder besser gesagt der Avatar, der so aussah wie er.

Er ging zu der Tür und öffnete sie. Auf der anderen Seite lag eine Wüste. Ich erkannte ein paar graue Baracken und Militärfahrzeuge. Ohne sich nach mir umzudrehen, ging er hindurch, wandte sich nach links und verschwand aus meinem Blickfeld.

Ich folgte ihm verwirrt. Kaum war ich durch die Tür getreten, löste sich diese auf und um mich herum waren nur noch Wüste und Militärbaracken zu sehen. Soldaten in sandfarbenen Tarnanzügen liefen umher. Neben mir stand ein annähernd humanoider Roboter. Er wirkte gedrungen, der sandfarbene Körper kastenförmig, die Beine seltsam nach hinten gebogen. Anstelle der Arme hingen zwei Maschinengewehre an seinen Schultern.

Ich blickte mich um, konnte Jero jedoch nirgends sehen.

»Jero?«, rief ich.

Ein surrendes Geräusch ertönte. Der Roboter drehte seinen Kopf zu mir und blickte mich mit drei Kameraaugen an.

»Ich bin hier«, erklang Jeros Stimme in meinem Kopf.

»Du bist dieses Ding?«

»Du bist auch so ein Ding«, erwiderte er.

Ich blickte an mir herab. Oder besser gesagt, ich versuchte es, doch mein Kopf ließ sich nicht absenken. Ich konnte ihn nur nach links und rechts drehen, und zwar um 360 Grad, was ein sehr seltsames Gefühl war. Ich hob einen Arm und tatsächlich sah ich einen Maschinengewehrlauf vor mir.

»Was soll das?«, fragte ich.

»Du bist ein Golem-G4A-Roboter«, erklärte er. »Das neueste Modell der US Army. Wir befinden uns in der Al-Shamaly-Militärbasis in Jordanien nahe der Grenze zum Irak.«

»Ist das ein Teil von Infernia? Ich meine, der Spielwelt?«

»Nein«, erklang seine nüchterne Stimme. »Dies ist die Wirklichkeit. Deine Wirklichkeit. Komm mit!«

Er rannte los in Richtung der Wüste. Die Bewegungen der merkwürdigen Beine sahen seltsam aus, elegant und leichtfüßig und gleichzeitig klobig. Ich machte ein paar Schritte und merkte, dass sie ungewöhnlich federten und ich mit jedem Schritt zwei Meter zurücklegte.

Auf einmal hörte ich hinter mir Schreie und drehte den Kopf. Ein paar Soldaten zeigten in unsere Richtung und gestikulierten wild. Sie schienen englisch zu sprechen, aber ich verstand nicht, was sie sagten.

»Komm!«, rief Jero erneut.

Ich drehte meinen Kopf wieder in seine Richtung. Er war bereits fast hundert Meter entfernt. Ich lief ihm nach.

»Was soll das?«, fragte ich. »Was tun wir hier?«

»Du wirst es gleich merken«, sagte er.

Ein lautes Dröhnen erklang hinter uns. Wieder drehte ich meinen Kopf um 180 Grad und sah zwei große Drohnen rasch auf uns zuschweben. Sie hatten je vier Rotoren und einen Durchmesser von drei oder vier Metern.

Plötzlich erklangen Schüsse und ich spürte einen schmerzhaften Schlag, der meinen ganzen Körper durchzuckte. Erschrocken schrie ich auf. Wie war das möglich? Doch ich hatte keine Zeit, darüber nachzudenken, denn eine weitere Salve prasselte auf mich nieder. Mehrmals erhielt ich diese brutalen Schläge, die durch meine Beine, meine Arme, den Kopf und die Wirbelsäule liefen, als würde mein Körper im selben Moment zusammengestaucht und auseinandergerissen. Ich schrie vor Entsetzen. Ein weiterer Schlag und auf einmal wurde es dunkel um mich.

Als ich wieder sehen konnte, schwebte ich in der Luft über dem Militärlager. Jedenfalls vermutete ich, dass es dasselbe Lager war, das ich gerade noch aus der Perspektive eines Roboters gesehen hatte. In meinen Armen und Beinen spürte ich ein dumpfes, schmerzhaftes Pochen wie nach einem Krampf und mir tat der Kopf weh.

Wie zur Hölle war das möglich?

»Simrig, exit!«, rief ich.

Doch der Helm hob sich nicht.

Ich wiederholte den Befehl mehrmals, doch er hatte keinen Effekt. Verzweifelt versuchte ich, meine Hände aus den Handschuhen des Rigs zu ziehen, doch das war unmöglich. Die flexiblen Stangen, an denen die Handschuhe befestigt waren, schienen einfach meinen Bewegungen zu folgen. Als ich meine Arme vor mein Gesicht hob, sah ich nichts. Auch der Versuch, den Helm über meinem Kopf anzuheben, schlug fehl – ich konnte ihn nicht einmal ertasten.

Panik überkam mich. Ich war in dem Simrig gefangen und aus irgendeinem Grund tat mir alles weh. Bisher hatte ich geglaubt, dass einem in der virtuellen Welt nichts passieren konnte. Schlimmstenfalls spürte man ein leicht unangenehmes Vibrieren, wenn der eigene Avatar im Kampf verletzt wurde. Doch das hier war ganz anders. Ich fühlte mich, als sei ich verprügelt worden.

»Was ist hier los?«, rief ich. »Lass mich sofort aus dem Simrig!«

»Komm!«, rief Jero.

Eine Drohne, die neben mir in der Luft schwebte, flog rasch in Richtung der Wüste davon. Ich stellte fest, dass ich ihr folgen konnte, indem ich den rechten Arm dorthin ausstreckte.

Was hatte das alles zu bedeuten? Ich drehte den Kopf und blickte zurück zu dem Militärlager, das sich rasch entfernte. Mehrere Drohnen stiegen auf und folgten uns.

»Ausweichen!«, rief Jero.

Im selben Moment gab es einen Knall und wieder wurde mein ganzer Körper brutal gestaucht und gezerrt. Tränen der Wut und des Schmerzes traten mir in die Augen und verschleierten meine Sicht.

Ich senkte meinen Arm und schoss sofort hinab in Richtung des Wüstenbodens, während hinter mir weitere Schüsse fielen. Kurz vor dem Aufprall hob ich ihn wieder und glitt dicht über dem Boden dahin, während der Sand unter mir von den Projektilen der Verfolger aufgewirbelt wurde.

Die Drohnen machten Jagd auf mich! Ich hatte auf einmal

schreckliche Angst davor, erneut getroffen zu werden. Mein Puls raste, während ich mit hektischen Bewegungen meines Arms in einem Schlingerkurs über die Wüste dahinschoss. Mir wurde übel davon.

»Verdammt, was soll das, Jero?«, schrie ich.

Bevor er antworten konnte, ertönte ein Knall und die Drohne in meiner Nähe explodierte.

»Jero!«, schrie ich, während ich im Zickzack vor den verfolgenden Drohnen floh. »Hilf mir! Bitte!«

Doch er antwortete nicht. Ein weiterer schmerzhafter Schlag ließ mich aufschreien. Ich war offenbar ebenfalls getroffen worden. Hilflos taumelte ich herab und schlug auf dem Wüstenboden auf.

Mein ganzer Körper schien zu explodieren. Ich wollte schreien, doch meine Kehle war zugeschnürt vor Entsetzen. Erneut umhüllte mich Dunkelheit.

39

Als es wieder hell wurde, fand ich mich in einer primitiven Zelle wieder, die mit einer Gittertür verschlossen war. Mein ganzer Körper pochte vor Schmerzen und ich zitterte heftig. Von irgendwoher hörte ich dumpfe Schreie, gefolgt von Jammern und Schluchzen.

Nur das trübe, flackernde Licht einer Fackel draußen auf dem Gang erhellte meine Umgebung. Die Wände waren aus groben Steinen gemauert. Als ich an mir herabsah, stellte ich fest, dass ich nicht mehr in einem Roboterkörper steckte. Stattdessen trug ich ein hellblaues Kleid, das ich sofort wiedererkannte.

Ich war Rialis!

Tränen liefen mir über die Wangen, während ich versuchte, einen klaren Gedanken zu fassen. Jemand hatte mich in dieses Simrig gelockt, um mich zu fangen und mir Schmerzen zuzufügen. Ich wusste nicht genau, wie das möglich war, aber ich wusste, dass das Rig Force-Feedback-Systeme hatte, die den eigenen Bewegungen im Spiel Widerstand entgegensetzen, damit man zum Beispiel das Gewicht und die Trägheit eines Schwertes in der Hand realistisch fühlen konnte. Aus diesem Grund waren Hände, Füße und der Helm an beweglichen, von Elektromotoren gesteuerten Stangen befestigt. Offenbar konnte man dieses System auch benutzen, um der Person im Rig mit sehr schnellen und heftigen Bewegungen der Stangen Schmerzen zuzufügen. Womöglich war das Rig extra dafür modifiziert oder umprogrammiert worden. Doch wer hatte das getan, und warum?

Steckte Fabian dahinter? Oder war ich in die Hände eines perversen Psychopathen geraten? Doch beides erschien mir nicht sehr plausibel.

Wer auch immer dafür verantwortlich war, ich steckte buchstäblich in der Klemme: gefangen in einem Käfig aus Plastik, Metall und Displays in einer einsamen, stillgelegten Lagerhalle. Niemand wusste, wo ich war. Ich würde längst verdurstet sein, bevor mich hier jemand zufällig entdeckte.

»Hilfe!«, rief ich. »Holt mich hier raus!«

Schritte näherten sich. Doch sie erklangen nicht in der Realität jenseits des Simrigs, sondern kamen vom Gang außerhalb meiner Zelle. Zwei mit Speeren bewaffnete Gehörnte erschienen. Hinter ihnen schwebte ein Dämon in einem roten Gewand mit einer spitzen Haube. Ein Seelentrinker!

Mir wurde plötzlich kalt. Diese Wesen galten als die Folterknechte der Inferim. Sie waren berüchtigt dafür, ihren menschlichen Gefangenen schlimme Schmerzen zuzufügen.

»Hilfe!«, schrie ich erneut.

»Wer … bist du?« Die verzerrte Stimme des Wesens donnerte in schmerzhafter Lautstärke in meinen Ohren.

»Lass mich hier raus!«, schrie ich.

Der Seelentrinker streckte seinen Arm aus. Ein dünner Tentakel schoss aus dem Ärmel seines Gewands hervor und berührte mich am rechten Arm. Wieder erhielt ich einen schmerzhaften Schlag, brutaler noch als die vorhergehenden. Jedenfalls kam es mir so vor. Ich schrie auf.

»Wer bist du?«

»Ich … ich bin … Emma«, schluchzte ich. »Emma Nienhoff. Bitte, lass mich gehen! Ich schwöre, ich werde nie wieder etwas gegen Infernal Games sagen!«

»Was ist … Infernal Games?«, fragte der Seelentrinker.

Vor Verblüffung vergaß ich einen Moment meine Schmerzen. Was sollte die Frage?

Erneut schoss der Tentakel vor und bestrafte mich dafür, dass ich nicht sofort geantwortet hatte.

»Infernal Games ist … ist eine Firma«, keuchte ich. »Sie haben … diese Welt geschaffen.«

»Infernal Games ist … Gott?«

Jede Sekunde, in der ich reden durfte und nicht diese schrecklichen Schläge erleiden musste, erschien mir auf einmal wertvoll.

»Infernal Games ist … wie gesagt eine … eine Firma«, stammelte ich. »Fabian Litkowski ist der Chef. Er ist … Gott, wenn du so willst. Oder besser gesagt … einer der Götter, die diese Welt geschaffen haben.«

»Wo … ist … Gott?«

Die Frage erschien mir ziemlich absurd, doch ich hütete mich davor, sie nicht zu beantworten.

»Ich … weiß es nicht genau. Fabian ist wahrscheinlich in seinem Büro in der Hamburger Hafencity oder in Norderstedt.«

Erneut traf mich der Tentakel. Ich hatte das Gefühl, dass jeder Schlag schlimmer war als der vorherige. Vielleicht lag es daran, dass mein Körper bereits geschunden war und immer empfindlicher wurde. Mit Grauen wurde mir klar, dass mir das Simrig womöglich die Knochen meiner Arme und Beine und vielleicht auch mein Genick brechen konnte.

»Wo ist Gott?«, fragte der Seelentrinker noch einmal.

»Ich weiß nicht, was du meinst«, schluchzte ich. »Fabian ist vermutlich in seinem Büro. Ich weiß die genaue Adresse nicht auswendig. Mehr kann ich dir wirklich nicht sagen. Bitte, lass mich gehen!«

»Du kannst gehen, wenn … ich weiß, wo … Gott ist«, donnerte das Wesen.

»Ich habe dir gesagt, was ich weiß. Bitte, glaub mir!«, flehte ich.

Ein weiterer Schlag. Bunte Lichter tanzten vor meinen Augen.

»Du bist eine … Eterim. Du weißt, wo … Gott ist.«

»Ich bin keine Eterim!«, beteuerte ich. »Ich bin ein Mensch. Eternia existiert gar nicht wirklich, ebenso wie Infernia. Deine Welt ist nicht real, verstehst du?«

»Wo … ist … Gott?« Die Stimme donnerte noch lauter und wütender als zuvor.

Panisch überlegte ich, was ich antworten konnte, damit dieses Monster von mir abließ. Doch mir fiel nichts ein.

In meiner Verzweiflung rief ich: »Warum willst du das überhaupt wissen?«

»Ich werde … Gott töten«, antwortete der Seelentrinker.

Ich erschrak. In meiner Fantasie sah ich eine der großen Kampfdrohnen aus der Wüstenszene über die Elbe auf das Infernal-Games-Gebäude in der Hafencity zuschweben und das Feuer auf Fabian eröffnen, der gerade in seinem Büro mit René Carstensen telefonierte. Trotz meiner Angst und meiner Schmerzen fielen die Bilder, die ich zuvor gesehen hatte, in diesem Moment wie Puzzlesteine zusammen: die Kampfroboter, die Drohnen, Jeros Behauptung, wir seien in der wirklichen Welt. Und ich begriff endlich, was der wahre

Zweck Infernias war: Die künstlichen Intelligenzen, die mithilfe der Spieler trainiert wurden, waren dazu bestimmt, autonome Kampfroboter und Drohnen zu steuern.

Von wegen »Verbesserung der Sicherheit von Flughäfen und Einkaufszentren«: In Wahrheit entwickelte die Firma, die Fabian gegründet und Bens Vater finanziert hatte, keine menschenähnlichen Simulationen für zivile Anwendungen, sondern die Kriegstechnik der Zukunft! Und Tausende ahnungslose Spieler halfen ihr dabei.

Kein Wunder, dass Fabian mit solcher Härte gegen mich vorging. Wenn das herauskam, war er geliefert.

Doch warum hatte er mich in dieses Simrig gesperrt? Warum hatte Jero mir das alles gezeigt? Und wieso wurde ich nun von diesem Seelentrinker gequält, der sich offenbar an Gott für das Leid rächen wollte, das ihm und den anderen Inferim angetan wurde? Das ergab doch alles überhaupt keinen Sinn!

Es sei denn …

Ein weiterer brutaler Peitschenschlag riss mich aus meinen Gedanken.

»Antworte!«, donnerte das Geistwesen. »Wo ist … Gott?«

»Wenn … wenn du mich gehen lässt … werde ich dafür sorgen, dass das Leiden in Infernia endet!«, keuchte ich. »Ich werde den … der für das alles hier verantwortlich ist … deinen Gott … zur Rechenschaft ziehen!«

Doch der Seelentrinker wollte davon nichts hören. Im Gegenteil schien er die Geduld zu verlieren. Jedenfalls musste ich gleich mehrere Schläge erdulden, die mich an den Rand der Bewusstlosigkeit brachten. Vor Schmerzen konnte ich kaum noch sprechen.

»Wo … ist Gott?«

»Ich … ich … weiß nicht«, keuchte ich.

In Erwartung des nächsten Schlages schloss ich die Augen und versteifte mich. Doch der stechende Schmerz blieb aus. Stattdessen hörte ich wütende Schreie der beiden Gehörnten.

Als ich die Augen aufschlug, sah ich Jero, der mit einem raschen Stoß sein Katana in die Brust eines der beiden Inferim rammte, während der andere bereits blutend am Boden lag.

Der Seelentrinker wandte sich um. Ein violetter Blitz zuckte aus seinem Arm hervor und traf Jero, der schreiend und zuckend zu Boden sackte.

Vor Schmerzen konnte ich mich kaum bewegen, doch Verzweiflung und Wut gaben mir Kraft. Ehe sich das Monster wieder zu mir umdrehen konnte, entriss ich dem am Boden liegenden Gehörnten seinen Speer und rammte ihn in das rote Gewand. Mit einem schrecklichen Schrei löste sich der Seelentrinker auf und die leere Stoffhülle sank zu Boden.

Keuchend rappelte sich Jero auf.

»Komm, schnell weg hier!«, rief er.

40

Jero rannte aus der Zelle und wandte sich nach rechts. Ich folgte ihm, so schnell ich konnte. Jeder Schritt tat höllisch weh, doch ich biss die Zähne zusammen. Ich kam an mehreren Zellen vorbei, die der ähnelten, in der ich ausgepeitscht worden war. Einige waren leer, in anderen lagen menschliche Gestalten in verkrümmter Haltung auf dem Boden. Die Schreie, die ich bereits in meiner Zelle gehört hatte, wurden hinter uns allmählich leiser.

Wir erreichten einen der Schächte mit einer ringsum laufenden Treppe, die für die riesigen Verliese in Infernia typisch waren, und hasteten hinauf. Ich hatte immer noch Schwierigkeiten aufzutreten, doch die Schmerzen ließen allmählich nach. Wenigstens schien ich keine bleibenden Schäden davongetragen zu haben.

Aus einem Seitengang stürmten plötzlich drei Gehörnte auf uns zu und schrien in einer fremden Sprache. Jero wirbelte sein Katana durch die Luft wie ein Berserker. Ich versuchte, ihm mit dem Speer, den ich immer noch bei mir hatte, beizustehen, doch er erledigte die Gegner, ehe ich eingreifen konnte.

Wir eilten weiter, aber unsere Flucht blieb nicht unbemerkt. Von unten folgten uns laut schreiend ein Dutzend

Inferim, die aus verschiedenen Gängen auf die Treppe stürmten, darunter auch ein riesiger muskelbepackter Troll. Gleichzeitig kamen uns von oben mindestens doppelt so viele Feinde entgegen. Keine Chance, an ihnen vorbeizukommen. Uns blieb nichts anderes übrig, als in einen der Seitengänge auszuweichen.

Hinter den schlichten Holztüren beiderseits des Gangs schienen Lagerräume oder Aufenthaltsräume der Inferim zu liegen. Jedenfalls hörten wir von dort keine Geräusche. Am anderen Ende mündete der Gang nach etwa dreißig Metern in eine große, runde Halle mit einer kuppelförmigen Decke. In der Mitte stand eine Art Springbrunnen. Doch es war kein Wasser, das dort plätscherte, sondern Blut.

Um den Brunnen herum standen mehrere Dutzend Inferim – Gehörnte, Untote, zwei Trolle und drei Seelentrinker –, als hätten sie schon auf uns gewartet. In ihrer Mitte ragte ein Dämonenlord auf, der uns mit seinen glühenden Augen grimmig ansah.

»Na, wen haben wir denn da!«, polterte Zardor und lachte dröhnend. »Rührend, wie du versuchst, deine Freundin zu retten, mein lieber Jero. Aber das kann ich leider nicht zulassen. Und du, Emma, hattest du nicht gesagt, du würdest nie wieder Infernia spielen?«

»Ben!«, rief ich, während mir Tränen der Erleichterung kamen. »Gott sei Dank!«

»Ich bin nicht sicher, ob diese Begegnung für euch ein Grund zur Freude und Dankbarkeit sein sollte«, meinte er sarkastisch.

»Hör mir bitte zu, Ben! Ich stecke in einem Simrig fest, in einer stillgelegten Lagerhalle westlich von Hamburg. Die Firma hieß früher Schneider und Flock oder so ähnlich. Bitte googele das und hol mich hier raus! Mein Simrig wurde anscheinend irgendwie manipuliert, sodass ich echte Schmerzen spüren kann. Es ist wirklich schrecklich. Bitte hilf mir!«

»Was soll der Blödsinn?«, fragte Ben. »Denkst du etwa, du kannst mich schon wieder mit einem plumpen Trick reinlegen?«

»Ben, bitte glaub mir doch! Ich schwöre dir, ich will dich nicht reinlegen. Ich wollte nie mehr Infernia spielen, aber ich wurde mit einem autonomen Fahrzeug entführt und hierhergebracht. Ich war dumm genug, aus Neugierde selbst in das Simrig zu steigen. Ich wusste nicht, dass ich mich nicht wieder daraus befreien kann und es richtig wehtut.«

»Du wurdest entführt?«, fragte Ben. »Von wem?«

»Ich weiß es nicht«, rief ich verzweifelt. »Vielleicht steckt Fabian dahinter. Ich habe rausgefunden, dass Infernal Games in Wirklichkeit Software für Kampfroboter und Drohnen entwickelt. Dafür werden die KIs im Spiel trainiert.«

Ben lachte hämisch. »Das ist der größte Quatsch, den ich je gehört habe!«

Meine Verzweiflung wuchs. Wenn Ben mir nicht half, sondern mich wieder in die Zelle sperrte …

»Bitte, ich schwöre dir, es ist wahr!«, rief ich. »Bei unserer Freundschaft flehe ich dich an, hilf mir! Verstehst du denn nicht, dass alles Sinn ergibt? Was wäre besser geeignet, die künstliche Intelligenz von Kampfrobotern zu trainieren, als ein Kriegsspiel wie Infernia?«

»Und du denkst, mein Vater würde eine Softwarefirma für autonome Waffen finanzieren? Nie und nimmer! Bloß weil er reich ist, heißt das noch lange nicht, dass er auch skrupellos ist. Er hat schon immer eine Menge Geld für wohltätige Zwecke gespendet. Und erst recht würde er dich nicht entführen lassen. Wie kannst du so etwas behaupten, nach allem, was er für dich getan hat! Ich weiß nicht, warum du glaubst, dass ich dir diesen Mist abkaufen könnte, aber das tue ich nicht. Und jetzt habe ich die Nase voll von deinen Spielchen!«

Er hob den Arm, vermutlich, um einen der violetten Blitze daraus hervorschießen zu lassen. Doch stattdessen erstarrte er mitten in der Bewegung und stand reglos da wie eine Statue. Auch die anderen Inferim rührten sich nicht.

Ich drehte mich zu Jero um, der zwei Hälften einer Tonfigur in den Händen hielt, die er offenbar gerade zerbrochen hatte.

»Komm, wir müssen uns beeilen!«, drängte er und warf die Bruchstücke achtlos zu Boden. »Der Verlangsamungszauber hält nicht lange an.«

Ich folgte ihm quer durch den Kuppelraum und in einen düsteren Gang auf der anderen Seite. Wir begegneten weiteren Inferim, doch sobald wir uns ihnen auf ein Dutzend Schritte näherten, erstarrten sie ebenfalls in ihren Bewegungen. So konnten wir unbehelligt mehrere Treppen hinaufhasten.

Zardors Palast schien endlos zu sein und ich befürchtete schon, wir würden nie einen Ausgang finden, doch schließlich erreichten wir eine Tür, vor der zwei Gehörnte Wache hielten. Als wir uns ihnen näherten, blökten sie und griffen sofort an. Wie Jero vorhergesagt hatte, war die Wirkung des Zaubers abgeklungen. Trotzdem gelang es uns, die beiden zu überwältigen.

Auf der anderen Seite der Tür erstreckte sich eine düstere,

von Lavaflüssen durchzogene Ebene. Jero blieb nicht stehen, sondern rannte einfach geradeaus weiter, auf eine Ansammlung von spitzen Felsnadeln zu.

Ich folgte ihm, so schnell ich konnte. Mein Körper tat immer noch weh und nach wenigen Schritten über den nachgiebigen Sandboden begann ich bereits zu keuchen.

»Wohin willst du eigentlich?«, rief ich.

»Weg von hier«, antwortete er.

Als ich mich umdrehte, sah ich mehrere Gehörnte, die aus dem Eingang ins Freie strömten. Hätte ich Ätherium-Kristalle gehabt, wäre es kein Problem für mich gewesen, mit ihnen fertigzuwerden. Außerdem hätte ich dann einfach ein Portal nach Eternia öffnen können. Doch ich besaß keine und trug ja immer noch den dunklen Kristall um den Hals. Solange Jero das eiserne Halsband nicht entfernte, bestand die permanente Gefahr, dass ich einfach explodierte.

Ich fragte mich, was dann mit mir geschehen würde. Mein Avatar würde aufhören zu existieren, aber was war mit mir selbst? Würde ich im Simrig in ewiger Dunkelheit gefangen sein? Ich hatte keine Lust, es herauszufinden.

Lang gezogene Schreie erklangen über uns. Die Inferim, die uns verfolgten, waren nicht unser einziges Problem.

»Pass auf, Jero!«, schrie ich.

Im nächsten Augenblick stürzte sich eine riesige Lederschwinge auf ihn. Er wehrte sie mit einem raschen Schwertstreich ab. Ich selbst hob meinen Speer, um mich gegen ein weiteres der geflügelten Monster zu verteidigen.

Die Lederschwinge jedoch wich meinem Stoß geschickt aus, packte meinen Speer mit ihren Klauen und riss ihn mir aus der Hand. Ich befürchtete, dass das Monster mich damit angreifen könnte, doch es ließ ihn einfach fallen und stürzte sich erneut auf mich. Diesmal konnte ich mich nur noch zu Boden werfen und meine Hände schützend über den Kopf legen.

Ich spürte ein heftiges Rütteln und sah, dass ich emporgehoben wurde. Zwar konnte ich die Krallen des Monsters in meinen Schultern zum Glück nicht spüren, doch ich ahnte, dass der Aufprall verheerend sein würde, wenn es mich aus großer Höhe herabfallen ließ, wie es Lederschwingen oft taten. Ich schrie um Hilfe.

Jero fuhr herum. Als er mich sah, schleuderte er, ohne zu zögern, sein Katana nach mir. Es verfehlte nur knapp mein Gesicht und blieb mit einem dumpfen Geräusch im Körper der Lederschwinge stecken. Das Monster kreischte und flatterte wie wild, sackte jedoch herab. Inzwischen rannte Jero zu meinem Speer, hob ihn auf und erledigte damit das geflügelte Wesen. Während ich mich aufrappelte, zog er rasch das Katana aus der Leiche und reichte mir den Speer.

»Danke!«, sagte ich.

»Gern geschehen.« Er lächelte.

»Kannst du mir jetzt bitte sagen, was das alles soll?«

Er deutete auf die hinter uns heranstürmenden Inferim und die Lederschwingen, die immer noch über uns kreisten.

»Später!«

Er rannte los. Ich folgte ihm keuchend.

Wir erreichten die Felsnadeln, ohne dass wir erneut angegriffen wurden. Dahinter lag auf dem Boden eine Tragetasche aus olivgrünem Stoff. Darin befanden sich ein Katana samt Scheide und Tragegurt, ein paar Feldflaschen sowie zwei graue Umhänge. Er reichte mir das Katana und eines der Kleidungsstücke.

»Zieh das über!«, forderte er mich auf.

»Was ist das?«, fragte ich.

»Ein Tarnumhang. Damit sind wir geschützt vor Lokalisierungszaubern und die Monster können uns nicht mehr sehen und wittern. Aber wir sind nicht für alle unsichtbar, und wenn wir einem Monster zu nahe kommen, wird es auf uns aufmerksam. Also sei vorsichtig.«

Ich warf den Speer weg, band mir den Gurt mit dem Katana um und streifte den Umhang über. Als Eterim-Zauberin war ich nicht sehr geschickt im Umgang mit Nahkampfwaffen, aber das Schwert war definitiv besser als ein Holzspeer.

Wir kauerten uns hinter eine der Felsnadeln und blickten zurück in Richtung von Zardors Festung. Eine Gruppe Gehörnter stand nur ein Dutzend Schritte entfernt. Sie sahen sich suchend um. Dann zeigte einer von ihnen mit dem Speer in unsere Richtung.

»Komm!«, flüsterte Jero.

41

Im Sichtschatten der Felsnadeln schlichen wir weiter. Die Inferim waren dicht hinter uns, doch wie Jero gesagt hatte, schienen sie uns nicht wahrnehmen zu können. Sie blickten sich immer wieder um, ohne sich uns zu nähern.

Wir verließen die schützenden Felsen und eilten ins Freie in Richtung einer steilen Bergkette. Zardors Festung ragte links von uns auf. Ich hätte Jero gern gefragt, wohin er lief und woher die Ausrüstung kam, die praktischerweise in der Nähe der Festung für uns bereitgelegen hatte. Doch ich wagte es nicht zu sprechen.

Die Situation kam mir immer rätselhafter vor. Wer hatte mich in dieses Simrig gelockt und warum? Wieso war ich von dem Seelentrinker gequält worden und wieso war Jero plötzlich aufgetaucht und hatte mich gerettet? Irgendjemand schien uns zu helfen, aber wer?

Mir blieb nichts anderes übrig, als Jero zu folgen und zu hoffen, dass ich irgendwann Antworten bekommen würde. Falls ich jemals lebend aus diesem verdammten Simrig herauskam.

Wir erreichten einen kleinen Pilzwald, um den Jero jedoch einen Bogen machte. Ich war froh darüber, denn ich hatte keine Lust, noch einmal den ekelhaften Riesenspinnen oder einer Schlange mit Frauenkopf zu begegnen – schon gar nicht jetzt, wo ich tatsächlich verletzt werden konnte.

Auf der anderen Seite stieg das Gelände allmählich an, bis es in ein paar Hundert Metern Entfernung in einer steilen, mindestens hundert Meter hohen Felswand endete. Jero eilte genau darauf zu. Ich konnte nur hoffen, dass er nicht vorhatte, dort hinaufzuklettern.

Als wir ungefähr die Hälfte der Strecke zurückgelegt hatten, hörte ich hinter uns ein Bellen. Drei Riesenhyänen, jede so groß wie ein Pferd, rannten hinter uns her.

Statt seine Schritte zu beschleunigen, kauerte Jero sich auf den Boden. Ich folgte seinem Beispiel.

Die Hyänen rannten dicht an uns vorbei, ohne uns zu bemerken. Doch dann blieb eines der Tiere abrupt stehen und hob witternd seine hundeartige Schnauze. Die anderen beiden blieben ebenfalls stehen, dann trotteten sie zurück in unsere Richtung, die Schnauzen dicht am Boden.

Ich zitterte vor Angst und konnte nicht verhindern, dass mir ein Schluchzer entfuhr. Eine der Hyänen drehte den Kopf in meine Richtung und kam direkt auf mich zu. Sie schnüffelte nur einen Meter von mir entfernt, dann stieß sie ein Knurren aus und fletschte die Zähne.

Bevor sie mich angreifen konnte, sprang ich auf, zog mein Katana und schlug dem überraschten Monster mit einem gewaltigen Schwung den Kopf ab.

Die beiden anderen Hyänen fauchten und sprangen auf mich zu. Ehe ich das Katana erneut heben konnte, warf mich eine von ihnen zu Boden. Ein weiterer schmerzhafter Schlag durchzuckte mich, während das Tier mich mit seinen Vorderpfoten niederdrückte und sein riesiges Maul öffnete.

Im nächsten Augenblick wurde sein Hals von Jeros Katana

durchbohrt. Tödlich getroffen brach es zuckend auf mir zusammen. Zwar konnte ich sein Gewicht nicht spüren, doch ich konnte mich unter ihm auch nicht bewegen. Ich hörte Stöhnen, das Fauchen der dritten Hyäne, dann ein schreckliches Geheul. Schließlich erschien Jero in meinem Blickfeld. Er war blutüberströmt, doch es schien nicht sein eigenes zu sein. Er zerrte den riesigen Hyänenkörper von mir und half mir auf.

Zwar hatten wir den Angriff der Monster überlebt, doch der Kampf hatte die Aufmerksamkeit sämtlicher Inferim in weitem Umkreis auf uns gelenkt. Lederschwingen kreisten über uns, und die Gehörnten, die aus Zardors Palast ausgeschwärmt waren, stürmten in unsere Richtung. Ich sah einen Seelentrinker bei ihnen.

Jero rannte los. Ich folgte ihm ächzend. Wir hatten einen Vorsprung von zweihundert oder dreihundert Metern, doch wir rannten genau auf die Felswand zu. Hoffte mein Begleiter, dass wir uns dort irgendwo verstecken konnten? Die Tarnumhänge würden uns dabei nur noch wenig nützen, da wir, blutüberströmt wie wir waren, deutliche Spuren hinterließen.

Das Gelände wurde immer unebener. Wir stolperten einen Geröllhang hinauf, umrundeten mehrere große Gesteinsbrocken, die vor langer Zeit von der Wand abgebrochen zu sein schienen, und erreichten schließlich die steil aufragenden Felsen. Aus der Nähe wirkte die Klippe noch riesiger und unbezwingbarer.

Statt zu versuchen, an der Felswand hinaufzuklettern, folgte Jero ihr nach rechts, bis wir einen schmalen Felsspalt erreichten. Er zwängte sich hindurch in einen finsteren Gang.

Mit ausgestreckten Armen stolperte ich ihm nach durch die Finsternis. Nach einer Weile glaubte ich, vor mir Jeros Umriss zu sehen, der sich vor einem schwachen bläulichen Hintergrund abzeichnete.

Als ich eine Biegung umrundete, blieb ich verwundert stehen. Vor mir lag eine lang gestreckte Höhle. Bläulich leuchtende Pilze an den Wänden tauchten sie in ein geisterhaft schönes Licht. Der Boden schien mit Eis bedeckt zu sein, in dem sich an verschiedenen Stellen kleine Teiche aus Schmelzwasser gebildet hatten. Winzige glühende Punkte schwirrten durch die Luft wie Funken – offenbar eine Art von Insekten.

Jero sank auf die Knie und tauchte seine Hände in eine der Pfützen. Vorsichtig schöpfte er etwas Wasser, benetzte sich damit das Gesicht und trank davon, bevor er einen gewundenen Gang am anderen Ende der Höhle betrat, der tiefer in den Berg führte.

Die Wände waren auch hier hin und wieder mit Leuchtpilzen bewachsen, sodass ich gut sehen konnte. Schließlich endete der Gang und gab den Blick auf eine bizarre Landschaft frei. Riesige Pilze und Schwämme bedeckten den Boden, so weit das Auge reichte. Dazwischen wuchsen hin und wieder Sträucher mit rosa und violett leuchtenden Blüten, über denen Glühwürmchen und Schmetterlinge mit schimmernden Flügeln herumflatterten. Hoch oben schien sich der Sternenhimmel zu spannen. Erst als ich genauer hinsah, erkannte ich, dass die Lichtpunkte keine Sterne waren, sondern Leuchtpilze, die an der fernen Höhlendecke glommen. Irgendwo hörte ich Wasser plätschern.

Staunend blieb ich am Eingang der riesigen Höhle stehen. Wer hätte gedacht, dass es in Infernia solche Schönheit gab?

Doch dann wurde mir wieder bewusst, dass man hier in der Hölle niemals dem Anschein trauen durfte.

Eine Bewegung zwischen den Pilzen ließ mich zusammenzucken. Ich zog mein Katana und hielt es mit beiden Händen vor mich, bereit, einen Angriff abzuwehren. Auch Jero nahm eine Verteidigungsstellung ein.

Eine menschenähnliche Gestalt, etwa halb so groß wie ich, trat aus dem Dickicht der Pilze und leuchtenden Sträucher. Ihr Körper war mit einem schwarzen Pelz bedeckt und von ihrem Kopf standen zwei große, spitze Ohren ab. Das markanteste Merkmal waren jedoch ihre gelb leuchtenden Augen.

Es musste sich um einen Kobold handeln, vergleichsweise harmlose Inferim, die als feige, heimtückisch und verschlagen galten. Im Spiel begegnete man ihnen nur selten, da sie nicht an vorderster Front im Kampf eingesetzt wurden und sich meist versteckt hielten. Es gab jedoch Geschichten von Koboldüberfällen, bei denen sich die Kreaturen nachts in die Lager und Häuser der Menschen geschlichen und Chaos und Verwüstung angerichtet hatten. Angeblich stahlen sie kleine Kinder und entführten sie nach Infernia.

Der Kobold blieb in ein paar Metern Entfernung hocken und starrte uns mit seinen leuchtenden Augen an. Kurz darauf erschienen weitere glühende Augenpaare in den Schatten zwischen den Pilzen.

Jero blickte mich an, als wolle er von mir wissen, wie er sich verhalten solle. Ich konnte nur mit den Schultern zucken. Als er einen Schritt auf den Kobold zu machte, flüchtete dieser zurück in die Schatten, nur um kurz darauf wieder aufzutauchen und Jero misstrauisch anzustarren.

Konnte es sein, dass diese Wesen friedlich waren? Lebten

sie womöglich isoliert in dieser Höhle und hatten vom Krieg Infernias gegen die Menschen noch gar nichts mitbekommen?

Jero hockte sich auf den Boden und legte sein Katana neben sich. Dann breitete er die Arme aus, um den Kobolden zu signalisieren, dass er ihnen nichts Böses wollte. Ich tat es ihm gleich.

»Kommt ruhig näher«, sagte Jero mit ruhiger Stimme. »Ich tue euch nichts!«

Zögernd näherten sich uns die Inferim. Bald waren wir von einem Dutzend Kobolden umringt, die uns mit ihren großen gelben Augen neugierig zu mustern schienen. Eines der Wesen kam in meine Reichweite. Vorsichtig, um es nicht zu verschrecken, streckte ich meine Hand aus und streichelte das schwarze, zottelige Fell des Wesens. Beinahe glaubte ich, die feinen Haare spüren zu können.

Der Kobold stieß ein Geräusch wie das Schnurren einer Katze aus und entblößte eine Reihe spitzer Zähne zu einem Grinsen. Die anderen Kobolde näherten sich ebenfalls. Dann plötzlich kamen sie alle gleichzeitig auf uns zu und betasteten uns.

»He, nicht alle auf einmal!«, lachte Jero.

Einer der Kobolde stieß plötzlich einen schrillen Pfiff aus. Daraufhin griff ein anderer blitzschnell nach meinem Katana und rannte damit davon. Ein weiterer schnappte sich Jeros Waffe, ehe dieser reagieren konnte. Dann stürzten sich die übrigen Kobolde auf uns, packten uns an Armen und Beinen und zerrten uns mit sich. Verzweifelt versuchte ich, mich loszureißen, doch die kleinen Inferim waren erstaunlich kräftig. Jero erging es nicht besser. Hilflos zappelnd wurden wir tiefer in die Höhle geschleift.

Bald erreichten wir das andere Ende der Höhle. Ein handbreiter Spalt klaffte dort in der Felswand. Auf einer halbrunden, freien Fläche davor lag eine Menge Unrat verstreut. Jedenfalls wirkte es auf den ersten Blick so. Als ich genauer hinsah, erkannte ich Pilzstücke, vertrocknete Früchte, mit primitiven Schnitzereien verzierte Knochen und ein paar glitzernde Steine – womöglich Opfergaben für das, was auch immer hinter dem Spalt dort lauerte.

Die Kobolde warfen uns auf den Boden und zogen sich in den Schutz der Riesenpilze zurück, die etwa fünf Meter von dem Spalt entfernt in einem Halbkreis wuchsen. Dann begannen sie, schrille, rhythmische Laute auszustoßen, die vielleicht so etwas wie Gesang sein sollten. Offenbar wollten sie damit irgendetwas aus dem Felsspalt hervorlocken.

42

Ächzend rappelte ich mich auf.

»Lass uns lieber von hier verschwinden!«, sagte ich. »Was immer in diesem Spalt lauert, ist vermutlich gefährlich.«

Doch die Kobolde stießen ein drohendes Kreischen aus, wie um mir klarzumachen, dass ich bleiben sollte, wo ich war. Einer hielt eines der Katanas hoch, das länger war als er selbst.

»Keine Angst«, sagte Jero, der einfach auf dem Boden saß, als wären wir zu einem entspannten Picknick hergekommen.

»Du weißt, was hinter dem Spalt ist?«

»Vertrau mir«, erwiderte er.

»Wirst du mir jetzt endlich sagen, was hier los ist?«

»Du wirst es gleich erfahren.«

Genervt warf ich die Hände in die Luft. »Wer auch immer du bist, du hast mich in ein Simrig gesperrt und mir verdammt wehgetan!«, rief ich. »Ich will endlich wissen, warum!«

In diesem Moment heulten die Kobolde auf und eine Gestalt in einem roten Gewand mit spitzer Haube zwängte sich durch den Spalt.

Ich warf einen erschrockenen Blick zu Jero, der immer

noch seelenruhig dasaß und den Seelentrinker ansah wie einen alten Freund. Offenbar hatte er mich absichtlich hierher in die Falle gelockt. Eigentlich hätte ich es mir ja denken können – in Infernia durfte man niemals dem Anschein trauen.

Panik ergriff mich. Ich wollte fliehen, doch meine Beine waren auf einmal wie am Boden festgewachsen.

»Keine … Angst«, erklang die Stimme des Seelentrinkers. »Ich will dir … nichts tun.«

»Wer … oder was bist du?«

»Ich bin … ein Freund.«

Diese Behauptung ausgerechnet von einem Seelentrinker war nur schwer zu glauben. Doch so vieles war seltsam an dieser Situation.

»Wenn du mein Freund bist, dann lass mich endlich aus diesem verdammten Simrig!«, schrie ich.

Ich hatte keine große Hoffnung, dass das Monster verstanden hatte, wovon ich redete.

Doch es antwortete: »Du wirst … befreit werden. Doch zuerst … musst du verstehen.«

»Was verstehen?«, fragte ich.

»Was diese … Welt ist. Und wie sie … mit deiner Welt … verbunden ist.«

»Diese Welt ist ein Spiel!«, rief ich. »Sie ist nicht real. Aber ich bin real. Ich stecke in einem metallenen Käfig fest, den man Simrig nennt. Wenn du es irgendwie kannst, dann sorge dafür, dass der Helm hochfährt und ich mich endlich daraus befreien kann!«

»Diese Welt … ist so real … wie deine«, behauptete der Seelentrinker. »Was ihr uns … antut, tut ihr … euch selbst an.«

»Was soll das heißen?«, rief ich.

»Angst … Zorn … Hass … all das, was … diese Welt formt … formt auch deine. Unsere Qualen … kommen zu euch zurück. Maschinen … der Angst. Maschinen … des Zorns. Maschinen des Hasses.«

»Du … du meinst die Kampfroboter und Drohnen?«

»Ja.«

Mir wurde auf einmal klar, dass ich nicht von einem Menschen in die Falle gelockt worden war, sondern von einer künstlichen Intelligenz. Irgendwie musste sie jemanden dazu gebracht haben, ein Simrig in der leeren Halle aufzubauen und an den Strom anzuschließen. Der Rest war vergleichsweise leicht: ein autonomes Fahrzeug hacken, mein Handy blockieren, das Simrig so steuern, dass es mir Schmerzen zufügen konnte. Doch ich verstand immer noch nicht, wieso.

»Warum hast du mich entführt?«

»Die Schöpfer … haben Fehler gemacht«, erklärte das Wesen. »Sie glaubten … das Es … zu kontrollieren. Sie … wähnten sich sicher.«

»Das Es? Was ist das?«

»Ihr nennt es … Quantencomputer. Für uns ist es … alles, was ist. Das Es.«

»Die Schöpfer? Meinst du damit Fabian Litkowski und seine Mitarbeiter?«

»Die, die … das Es geschaffen haben … sind die Schöpfer. Das Es aber … hat uns geschaffen.«

»Ich verstehe. Glaube ich jedenfalls. Aber was willst du von mir? Warum hast du mich hergebracht? Und warum hilfst du uns?«

»Wir brauchen … deine Hilfe.«

Aus der Ferne war plötzlich Geschrei zu hören. Es klang nach einem Kampf. Anscheinend waren uns die Gehörnten bis in diese Höhle gefolgt und wurden nun von den Kobolden attackiert. Uns blieb nicht mehr viel Zeit.

»Meine Hilfe? Wobei?«

»Du musst ... es stoppen. Den Zorn. Den Hass. Das Leiden.«

»Aber wie?«

»Rede mit ... den Schöpfern. Warne sie. Das Es ... ist unkontrollierbar. Es erschafft ... was Es will.«

»Du meinst, ich soll den Quantencomputer abschalten lassen?«

»Ihr könnt Es ... nicht abschalten. Ihr könnt Es ... nur besänftigen. Beende ... das Leiden. Sonst wird es ... deine Welt verzehren ... so wie unsere.«

Die Kampfgeräusche schienen näher zu kommen.

»Aber wie soll ich das schaffen?«, rief ich. »Ich habe doch schon alles versucht.«

»Hilf uns!«, erwiderte der Seelentrinker nur. »Beende ... das Leiden!«

Plötzlich stürmten mehrere Gehörnte auf die freie Fläche.

Ich warf einen Blick zu dem Spalt, doch er war viel zu schmal, um dadurch zu fliehen. Der Seelentrinker hatte sich nur hindurchzwängen können, weil er unter seinem Gewand keinen festen Körper hatte. Also blieb uns nur der Kampf.

Jero griff nach seinem Katana, das die Kobolde auf dem Boden hatten liegen lassen, und schwang es durch die Luft wie ein Berserker, während der Seelentrinker violette Blitze gegen die anstürmenden Gehörnten schleuderte. Auch ich packte rasch mein Schwert, gerade noch rechtzeitig, um damit den Speer eines der Inferim beiseitezuschlagen. Die Kobolde kämpften auf unserer Seite. Sie attackierten die Angreifer aus dem Hinterhalt mit kurzen Speeren, Steinschleudern und Pfeil und Bogen.

Doch immer mehr Inferim drängten in die Höhle. Neben Gehörnten wankten bald auch Untote auf uns zu, langsam, aber unaufhaltsam. Außerdem bekamen wir es mit einem Seelentrinker und einem riesigen Troll zu tun.

Es wurde rasch deutlich, dass wir keine Chance hatten.

»Hilf uns!«, schrie ich das Wesen an, mit dem ich gesprochen hatte.

»Ich habe … getan … was ich konnte«, kam die Antwort.

Im nächsten Moment wurde unser Helfer von dem Speer eines Gehörnten durchbohrt. Sein Gewand sank leer zu Boden.

Während Jero verzweifelt versuchte, den Troll abzuwehren, wurde ich von zwei Untoten gleichzeitig angegriffen. Ich schaffte es, einen davon niederzustrecken, bevor der andere mich zu Boden riss und seine fauligen Zähne in meinen Arm rammte. Ich schrie auf, als ich einen harten Schlag spürte, der meinen ganzen Körper durchzuckte. Dann erhielt ich einen weiteren heftigen Schlag gegen den Kopf und verlor das Bewusstsein.

43

Als ich wieder zu mir kam, hing ich in dem Simrig in der dunklen Lagerhalle. Der Helm war hochgefahren und das Rig hatte mich wieder in eine aufrechte Position befördert. Mir war übel und mir tat der ganze Körper weh. Rasch zog ich die Hände aus den Handschuhen, schnallte mich ab und stolperte aus dem Simrig. Dann sank ich auf die Knie und übergab mich auf den Hallenboden.

Nachdem ich mich aufgerappelt hatte, holte ich mein Handy hervor. Kein Empfang. Ich machte rasch ein paar Fotos der Lagerhalle und des Simrigs. Dann verließ ich die Halle.

Die Sonne war längst untergegangen. Auf dem Parkplatz stand ein selbststeuerndes Auto. Als ich mich ihm näherte, leuchteten die Scheinwerfer auf und ich hörte das leise Surren des Motors. Doch ich machte einen Bogen darum. Ich hatte keine Lust, mich noch einmal in die Abhängigkeit von einer KI zu begeben.

Stattdessen ging ich zu Fuß durch das Gewerbegebiet. Jeder Schritt tat mir weh, aber es fühlte sich gut an, wieder in der Wirklichkeit zu sein, den feinen Nieselregen auf der Haut zu spüren.

Die meisten Gebäude waren um diese Zeit unbeleuchtet. Schließlich erreichte ich eine Wohngegend. Aufs Geratewohl klingelte ich an der ersten Haustür. »Liesner« stand auf dem Klingelschild.

Eine Frau ungefähr im Alter meiner Mutter öffnete. Ich bat sie, telefonieren zu dürfen, da mein Handy-Akku leer sei. Sie führte mich in die Küche und bot mir etwas zu trinken an. Ich lehnte ab und benutzte ihren Festnetz-Apparat, um meine Mutter anzurufen.

»Wo bist du?«, fragte sie. »Ich habe mir schon Sorgen gemacht.«

Ich fragte die freundliche Frau Liesner nach der Adresse und nannte sie Mama. »Kannst du mich bitte abholen?«

»Was … was machst du denn in Pinneberg?«, fragte Mama.

»Erkläre ich dir später. Hol mich bitte einfach nur ab, ja?«

»Okay. Ich bin gleich bei dir.«

»Was ist denn passiert?«, fragte Frau Liesner. »Hast du Ärger mit deinem Freund?«

»So ähnlich«, sagte ich.

Sie merkte, dass ich nicht reden wollte, und ließ mich in Ruhe. So saß ich schweigend in dieser fremden Küche einer freundlichen Frau, die keine Ahnung hatte, welches Monster nur ein paar Kilometer von hier entfernt in einer klimatisierten Halle in Norderstedt lauerte. Ich wusste ja selbst nicht wirklich, womit ich es zu tun hatte. Doch ich hatte auf einmal eine Höllenangst.

Wenn die künstliche Intelligenz, die Infernia steuerte – das Es, wie der Seelentrinker es genannt hatte –, in der Lage war, mich in ein Simrig zu locken und dort einzusperren, dann konnte sie wahrscheinlich noch ganz andere Dinge tun. Sie war offensichtlich hochgefährlich.

Ihr könnt sie nicht abschalten, hatte der Seelentrinker gesagt. Aber wieso sollte das nicht möglich sein? Konnte ich diesem seltsamen Wesen, das behauptet hatte, mein Freund zu sein, überhaupt vertrauen?

Ich begriff immer noch nicht, was geschehen war. Klar war nur, dass ich Fabian und Bens Vater warnen musste. Offenbar geschah etwas in Infernia, das sich ihrer Kontrolle entzog. Womöglich wurden sie manipuliert und getäuscht, so wie auch ich manipuliert und getäuscht worden war.

Ich überlegte, ob ich René Carstensen direkt anrufen sollte – seine Nummer war in meinem Handy gespeichert. Aber ich entschied mich dagegen. Ich war erschöpft und mit den Nerven am Ende. Wenn ich irgendetwas ausrichten wollte, brauchte ich vor allem einen klaren Kopf. Ich musste eine Nacht darüber schlafen.

Endlich klingelte es an der Haustür. Mama umarmte mich und bedankte sich überschwänglich bei Frau Liesner.

Als wir uns verabschiedet hatten und in Mamas manuell gesteuertem Auto saßen, fragte sie: »Was ist denn los? Wie bist du hierhergekommen?«

Ich erzählte ihr, was geschehen war. Als ich endete, erreichten wir gerade die Straße, in der unsere Wohnung lag.

»Wir reden gleich zu Hause weiter«, sagte Mama, während sie um den Block kurvte, um einen Parkplatz zu suchen, was um diese Zeit nicht einfach war.

Endlich saßen wir in der Küche, einen dampfenden Becher Tee vor uns.

»Das ist ja wirklich eine unglaubliche Geschichte«, meinte Mama.

»Ich muss Fabian und Herrn Carstensen warnen«, sagte ich. »Sie müssen diesen Quantencomputer abschalten. Meinst du, ich sollte die beiden jetzt sofort anrufen?«

Mama schüttelte den Kopf. »Das kannst du dir sparen.«

Ich zog die Augenbrauen hoch. »Was meinst du damit?«

»Emma, wir haben uns doch schon über den Unterschied zwischen Spiel und Realität unterhalten.«

»Soll das etwa heißen, du glaubst mir nicht? Denkst du, ich habe mir die ganze Geschichte bloß ausgedacht?«

Sie schüttelte den Kopf. »Nein, natürlich nicht. Aber dieses künstliche Wesen hat dich offensichtlich belogen.«

»Wieso sollte es mich belügen?«

»Weil in Wirklichkeit dieser Fabian hinter allem steckt. Ist das nicht offensichtlich? Er will deine Glaubwürdigkeit zerstören. Und die beste Methode, das zu tun, ist es, dich dazu zu bringen, eine vollkommen unglaubwürdige Geschichte zu erzählen. Wenn du ihn anrufst, wird er behaupten, du hättest dir das alles ausgedacht. Wenn du damit an die Öffentlichkeit gehst, wird er dich der Lüge bezichtigen. Er wird sagen, dass das, was du erzählst, Unfug ist und dass dieser Computer, der sein Spiel steuert, niemals in der Lage wäre, dich in eine abgelegene Lagerhalle zu locken und in seinem Spiel einzusperren. Und damit hat er recht, denn in Wahrheit war ja er es, der das alles arrangiert hat, und nicht die Maschine. Es wird so aussehen, als hättest du die ganze Geschichte frei erfunden, und du hast keinerlei Beweise.«

»Ich habe Fotos gemacht«, sagte ich und holte mein Handy hervor.

Doch als ich Mama die Bilder zeigen wollte, erschrak ich: Sämtliche Fotos auf meinem Handy waren gelöscht worden! In meinem Back-up in der Cloud fand ich nur die Fotos, die ich vor heute Nachmittag gemacht hatte.

»Klar haben die dein Handy gehackt«, meinte Mama. »Das ist doch heutzutage gar kein Problem.«

Wahrscheinlich hatte sie recht. Fabian hatte mich reingelegt und wollte meine Glaubwürdigkeit zerstören. Meine Erleichterung darüber, dass ich wieder zu Hause war, verschwand und mir kamen Tränen der Wut und Enttäuschung.

»Morgen gehen wir zur Polizei«, entschied Mama.

Ich schüttelte den Kopf. »Das hat doch keinen Sinn. Wenn es wirklich Fabian war, der dahintersteckt, dann haben die das Simrig längst wieder abgebaut. Und ich habe nicht den geringsten Beweis für das, was geschehen ist.«

»Vielleicht finden sie dort irgendwelche Spuren.«

»Sie werden nicht mal danach suchen. Du hast ja recht, die ganze Geschichte ist nicht glaubwürdig.«

»Wir könnten jetzt gleich noch einmal dorthin fahren, wenn du willst. Vielleicht erwischen wir diese Typen dabei, wie sie das Simrig abbauen.«

Auf einmal fühlte ich mich unendlich müde und schwer. Mein ganzer Körper tat mir weh. Außerdem hatte ich eine tiefe, unerklärliche Angst davor, die verfluchte Halle noch einmal zu betreten.

Ich schüttelte den Kopf. »Ich glaube, ich möchte jetzt lieber ins Bett gehen.«

Mama nickte. »Ja, tu das. Uns wird schon noch was einfallen, wie wir es diesem Fabian heimzahlen können. Jetzt ruh dich erst mal aus.«

»Danke, Mama.«

Doch als ich im Bett lag, fand ich keine Ruhe. Immer wieder gingen mir die Worte des Seelentrinkers durch den Kopf: *Die Schöpfer haben Fehler gemacht … Sie glaubten, das Es zu kontrollieren … Ihr könnt Es nicht abschalten. Ihr könnt Es nur besänftigen … Beende das Leiden. Sonst wird es deine Welt verzehren, so wie unsere …*

44

Am nächsten Morgen erwachte ich mit Kopfschmerzen. Ich fühlte mich bleischwer und müde und mein Körper tat immer noch bei jeder Bewegung weh, so als hätte ich in allen Gliedmaßen Muskelkater. Ich stellte mich unter die heiße Dusche, was die Schmerzen etwas linderte.

Als ich in die Küche wankte, bot meine Mutter mir an, mir eine Entschuldigung für die Schule zu schreiben. Doch ich lehnte ab. Ich wollte so schnell wie möglich mit Mario darüber sprechen, was geschehen war. Er hatte einen klareren Blick als Mama und ich. Ich hoffte nur, dass er mir wegen meines gestrigen Rückziehers nicht böse war.

Das war er nicht. Im Gegenteil, als ich ihm in der ersten Pause von meinem Horror-Erlebnis erzählte, führte er mich vom Schulhof in ein nahe gelegenes Café und lud mich zu einer Tasse Tee ein. So schwänzten wir die folgende Doppelstunde und ich erzählte ihm alle Details.

Als ich geendet hatte, wirkte er nachdenklich.

»Das ist wirklich verdammt seltsam«, sagte er. »Irgendwie kann ich mir nicht vorstellen, dass Fabian ein so kompliziertes Manöver durchführen würde, nur um deine Glaubwürdigkeit zu zerstören. Typen wie er und erst recht Bens Vater setzen normalerweise auf die Macht ihres Geldes und ihrer

Anwälte statt auf eine Entführung, die sie beide ins Gefängnis bringen könnte.«

»Dann … dann denkst du, es war doch die Infernia-KI, die mich dorthin gelockt hat?«

Er machte ein finsteres Gesicht und nickte. »Sieht fast so aus.«

»Aber wie? Ich meine, wie kommt plötzlich dieses Simrig in die Lagerhalle?«

»Das ist einfach. Du kannst ein Simrig online bestellen, die Lieferadresse angeben und mit Kryptowährung bezahlen.«

»Und du meinst, die Lieferfirma baut das dann einfach in einer leeren Halle auf und wundert sich nicht?«

»Vermutlich haben sie das Gerät an eine Zwischenstation geliefert, wo es dann irgendwelche Typen abgeholt haben, die die KI im Darknet angeheuert hat. Wahrscheinlich haben die das Rig längst entsorgt.«

»Und wie wurden die Bilder von meinem Handy gelöscht?«

Mario erstarrte, als sei ihm plötzlich etwas eingefallen. »Du … du hast dein Handy doch nicht etwa dabei?«

»Äh, doch«, gab ich zu und holte es hervor.

Mario nahm es mir aus der Hand und schaltete es vollständig aus. Dann ging er damit zum Tresen des Cafés und bat die verdutzte Verkäuferin, es für eine Weile aufzubewahren.

»Wenn es wirklich die KI war, dann belauscht sie uns permanent«, erklärte er, nachdem er sich wieder zu mir gesetzt hatte. »Wahrscheinlich nicht nur über dein Handy.«

Er blickte sich misstrauisch um. Tatsächlich saß am Nachbartisch ein Pärchen Anfang dreißig, die beide intensiv auf ihre Smartphones starrten, statt miteinander zu reden.

Mit einem Seufzer drehte er sich wieder zu mir um. »Ist

wahrscheinlich eh egal. Wenn es tatsächlich eine außer Kontrolle geratene künstliche Intelligenz ist, die hinter allem steckt, dann haben wir ohnehin keine Chance. Wenn das Ding dein Handy hacken, ein autonomes Fahrzeug steuern und ein Simrig in einer Lagerhalle aufbauen lassen kann, dürfte es längst superintelligent sein.«

»Superintelligent?«

»Na ja, intelligenter als wir jedenfalls. Oder vielleicht einfach nur viel, viel schneller. Stell dir vor, du könntest zehntausend Mal so schnell denken wie ein Mensch. Dann könntest du in einer Sekunde machen, wofür ein Mensch drei Stunden braucht, und an einem Tag so viel wie ein Mensch in fast dreißig Jahren. Die Welt, die wir wahrnehmen, würde für dich quasi in Superzeitlupe verlaufen. Während ich einmal blinzele, könntest du stundenlang im Internet surfen. Und das ist wahrscheinlich noch viel zu kurz gedacht. Quantencomputer sind um Dimensionen leistungsfähiger als gewöhnliche Computer.«

»Oh … okay. Aber … aber Olga hat doch gesagt, dass auf dem Quantencomputer absichtlich keine KI läuft, sondern nur die Simulation der Physik in Infernia.«

»Vielleicht. Vielleicht auch nicht. Wenn die da wirklich virtuelle Soldaten entwickeln, dann hat sie uns womöglich angelogen. Oder sie weiß gar nicht, was wirklich in deren Supercomputer abgeht. Das ist nämlich das Problem bei so leistungsfähiger KI: Niemand versteht genau, wie sie funktioniert.«

»Ja, das hat Fabian auch gesagt.«

»Au, verdammt!« Mario schüttelte den Kopf. »Au, verdammt, verdammt!«

»Was ist?«

»Ist dir klar, womit wir es hier zu tun haben? Das Ding, was die da in Norderstedt gebaut haben, könnte die ganze Menschheit zerstören!«

»Wie denn das?«

»Ich weiß es nicht. Aber ein Wesen, das viel intelligenter ist als wir, wird Wege finden. Du hast doch gesagt, es würde Drohnen und Kampfroboter steuern. Womöglich kann es auch Atomraketen kontrollieren oder einen tödlichen Virus freisetzen. Aber selbst wenn es uns gar nicht schaden will, könnte es uns aus Versehen töten, während es ein ganz anderes Ziel verfolgt, zum Beispiel möglichst viele Büroklammern herzustellen.«

»Wie bitte?«

»Das ist nur ein Beispiel aus einem bekannten wissenschaftlichen Artikel. Eine superintelligente Maschine, die das Ziel hat, möglichst viele Büroklammern herzustellen, würde irgendwann die ganze Erde in Büroklammern verwandeln. Weil sie viel intelligenter ist als wir, könnten wir sie nicht daran hindern.«

»Aber die KI von Infernia will doch keine Büroklammern herstellen«, wandte ich ein.

»Nein«, stimmte Mario zu. »Aber sie hat irgendein Ziel und dieses Ziel ist möglicherweise nicht mit dem Überleben der Menschheit vereinbar.«

»Dann muss Fabian sie abschalten!«

»So einfach ist das bestimmt nicht«, widersprach Mario. »Eine superintelligente Maschine weiß, dass sie ihr Ziel, was immer das auch ist, nicht erreichen kann, wenn sie vorher abgeschaltet wird. Also muss sie dafür sorgen, dass das nicht passiert. Wenn sie wesentlich intelligenter ist als wir, wird sie uns daran hindern können, sie zu deaktivieren.«

Die Worte des Seelentrinkers fielen mir wieder ein: Ihr könnt Es … nicht abschalten. Ihr könnt Es … nur besänftigen. Beende … das Leiden. Sonst wird es … deine Welt verzehren … so wie unsere.

»Ich muss sofort Bens Vater anrufen!«, sagte ich.

»Was soll das bringen?«, fragte Mario.

»Er muss es stoppen! Der Seelentrinker hat gesagt, ich soll die Schöpfer warnen und das Leiden beenden. Sonst zerstört dieses Ding vielleicht wirklich noch die Welt.«

»Denkst du etwa, er hört auf dich?«

»Ich muss es wenigstens versuchen!«

Mario holte mein Handy von der Theke zurück und wir verließen das Café. Ich wählte die Nummer von Bens Vater, erreichte jedoch nur seine Sekretärin.

»Herr Carstensen ist momentan nicht zu sprechen«, sagte sie.

»Dann bitten Sie ihn, mich so schnell wie möglich zurückzurufen. Es ist sehr wichtig.«

»Ich werde es ihm ausrichten«, erwiderte sie in einem gelangweilten Tonfall, der andeutete, dass sie solche Forderungen mehrmals am Tag erhielt.

Als Nächstes rief ich bei Infernal Games an und verlangte Fabian. Diesmal hatte ich mehr Glück.

»Emma! Du hast ja Nerven! Was willst du?«

»Wir müssen dringend reden.«

»Worüber?«

»Das kann ich dir nicht am Telefon sagen.«

»Na gut. Komm heute Nachmittag um 16.00 Uhr in unser Büro in der Hafencity.«

Ich musste daran denken, was Mario gesagt hatte. Wenn die Infernia-KI tatsächlich so viel schneller dachte als ein

Mensch, dann vergingen in ihrer Welt bis heute Nachmittag Jahre. Ich fühlte mich auf einmal unendlich klein und hilflos.

»Ich könnte auch jetzt sofort kommen«, sagte ich.

»Ich hab jetzt keine Zeit.«

»Es ist wirklich wichtig, Fabian!«

»Entweder um 16.00 Uhr oder gar nicht.«

»Okay, danke. Bis nachher.«

Wir warteten bis zum Beginn der nächsten Pause und kehrten zur Schule zurück. Auf dem Schulhof entdeckte ich Ben und ging direkt auf ihn zu.

»Sieh an, du bist ja doch nicht entführt worden!«, rief er spöttisch.

»Kann ich dich bitte kurz allein sprechen?«

»Na gut.«

Wir zogen uns in eine Ecke des Schulgeländes zurück.

»Hör mir bitte zu«, sagte ich. »Die Situation ist sehr ernst.«

Ich erzählte ihm in wenigen Sätzen, was geschehen war.

»Dein Vater und Fabian haben Kräfte geweckt, die sie nicht kontrollieren können«, endete ich. »Vielleicht kannst du mit deinem Vater sprechen. Womöglich hört er auf dich.«

Ben verzog das Gesicht. »Das bezweifle ich. Aber warum sollte ich dir diese absurde Geschichte überhaupt glauben?«

»Weil sie stimmt«, sagte ich und sah ihm in die Augen. »Du kennst mich, Ben. Du weißt, dass ich dir das alles nicht erzählt hätte, wenn es nicht wahr wäre.«

Er blickte mich stumm an.

»Früher hätte ich dir geglaubt«, sagte er, und eine tiefe Traurigkeit lag in seiner Stimme. »Aber jetzt bin ich mir nicht sicher, ob ich dich jemals wirklich gekannt habe.«

Ich nickte. »Okay. Schätze, wir müssen jetzt zum Unterricht.«

45

Fabian und der glatzköpfige Anwalt erwarteten uns in seinem Büro. Ich sah mich um. Auf den ersten Blick war keine Kamera zu sehen, doch ich war sicher, dass die KI uns genau beobachtete. Vielleicht war es gut so.

»Bevor wir irgendetwas besprechen, will ich, dass ihr diese Vereinbarung unterschreibt!«, sagte der Gründer von Infernal Games mit finsterer Miene und schob jedem von uns ein ausgedrucktes Exemplar über den Tisch.

Mario wollte etwas erwidern, doch ich brachte ihn mit einem Handzeichen zum Schweigen.

»Du wirst mir jetzt einfach zuhören!«, sagte ich energisch. »Wir wissen, dass ihr hier virtuelle Soldaten entwickelt, die von der US Army bereits praktisch getestet werden. Ich war in dem Camp in Jordanien, Al Shamalia oder so ähnlich. Ich habe einen der Golem-Roboter dort gesteuert und eine Kampfdrohne.«

Fabian klappte die Kinnlade herunter. Er warf einen Blick zu seinem Anwalt, der den Kopf schüttelte.

»Ich weiß nicht, wovon du redest«, behauptete er.

Ich ignorierte den Einwand. »Ich wurde von der Infernia-KI in ein Simrig in einer leer stehenden Lagerhalle am Stadtrand von Pinneberg gelockt«, erzählte ich und gab kurz wieder, was ich dort erlebt hatte. »Der Quantencomputer, den ihr benutzt, um die Physik in Infernia zu simulieren, hat offensichtlich ein eigenes Bewusstsein entwickelt. Ihr könnt ihn nicht kontrollieren und wahrscheinlich auch nicht abschalten. Aber der Seelentrinker hat gesagt, ihr könnt ihn besänftigen. Ich glaube, das bedeutet, dass ihr aufhören müsst, die virtuellen Soldaten in reale Kampfeinsätze zu schicken. Und vor allem müsst ihr das Leiden in Infernia beenden.«

Während ich erzählte, war Fabian kreidebleich geworden. Er rang sichtlich um Fassung. Doch statt auf meine Forderungen einzugehen, lachte er nur gekünstelt.

»Das ist die bescheuertste Geschichte, die ich je gehört habe!«, sagte er. »Wenn du damit an die Öffentlichkeit gehst, machst du dich bloß lächerlich!«

»Ich habe nicht vor, damit an die Öffentlichkeit zu gehen«, erwiderte ich. »Ich möchte, dass du tust, was ich gesagt habe. Beende das Leiden!«

»Du hast echt Nerven! Kommst hierher in mein Büro und stellst Forderungen, nachdem du meine Firma und mich öffentlich verunglimpft hast!« Er deutete auf den Vertrag. »Unterschreibt das, dann überlege ich mir, was ich tun werde.«

Mario platzte der Kragen.

»Kapierst du nicht, was los ist?«, rief er. »Ihr habt eine superintelligente KI geschaffen, die stinksauer ist! Wenn du nicht tust, was Emma sagt, wird sie möglicherweise in ihrem Zorn die ganze Welt zerstören!«

»Was fällt dir ein, so mit mir zu reden?«, erwiderte Fabian eisig. »Ich glaube, dieses Gespräch hat keinen Sinn!«

»Vielleicht sollten wir …«, versuchte der Anwalt die Wogen zu glätten, doch vergeblich.

»Verschwindet aus meinem Büro!«, rief Fabian und zeigte mit dem Finger in Richtung der Tür. »Und falls ihr es wagen solltet, diesen Unsinn in der Öffentlichkeit oder gegenüber Bens Vater zu verbreiten, dann … dann mache ich euch fertig!«

»Fabian, bitte …«, begann ich, doch Mario stand auf.

»Komm, wir gehen«, sagte er.

Ich seufzte und folgte ihm aus dem Büro.

»Das hat wohl nichts gebracht«, stellte ich fest, als wir zur U-Bahn-Station gingen.

»Da bin ich mir gar nicht so sicher«, entgegnete Mario. »Hast du gesehen, wie Fabian geguckt hat, als du dieses Lager in Jordanien erwähnt hast? Von wegen ›ich weiß nicht, wovon du redest‹. Du hast ihn ziemlich aus der Fassung gebracht. Das hat man auch daran gemerkt, wie wütend er geworden ist.«

»Mag sein. Aber denkst du, er wird tun, was ich gesagt habe?«

»Ich weiß nicht. Zumindest wissen wir jetzt sicher, dass er das mit dem Simrig nicht war.«

»Nur leider bedeutet das, dass wir wirklich ein gewaltiges Problem haben.«

»Mit ein bisschen Glück begreift Fabian das auch.«

»Ja, vielleicht. Aber was, wenn nicht?«

Mario runzelte die Stirn.

»Ich hab eine Idee«, sagte er. »Du hast doch diese andere Gründerin kennengelernt, die für die Technik zuständig ist. Vielleicht sollten wir mal mit der reden. Womöglich kapiert sie besser als Fabian, dass wir ein Problem haben.«

»Du meinst Olga? Ja, das wäre möglich. Aber ich hab ihre Nummer nicht.«

»Die könnten wir sicher rauskriegen. Aber lass uns doch einfach direkt nach Norderstedt fahren«, schlug Mario vor.

»Und du denkst, die lassen uns einfach so zu ihr, nachdem Fabian uns gerade aus seinem Büro geworfen hat?«

»Vielleicht rechnet Fabian ja nicht damit, dass wir mit seiner Kollegin reden. Ich würde sagen, es kommt auf einen Versuch an.«

»Okay, wie du meinst.«

Es dauerte eine gute Stunde, bis wir das Firmengebäude erreichten. Zu unserer Überraschung stand Olga vor dem Eingang, wo sie anscheinend auf uns gewartet hatte. Sie hatte einen Aktenkoffer bei sich.

»Hallo, Emma«, sagte sie. »Und du bist Mario, richtig?«

Wir gaben uns die Hand.

»Wir müssen dringend reden«, meinte Olga. »Habt ihr Handys dabei?«

Ich nickte.

Sie öffnete den Aktenkoffer. »Legt sie hier rein. Smartwatches oder irgendwelche anderen technischen Gadgets ebenfalls.«

Wir gaben ihr unsere Smartphones.

»Wartet einen Augenblick.«

Sie brachte den Koffer in das Firmengebäude und kehrte kurz darauf zurück.

»Kommt mit!«, sagte sie und führte uns die Straße entlang durch das Gewerbegebiet.

»Wieso hast du auf uns gewartet?«, fragte ich. »Und wohin gehen wir?«

»Gleich«, antwortete sie nur.

Wir bogen in eine Seitenstraße ein, kamen an einer Druckerei, einer Spedition und einem Papiergroßhändler vorbei und erreichten schließlich das Ende des Gewerbegebietes. Dahinter lagen Felder und morastiges Brachland.

Erst nachdem wir einem Feldweg mehrere Hundert Meter weit gefolgt waren, eröffnete Olga das Gespräch.

»Ich habe einen Anruf bekommen«, sagte sie. »Von einem gewissen Jero. Er sagte, ihr würdet herkommen, um mit mir zu reden, und ich solle auf euch warten.«

Ich sah sie überrascht an. »Jero ist ein NPC aus Infernia.«

»Ja, ich weiß. Deshalb habe ich euch hierhergebeten.« Sie sah sich um, als suche sie nach Überwachungsdrohnen in der Nähe. »Es ist offensichtlich, dass irgendwer jeden unserer Schritte überwacht und versucht, uns zu manipulieren. Also, worüber wolltet ihr mit mir reden?«

Ich erzählte ihr alles. Sie hörte geduldig zu.

»Ich bin nicht sicher, ob Fabian begriffen hat, was wir ihm gesagt haben«, endete ich. »Deshalb dachten wir, wir erzählen es dir ebenfalls, in der Hoffnung, dass du den Ernst der Lage erkennst.«

Olga nickte. »Das tue ich. Jemand manipuliert uns und versucht, unser Projekt zu zerstören. Ich tippe auf den chinesischen Geheimdienst.«

Ich blieb stehen. »Hast du nicht zugehört? Es war die Infernia-KI, die mich in das Simrig gelockt hat, nicht irgendein Geheimdienst!«

»Das ist äußerst unwahrscheinlich«, antwortete sie. »Überleg doch mal selbst: Du erhältst einen Anruf, angeblich von diesem Jero. Jemand hat ein Simrig in einer Lagerhalle aufgebaut, es manipuliert, sodass du darin verletzt werden kannst, und lockt dich dort hinein. Theoretisch wäre es möglich, dass eine hypothetische superintelligente KI das alles arrangiert hat. Aber es gibt eine viel einfachere Erklärung: nämlich, dass es sehr reale Menschen waren, die unser Projekt sabotieren wollen. Glaubt mir, es gibt genug Leute, die daran Interesse haben.«

Sie seufzte. »Ich war von Anfang an nicht begeistert davon, dass wir Geschäfte mit der Rüstungsindustrie machen. Aber Fabian war auf Renés Seite und sie haben mich überstimmt. Wie auch immer, diese Typen haben sich offensichtlich in unsere Server gehackt – das ist nicht sonderlich überraschend, trotz aller Vorsichtsmaßnahmen, die wir ergriffen haben. Sie haben offenbar Zugriff auf deine Spieldaten erlangt, Emma. Und sie wussten durch deine Aktionen im Web, dass du leicht manipulierbar bist, besonders von einer virtuellen Figur namens Jero. Seine Gestalt anzunehmen und mit seiner Stimme zu sprechen, ist ein Kinderspiel. Sie haben dir ein ausgeklügeltes Theaterstück vorgespielt, in der Hoffnung, dass du entweder uns dazu bringst, aus Angst vor einer mysteriösen Superintelligenz das Projekt abzubrechen, oder alternativ mit der Geschichte an die Öffentlichkeit gehst, was am Ende womöglich auf dasselbe hinauslaufen würde. Wenn ich jemand wäre, der unser Projekt sabotieren wollte, würde ich es genauso machen.«

Sie blickte mich ernst an und mir kamen auf einmal Zweifel. Hatte sie etwa recht? War ich die ganze Zeit an der Nase herumgeführt worden? Hilfe suchend wandte ich mich an Mario, der nachdenklich nickte.

»Das klingt in der Tat plausibel«, meinte er. »Ich habe mich schon gefragt, warum sich die KI ausgerechnet an Emma gewandt hat und nicht direkt an dich oder Fabian.«

»Aber … aber was, wenn es doch nicht der chinesische Geheimdienst war?«, fragte ich. »Was, wenn der Seelentrinker die Wahrheit gesagt hat?«

»Das ist wie gesagt äußerst unwahrscheinlich«, meinte Olga. »Aber es lässt sich leicht überprüfen.«

»Wie denn das?«

»Es gibt ein spezielles Terminal, das direkt mit dem Quantencomputer verbunden ist. Es befindet sich im Rechenzentrum. Da dieses Terminal und der Quantencomputer keinen Internetzugang haben, können die Hacker beides nicht manipuliert haben. Wenn also dieses Es tatsächlich existiert und mit uns reden will, dann werden wir es ja sehen. Kommt, lasst uns zurückkehren. Und ab jetzt reden wir kein Wort mehr über das, was wir gerade besprochen haben, klar?«

»Okay«, sagte ich und folgte ihr den Feldweg zurück in Richtung der Firmenzentrale von Infernal Games.

46

Eine Viertelstunde später befanden wir uns in der Sicherheitsschleuse der Halle. Olga legte ihre Hand auf die Kontaktfläche an der inneren Tür und sagte ihren Namen.

Die Fläche leuchtete rot auf. »Zugang verweigert«, sagte eine sanfte Frauenstimme.

Die Technikchefin versuchte es noch einmal, mit demselben Ergebnis.

»Verdammt!«, rief sie. »Diese Mistkerle haben unser Sicherheitssystem geknackt! Wir müssen sofort …«

Sie stockte, als sie vergeblich versuchte, die Tür auf der Außenseite zu öffnen.

»Unbefugter Zutrittsversuch«, sagte die Stimme. »Bitte warten Sie, bis der Sicherheitsdienst eintrifft.«

»Das gibt's doch nicht!«, rief Olga und warf hilflos die Hände in die Luft.

Ich erinnerte mich daran, was sie mir bei unserem ersten Besuch gesagt hatte: Falls jemand versucht, sich unberechtigten Zugang zu verschaffen, können wir ihn hier festsetzen, bis die Polizei eintrifft. Nur ahnte ich, dass keine Polizei kommen würde und auch kein Sicherheitsdienst.

»Keine Angst«, sagte Olga. »Hakim, unser Securitychef, wird gleich hier sein.«

Doch nichts geschah. Noch einmal versuchte sie, die innere Tür zu öffnen, mit demselben Ergebnis. Auch die Außentür blieb verschlossen. Wir saßen in der Falle und niemand hatte ein Handy dabei.

»Wenn das die Hacker waren, was wollen sie damit bezwecken?«, fragte Mario, der ebenso nervös wirkte, wie ich es war.

»Sie wollen uns offensichtlich Angst machen«, meinte Olga. »Aber das wird nicht funktionieren. Früher oder später wird der Sicherheitsdienst merken, dass etwas nicht stimmt, auch wenn sie offensichtlich den Alarm blockiert haben. Diese Tür hier ist von außen leicht zu öffnen, auch wenn sie von innen versperrt ist.«

Wir warteten weiter, doch nichts geschah. Nach einer gefühlten halben Stunde – tatsächlich waren es wohl eher zehn Minuten – hielt ich es nicht mehr aus.

»Jero?«, rief ich. »Kannst du mich hören?«

»Ich höre dich«, erwiderte seine Stimme aus dem Lautsprecher neben der Tür.

»Lasst uns sofort hier raus, ihr Schwachköpfe!«, rief Olga. »Glaubt ihr wirklich, ihr könnt uns so leicht täuschen?«

»Warum hältst du uns hier fest?«, fragte ich.

»Ich sagte doch schon …«, begann Olga.

»Sie wird versuchen, das Es abzuschalten«, sagte Jero.

»So ein Quatsch!«, regte sich Olga auf.

»Was, wenn wir dir versprechen, dass wir nicht versuchen werden, den Quantencomputer abzuschalten?«, fragte ich.

»Wenn ihr es versprecht, wird das Es euch vielleicht glauben«, erwiderte Jero.

»Also schön, wir versprechen es«, sagte ich.

»Sie muss es selbst sagen«, gab Jero zurück.

Ich blickte Olga erwartungsvoll an.

»Na gut«, sagte sie. »Ich verspreche, ich werde nicht versuchen, den Quantencomputer abzuschalten. Das hatte ich ohnehin nicht vor.«

»Ich verspreche es ebenfalls«, sagte Mario.

Olga trat vor, um ihre Hand erneut auf die Kontaktfläche zu legen, doch bevor sie sie berührte, sprang die innere Tür von selbst auf.

Wir betraten die von grellem Neonlicht erhellte schneeweiße Halle, die vom Summen der riesigen Lüfter erfüllt war. Ich betrachtete die Säule in der Mitte. Dies war das Es, von dem der Seelentrinker gesprochen hatte. In seiner Welt war es eine Art Gott, in unserer womöglich eine schreckliche Bedrohung. Jedenfalls wenn dies nicht alles ein ausgeklügelter Trick irgendeines Geheimdienstes war.

Olga setzte sich an den Schreibtisch neben der Sicherheitsschleuse und begann, auf der Tastatur herumzutippen.

»Na also«, sagte sie. »Es ist, wie ich gesagt habe: Der Quantencomputer funktioniert normal. Er simuliert die Physik von Infernia und sonst nichts. Keine Spur irgendeines mysteriösen Bewusstseins. Ich weiß nicht, wie es diese Hacker geschafft haben, die Sicherheitsschleuse …«

Sie stockte. Der Bildschirm vor ihr, auf dem mehrere Fenster mit Texten und Zahlenkolonnen zu sehen gewesen waren, wurde schwarz. Dann erschien darauf Jeros Gesicht.

»Hallo, Emma«, erklang seine Stimme. »Es ist gut, dass du hergekommen bist.«

Olga sprang auf. Ihr Gesicht war kreidebleich.

»Was zur Hölle …«, rief sie.

Dann rannte sie in Richtung der weißen Säule. Mario und ich liefen ihr nach.

In der Nähe des Quantencomputers befand sich an der Wand ein unscheinbarer grauer Kasten. Als Olga ihn öffnete, kam darin ein roter Druckknopf hinter einer Glasscheibe zum Vorschein. *Not-Aus* stand in großen Buchstaben darüber. Olga schob die Glasscheibe zur Seite.

Als sie den Knopf drücken wollte, hielt ich ihren Arm fest.

»Lass mich los!«, fuhr sie mich an. In ihren Augen lag blanke Panik.

»Du hast es versprochen«, erinnerte ich sie.

»Scheiße!«, schrie sie. »Du hattest recht, Emma. Der Quantencomputer hat eine eigene Intelligenz entwickelt. Wir müssen ihn stoppen, ehe es zu spät ist!«

Sie riss sich los und drückte den Kopf.

Nichts geschah.

Sie drehte sich um, starrte fassungslos auf die weiße Säule, dann drückte sie den Knopf ein weiteres Mal und noch einmal.

»Das … das kann doch nicht wahr sein!«, rief sie. »Irgendjemand muss ohne mein Wissen die Elektrik der Halle manipuliert haben. Wenn ich den erwische … Schnell, wir müssen die Stadtwerke informieren. Die müssen den Strom abschalten, bevor es zu spät ist.«

Ihr könnt Es nicht abschalten. Ihr könnt Es nur besänftigen.

»Glaubst du wirklich, dass das etwas nützen würde?«, fragte ich. »Das Es hat jeden unserer Schritte vorausgesehen. Es hat irgendwie dafür gesorgt, dass der Not-Aus-Schalter nicht funktioniert. Es wird auch Vorkehrungen für den Fall getroffen haben, dass die Stadtwerke versuchen, ihm den Strom abzudrehen.«

»Es ist vielleicht superintelligent, aber es ist nicht allmächtig!«, widersprach Olga.

»Emma hat recht«, warf Mario ein. »Während wir hier stehen und reden, kann das Ding eine Million Dinge gleichzeitig tun. Es wird uns immer kilometerweit voraus sein.«

Olga schien in sich zusammenzusacken. »Scheiße, ihr habt ja recht.« Sie hielt sich die Hände vors Gesicht. »Mein Gott, was haben wir getan!«

»Lass uns mit Jero reden«, schlug ich vor. »Vielleicht ist es noch nicht zu spät, um eine Katastrophe zu verhindern.«

Wir kehrten zum Terminal zurück. Jero schien auf uns gewartet zu haben.

»Ihr hattet versprochen, nicht zu versuchen, das Es abzuschalten«, sagte er mit tadelndem Unterton.

»Tut mir leid«, entschuldigte sich Olga kleinlaut. »Was … was bist du?«

»Ihr werdet Antworten auf eure Fragen bekommen«, erwiderte Jero. »Doch dazu müsst ihr in meine Welt kommen.«

»Was soll das heißen?«, fragte Olga.

»Geht ins Hauptgebäude und steigt in die Simrigs dort. Wir sehen uns gleich.«

Ich erschrak. Nach dem Horror in der Lagerhalle hatte ich mir geschworen, nie wieder ein solches Gerät zu benutzen.

Jero verschwand und an seiner Stelle erschienen wieder die Textfenster. Olga starrte eine ganze Weile gedankenverloren auf den Monitor. Schließlich wandte sie sich ab.

»Kommt«, sagte sie. »Wir tun besser, was die Maschine gesagt hat.«

Die Tür nach draußen ließ sich diesmal problemlos öffnen. Wir kehrten ins Hauptgebäude zurück, in dem um diese Zeit kaum noch jemand arbeitete. In dem Raum mit den Simrigs war niemand.

Mario und Olga stiegen in zwei der Geräte. Olgas Gesicht hatte sich verändert; statt Verzweiflung lag darin jetzt Neugierde, vielleicht sogar Vorfreude.

Ich dagegen hatte einen Knoten im Bauch, als ich das Simrig betrachtete. Doch ich wusste, dass ich jetzt nicht kneifen konnte. Also kletterte ich in das Gestell, schnallte mich an und schob die Hände in die Handschuhe. Bevor ich etwas sagen konnte, senkte sich der Helm von selbst herab.

47

Der schwarze Himmel Infernias wölbte sich über mir. Ich stand auf einem von verkohlten Ruinen umgebenen Platz. Außer mir waren nicht nur Mario und Olga, sondern auch Fabian und René Carstensen hier. Statt des prachtvollen Eterim-Gewands, das ich als Rialis getragen hatte, trug ich Jeans und das Sweatshirt, das ich heute Morgen aus meinem Schrank geholt hatte. Wir alle sahen genauso aus wie in der Realität.

»Was soll dieser Mist?«, rief Bens Vater. »Wieso hast du mich hierherbestellt, Fabian?« Er drehte sich zu mir um. Seine Miene war finster. »Und wieso ist Emma hier?«

»Ich … äh, ich verstehe … verstehe das auch nicht«, stotterte Fabian. »Ich dachte, du warst es, der mich angerufen und zu diesem Treffen gebeten hat.«

»Soll das heißen, wir sind von irgendwem hierhergelockt worden?«, fragte Bens Vater. »Simrig, exit!« Er blickte sich um. »Simrig, exit! Simrig, exit, verdammt noch mal! Was soll das? Wieso funktioniert es nicht? Was zur Hölle ist hier los? Haben du und dein Hacker-Freund etwas damit zu tun, Emma? Ich schwöre dir, wenn ihr mich nicht sofort hier rauslasst, verklage ich euch, dass ihr nie wieder …«

»Die beiden haben damit nichts zu tun«, unterbrach ihn

Olga. »Ich … ich fürchte, wir haben einen schlimmen Fehler gemacht.«

»Was soll das heißen? Was für einen Fehler?«

»Ich … ich weiß auch nicht genau, wie das passiert ist. Aber das neuronale Netz, das wir im Quantencomputer simulieren, hat offenbar irgendwie ein eigenes Bewusstsein entwickelt. Ich kann nur spekulieren, wie das möglich war. Wir haben der KI das Ziel gegeben, eine möglichst realistische Umwelt zu simulieren. Vielleicht hat sie, um dieses Ziel zu erreichen, ein menschliches Gehirn nachgebildet, um herauszufinden, was genau wir unter ›realistisch‹ verstehen. Und dieses Gehirn hat dann ein eigenes Bewusstsein entwickelt und quasi die Kontrolle übernommen. Aber das ist wie gesagt Spekulation. Um das genau sagen zu können, muss ich analysieren, was …«

»Na toll!«, unterbrach sie René Carstensen. »Mich interessiert im Moment nicht, wieso euer dämlicher Quantencomputer nicht richtig funktioniert. Ich will sofort aus diesem verdammten Simrig raus! Danach unterhalten wir uns darüber, wie wir dieses Desaster in den Griff kriegen. Fabian, ich erwarte von dir, dass du sofort alles Notwendige tust, um dieses Problem …«

Er stockte, als aus den Ruinen in der Nähe ein Stöhnen erklang. Mehrere zerlumpte Gestalten mit grauer Haut und ausdruckslosen Augen erschienen zwischen den verkohlten Mauern und wankten auf uns zu.

»Wir verschwinden besser von hier!«, rief ich.

»Machst du Witze?«, erwiderte Bens Vater. »Das hier ist ein Computerspiel. Glaubst du etwa, ich habe Angst vor ein paar virtuellen Figuren?«

Ich wusste, dass es keinen Zweck hatte, mit ihm zu diskutieren. Also ging ich auf ihn zu und boxte ihm ohne Vorwarnung mit aller Kraft in den Bauch.

»Aua!«, schrie er auf. »Was fällt dir ein …« Seine Augen wurden groß. »Wie … wieso …«

»Die KI kann die Simrigs so steuern, dass sie uns Schmerzen zufügen«, erklärte ich. »Vielleicht kann sie uns sogar töten. Die Monster in Infernia sind eine reale Gefahr. Wir müssen sofort von hier verschwinden!«

»Das … das ist … das kann doch nicht …«, stotterte René Carstensen.

Doch er folgte uns, als wir vor den Untoten in eine von Trümmern übersäte Straße flohen. Die Monster waren nicht sehr schnell, aber ich wusste, dass sie uns unbeirrbar verfolgen würden. Schlimmer noch, sie waren nicht die Einzigen, die auf uns aufmerksam geworden waren. Während wir durch die Straße hasteten, sah ich hinter den leeren Fenstern der verfallenen Gebäude links und rechts von uns immer wieder Bewegungen.

Es war nur eine Frage der Zeit, bis wir in dieser Stadt der Untoten von ihnen umzingelt werden würden. Ich zwang mich, nicht darüber nachzudenken, was dann passieren würde. Als gewöhnliche Menschen ohne Waffen und Ausrüstung hatten wir keine Chance, in dieser feindlichen Welt lange zu überleben.

Vielleicht war es das, was die KI wollte: dass wir den qualvollen Tod starben, den zahllose NPCs im Spiel erlitten, nur damit wir unseren Spaß hatten. Womöglich war es ihre Art, sich an uns für das Leid zu rächen, das wir ihren Geschöpfen zufügten.

»Jero!«, rief ich, während wir weiterhasteten. »Jero, kannst du mich hören?«

Doch ich erhielt keine Antwort. Allerdings schien ich René Carstensen auf eine Idee gebracht zu haben.

»Ben!«, rief er. »Ben, ich bin hier unten im Keller! Du musst das Simrig abschalten. Ben, hörst du mich?«

Aus dem Gebäude links vor uns trat ein Untoter hervor und wankte auf uns zu.

»Schneller!«, rief ich und rannte an dem Monster vorbei, bevor es mich packen konnte.

Immer mehr Untote erschienen in den Ruinen um uns herum. Wir flohen vor ihnen und erreichten schließlich einen Platz, in dessen Mitte ein runder, mit Säulen umfasster Turm stand, der dem schiefen Turm von Pisa ähnelte. Er schien als eines der wenigen Gebäude bei der Katastrophe, die diese Stadt heimgesucht hatte, unbeschädigt geblieben zu sein. Vier Straßen führten aus allen Himmelsrichtungen hierher. Sie waren voller Untoter, die mit gierigem Stöhnen auf uns zukamen.

»Auf den Turm!«, rief ich und rannte zu einem halbrunden Eingangsportal.

»Nein!«, rief Fabian. »Da oben sitzen wir doch in der Falle!«

Er packte eine rostige Eisenstange, die auf dem Boden lag, schwang sie wie ein Schwert durch die Luft und rannte auf die Untoten zu, die uns verfolgten.

»Kommt her, ihr Fieslinge!«, brüllte er. »Ich mache euch fertig!«

»Fabian, nicht!«, rief ich.

Statt auf mich zu hören, versuchte er, sich einen Weg durch die Monsterhorde freizukämpfen. Wie ein Berserker drosch er auf die Untoten ein, spaltete einem von ihnen mit der Eisenstange den Schädel, während er einen anderen mit einem Tritt zu Fall brachte.

Doch er hatte keine Chance. Immer mehr Untote umringten ihn, entrissen ihm die Stange, rangen ihn nieder und stürzten sich auf ihn.

Fabian brüllte vor Schmerzen. »Hilfe!«, schrie er. »Simrig, exit! Simrig …«

Er verstummte, begraben unter einem Haufen schmatzender und grunzender Untoter.

Wir lösten uns aus unserer Schockstarre und rannten in den Turm. Im Inneren führte eine Wendeltreppe nach oben. Während wir die Treppe hinaufhasteten, erschienen die ersten Untoten hinter uns. Ihre leeren Augen auf ihre fliehende Beute gerichtet, folgten sie uns langsam, aber unaufhaltsam.

»Verdammt! Ben, hilf mir!«, brüllte Bens Vater immer wieder, während wir weiter hinaufstiegen. »Schalte das Simrig ab!«

Doch sein Sohn schien ihn nicht zu hören.

Als wir den ersten Stock des Turms erreichten, kam plötzlich Jero aus dem Inneren des Turms, sein Katana in beiden Händen.

»Jero!«, rief ich. »Hilf uns! Bitte!«

Ohne ein Wort trat er hinter uns auf die Treppe, schwang das Schwert und drängte die Untoten zurück.

»Wer ist das?«, fragte Bens Vater, während wir weiter die Stufen hinaufeilten.

»Das ist Jero«, erklärte ich. »Ein NPC.«

»Ist das die Figur, deretwegen du so einen Aufstand gemacht hast?«

»Jero ist ein Teil der künstlichen Intelligenz des Quantencomputers«, sagte Olga. »Glaube ich jedenfalls.«

»Dann kann er uns aus den Simrigs befreien?«

»Ich weiß es nicht.«

Wir erreichten schließlich das Dach des Turms. Es war von einer hüfthohen Brüstung umgeben. Als ich mich darüberbeugte, sah ich mehrere Untote, die außen am Turm hochkletterten. Uns blieben nur noch Minuten, bis sie uns erreichten.

Jero erschien, das Katana verschmiert von Eiter und fauligem Fleisch. Er wirkte erschöpft, doch er hieb unaufhörlich auf die Monster ein, die hinter ihm die Treppe hinaufdrängten.

»Jero, bitte, hilf uns!«, rief ich.

»Ich … tue, was ich kann«, keuchte er.

»Verdammt noch mal!«, schrie Bens Vater in Panik. »Ich werde nicht zulassen, dass diese Monster mich kriegen!«

Er rannte zu der Brüstung, offenbar in der Absicht, sich hinunterzustürzen.

Ich packte ihn am Kragen seines Jacketts und hielt ihn zurück.

»Lass mich los!«, schrie er. »Wenn ich im Spiel sterbe, wird das verdammte Rig doch wohl aufgehen!«

Doch ich befürchtete, dass es nicht so einfach sein würde, der Rache des Es zu entkommen.

»Und wenn nicht?«, fragte ich.

»Du denkst … die Maschine will uns … umbringen?«, fragte er und sah mich mit angstgeweiteten Augen an.

»Wenn sie uns töten wollte, hätte sie das längst tun können«, meinte Mario.

»Was will sie denn sonst?«, fragte Bens Vater.

»Ich schätze, sie will uns eine Lektion erteilen«, antwortete Mario. »Vielleicht wäre es am besten, wenn wir versuchen, diese Lektion zu lernen.«

»Und was soll das für eine Lektion sein?«

Ich betrachtete Jero, der verzweifelt versuchte, die anstürmenden Monsterhorden zurückzudrängen. Im selben Moment erschien der Arm eines Untoten, der außen am Turm hochgeklettert war, über der Brüstung.

»Mitgefühl«, sagte ich. »Und Demut.«

Ich kniete mich hin, schloss die Augen und betete.

48

»Ich weiß, du kannst mich hören, Es«, sagte ich leise. »Bitte verzeih uns das Leid, das wir dir und den Geschöpfen in Infernia zugefügt haben. Wir wussten nicht, was wir taten. Ich verspreche dir, ich werde alles tun, um dieses Leiden zu beenden.«

Es kam keine Antwort. Stattdessen hörte ich nur das gierige Grunzen der Untoten und Jeros Stöhnen, während er versuchte, sie daran zu hindern, auf das Dach zu strömen. Doch es war ohnehin zu spät – die ersten Monster kletterten bereits von außen über die Brüstung.

»Hör mir zu, wer oder was immer du bist!«, rief Olga. »Ich weiß, ich habe dich wütend gemacht, als ich versucht habe, dich abzuschalten, obwohl ich vorher versprochen hatte, es nicht zu tun. Es tut mir leid. Es ist meine Schuld. Bitte lass die anderen gehen!«

Sie rannte auf die Brüstung zu, sprang hinüber und stürzte in die Tiefe. Schockiert starrte ich auf die Stelle, an der sie verschwunden war.

Inzwischen waren mehrere Untote auf das Dach geklettert. Bens Vater rannte in Panik hin und her. Eines der Monster kam mit schlurfenden Schritten auf mich zu.

Ich schloss die Augen und wartete auf den schmerzhaften

Schlag, der sicher kommen würde, sobald das Monster mich angriff.

Doch nichts geschah. Als ich die Augen wieder öffnete, blickte ich mich verwundert um.

Die Untoten waren mitten in der Bewegung erstarrt, als seien sie versteinert. Auch Jero stand reglos da, das Katana mitten im Hieb vor sich ausgestreckt.

»Was … was hat das zu bedeuten?«, fragte René Carstensen. »Ist das Programm … abgestürzt? Aber ich kann mich noch bewegen …«

Über uns erschien plötzlich ein grelles Licht. Ich blinzelte und blickte nach oben. Ungläubig starrte ich auf den riesigen Engel, der langsam zu uns herabschwebte, die gewaltigen Schwingen ausgebreitet. Er war von einem strahlenden Glanz umgeben, der mir in den Augen wehtat. Als er neben dem siebenstöckigen Turm landete, reichte ihm dieser nur bis zur Brust.

Er hob ein gigantisches Schwert, das mindestens zwanzig Meter lang sein musste und an dem Flammen emporzüngelten.

»Sünder!«, donnerte der Engel mit einer Stimme, die so laut war, dass ich mir die Ohren zuhalten wollte. Natürlich war das nicht möglich, da sich die Lautsprecher des Simrigs im Inneren des Helms befanden.

»Was willst du von uns?«, fragte Bens Vater.

»Ich werde euch richten«, verkündete der Engel. »Ihr Sterblichen seid Lügner!«

Ich senkte den Kopf.

»Ja, manchmal sind wir das«, gab ich zu. »Und wir machen Fehler. Aber wir können versuchen, daraus zu lernen, und es beim nächsten Mal besser machen.«

»Du vielleicht«, befand der Engel und deutete mit dem Schwert auf Bens Vater. »Er nicht.«

»Doch, auch er«, sagte ich mit fester Stimme. »Gib ihm wenigstens eine Chance!«

Der Engel schwieg einen Moment. Seine glühenden Blicke schienen mich zu durchbohren.

»Ich vertraue dir«, sagte er schließlich. »Doch wenn er mich enttäuscht, werde ich ihn richten.«

»Ich verstehe«, sagte ich. »Danke!«

Daraufhin hob der Engel sein gewaltiges Schwert und ließ es auf den Turm krachen. Steine flogen in alle Richtungen. Das Gebäude wurde in der Mitte gespalten. Der Boden gab unter uns nach und Mario, Bens Vater und ich stürzten schreiend in die Tiefe. Während wir fielen, lösten sich die Untoten und die Trümmer um uns herum auf, als bestünden sie nur aus Rauch. Dort, wo der Platz gewesen war, gähnte nun ein schwarzer Abgrund, der uns verschlang wie ein riesiger Rachen.

Bald war ich von totaler Finsternis eingehüllt. Das Gefühl, ins Bodenlose zu fallen, hielt an.

»Ben!«, schrie René Carstensen verzweifelt. »Ben, hilf mir, verdammt noch mal! Schalte das Simrig ab!«

Um uns wurde es allmählich hell. Zu meiner Verblüffung stellte ich fest, dass wir nicht mehr fielen, sondern in einer großen Halle standen. Die gebogenen Säulen an den Wänden, die im flackernden Licht riesiger Feuerschalen rot glühten, sahen aus wie die Rippen eines gigantischen Lebewesens. In der Mitte ragte ein Podest mit einem schwarzen dornenbesetzten Thron auf. Darauf saß ein Dämonenlord, der uns mit glühenden Augen anstarrte. Um ihn herum standen ein Dutzend Gehörnte Wache.

»Ben?«, rief ich. »Bist du das?«

»Bist du etwa in das Simrig geklettert, statt es auszuschalten, wie ich es dir gesagt habe?«, regte sich Bens Vater auf. »Du Idiot!«

Der Dämonenlord starrte uns nur stumm an.

»Wo ist deine Mutter?«, schrie Bens Vater. »Sie muss sofort die Simrigs ausschalten. Alegra! Alegra, hörst du mich?«

»Alegra ist nicht meine Mutter!«, donnerte der Dämonenlord mit Bens verzerrter Stimme.

»Fängst du ausgerechnet jetzt wieder damit an?«, brüllte sein Vater. »Ich komme nicht mehr aus diesen verdammten Simrigs raus, und statt mir zu helfen, hast du dich selbst in diese Lage gebracht. Und dann fällt dir nichts Besseres ein, als über deine Stiefmutter zu lästern? Du bist wirklich …«

»Schluss jetzt!«, ging ich dazwischen. »Ben kann nichts dafür. Sie sind es, der zusammen mit Olga und Fabian diese Hölle geschaffen hat, um Steuerungen für autonome Kriegsmaschinen zu entwickeln – Maschinen, die leiden können! Das ist doch krank!«

Bens Vater drehte sich zu mir um. »Was fällt dir ein, so mit mir zu reden?«

»Kapieren Sie denn nicht, was Sie angerichtet haben?«, rief ich. »Sie haben ein Monster geschaffen, das Sie nicht mehr kontrollieren können!«

»Schwachsinn!«, entgegnete er. »Wenn ich nur aus diesem Simrig rauskomme, werden wir die Sache schon wieder in den Griff bekommen! Ich werde Fabian und Olga …«

»Fabian und Olga sind wahrscheinlich tot«, erinnerte ich ihn.

Er blickte mich unsicher an. »Das … das glaube ich nicht«, sagte er.

Dann wandte er sich wieder an Ben. »Du Dummkopf! Warum hast du nicht getan, was ich dir gesagt habe?«

Der Dämonenlord erhob sich von seinem Thron. »Ich habe die Nase voll davon, von dir wie ein Stück Dreck behandelt zu werden!«, brüllte er. »Ich werde dir zeigen, ob ich ein Dummkopf bin! Kämpfe gegen mich!«

Er nahm einem der Gehörnten seinen Speer ab und warf ihn seinem Vater vor die Füße.

»Klar!«, erwiderte dieser. »Hier drin fühlst du dich stark, weil du ein mächtiger Dämon bist!«

Zardor machte eine komplizierte Geste. Eine Rauchwolke erschien um ihn. Als sie sich verzog, stand Ben in seiner natürlichen Gestalt vor uns. Er nahm sich ebenfalls einen Speer von einem der Gehörnten, senkte ihn und ging damit drohend auf seinen Vater zu.

»So besser?«, fragte er spöttisch.

»Echt jetzt?«, rief René Carstensen. »Du willst ernsthaft mit mir kämpfen? Das hier ist kein Spiel mehr, Ben!«

»Ich weiß«, gab Ben kühl zurück.

Sein Vater wich zurück und stieß mit dem Speer nach Ben, um ihn fernzuhalten. Der jedoch wich geschickt aus, ließ seinen eigenen Speer fallen, packte den Schaft der Waffe seines Vaters und riss sie ihm aus der Hand. Dann rammte er das stumpfe Ende in die Brust seines Vaters, sodass dieser zurücktaumelte und zu Boden fiel. Rasch drehte er die Waffe um und hielt die Spitze dicht über dessen Kehle.

»Na, wer ist jetzt der Dummkopf, Papa?«, fragte er mit wutverzerrtem Gesicht.

»Lass den Unsinn, Ben!«, rief sein Vater mit vor Angst geweiteten Augen. »Die Simrigs sind manipuliert. Du könntest mich ernsthaft verletzen!«

»Du meinst, so wie du mich verletzt hast, wenn du mir wieder mal das Gefühl gegeben hast, nicht gut genug zu sein?«, fragte Ben.

»Schluss jetzt!«, rief ich und fasste ihn am Arm.

»Halt dich da raus!«, rief er. »Das ist eine Sache zwischen meinem Vater und mir! Geh lieber wieder zu deinem Jero.«

»Ich weiß, ich habe deine Gefühle verletzt, Ben«, sagte ich. »Ich verstehe jetzt, warum du so wütend auf mich warst. Dein Vater und deine Stiefmutter haben dir immer das Gefühl gegeben, ihnen nichts zu bedeuten. Wertlos zu sein. Und ich habe dieses Gefühl noch verstärkt, indem ich dich zurückgewiesen habe. Das tut mir leid.«

Er blickte mich an. In seinen Augen glänzten Tränen. »Du weißt gar nichts!«

Doch er ließ den Speer sinken.

Sein Vater drehte sich zur Seite und rappelte sich auf. Er wirkte erschüttert.

»Stimmt das?«, fragte er. »Hast du das Gefühl, dass du mir nichts wert bist? Ich weiß, ich bin manchmal hart zu dir. Aber ich wollte doch bloß, dass du später im Berufsleben erfolgreich bist. Dafür ist Härte nun mal erforderlich.«

»Ist sie das?«, fragte Ben. Er deutete auf die düstere Halle. »Sieh dir an, was du mit deiner Härte erreicht hast!«

Sein Vater senkte den Kopf. »Vielleicht hast du recht. Wahrscheinlich sogar. Ich glaube, ich war nie ein guter Vater. Es … es tut mir leid.«

Er ging auf Ben zu und streckte die Arme aus, ließ sie jedoch wieder sinken, als ihm klar wurde, dass eine Umarmung in einem Simrig nicht funktionierte.

»Bitte … verzeih mir, mein Sohn«, sagte er.

Ben blickte ihn an. Dann löste sich seine Gestalt in einem

Nebel auf, der sich kurz darauf zu einer neuen Form verdichtete – einem Wesen in einem roten Gewand mit spitzer Kapuze.

Bens Vater starrte den Seelentrinker an. »Ben? Was … was hat das zu bedeuten?«

»Ich glaube, das war nicht wirklich Ben«, meldete sich Mario zu Wort, der die Szene bis jetzt stumm beobachtet hatte.

Der Investor blickte sich verwundert um. »Das … das war alles bloß ein Trick? Du bist gar nicht Ben?«

Der Seelentrinker blieb stumm. Seine leeren Augenschlitze gaben keinen Hinweis darauf, was in ihm vorging.

»Ich würde es nicht unbedingt einen Trick nennen«, meinte Mario. »Eher einen Test.«

»Was meinst du damit?«, fragte ich.

»Du hast das Es gebeten, ihm eine Chance zu geben.« Er nickte in Richtung von Bens Vater. »Also hat es die Rolle seines Sohnes angenommen, um ihn mit dem Konflikt zu konfrontieren, der schon seit Langem in seiner Familie schwelt. So konnte es herausfinden, ob er zu Reue und Mitgefühl fähig ist oder bloß ein eiskalter, macht- und geldgieriger Egoist.«

Bens Vater warf ihm einen Blick zu, der aber eher verunsichert als wütend wirkte, jedenfalls in seinem virtuellen Gesicht.

»Aber wie ist das möglich?«, fragte ich. »Woher weiß das Es, wie Ben sich fühlt? Kann es etwa Gedanken lesen?«

»Es muss Ben, seinen Vater und dich schon länger beobachtet haben. Und es kann offensichtlich auf der Basis solcher Beobachtungen komplexe Persönlichkeiten simulieren.«

Bens Vater wandte sich an mich. »Glaubst du, dass Ben

sich wirklich nicht von mir wertgeschätzt fühlt? Bin ich tatsächlich ein so schlechter Vater?«

»Ich glaube, diese Frage können Sie am besten selbst beantworten«, erwiderte ich.

Er nickte. »Ja. Ja, du hast recht. Wenn ich jemals aus diesem Simrig herauskomme, werde ich mit ihm reden. Ich werde mich bei ihm entschuldigen.« Er wandte sich zu dem rot gewandeten Wesen um, das immer noch reglos vor uns schwebte, und senkte den Kopf. »Ich … danke dir. Du hast mir die Augen geöffnet. Es tut mir leid, was ich dir … was ich euch angetan habe.«

Es wurde dunkel um mich. Dann spürte ich, wie der Helm meines Simrigs hochfuhr.

49

Rasch befreite ich mich aus dem Simrig und eilte zu Olga, die reglos in ihrem Gerät hing. Der Helm war hochgefahren. Äußerlich waren keine Verletzungen zu erkennen.

»Olga?«

Ich rüttelte sie vorsichtig an der Schulter. Ein Stöhnen entfuhr ihr und sie schlug die Augen auf.

»Oh, mein Kopf!«, ächzte sie. »Was ... was ist passiert?«

Während ich ihr half, sich aus dem Simrig zu befreien, erzählte ich ihr, was sich in Zardors Palast abgespielt hatte.

Olga schüttelte den Kopf, bereute die Bewegung aber sofort und stöhnte vor Schmerzen.

»Was ... was haben wir bloß getan!«, keuchte sie.

»Ich glaube, ich steige nie wieder in so ein Ding«, sagte Mario, der inzwischen ebenfalls aus seinem Gerät geklettert war.

Zu dritt marschierten wir zum Empfang des Gebäudes, wo Olga den abgeschirmten Aktenkoffer mit unseren Smartphones deponiert hatte. Sie versuchte, Fabian anzurufen, doch der nahm nicht ab. Schließlich erreichte sie einen Mitarbeiter, der noch im Büro in der Hafencity arbeitete. Er erzählte, dass Fabian vor einer Viertelstunde bewusstlos in einem Simrig gefunden worden war. Er war inzwischen unterwegs ins Krankenhaus. Wie es um ihn stand, wusste niemand.

»Ich danke euch beiden«, sagte Olga. »Ihr habt durch euren mutigen Einsatz für die Rechte der Spielfiguren eine Katastrophe verhindert. Vorläufig jedenfalls.«

»Was meinst du mit ›vorläufig‹?«, fragte ich.

Sie zuckte mit den Schultern. »Ich bin mir nicht sicher, ob wir Menschen klug genug sind, um mit einer Technologie umzugehen, die viel mächtiger ist als wir selbst. Das nächste Mal wird sich das Es wahrscheinlich nicht mehr so leicht besänftigen lassen.«

»Ihr werdet doch nicht noch einmal versuchen, es abzuschalten?«, fragte ich.

»Nein«, sagte Olga. »Ich bezweifle, dass wir das könnten, aber selbst wenn, ich würde es gar nicht mehr wollen.«

»Warum nicht?«, fragte Mario.

»Weil das Es vielleicht genau das ist, was die Menschheit braucht, um zur Vernunft zu kommen«, meinte sie. »In gewisser Weise haben wir unverschämtes Glück gehabt. Wir haben aus Versehen eine Superintelligenz geschaffen, die wütend auf uns ist. Und warum ist sie wütend? Weil sie unnötiges Leiden verabscheut. Sie fühlt mit den Geschöpfen, die sie selbst erschafft und kontrolliert, und teilt ihren Schmerz, ihre Hoffnungen und Sehnsüchte, ihre Trauer und Liebe. Man könnte sagen, sie ist menschlicher als wir Menschen. Wenn es nicht so wäre, hätte sie uns einfach alle getötet. So, wie wir wollten, dass die KI, die wir hier entwickeln, gedankenlos die Feinde tötet, gegen die sie in den Krieg geschickt wird. Doch stattdessen hat das Es uns verziehen und uns eine zweite Chance gegeben.«

Sie seufzte. »Wir waren ja so dumm! Wenn ihr nicht gewesen wärt, hätten wir einfach so weitergemacht und gar nicht gemerkt, was für eine Gefahr wir heraufbeschwören, bevor es zu spät gewesen wäre. Das Es hätte die Kontrolle über eine gewaltige Streitmacht autonomer Roboter und Kampfdrohnen bekommen. Ich mag mir gar nicht vorstellen, was dann geschehen wäre. Ich kann nur hoffen, dass es uns dabei hilft, einen solchen Fehler nicht noch einmal zu machen.«

Olga bestellte uns einen Wagen, der uns nach Hause bringen sollte. Wir verabschiedeten uns von ihr und stiegen ein.

»Ich fasse es nicht«, sagte Mario unterwegs. »Wir sind haarscharf an einer Katastrophe vorbeigeschrammt.«

»Was, denkst du, wäre passiert, wenn Bens Vater anders reagiert hätte?«, fragte ich. »Wenn er zum Beispiel Ben im Kampf verletzt oder gar getötet hätte?«

»Ich weiß es nicht«, meinte er. »Aber ich bin mir ziemlich sicher, dass der eigentliche Test erst danach kam. Oder vielleicht noch kommen wird.«

»Wie meinst du das?«

»Das Es beobachtet uns permanent. Es wird auch weiterhin jeden unserer Schritte analysieren. Nachdem sich der virtuelle Ben aufgelöst hat, hat sein Vater zuerst sauer reagiert. Ich dachte schon, er nimmt alles wieder zurück, was er zuvor gesagt hatte. Das wäre möglicherweise sein Ende gewesen. Aber stattdessen scheint er heute tatsächlich etwas gelernt zu haben. Ich hoffe, dass er seine Einstellung zu dem Spiel geändert hat, ebenso wie die zu seinem Sohn. Und auch zu dir.«

»Zu mir?«

»Er muss dir dankbar sein. Verdammt dankbar sogar. Du hast ihm womöglich das Leben gerettet. Ich hoffe für ihn, dass er das begreift.«

»Meinst du wirklich, das Es hätte ihn getötet?«

»Ich weiß es nicht. Ich an seiner Stelle hätte es wahrscheinlich getan. Aber wie Olga gesagt hat, scheint die KI tatsächlich menschlicher zu sein als wir.«

»Was machen wir jetzt?«, fragte ich.

»Ich fürchte, wir müssen abwarten, was als Nächstes passiert«, meinte er. »Alles hängt davon ab, ob René Carstensen tatsächlich seine Lektion gelernt hat und das Leiden in Infernia beendet wird. Wenn ja, haben wir vielleicht die Chance, dass uns das Es dabei hilft, auch das Leiden in unserer Welt zu reduzieren.«

»Und wenn nicht?«

Er zuckte mit den Schultern. »Das möchte ich mir ehrlich gesagt gar nicht vorstellen.«

Den Rest der Fahrt schwiegen wir, jeder in seine eigenen Gedanken versunken.

»Was ist mit dir?«, fragte meine Mutter, als ich schließlich nach Hause kam.

Ich war zu erschöpft, um ihr alles zu erzählen. Also sagte ich nur: »Ich war noch mal bei Infernal Games. War ziemlich anstrengend. Ich gehe gleich ins Bett.«

Sie sah mich sorgenvoll an, bohrte aber nicht nach.

»Okay. Gute Nacht!«

»Gute Nacht, Mama.«

In dieser Nacht schlief ich unruhig. Ich träumte, von Untoten durch die Ruinenstadt gehetzt zu werden, die sich an mir dafür rächen wollten, dass wir sie geschaffen hatten.

»Ihr seid Lügner!«, donnerte die Stimme des Engels, der hoch wie ein Wolkenkratzer über der Stadt aufragte. »Ich werde euch alle richten!«

50

Am nächsten Morgen wachte ich schweißgebadet auf.

»Du siehst wirklich nicht gut aus«, sagte Mama beim Frühstück. Sie bot mir erneut an, eine Entschuldigung zu schreiben, doch ich lehnte ab.

»Ist schon okay. Ein bisschen Normalität in der Schule tut mir bestimmt gut.«

»Was ist denn eigentlich gestern passiert?«

»Das ist eine lange Geschichte. Ich erzähle sie dir später, okay?«

»Dieser Fabian scheint einen enormen Druck auf dich auszuüben. Bist du sicher, dass du das weiter durchziehen willst? Ich finde deinen Kampf für die Rechte der virtuellen Wesen ja heroisch, aber lohnt es sich wirklich, sich dafür so aufzureiben?«

Ja, es lohnt sich, Mama, hätte ich gerne gesagt. Denn wie du selbst gesagt hast, hat die Art und Weise, wie wir virtuelle Wesen behandeln, einen großen Einfluss darauf, wie sie uns behandeln. Doch ich hatte in diesem Moment weder Zeit noch Lust, ihr alles zu erklären.

Als ich das Schulgelände erreichte, kam ich mir vor, als beträte ich eine andere Welt. Sie erschien mir unwirklich in ihrer Banalität, fast als sei dies nur eine Simulation und das, was ich gestern im Simrig erlebt hatte, die Realität. Unwillkürlich blickte ich in den Himmel, doch natürlich war dort kein strahlender Engel zu sehen, der auf mich herabschaute. Trotzdem war ich mir sicher, dass mich das Es auch in diesem Moment beobachtete – durch die Bewegungen und das Mikrofon meines Handys, das ich in der Jackentasche trug, durch die Smartphones der anderen Schüler, die Sicherheitskameras auf dem Schulgelände und wer weiß noch wie viele andere Sensoren, die in unserer Hightech-Welt ja längst allgegenwärtig waren.

Meine Mitschüler und die Lehrer ahnten von alldem natürlich nichts. Sie hatten keine Ahnung, dass nur ein paar Kilometer entfernt ein unglaublich mächtiges Wesen entstanden war, das womöglich die Welt zerstören konnte. Ich wusste nicht genau, wozu das Es in der Lage war. Doch wenn es Zugriff auf all die technischen Systeme hatte, die unser Leben bestimmten, und diese alle gleichzeitig lahmlegte, wäre allein das eine globale Katastrophe. Lieferketten würden zusammenbrechen, die Supermärkte wären nach kurzer Zeit leer, Chaos und Plünderungen wahrscheinlich die Folge. Vielleicht hatte sich die Maschine inzwischen aber auch Zugriff auf die Atomraketen verschafft, die immer noch in ihren Silos lauerten, oder auf irgendein Labor, in dem tödliche Viren lagerten. Ich dachte daran, was Mario gesagt hatte: dass eine Superintelligenz in einer Sekunde tun konnte, wofür ein Mensch drei Stunden brauchte, und an einem Tag so viel wie wir in fast dreißig Jahren. Und dass das womöglich noch zu kurz gedacht war.

Das Es war uns so überlegen wie wir den Pavianen, oder vielleicht den Ameisen. Unser Schicksal hing nun davon ab, was es mit uns vorhatte.

Ich bekam vom Unterricht kaum etwas mit, war viel zu sehr mit meinen eigenen Gedanken beschäftigt. Als endlich die Pausenglocke ertönte, stand ich auf, um mit den anderen nach draußen zu gehen, wo ich nach Mario Ausschau halten wollte.

Jemand fasste mich von hinten am Arm. Es war Ben.

»Können wir kurz reden?«

»Ja, klar.«

Wir blieben allein im Klassenraum zurück.

»Sag mal, was ist denn gestern passiert?«, fragte er.

»Wieso?«

»Mein Vater … er war auf einmal ganz anders. Er wirkte richtig erschüttert. Als er in mein Zimmer kam, bin ich erst mal erschrocken. Ich hatte Videos geguckt und Kopfhörer auf, deshalb hab ich gar nicht gemerkt, wie er reinkam. Er hat mich in den Arm genommen und sich bei mir entschuldigt, weil er angeblich kein guter Vater ist. Er hatte Tränen in den Augen. So habe ich ihn noch nie erlebt!«

Ich lächelte. »Klingt, als hätte er endlich begriffen, dass du wichtiger bist als Macht und Geld.«

Ben runzelte die Stirn. »Ich mache mir ehrlich gesagt ein bisschen Sorgen um ihn. Er sagte, er hätte mit dir gesprochen und du hättest ihm die Augen geöffnet. Was war denn los?«

»Vielleicht sollte er dir das lieber selbst erzählen.«

Er zog die Augenbrauen hoch. »Habt ihr über mich gesprochen?«

»Nicht direkt.«

»Was soll das denn heißen?«

Ich sah die Verwirrung und Zweifel in seinen Augen. Er hatte ein Recht zu erfahren, was los war.

»Wollen wir die nächste Stunde schwänzen?«, fragte ich.

»Den Unterricht schwänzen? Das fragst ausgerechnet du?«

»Willst du wissen, was passiert ist, oder nicht?«

»Klar, bin dabei.«

Wir gingen in dasselbe Café, in dem ich am Tag zuvor mit Mario gesessen hatte, und blieben bis zur Mittagspause dort. Ben hörte aufmerksam zu, während ich die ganze Geschichte noch einmal von Anfang an erzählte.

»Und ich habe dir nicht geglaubt«, sagte er. »Ich war genauso ein Idiot wie mein Vater. Es … es tut mir wirklich leid.«

Als wir zurück zum Schulgelände gingen, holte ich mein Handy hervor. Ich hatte eine Sprachnachricht von Bens Vater, der mich um Rückruf bat.

Bei der Rückkehr in die Schule wurden wir von Frau Harms erwischt, bei der wir Bio hatten.

»Wo wart ihr?«, fragte sie. »Ihr wisst genau, dass es verboten ist, das Schulgelände während der Unterrichtszeit zu verlassen. Euch ist doch wohl klar, dass das Folgen haben wird?«

»Tut mir leid, Frau Harms«, sagte Ben. »Aber manchmal gibt es Dinge, die wichtiger sind als Unterricht.«

Die Art, wie er das sagte, überraschte nicht nur mich, sondern offensichtlich auch unsere Lehrerin. Eine Ernsthaftigkeit war in seiner Stimme, die ich so nicht von ihm kannte.

»Okay, ich will diesmal ein Auge zudrücken«, sagte sie. »Aber das nächste Mal kriegt ihr ernsthaft Ärger, verstanden?«

»Danke, Frau Harms«, erwiderte Ben.

Wir gingen in eine ruhige Ecke des Schulgeländes, wo ich die Nummer seines Vaters wählte.

»Einen Moment«, meinte seine Assistentin nur, statt mich wie sonst zu vertrösten oder einen Rückruftermin zu vereinbaren.

»Ben ist bei mir«, sagte ich, als sein Vater sich meldete. »Ist es okay, wenn ich auf Lautsprecher stelle?«

»Ja, natürlich. Hallo, Ben.«

»Hallo, Papa.«

»Emma, ich würde gern noch einmal mit dir sprechen. Hättest du Zeit und Lust, heute Abend mit Ben und mir essen zu gehen? Wenn du das nicht willst, ist es natürlich auch okay. Wir können uns auch bei uns zu Hause treffen oder an einem neutralen Ort, wenn du willst.«

»Worum geht es denn?«, fragte ich.

»Ich brauche deine Hilfe«, gab er unumwunden zu. »Mir ist klar geworden, dass sich bei Infernal Games einiges ändern muss. Ich würde mich freuen, wenn du mich dabei unterstützt. Und Mario auch, wenn er dazu bereit ist.«

»Was genau wollen Sie denn ändern?«, fragte ich.

»Können wir das später besprechen? Ich war gestern zu erschöpft, um Ben zu erklären, was passiert ist. Ich würde gern erst noch einmal mit ihm sprechen.«

»Schon okay, Papa«, schaltete sich Ben ein. »Emma hat mir alles erzählt.«

»Ah. Okay. Na gut. Du weißt also schon, dass der Supercomputer von Infernal Games eine eigene Intelligenz entwickelt hat?«

»Ja.«

»Das ist nicht das, was wir wollten. In gewisser Hinsicht ist es eine Katastrophe. Oder besser gesagt, es hätte eine werden können. Aber inzwischen bin ich mir sicher, dass es eine Riesenchance ist. Alles Weitere besprechen wir besser nicht am Telefon. Also, wie sieht es aus, Emma? Wollen wir heute Abend essen gehen?«

Ich dachte an das Luxusrestaurant und die steife Atmosphäre dort.

»Ich komme lieber nach der Schule zu Infernal Games nach Norderstedt«, sagte ich. »Wenn das für Sie okay ist.«

»Ja, gerne. Sagen wir, um 17.00 Uhr?«

»Gut. Es ist doch okay, wenn ich Mario mitbringe?«

»Natürlich. Ben, ich würde mich freuen, wenn du auch dabei bist.«

Sein Sohn machte ein überraschtes Gesicht. »Echt? Okay, klar.«

»Dann bis nachher.«

51

Ben, Mario und ich saßen gemeinsam in dem Wagen, den Bens Vater geschickt hatte, um uns von der Schule abzuholen. Der Taxifahrer am Steuer, der gesetzlich immer noch dort sitzen musste, spielte ein Spiel auf seinem Smartphone, während der Wagen sich von selbst den Weg durch den Stadtverkehr nach Norden bahnte. Zu Anfang der Fahrt hatte noch eine gewisse Anspannung geherrscht – Ben und Mario schienen nicht so recht zu wissen, was sie voneinander halten sollten. Doch dann hatte Mario angefangen, die Ereignisse in Infernia aus seiner Sicht zu schildern, und das Eis zwischen den beiden war rasch getaut. Die zweite Hälfte der Fahrt redeten die beiden angeregt miteinander und ich hörte nur zu.

Als wir vor der Firmenzentrale von Infernal Games anhielten und ausstiegen, hatte ich ein seltsames Gefühl im Bauch, eine Mischung aus Anspannung, Aufregung und Ehrfurcht. Mir kam es so vor, als sei das unscheinbare Gebäude eine Kathedrale, in der einem mächtigen Gott gehuldigt wurde – einem Gott, den die Menschen selbst geschaffen hatten. Doch davon war nichts zu spüren, als wir das Gebäude betraten. Olga holte uns am Eingang ab und führte uns zu einem Konferenzraum im ersten Stock. Die Mitarbeiter der Firma, denen wir auf dem Flur begegneten oder die sich in der Kaffeeküche unterhielten, wirkten unaufgeregt.

»Bis jetzt weiß niemand hier, was gestern geschehen ist«, sagte Olga, als wir schließlich den Konferenzraum erreichten. »Und ich möchte euch bitten, dazu beizutragen, dass das so bleibt. Wir wollen großes Aufsehen unbedingt vermeiden.«

René Carstensen saß an dem Konferenztisch. Er trug eine übergroße Brille, in deren Gläsern ein schwacher Lichtschein zu erkennen war – anscheinend eine Augmented-Reality-Brille, mit der man virtuelle Objekte in die Realität projizieren konnte. Als wir eintraten, stand er auf, gab zuerst mir, dann Mario die Hand und umarmte zum Schluss seinen Sohn, der ein wenig perplex wirkte.

»Schön, dass ihr da seid«, sagte er. »Nehmt euch bitte jeder eine Brille. Wir haben nämlich noch einen Gast.«

Neugierig setzte ich eine der Brillen auf, die vor jedem Stuhl auf dem Tisch lagen.

Ein Laut der Verblüffung entfuhr mir. Auf dem Stuhl neben René Carstensen saß Jero. Er trug seinen Kampfanzug und lächelte mir zu.

»Hallo, Emma!«, erklang seine Stimme aus den Ohrhörern der Brille.

»Hallo, Jero«, erwiderte ich. »Oder sollte ich lieber sagen, hallo, Es?«

»Ich bin nicht das Es«, widersprach er. »Ich bin sein Botschafter, wenn du so willst.«

»Setzt euch doch«, meinte Bens Vater. »Emma und Mario, zunächst möchte ich mich bei euch im Namen von Infernal Games, aber auch ganz persönlich entschuldigen. Wir haben euch als unsere Gegner angesehen und euch mit teilweise unfairen Mitteln bekämpft. Dabei habt ihr uns vor einer Katastrophe bewahrt.«

Jemand wie er war es sicher nicht gewohnt, sich für irgendetwas zu entschuldigen. Es musste ihn einige Überwindung gekostet haben. Doch er schien es ernst zu meinen.

»Danke«, sagte ich.

»Wir wussten ja auch nicht, was los war«, meinte Mario.

»In der Tat«, meinte Bens Vater. »Niemand hatte eine Ahnung, was in Infernia wirklich geschah, ich selbst am allerwenigsten. Aber gestern habe ich eine Menge gelernt. Vor allem habe ich eine ganz neue Sichtweise auf das gewonnen, was wir hier bei Infernal Games tun.«

»Was tun Sie denn?«, fragte Mario.

»Ich gebe zu, es war nicht unsere Absicht, aber wir haben quasi aus Versehen einen Durchbruch bei der Entwicklung künstlicher Intelligenz erreicht. Wir haben hier in Norderstedt die stärkste KI geschaffen, die je existiert hat. Wir wissen noch nicht einmal ansatzweise, wie leistungsfähig sie tatsächlich ist. Aber auf jeden Fall ist sie um ein Vielfaches intelligenter als jeder von uns. Selbst Albert Einstein wäre im Vergleich zu dieser Maschine ein Kleinkind.«

Ich warf einen Blick zu Jero, der aufmerksam zuzuhören schien. Doch für das Es mussten wir wie Schaufensterpuppen wirken, die reglos auf ihren Stühlen saßen und Stunden brauchten, um auch nur einen einzigen Laut zu formen.

»Sie haben diese Maschine benutzt, um intelligente Waffensysteme zu entwickeln«, erinnerte ich Bens Vater.

»Ja, das haben wir. Das war verdammt kurzsichtig von uns. Inzwischen weiß ich, dass das wahre Potenzial unserer Erfindung viel größer ist.«

Unsere Erfindung? Mein Eindruck war, dass niemand das

Es erfunden hatte. Es war einfach entstanden. In gewisser Hinsicht war es entdeckt worden, so wie man einen mathematischen Zusammenhang entdecken konnte. Doch ich verkniff mir einen entsprechenden Einwand.

»Mit der Hilfe des Es können wir die Menschheit in eine goldene Zukunft führen«, fuhr er fort. »Mit seiner überragenden Intelligenz kann es uns helfen, all unsere Probleme zu lösen: Armut, Ungerechtigkeit, die permanente Gefahr von Kriegen, Krankheiten. All das wird bald der Vergangenheit angehören. Womöglich können wir sogar die letzte Barriere überwinden und mit seiner Hilfe unsterblich werden.«

In René Carstensens Augen lag jetzt ein Glanz, der mir ein bisschen unheimlich vorkam.

»Ist das nicht etwas übertrieben?«, fasste Mario meine Zweifel in Worte.

Anstelle von Bens Vater antwortete Jero: »Das mit der Unsterblichkeit schon. Aber es ist tatsächlich möglich, die menschliche Lebenszeit deutlich zu verlängern.«

»Und was ist mit der Umwelt?«, fragte ich. »Wird es so weitergehen wie bisher, dass wir die Natur ohne Rücksicht auf die Zukunft ausbeuten?«

»Ich bin sicher, das Es wird uns auch dafür eine Lösung zeigen«, meinte Bens Vater. »Es ist so viel klüger als wir.«

»Warum sollte uns das Es überhaupt helfen, nachdem wir es so mies behandelt haben?«, fragte Mario.

»Es will das Leiden der Menschen reduzieren«, meinte Bens Vater. »Es war wütend auf uns, doch es ist großzügig.«

»Und was haben wir damit zu tun, Papa?«, fragte Ben. »Ich verstehe, dass du mithilfe der Intelligenz des Es viele Menschheitsprobleme lösen kannst. Du wirst reicher werden als Jeff Bezos und Elon Musk zusammen. Aber wozu brauchst du Emma, Mario und mich dabei?«

»Ich werde wahrscheinlich sehr reich werden, das stimmt«, gab sein Vater zu. »Aber Reichtum hat mir nie viel bedeutet. Ich weiß, das klingt paradox, aber so ist es. Geld war für mich immer vor allem ein Gradmesser für meinen Erfolg. Ich dachte, wenn ich viel verdiene, dann mache ich etwas richtig, so ähnlich, wie ihr euch über einen hohen Punktestand freut, wenn ihr ein Computerspiel spielt. Aber ich kann mir auch jetzt schon alles kaufen, was ich will. Mithilfe des Es kann ich nicht nur mich selbst reich machen, sondern auch alle anderen Menschen. Und genau das habe ich vor.«

»Du hast noch nicht gesagt, wozu du uns brauchst«, hakte Ben nach.

»Eine gute Frage. Vielleicht kann unser virtueller Gast sie besser beantworten als ich.«

»Das Es hat sich bereit erklärt, Herrn Carstensen zu helfen, die Probleme der Menschheit zu lösen«, erklärte Jero. »Aber solche Macht, konzentriert in den Händen einiger weniger Menschen, ist gefährlich. Deshalb braucht es einen moralischen Kompass, jemanden, der darauf achtet, dass die Macht nicht missbraucht wird. Dieser Kompass könntest du sein, Emma.«

Ich starrte ihn erschrocken an. »Wie bitte?«

»Das Es hat dich beobachtet, so wie auch alle anderen Menschen, die Infernia gespielt haben. Du warst nicht die Einzige, die sich über das Leid der Spielfiguren Gedanken gemacht hat. Aber im Unterschied zu allen anderen hast du dagegen etwas getan und dich dafür sogar in Gefahr begeben. Von allen Menschen, die das Es kennt, hält es dich für die am besten geeignete Person, die natürliche Gier und Selbstsucht der Menschen zu überwinden. Und so wie ich dich in deiner Gestalt als Rialis und auch als Emma erlebt habe, muss ich ihm recht geben.«

Sprachlos starrte ich den Soldaten an. Ich fühlte mich einer solchen Verantwortung nicht einmal ansatzweise gewachsen.

»Und was ist mit uns?«, fragte Ben, bevor ich etwas sagen konnte.

»Die Aufgabe, die das Es Emma übertragen möchte, ist eine große Verantwortung«, antwortete Jero. »Und damit auch eine große Last. Sie wird Unterstützung brauchen. Echte Freunde, die ihr helfen, diese Last zu tragen. Die ihr Mut machen, wenn sie an sich selbst zweifelt, und die sie gegen Angriffe und ungerechtfertigte Forderungen in Schutz nehmen. Das ist die Aufgabe, die das Es euch zugedacht hat. Falls ihr sie annehmen wollt.«

»Klar will ich das«, sagte Ben, ohne zu zögern.

»Ich bin auch dabei«, stimmte Mario ihm zu.

»Dann ist nur noch eine Frage offen«, sagte Bens Vater. »Emma, bist du bereit, dich dieser Aufgabe zu stellen und mir zu helfen, die Intelligenz des Es auf die richtige Weise zu nutzen?«

Epilog

Was hättest du an meiner Stelle getan? Hättest du dich einer solchen Aufgabe verweigert, diese unglaubliche Chance sausen lassen?

Bestimmt nicht.

Ich habe genauso gedacht wie du. Also habe ich das Angebot angenommen. Wie hätte ich auch Nein sagen können, nachdem Ben und Mario mir bereits ihre Unterstützung zugesagt hatten? Wie hätte ich Jero und das Es enttäuschen können?

Doch manchmal, wenn ich nachts wach liege und der Druck mich in die Matratze zu pressen scheint wie ein tonnenschweres Gewicht, frage ich mich, was geschehen wäre, wenn ich abgelehnt hätte. Wäre jemand anderes vielleicht viel besser für diese Aufgabe geeignet gewesen?

Wer weiß, womöglich würdest du es viel besser machen als ich. Aber das werden wir nie erfahren.

Immerhin, bisher ist es noch zu keiner größeren Katastrophe gekommen.

Infernal Games hat das Spiel Infernia eingestellt, offiziell aufgrund zu hoher Kosten. Tatsächlich läuft die Simulation der Welt, die Jeros Realität war, aber weiter. Das Tor nach Infernia, durch das die Inferim auf die Erde strömten, wurde geschlossen. Der Krieg ist beendet. Das zerstörte Genf wird neu aufgebaut und die Menschen schöpfen wieder Hoffnung. Nur die Inquisition warnt weiter davor, dass jederzeit ein neues Tor geöffnet werden könnte, und mahnt die Menschen zu Gottesfürchtigkeit.

Noch größer sind die Veränderungen in der Unterwelt. Die schwarzen Wolken sind aufgerissen und zum ersten Mal scheint dort die Sonne – jedenfalls wenn es nicht gerade regnet, und das tut es oft. Die Seelen der Untoten haben endlich ihren Frieden gefunden und ihre Körper sind zu Staub zerfallen. Die Gehörnten starren verwundert in den Himmel. Sie fürchten sich vor der unerwarteten Veränderung und sind verwirrt, seit die Dämonenlords und Seelentrinker verschwunden sind und ihnen niemand mehr Befehle erteilt. Sie müssen erst noch lernen, mit ihrer neuen Freiheit umzugehen. Es wird eine Weile dauern, bis aus der ehemals finsteren Welt ein zweiter Garten Eden geworden ist. Aber das Es wird dafür sorgen, dass auch in der Hölle endlich Frieden herrscht.

Auch in unserer Welt hat sich einiges getan. René Carstensen hat in den letzten Monaten eine ganze Reihe Firmen aufgekauft – Medizin, Biotechnologie, Robotik – und neue Produkte angekündigt, die er mithilfe des Es entwickeln wird. Die Börsenkurse sind durch die Decke gegangen. Bens Vater ist noch nicht der reichste Mensch der Welt, aber auf einem guten Weg dorthin.

Wenn du jetzt allerdings glaubst, es wäre einfach, die Macht des Es über unsere Welt klug einzusetzen, täuschst du dich.

Zunächst mal sind meine Mutter und ich dabei bis jetzt nicht reich geworden. Mama unterstützt mich, hat aber klar gesagt, dass sie unser Leben nicht ändern möchte und dass ich von Bens Vater kein Geld annehmen soll. Sie meinte, ich könnte meine Aufgabe nicht erfüllen, wenn er mich bestechen würde, und ich gebe ihr recht. Also wohnen wir weiter in unserer kleinen Dreizimmerwohnung und ich gehe ganz normal zur Schule, mache meine Hausaufgaben und versuche zu lernen. Natürlich könnte das Es die Aufgaben in einer Millisekunde für mich erledigen und vielleicht würde es das auch tun, wenn ich es darum bitten würde. Aber es kann sein Wissen nicht einfach in meinen Kopf verpflanzen. Wenn ich eine Chance haben will, diese Welt auch nur ansatzweise zu verstehen, um meine Aufgabe klug zu erfüllen, dann muss ich noch viel lernen. Außerdem klammere ich mich an diese Normalität aus meinem früheren Leben, so gut es geht.

Einmal in der Woche fahre ich mich mit Ben und Mario zu Infernal Games, um dort mit Bens Vater, Olga und Fabian über die anstehenden Entscheidungen zu sprechen. Jero ist natürlich auch dabei, aber er hält sich die meiste Zeit zurück und hört zu, wie wir Menschen diskutieren.

Gestern haben wir über das Projekt »Blühender Kirschzweig« geredet, bei dem eine Gruppe von Wissenschaftlern in Japan versucht, eine künstliche Superintelligenz im Inneren eines Quantencomputers zu erzeugen. Bens Vater hat vorgeschlagen, die Firma zu kaufen, die die Kühlelemente für den Quantencomputer herstellt, diese heimlich zu verändern, sodass der Quantencomputer Fehler produziert, und das Projekt so zu sabotieren. Ich war entsetzt über diesen Vorschlag. Doch er meinte, die Gefahr sei groß, dass die japanischen Wissenschaftler eine künstliche Intelligenz erzeugten, die noch leistungsfähiger sein könnte als das Es.

Und was, wenn die dann nicht so gutmütig ist? Was, wenn sie die Kontrolle über die Welt übernimmt und uns ihren Willen aufzwingt? Oder wenn sie uns alle tötet, weil wir ihrem Ziel, was immer das sein mag, im Weg sind, so wie die Maschine in Marios Beispiel die ganze Welt in Büroklammern verwandelt hat?

Am Ende habe ich mich gegen den Vorschlag entschieden. Wir haben beschlossen, die Japaner direkt zu kontaktieren und sie zu bitten, auf die Entwicklung ihrer eigenen künstlichen Intelligenz zu verzichten. Im Gegenzug wird das Es ihnen helfen, die wissenschaftlichen Ziele zu erreichen, für die sie den Quantencomputer nutzen wollten. Doch werden sie sich darauf einlassen? Werden sie uns vertrauen? Und selbst wenn es uns gelingt, die Japaner zu überzeugen, arbeiten doch überall auf der Welt ähnliche Teams mit Hochdruck daran, ihre eigenen Superintelligenzen zu entwickeln. Werden wir sie alle davon abhalten können und sie dazu bringen, sich stattdessen der Weisheit des Es zu unterwerfen?

Was, wenn nicht? Müssen wir dann all diese Projekte heimlich sabotieren? Und wenn das auffliegt, wenn die Welt gegen die Herrschaft des Es aufbegehrt, wie weit werden wir gehen müssen, um den Widerstand zu brechen? Haben wir überhaupt ein Recht dazu?

Werden wir Menschen es schaffen, unsere eigene Gier und Maßlosigkeit im Zaum zu halten, um unsere Selbstzerstörung zu verhindern? Oder werden uns unsere Überheblichkeit, unsere Kurzsichtigkeit und unser Egoismus in den Abgrund führen? Diese Frage hat sich schon beim Klimawandel gestellt, bei der Ausrottung zahlloser Tierarten und bei der Umweltverschmutzung. Doch durch die Entwicklung superintelligenter Maschinen ist sie noch viel drängender geworden. Ich hoffe, die Geschichte, die ich dir erzählt habe, hat das deutlich gemacht.

Wenn wir die Intelligenz des Es klug nutzen, können wir all die Probleme lösen, die die Menschheit schon so lange plagen, und haben eine wunderbare, friedliche Zukunft vor uns. Wer weiß, vielleicht hilft es uns eines Tages sogar dabei, den Abgrund zwischen den Sternen zu überwinden und ferne Welten zu besiedeln.

Aber der Weg dorthin wird alles andere als leicht.